BOOK HILL

यी दुई पात्रको नाउँमा—

रोचक घिमिरे,

जसको आँसु विस्फोटक थियो,
'म' पात्रमार्फत आख्यानमा बाँध्ने यत्न गरें ।

भैरव अर्याल,

आफ्नो जमानाका एक सशक्त 'बकम्फुस',
जसको पौरखको पाङ्ग्रामा अहिलेसम्म नेपाली हास्यव्यङ्ग्य
साहित्यको रथ घिम्रिरहेछ ।

भग्न भैरव

(हास्य-व्यङ्ग्यशिल्पी भैरव अर्यालको इतिवृत्तमा आधारित आख्यान)

प्रोल्लास सिन्धुलीय

BOOK HILL

बुकहिल पब्लिकेसन प्रा. लि., काठमाडौं
बुकहिल इन्टरनेशनल, लन्डन

कर्पोरेट तथा सम्पादकीय कार्यालय
सत्य-सदन ५३०/२० कालिका मार्ग,
का.म.न.पा.- २९, कालिकास्थान, काठमाडौं
पोस्ट बक्स नं. : ४९७४,
फोन : +९७७-१-५९०४४०१/२
bookhillp@gmail.com
www.bookhill.com.np

आवरण
सचिन यगोल श्रेष्ठ

लेआउट
उमेश काफ्ले

प्रथम संस्करण : फागुन, २०७९

ISBN : 978-9937-753-42-5

BHAGNA BHAIRAV
a biographical novel by PROLLAS SINDHULEEYA

'यसमा उल्लिखित घटना तथा पात्र वास्तविक हुन्'
भन्ने हिम्मत जुटाउन नसकेरै मैले यसलाई 'आख्यान' घोषणा गरेको हुँ।
'यो काल्पनिक हो, कसैको जीवनसँग मेल खाएमा संयोगमात्र हुनेछ'
भन्न अब म बाध्य छैन।

साबिती

इतिहासको पर्गेल्नै नसकिने पृष्ठ हो– भैरव अर्याल ।

अर्याललाई मैले प्रत्यक्ष देखे-भेटेको छु; राम्रै सङ्गत गरेको छु; सँगसँगै हिंडेको, खाएको छु; संवाद-सहकार्य गरेको छु; उहाँकै मुखबाट अनेकन् कथा सुनेको छु... !

भन्नुहोला– 'भैरव बित्दा तँ भर्खर टुकुटुकु हिंड्दै थिइस्, सिंधुलीतिरको गाउँमा ! गफ लाउँछस् !!'

०७५ साल असोज २४ गते घटस्थापनादेखि कार्तिक २७ गते छठपर्वसम्म म अर्यालले आत्मोत्सर्ग गरेको स्थल काठमाडौंको गोकर्ण, बाग्मतीनजिकै गुप्तबासमा रहें । गोकर्णको जङ्गलले घेरिएको यौटा ऐतिहासिक गाउँ छ– देशेगाउँ । गर्दै आएको काम, कर्तव्य, अधिकारलाई चटक्कै छाडेर ३५ दिन सिर्फ लेखक बनेर बिताउने अवसर मलाई मिलेको थियो ।

मलाई थाहा छ– ती कृत्रिम दिन थिए तर ती नितान्त फरक अनुभूति दिने खालका थिए । अर्यालमाथि अध्ययन गर्न र उहाँको इतिवृत्तलाई आख्यानीकरण गर्नैका लागि मैले त्यो समय, परिवेश र एकान्तपन रोजेको थिएँ । ती दिन मैले कसोरी गुजारें ? त्यसको झलक 'भग्न दैनिकी' (०७५) मै आइसक्यो, यहाँ नदोहोऱ्याऊँ !

मैले सशरीर भैरव अर्याललाई देख्न-भेट्न पाउने सम्भावनै थिएन । तर, त्यो सन्न्यासले मलाई उहाँसित 'प्रत्यक्ष भेट भएको' अनुभूति दिलायो । हृदयलाई नढाँटी भन्दा 'भैरव अर्याल भनेका मैले देखे-भेटे-भोगे-सङ्गत गरेकै मान्छे हुन्' जस्तो लाग्न थाल्यो । एक पटक अर्यालकै प्रसङ्ग चल्दा रोचक घिमिरेको कुरा उठ्यो । मैले अनायास भनेछु, "उहाँलाई त मलाईभन्दा बढ्ता थाहा छ !"

के थाहा छ मलाई भैरव अर्यालको बारेमा ?

उहाँका पाएसम्मका लेखनी पढें हुँला; उहाँका बारेमा निकटवर्ती, दूरवर्ती, आफन्त, गैरआफन्त, प्रिय, दुश्मन इत्यादिले लेखेका अन्तरङ्गमा गहिरिएँ हुँला; उहाँका विचार, भावना, मनोदशा भरिएका कागजका पानासँग खेल्नु खेलें हुँला; तर अर्यालबारे जति थाहा पाएँ, ती सिर्फ छिपछिपे हुन् । उहाँमाथि डिग्री-पिएच्.डी. गर्नेहरू छन्; अनुसन्धान-खोज गर्नेहरू छन्; विषय-विज्ञहरू छन्; सङ्गत-सहकार्य गर्नेहरू छन्; उहाँलाई सत्तोसराप गर्नेदेखि उहाँको पछाडि हात धोएर लागिपर्नेहरू छन्; आफन्त, गैरआफन्त, विरोधी एवम् सहकर्मीहरू छन् !

मसँग के छ ? सिर्फ भैरव अर्यालको धडधडी ?

तर, त्यही धडधडीले मभित्र अर्यालको एउटा सङ्लो चित्र स्थापित छ–

मैले उहाँलाई भेटेकै हुँ ! संसर्गमा रहेकै हुँ ! हामी परिचयको नजिकको घेराभित्रकै मान्छे हौं !!

अब 'होइन' भनें भने अरूलाई सही लाग्ला; मलाईचाहिं आफैलाई ढाँटिजस्तो लाग्नेछ ।

यस्तोलाई के रोग भन्छन् कोनि !!

***

अमर न्यौपानेको भनाइ कतै पढेको थिएँ– 'पहिलो पल्ट साइकल बनाउने वैज्ञानिक हो, बाँकी सबै मिस्त्री हुन् ।'

हरेक मान्छेको जिन्दगीको लेखक समय हुन्छ । आफ्नो इतिहास लेख्दै गरेको समयको एउटा हिस्सालाई भैरव अर्यालले बडो सक्षमतापूर्वक काबु गर्नुभएछ र आफ्नु परिचय 'शाश्वत चिन्तक एवम् कुशल व्यङ्ग्यशिल्पी' लेख्न समयलाई बाध्य पार्नुभएछ !

भैरवले एक पत्रमा लेख्नुभएको छ, 'म पनि आनन्दैमा छु तर मेरो आनन्दचाहिं मैजस्तो छ ।'

मैजस्तो अर्थात् भैरवजस्तो ! भैरवजस्तो अर्थात् यौटा दुर्लभ, व्यक्तित्व ! दुर्लङ्घ्य पहाड !!

उहाँ एउटा 'मास्टर पिस' ! चल्तापुर्जा डिजाइनरले बनाएको 'वान पिस' ! लिमिटेड इडिसनको 'वन्ली वान प्रोडक्सन' ! महामानव, अतिमानव, एक्स्ट्रा अर्डिनरी, विलक्षण, अद्भुत... कोनि के-के जाति विशेषणका योग्य हुनुहुन्थ्यो/हुनुहुन्थेन थाहा छैन; तर हुनुहुँदो रहेछ—सबैभन्दा पृथक् !

समकालीन समयभन्दा पृथक् !!

समयले उहाँको 'पार्थक्य जिन्दगी' लेख्दै गरेको जस-जसले देख्नुभयो, आफूले देखेको कोणबाट त्यो कस्तो देखिएथ्यो ? तत्तत् लेख्नुभयो, सुनाउनुभयो। मैले जे-जति भेटें, पढें, सुनें; एक ठाउँमा सँगाल्दै लगें। त्यही पोको बोकेर लागें गोकर्णको जङ्गलतिर।

यस पुस्तकभित्र जस-जसको शब्द, प्रसङ्ग, नाम, पौरख... इत्यादि मैले बटुलेको छु, ती जम्मैलाई ईँटा उत्पादक मानिदिनुस् अनि मलाई तिनै काँचा-पाका ईँटा जोडेर पर्खाल ठड्याउने सिकारु डकर्मी। अरूले टुक्राटाक्री बनाएथे, मैले एक ढिक्को जमाउँदै 'भैरव-स्तम्भ' बनाउने दुस्प्रयास गरें।

यो पुस्तक भैरव अर्यालको जिन्दगीको इतिहास अवश्य नहोला; भए पनि त्यसको सिर्फ छायाँछवि अर्थात् फोटोकपी। 'फोटोकपी' हुनुको धर्म यसले मज्जैले निर्वाह गरेको हुनुपर्छ। यो ठाउँठाउँमा धमिलो होला, खजमजिएको होला, मधुरो-अपूरो होला, प्रस्ट नहोला !!

भैरव अर्यालबारे नयाँ कुरा अब हामीसँग रहेनन्। मेरो पहुँचमा नरहे-नभएको पनि हो कि ! मेरो अध्ययन-ज्ञानको दायरा त्यति फराकिलो हुन नसकेको पनि हुन सक्छ। जो बितेर गइसक्नुभयो, उहाँहरूले जे-जति अर्यालबारे लेख्नुभयो; भयो। बाँकी उहाँहरूसँगै सती गइहाले। अर्याललाई चिन्ने, बुझ्ने, जान्ने जो-जति हुनुहुन्थ्यो; हुनुहुन्छ, प्रायः लेखक, पत्रकार नै हुनु र ऐन-मौकामा उहाँबारे लेखिसक्नुभएकै रहेछ। प्रायः सबैको एउटै खाले आवाज पाइयो— 'जे थियो, लेखिसकें, लेख्नलायक थप केही छैन।'

यस्तोमा, 'भैरव अर्यालजस्ता अजप प्रतिभालाई समाजले बिर्सिने भयो; नयाँ पुस्ताले चिन्न छाड्यो' भन्ठानेर म बबुरो आख्यान लेख्न तम्सेको छु।

यत्तिको दुस्साहस गरिसकेपछि जीवनी नै लेखिदिएको भए पनि हुन्थ्यो होला हगि ! तर, अहिलेको समाज, पठनसंस्कृति र अचेलको नयाँ

पुस्ताले 'भैरव अर्याललाई महसूस गरून्' भन्ने चाहने हो भने जीवनी लेख्न थालेर भो त ! कविता त पढिँदैन भन्छन्, कतिले पढ्लान् यौटा साहित्यकारको रूखासुख्खा जीवनी ?

'यो उपन्यास वा कथा हो' भनेपछि बल्ल किताबतिर हात जान्छ नयाँ पुस्ताको !

कथा होस् वा निबन्ध; कविता होस् कि उपन्यास; गीत होस् अथवा गजल; मुक्तक, हाइकु, ताङ्का, छोक नै किन नहोस्; धेरैभन्दा धेरैलाई 'भैरव अर्याल' पढाउनु छ; एक पटक कोशिश गरिहेरौं न !

बचेखुचेका टुक्राटुक्री संस्मरणहरू जोडजाड पारेर उहाँको व्यक्तित्वको खाका उतार्नुको विकल्प मैले देखिनँ । जे देखें, त्यसलाई प्रस्तुत गर्ने यत्न गरें ।

तर... म को हुँ र भैरव अर्यालको व्यक्तित्वको खाका उतार्ने ! म त सिर्फ मिस्त्री हुँ । मबाट मिस्त्री हुने कोशिशमात्र सम्भव हुन सक्यो ।

पूरै बहुलाउन सकिनँ; यसर्थ उहाँजस्तो 'आविष्कारक' हुन सकिनँ । उहाँका बारेमा लेख्न मिस्त्री होइन, आविष्कारक नै चाहिने रहेछ ।

म भैरव हुन सकिनँ ।

म 'भैरव' हुन सक्ने गरी 'बहुलाउन' सक्तो रहेनछु !

यो निर्भीक शिर 'निहुरीमुन्टी न' पारेर नेपाली हास्यव्यङ्ग्यको आजसम्मकै सबैभन्दा शक्तिशाली, अजय व्यक्तित्वसामु आत्मसमर्पण गर्छु ।

मेरो गल्ती मैसम्म रहोस्;

भैरवतिर नजाओस् !!

प्रोल्लास सिन्धुलीय

poetprollas@gmail.com

पटाक्षेप

म अर्कै दुनियाँमा छु ।

म पोखरामा छु ।

म आधा भाँच्चिइसकेछु; आफैँलाई थाहा छैन ।

ऊ समयमा नआइपुगेको थाहा छ; ऊ समयसँगै हराएको थाहा छैन । ऊ मसित नभएको थाहा छ; उसलाई समयले खोजिरहेको थाहा छैन ।

त्यो कलकल बाग्मती; त्यत्ति धेरै कुरूप भइसकेछ... !

केही त थाहा छैन !

... ... खालि रिसमात्रै उठिरहेछ ।

उसलाई सम्झन्छु ... ... रिस उठ्छ । फेरि सम्झन्छु.... फेरि रिस उठ्छ । घरीघरी सम्झन्छु ... ... घरीघरी रिसमात्रै उठिरहन्छ ।

अनि ... ... ?

अनि, म उसलाई सम्झनै छाडिदिन्छु ।

***

त्यस दिन म 'जान्छु' भनेर गएको थिइनँ, भौँतारिँदै त्यता पुगेछु । साँझ पर्न लागिसकेको थियो । मेरा पाइला नयाँसडकको पेटी नाप्न थालेका थिए । भूगोलपार्कको छेडोबाट यसो नियालेर गोरखापत्र भवनतिर आँखा फ्याँकें । मेरो नियन्त्रणबाट फुत्किएर मेरा आँखा उसैलाई खोज्न त्यता दौडिएथे, उसैसित ठोक्किए ।

ऊ बार्दलीमै देखियो– कसैसँग कुरा गर्दै गरेको ।

मेरा आँखाले केही बोल्नै भ्याएका थिएनन्, उसैको इशाराले मेरो बाटो छेक्यो– 'पख है ! म नि आउँछु !'

पारस होटलअगाडि उभिएर कुर्न थालें म ।

हिंड्नै लागेको थियो कि गर्दागर्दैको काम छोड्दिएर आयो कोनि; ऊ सशरीर आइपुग्यो । त्यहाँबाट मैले काष्ठमण्डपतिर लम्किने सूर गरें, उसले त्यता जान अनिच्छा जतायो ।

"यहीं उभिइरहने त ?" मैले असहजता ओकलें ।

"हैन, जाऊँ न ! भोक लागिरहेछ; पहिले केही खाऊँ ।" उसले सहजता पहिल्यायो ।

आफ्ना दुई शरीरलाई आ-आफूले बोक्तै हामी खिचापोखरीतिर लहसियौं।

बाटोमा हामी दुवैको शरीरसित परिचित हातहरूलाई सिर्फ मेरो शरीरले मात्रै जबाफ फर्काइरह्यो, उसको शरीरले देख्तै नदेखेझैं गऱ्यो । हाम्रो पेटले आफूलाई भर्न अभ्यस्त भइआएको इन्द्रपुरी मिष्ठान्न भण्डारभित्र छिरेर पुरी-तरकारी मागिसक्दा पनि उसको अनौठो मौनता मौनै थियो ।

"के भो भैरव ? आज तिमीलाई सन्चो छैन कि कसो ?" उसको मौनता नतोडी मेरो उकुसमुकुसिँदो मन कहाँ शान्त हुन्थ्यो र !

"भैरव भन्ने कुनै साथी थियो भन्ने कुरा तिमीले पनि चाइने बिर्सनुपर्ने वेला आइसक्यो । अब सन्च-सुबिस्ताको के कुरा सोध्छौ ! मलाई सन्चै पो कहिले थियो र !"

उसको आवाज होइन, पीडाको कालो बादल मेरो अघिल्तिर मडारियो ।

"के बोल्छन् यिनी... !?"

"मेरो घाँटीबाट चाइने जर्मनले हालिदिएको गधाको स्वर निस्के पनि यो मैले नै बोलेको हुँ ।"

ऊ त्यस बखत अर्कैअर्कै मूडमा थियो । यस्तो मूडमा अब उससँग बोल्नु या तर्क गरेर बस्नुको अर्थ हुँदैन भन्ने बुझेको मैले बाहिरतिर आँखा डुलाएँ । सामुन्नेको 'स्विस बस सर्भिस'को बोर्डमा आँखा अल्झियो ।

"ए साँच्ची ! तिमीलाई भन्नै भुलेको; पर्सि म पोखरा जाँदै छु ।"

"पोखरा ? एक्लै ? उसो भए मलाई नि लैजाऊ न है !"

"हिंड न त ! तिमी भए झन् रमाइलो हुन्छ । केही दिन त्यता घुमौंला ! तिम्लाई अलिक बिदा मिलेछ भने त्यतैबाट पाल्पा, भैरहवातिर पनि पुगेर आऔंला !"

उसको अनुहारमा उत्साहको रक्तसञ्चार हुँदै आयो । ऊ अघिको गम्भीर भैरवबाट पुरानै हँसमुख भैरवमा रूपान्तरित हुन थाल्यो ।

बिस्तारै ऊ फ्ल्यासब्याकमा फर्किंदै गयो– पहिलो जागिर...; सेती नदी...; फेवाताल...; माछापुच्छ्रे...; कन्धनी डाँडा... !

कन्धनी डाँडाको सिलिङ्गे बगैंचाको विद्यालयमा पुगेपछि उसको उत्साहको मिटर ह्वात्तै घट्यो । त्यहाँबाट बिस्तारै ऊ ओरालो लाग्दै गयो । कन्धनी डाँडागाउँ, विजयपुर खोला, डमेर रह... !

डमेर रह (दह) मा पुगेपछि उसको मिटर पूरै डाउन भयो, "टीकापछि जौं न; हुँदैन ? ...म ...लामै बिदा लिन्छु ।"

म टीकाको अघिल्लो दिन नै आइपुग्न चाहन्थें ।

उसको उत्साहको उतारचढाउको छालसँग घुलाएर मैले मेरो पूर्वयोजनालाई पूरै भत्काइदिएँ । कारण- म उसको जिजीविषा भत्काउन चाहन्नथें ।

काटिसकेको टिकट क्यान्सिल गरेर स्विस बसका गोविन्द विष्टले दशैंलगत्तै अर्थात् ०३३ साल असोज १९ गते बिहान ७ बजे छुट्ने गाडीको दुई सिट हाम्रो नाममा तथास्तु गरिदिए ।

मलाई कताकता पो जानु थियो; गइनँ । ऊ त्यहाँबाट कतै जानु छ भन्दै थियो; पछि कुरै गरेन । हामी लुरुलुरु घरतर्फ फर्कियौं ।

बाटोभरि ऊ उसैगरी उत्साहको घोडा चढिरह्यो । म उसको घोडाको पछिल्लो सिटमा उसैलाई समात्दै उससितै कास्कीका डाँडाकाँडा घुम्दै रहें । नयाँसडक गेट... महाँकाल... वीर अस्पताल... रत्नपार्क... !

रत्नपार्कमा पुगेपछि हाम्रा गोडा रोकिए; अर्थात् उत्साहको घोडा रोकियो ।

घोडाबाट झरेपछि मैले भनें, "हिंड्न एघार-बाह्र दिन बाँकी छ । दशैंले छोपिसक्यो । यसबीचमा हाम्रो भेट हुन नि सक्छ; नहुन नि ! फोनवार्ता हुन नि सक्छ; नहुन नि ! जे भए नि त्यस दिन बिहान पौने सात बजे हामी खिचापोखरीमा भेट्छौं है !"

"हुन्छ ! म दुई-पाँच मिनेट अघि नै आइपुग्छु ।" उसले मन्दमन्द मुस्कानका साथ भन्यो ।

उसको मुस्कानमा त्यस बखत उत्साह कम; गाम्भीर्य ज्यादा थियो । जोरपाटी जाने बसमा उसलाई चढाएर पैदलै बाटो नाप्न लागेको थिएँ, झ्यालबाट टाउकोसहितै निकालेर उसले हात मतिर बढायो, "बाईबाई घनानाथ !!"

सत्र वर्षपछि पहिलो चोटि उसले मलाई 'घनानाथ...' सम्बोधन गऱ्यो ।

मलाई अझै 'रोचक' नै हुनु थियो !

मलाई अकस्मात् 'घनानाथ' हुनु नै थिएन !!

ठुस्स पर्दै केही नबोली हात उठाएर छुट्टिएँ म ।

न फोन; न संवाद; न भेटघाट, दशैं ह्वात्तै आइहाल्यो ।

नवमीको बिहान; परिवारसँग गुह्येश्वरी दर्शन गर्न म पनि गएको भए उससँग भेट हुने रहेछ । बाग्मती-किनारको चौतारोमा उदास-उदास टोल्हाइरहेको रहेछ ऊ– दुई छोरालाई दुईतिर राखेर । मेरी पत्नी सुस्मिताका आँखा उसैमा ठोक्किएछन् अनि छिरेछन् मन्दिरतिर । गुह्येश्वरीको दर्शन गरेर फर्किएपछि उनका आँखा फेरि पोखिएछन् अघिकै आकृतिमा, "किन यस्तरी उदास भएर बसिरहनुभा'को बाबू ? घर जाने हैन ?"

"यिनीहरूलाई घुमाउन ल्या'को ! म बिस्तारै जान्छु, तपाईंहरू जानोस् !"

जहाँको त्यहीं; जस्ताको तस्तै; त्यसैगरी टोल्हाउँदो भैरवबाट आँखा झिकेर उनी घरमा आइन् ।

उनी आँखामा विस्मयादिबोधक चिह्न भरेर आएकी रहिछन्, "खै किन हो ! उहाँको अनुहार र चाल त बेग्लै देखें है मैले आज !"

"ऊ त्यस्तै त हो नि ! छोराहरूलाई घुमाउन ल्याएको थियो होला; बस्यो होला खोलाको छेउमा !! अब यो चाडबाडको वेला कता उसको घरमा गइराख्नु ! पर्सि त सँगै जानु छँदै छ । पोखरा, विजयपुर खोला, कन्धनी डाँडा, सिलिङ्गे बगैंचा... सारा घुमाएर ल्याउँछु अनि त्यसको भएभरको उदासी पत्तासाफ हुन्छ !", मभित्रको म बोल्यो सुस्तरी ।

त्यसको अड्चालीस घण्टा नबित्दै जाने भनिएको बिहान पनि आइहाल्यो ।

मेरो आँखामा खिचापोखरी आयो ।

हामीलाई लैजाने बस आयो ।

मिनेट र सेकेन्ड सुईलाई बाह्रमा ठेलेर घण्टा सुई सातमा आयो ।

तर... ... ...तर ऊ आएन !

झोला सिटमा राखेर म सडकमा ओर्लिएँ । मान्छेहरू आए । मान्छेहरू आइरहे; गइरहे । ... ...तर अहँ ... ऊ आएन !

हरेक धमिला आकृति नियाल्दा-नियाल्दै मेरा आँखा पूरै धमिला भए; तर... तर ऊ अझै आइपुगेन ।

बसले एकनास हर्न बजाइरह्यो; म एकनास उसको बाटो नियाल्दै रहें ।

"रोक न रोक ! एक छिन त रोक !" म चिच्याइरहें; आँखा ऊ आउने बाटोमै ओछ्याएर !

बस मलाई अटेर गर्दै घ्यारऽऽघ्यार... ... घ्यारऽऽघ्यार अगाडि बढ्न थाल्यो । म बसलाई नै अटेर गरेर पऽरपऽरसम्म आँखा बिछ्याउँदै रहें, "पर्ख ! एक छिन त पर्ख !! ऊ आउँछ !! ऊ आउँछु भनेर ढाँट्ने मान्छे नै होइन !!"

बस साँच्चै हिंड्न थाल्यो । खलासी मलाई तान्न आइपुग्यो । म अझै अटेर गर्दै रहें । उसले ठेल्दैठेल्दै मलाई बसभित्र कोच्यो ।

म सिटमा थच्चारिएँ ...ऊ नभएको खाली सिटमा !!

मसित मुर्मुरिंदै बस उत्ताउलिंदै दौडिन थाल्यो ।

अन्तिम भेटमा उसले जसरी मेरो बिदाइ गरेको थियो; म उसैगरी झ्यालबाट टाउको निकालेर उसलाई खोज्न थालेँ ।

... त्रिपुरेश्वरमा ... ऊ थिएन ।

... कालीमाटीमा ... ऊ थिएन ।

... कलङ्की मन्दिरमा ... ऊ थिएन ।

नागढुङ्गाबाट ओरालो लागेपछि आङ सिरिङ्ङ भयो– ...अब ऊ मसँग छैन !!

म साँच्चिकै एक्लो भइसकेँ !

... त्यसपछि ...

... त्यसपछि मलाई रिस उठ्न थाल्यो ।

उसले 'जान्छु' नभनिदिएको भए म दशैँअगाडि नै जाने थिएँ । धेरथोर आनन्दसँग पोखरा घुम्ने थिएँ ।

मसँग केही न केही उत्साह हुन्थ्यो ।

मसँग केही न केही उमङ्ग हुन्थ्यो ।

ऊ आइदिएन । ऊ 'आउँछु' भनेर पनि आइदिएन ।

कि उसले 'आउँछु' भन्दै नभनेको भए हुन्थ्यो !

***

केही दिनपछि मनलाई होइन, शरीरलाई पोखराको हावा खुवाएर म काठमाडौं फर्किएँ ।

२४ गते झमक्क साँझ परेपछि म काठमाडौंमा ओर्लिएँ । भुईंमा पाइला टेक्न पाएकै थिइनँ; स्विस बसका बाबुकृष्ण विष्टको स्वर कानमा सर्सराएर पस्यो– "भैरव बाजे त जानुभो' नि सर !"

'जाओस् ! मसँग गएन; गयो होला अर्कै बस चढेर !! मरोस् !! धन्न पोखरामा भेट भएन !! भेटेको भए बाघेझापू खाने थियो; बच्यो !!'

म झर्कोलाग्दो तरङ्गमा रङ्मडिँदै घरमा पुगेँ । मलाई उसलाई सम्झन पनि मन थिएन ।

पुग्नासाथ सुस्मिताले उसकै कुरो कोट्याइन्, “भैरव बाबूको कुरो त था' पाउनु'भो नि हैन ?”

“मलाई के था' ! ... मसँग गएन क्यार !! ... ... काँ मरेछ त्यो ?” मभित्रको चिढचिढा अझै दुरुस्तै थियो ।

उनी केही क्षण चुपचाप रहिन् ।

सुस्तरी भनिन्– “गोकर्णछेउ बाग्मतीमा लास भेटियो अरे ! ... ... तपैंलाई खोज्न को-को आइसके ! ... ... नवराजजी त दुई पटक आइसक्नुभो !

... ... फोन कत्तिको आइसक्यो !!”

... ... !?!

एक

स्थान : कोपुण्डोलतर्फको बाग्मती-किनार
मिति : ०२३ साल असोज ५ गते बुधवार
समय : साँझ ७:३० बजे
पात्र : ऊ (भैरव, वर्ष ३०)
म (रोचक, वर्ष २५)

साँझले क्रमशः छोप्दैछोप्दै लगिरहेको थियो; झ्याप्पै छोप्ने उद्यममात्र बाँकी थियो । पुलमाथिको सडकमा गाडीहरू पातलिन थालिसकेका थिए । मान्छेहरू जति देखिन्थे, हतारहतारमै लाग्थे ।

शहर सायद थन्किने चटारोमा हुनुपर्छ ।

"रोचक, तिम्लाई हतार छैन होला नि !"

"गाँठी कुरो के हो, त्यो भन न ! अँध्यारोले छोप्न आँटिसक्यो । यति वेला; यस्तो सुनसान ठाउँमा आएका छौं । चराचुरुङ्गी; कीटपतङ्ग; जनावर; मान्छे; सबैसबै घरतिर जान्छन्, हामी भने साँझ परेपछि घरबाट निस्कियौं; किन ?"

"आज कुनै प्रश्नको गुन्जाइश नहोस् भन्ठान्दै छु म । एक छिनलाई ठान्देऊ न– यो चाइने प्रश्न गर्ने वेला नै होइन ! प्रश्न गर्ने ठाउँको चाइने दुःख कहाँ छ र हाम्लाई ! गरौंला नि पटक-पटक; घैंटोमा घाम नलागुन्जेल !"

"लौ ! मानें रे तिम्रो कुरा !! म पनि त तिम्ले 'जाऊँ' भन्यौ; आइदिएँ । 'कहाँ ?' समेत सोधिनँ । यत्ति अवेला; पक्कै केही विशेषै कुरा होला भन्ठानें । कुतूहल भइरहेछ; त्यत्ति सोध्न त पाइएला कि !"

"त्यै भएर त तिमी साथी..... !"

अनायास मैले कुरा काट्दै सोधें, "ए साँच्ची ! यतै जन्मेका हैनौ तिमी ? तिम्ले कतै आफ्नो जन्मथलोमा त ल्याएका हैनौ ? त्यो दरबार कहाँनिर थियो अरे ?"

"ख्वै ! मलाई राम्रो याद छैन । यतै कतैको यौटा दरबारमा बुबाकी फुपू अडैनी बसेकी थिइन् अरे । तिनैको सेवा-सुसार गर्न बाआमा यता बसेको वेलामा म जन्मिएछु । यताको कुरा त मेरो सम्झनामा के रहोस् ! ज्ञानेश्वरबाट डिल्लीबजार जाने बाटोमा चिलङ्खा दरबार थियो- दोलखाका भक्तबहादुर कर्णेल; उसवेलाका नामी भारदारको । ती अडैनी फुपू उनैकहाँ बसेताका भने म बुबाको साथ लागेर बारम्बार त्यहाँ जाने गरेको थिएँ । सायद तिनै कर्णेलको थियो कि यहाँ पनि !"

"यो अडैनी भनेको चैं के रै'छ ?"

"ख्वै ! सुसारेहरूको हाकिम हो कि भान्सेहरूकी नाइकेनी; त्यस्तै केही हुनुपर्छ ।"

"छिन् त तिनी ?"

"छैनन् नि ! बितिसकिन् ।"

"अनि ? आज यता लहसिनुको कारण......?"

"तिमीसित हिंड्न नि चाइने कारणसारण सोच्नुपर्ने भो अब ?"

"अर्थोक जे होस्; गाँठी कुरो केही त पक्कै छ; तिमी खालि बङ्ग्याउने, पन्छाउने दाउमा छौ ! कतिबेरसम्म अल्झाइराख्छौ; हेर्छु म पनि !!"

"सामान्य मान्छेको सामान्यत्तर दैनिकी बाँचेर यहाँसम्म; यही खोलाको किनारसम्म चाइने सकुशल आइपुगियो । अन्ततः पुग्ने पनि यही वा यस्तै खोलाकिनारमै त हो.... !"

बीचमा रोक्दै म बोलें, "साँच्ची, आज तिम्रो जन्मदिन होइन ? ब्यानसम्म सम्झिरा'थें ! कस्तो हुस्सु भएछु; भुलेछु पो ! कतै जन्मदिन मनाउने काइदा झिकेका हौ कि ? यस्ता उट्पट्याङ कर्मचाहिं महाशयको दिमागमा कहाँकहाँबाट उब्जिहाल्छ हगि !"

"जन्म अनि मृत्यु; यस्तो यौटायौटा तिथि हरेकले ढिलो-चाँडो; अनिवार्य पाउँछन् । यो चाइने कुनै गतिलो वा उत्पाती कुरो होइन ।"

"के हो त उत्पाती कुरोचैं ?"

"त्यही सामान्य दिन युगौंयुगका लागि स्मरणयोग्य बनाउनु । तर, चानचुने सामर्थ्यको कुरा हुँदैन त्यो । यी ! मलाई नै हेर न– यही पछाडिको कुनै दरबारको यौटा कुनामा जन्मिएँ । यही बाग्मतीकै किनारमा चाइने खेल्दै हुर्किएँ । बाआमाको जेठो सन्तान, चार भाइ, छ बैनीको दाजु बनिटोपलें । यौटीको लोग्ने बनें; केहीको बाउ बन्दै छु । यस्तै उपक्रममा आफूलाई तीस वर्षको लक्का जवान बनाएँ । यो कुनै हुँदै नभा'को, चाइने गर्नै नसकिने कुरो हो र ! तीस वर्ष भएँ रे लौ ! अपझ्ट मर्नुपरेन भने यस्ता वर्ष चाइने जस्ले नि खान्छन् ! यस्तोमा के पुरुषार्थ गरें भन्ठानेर जन्मोत्सव मनाउनु !"

"तिमीसित बहस गर्न सकिँदैन; गर्न आ'को नि होइन । यत्ति भन– तिम्लाई याद त थ्यो आफ्नो जन्मदिन ?"

"जिन्दगीमा कति कुरा थाहा भएर नि नभएझैं गर्दिनुपर्छ । जन्मदिन हैन; आज चाइने बाल्यकाल सम्झन मन छ ।"

"सम्झ न त ! साक्षी म छँदै छु क्यारे !"

"समयले बच्चैदेखिन् निरङ्कुशता लाद्दै गयो ममाथि । केटाकेटीहरू खेलबहाड रुचाउने हुन्छन् । तर, मैले चाइने अपवाद बनिदिनुपऱ्यो । बालसुलभ चञ्चलतालाई ढाकछोप गरी दुःख, कष्ट, कामधाममै रमाउन सक्ने हुनलाई चाइने मैले ठूलो बन्नै परेन । घरका कामकाज र पढाइलेखाइको निम्ति जतिसुकै कष्ट पनि सहने अनि पढाइबाट नै मनोरञ्जन लिएर सन्तुष्ट हुन सक्ने एउटा अनौठो चरित्र चाइने ममा सानैदेखिन् कसरी उत्पन्न भयो- थाहा छ ? बाध्यताले !!

नढाँटी भनूँ ? बिहान उठ्नासाथ सम्झेको थें आफ्नु जन्मदिन । घरका कसै न कसैले चाइने कसो नसम्झेलान् भन्ने आशा थियो; तुहियो । दिनभर गोरखापत्रमा जोतियुन्जेल आफैंले पनि भुलें । तिम्ले

फोन गरेपछि झसङ्ङ भएँ– लौ मेरो जन्मदिन पो आज ! अनि, चाइने किनकिन यता आउन मन भयो ।"

"तिम्लाई धेरथोर बुझेको छु झैं लाग्थ्यो; आज घुइरोघुइरो महसूस गर्दै छु– तिम्लाई बुझ्नु अक्करै छिचोल्नु रहेछ ।"

"मैले मैलाई चाइने बुझ्न सकेको छैन अझै; तिम्ले कसरी बुझ्छौ ! बा-आमालाई बुझें; घरपरिवार बुझें, व्यवहार बुझ्नतिर लागें । अनि, चाइने चुपचाप बिहे गरिदिएँ । बालविवाह गर्नुहुँदैन भन्ने था' थे'न र मलाई ? कवितै लेखेको छु नि–

'कोही बालविवाहको जहरिलो त्यो गर्तमा पर्दछौ
कोही वृद्धविवाहको अनलमा ठाडै जली मर्दछौ
शिक्षा छैन, विचार छैन, अरूले जोजो भन्यो, सो गर
स्वार्थी, तुच्छ समाजको नजरमा के भाउ तिम्रो छ र !'

बिहेको किस्सा त तिम्लाई मोटामोटी सुनाइसकेकै छु । आज मेरोमा जाऊँ, छूटपुट सुनाउँला । घरमा भनेरै आएका हौ नि ?"

"साँझ पर्ने वेलामा भैरवसित हिंडेपछि घरमा के भनिरहनुपर्ला र ! तै, फोन गरिदिउँला कतैबाट ।"

"जाऊँ उसो भए । जन्मदिनमा जन्मथलो टेक्ने सौभाग्य चाइने जोकसैलाई सहजै कहाँ मिल्छ र ! यसरी पनि आफूलाई जबरजस्ती भाग्यमानी बनाउनुपर्छ कहिलेकाहीं !"

"भैरवका कुरा म के जानौं ! भैरवले नै भैरवलाई बुझ्दैन भन्या हो क्यारे !"

दुवै उठ्यौं । शून्यता अलिकति खलबलिएजस्तो भयो ।

पर्दा खस्यो ।

जीवनमञ्च रङ्गमञ्चजस्तो कहाँ हुन्छ र– आफैंले पर्दा खसाल्दिनुपर्ने ! पर्दा रातले खसालिसकेको थियो ।

हामी जीवनको शून्यतालाई अझ शून्य पारेर हिंड्यौं ।

दुई

गाउँतिर नाउँ चलेका पण्डित होमनाथ अर्जेल ! ऊ अर्थात् भैरव उनै अर्जेल पण्डितको सन्तान । गाउँघरतिरकै भए पनि चल्तापुर्जा पण्डितको जेठोबाठो छोरो ऊ; 'कखरा' लेख्न, किताब पढ्न सक्ने त बाले उसलाई घरमै बनाइसकेका थिए । केटो पढन्ता खालकै निस्कियो । त्यसपछि भने अर्जेल पण्डितसँग उसलाई पढाइबस्ने फुर्सद पनि भएन; आँट पनि रहेन । उसलाई पाठशालातिर ठेल्दिनै पर्ने भयो ।

रानीपोखरी संस्कृतप्रधान पाठशालामा उसलाई पढाउने प्रबन्ध जुटाइयो । यसो अह्राइपह्राइ गर्न पाउने अनि पकाइतुल्याइ गरिदिने शर्तमा गाउँकै अचार्ज बाजेका छोरा बद्रीको डेरामा उसले ओत पाउने भयो । पाठशालामा भने तेह्रदिने नाताभित्रका सहगाउँले हरिप्रसाद अर्जेल उसको सहपाठी बन्ने भए ।

खहरेजस्ता स्वतन्त्र, स्वच्छन्द बन्दै गाउँ-शहर चहार्ने हरि र भैरवले बाँधमा बाँधिएर औपचारिक शिक्षाको कुलैकुलो आफूलाई हिंडाउने मेलो पाए ।

केही समय यस्तैयस्तैमा बित्यो । त्यस्तैमा आइ लागि त हाल्यो– यो अर्को झमेलो !

"ठूले ख्वै ठूले ?" पण्डित होमनाथ आँगनमा निस्केर कराउन थाले । बाको आकस्मिक स्वरले उसका आँखा खुले ।

एघार वर्ष चानचुनको दुब्लो-पातलो शरीर, जिङ्ग्रिङ्ङ परेको कपाल, दुई हातले मिच्दै गरे पनि राम्रो गरी नखुलेका आँखा, कत्लाकुत्ली परेको अनुहार ... यस्तै हुलियामा ऊ फुत्तै निस्कियो आँगनमा ।

ऊ अर्थात् भैरव; अर्थात् उमेरले बाह्रको नेटोसमेत नकाटेको जेठो !

"ल हेर, मुखधरी धोको रै'नछ ! ए तीर्थेकी आमा ! साङ्लेखोलाका पराजुलीहेरू आउँदै छन् । यल्लाई न्वाइध्वाइ गरेर अलिक हेर्नलायक बनाउनू; म हिंडें सर्जाम किन्न !" भैरवतिर वक्रदृष्टि फ्याल्दै बा हुत्तै निस्किए ।

दुई हजार पाँच साल असोज पाँच गते ऊ बाह्र वर्ष पुग्दै थियो; सोही वैशाखमै उसको बिहे हुने कुरो उठेको रहेछ ।

उठ्नु के थियो; कुरो दौडि त हाल्यो !!

घरको जेठो छोरो ! जेठो हुनुको दायित्व, अवसर, नाफा, घाटा, सुविधा, असुविधा.... के-के पो हो कोनि; थुप्रै हुँदा रहेछन् । कलिलै खुट्टाले सही; उसले पारिवारिक दायित्व उठाउनै पर्ने भयो ।

त्यस वेलाको चलन नै त्यस्तै ! हुन त चलन मिसमास भइसकेको थियो । कसैले सानैमा बिहे गरिदिन्थे; कसै-कसैले अलिक उमेर कुर्थे ! यस्तै गर्नुपर्छ भन्ने थिएन तर उसको भने बालखमै बिहे हुने पक्कापक्की भयो– साङ्लेखोलाका गुरागाईं बाजेकी छोरी शोभासँग ।

अरू वेला धुस्रेफुस्रे भएरै हिंड्ने 'औसर' मिले पनि घाम पर्दा विभिन्न कलर टल्कने धूपछायाँ रङको एउटा सुती कोट थियो उसको । चिलङ्खे दरबारमा अडैनी बजैको हातको टीको थाप्न बासँग जाँदा लगाउन यौटा कोट र छालाको जुत्ता 'अनिबार्जे' मिल्थ्यो उसलाई । त्यो त्यसैको पहिलो फल थियो ।

दुई महिनापछि बिहे हुने दुलाहा; परिवारले लख्र्याक-लुखुक भएर हिंड्न कहाँ दिने भए र ! उसमाथि कडा प्रतिबन्ध लाग्यो– "कोट नलगाईकन कतै नजानू !"

केही दिनदेखि उसको शरीरमा लुतो सल्किएको थियो । कन्याउँदा-कन्याउँदा दाहिनेतिरको कुहिनोमा त अलिक ठूलै घाउ भइसकेको थियो । लुतोको सजिलो ओखती उही गन्धक न हो ! उसले घाउका पाप्रा छोपिने गरी गन्धक लगाएको थियो ।

एकातिर कोट लगाएर 'हिरो' हुन नि पाइने; अर्कोतिर कुहिनोको लुतो नि छोपिने ! क्या गजब पो भयो उसलाई !

सुत्दा, घरायसी काम गर्दाबाहेक नजिकैको ढोकापसलतिरै निस्किनुपऱ्यो भने पनि ऊ त्यही धूपछायाँ कोट भिर्न थाल्थ्यो । गाउँतिरै निस्कँदा त छाड्दैनथ्यो भने शहरतिरको झन् के कुरा ! अन्यथा त कोट, जुत्ता लगाएर आँगनमै निस्कन पनि गाह्रै थियो उसलाई ।

आइ त हाल्थ्यो– "सुकुलगुण्डो भएर कता नि ?"

कोठाभित्रै लाउने, ऐनामा हेर्ने अनि किलामा झुन्ड्याइदिने । अर्को वर्ष टीका थाप्न जाने वेलासम्म कोट भिर्न नमिले नमिलोस्; जुत्ता खुट्टामा नछिरे नछिरोस्; उसलाई के ! कोट र जुत्ता लाइदिनु न हो; ठीक होस् कि नहोस् !

यस्तो पो हुन्थ्यो उसको अवस्था ।

जे होस्, भित्रभित्रै गुम्सिएर सिन्कीप्रायः बनिसकेको 'कोट ढल्काउँदै हिंड्ने' उसको रहर पूरा गरिदिएको थियो– घरको उपरोक्त अन्तरिम आदेशले । आफ्नै मनोकाङ्क्षा पूरा गर्ने खालको प्रतिबन्ध पनि कहिलेकाहीं लगाइदिंदो रहेछ घरले !

केही दिनमा लुतो ठीक भयो । त्यसबीचमा कतै जानुनपरेकाले एकाध दिन कोटले पनि फुर्सद पायो ।

यता बिहेको तयारी हुँदै थियो, उता बिहे आउनुभन्दा महिना दिनजति अघि हेर्दा कोटको कुइनोसँग त मुसाले मस्ती गर्न भ्याइसकेछ !

यो गन्धक भन्ने कुरो कत्ति मीठो लागेको हो गोटीलाई !

हुनेवाला बेहुलोजस्तो मान्छे; मुसाले चपाएको घाइते कोट लाएर हिंड्ने त कुरै भएन ! अर्को कोट थिएन ! परेन फसाद !

'कोट', 'घरको आदेश' र उसको 'रहर'; तीनै एकसाथ थान्को लागे ।

बाहिर खिस्रिक्क परेजस्तो देखाए पनि भित्रभित्र भने ऊ मक्खै थियो– 'अब बाले नयाँ कोट हाल्दिहाल्छन् नि ! हुनेवाला बेहुलो पो हुँ ए गाँठ्ठे !'

बिहेको तिथि नजिकै आइसक्यो तर उसका लागि नयाँ कोटको कुरै उठेन । बेहुलो कोटविहीनकै अवस्थामा रहिरह्यो । कहिले कपडा छान्नु ? कहिले नापजाँच गराउनु ? कहिले नयाँ कोट लाउनु ?

यो छटपटी सिर्फ उसलाई न थियो; अरूलाई त के पो थियो !

अन्ततः ढिलै गरी भए पनि उसका लागि नयाँ कोट आउने भयो– उसलाई मन पर्ने खालकै; जिन्सको !

तर, टिङ्रिङ्ङ कोटले मात्र के गर्नु !

मयलपोस, सुरुवाल र टोपीचाहिँ ख्वै त ?

“बिहेमा ससुरालीले एकजोर दौरा-सुरुवाल र टोपी दिइहाल्छन् । त्यही लगाएर दुलान फर्काउन जानू ! दुलान फर्काउँदा फेरि अर्को जोर दिइहाल्छन् ! अब तँ छुसीलाई त्यसभन्दा बढ्ता केको लुगा !!” बाले उल्टै सात्तो खाइहाले ।

कस्तो विडम्बना !

बिहे उसैको हुँदै थियो । बा ‘हजार खर्च गर्न’ सुर्रिएका थिए । उस जमानामा हजार रुपियाँ खर्च हुनु भनेको भव्य हो । त्यस्तो भव्य विवाह-उत्सवमा दुलाहालाई न दौरा-सुरुवाल, न टोपी ! हरे !!

ऊ झन्डै रोएन ।

मयलपोस, सुरुवाल, कोट र टोपी ढल्काएर ‘बेहुलो’ बन्ने उसको सपना जामा-पगरीकै भरमा टर्ने निश्चित भयो ।

बिहे भन्नु त्यस्तै हो; उसको ‘इज्जेत-सम्मान’ भिन्नै थियो, मानमनितो अर्कै थियो, स्वागत-सत्कार बेग्लै थियो ।

कम्ता फुरुफुरु थियो र ऊ !

लावालस्कर जन्ती अगाडिपछाडि लगाउँदै, झ्याइँझ्याइँ पञ्चेबाजा ठोक्तै, रातभरि जग्गे पोलेर भने-भनेजस्तो विधि-विधानपूर्वक साढे एघार वर्षकै उमेरमा उसको झ्याइँकुटी झ्याइँ भयो ।

तीन

"यो मेवा नफल्लाजस्तो छ, काट्दिने पो हो कि ?" बारीतिर के नजर परेको थियो, होमनाथ पण्डितले पत्नीसित भने । पण्डित्नी बार्दलीमा चामल केलाउँदै थिइन्; हेर्दै नहेरी जबाफ फर्काइन्, "आ होस् है ! कत्ति राम्रो; हरियो देक्खेको छ, छाड्दिनुस् ! भख्खर त त्यत्रो भा' हो, पछि फल्ला कि !"

आँगनमै अलमलिइरहेको लोग्नेतिर नजर लगाउँदै उनले थपिन्, "बरू त्यस्तो जाँगरै चल्या भए यो जग्गेको केराको बुटो तह लाइदिनू न त !"

"आऽ ! सक्तिनँ है म त ! त्यो लाउकेको के काम ! लगा न त्यल्लाई ! सधैंको ब्यौलो ठानिरा' होला आफूलाई !" उनी ततर्किए ।

"हुन्दिनुस् उसो भए । ब्या' घरको शोभा; रहोस् क्यै दिन ! उसै पनि जग्गे एक हप्ता नभै निकाल्नुहुन्न भन्छन् ।" उनी चामल केलाउनतिरै केन्द्रित भइन् ।

"आमा ! गाउँतिर जान्छु है !" भित्रबाट हुत्तिँदै निस्केको भैरव उस्तै गतिमा बाहिरियो ।

ऊ जाँदै गर्दा पण्डित्नी चिच्च्याइन्, "बालाई सोधेर जाऽऽ !!"

"सोध्दिनू न के आफैं !" गति कम नगरीकनै ऊ घरपछाडिको कटेरोहुँदै गायब भयो । आँगनको छेउमा उभिइराखेका होमनाथ पण्डित आमा-छोराको संवाद सुने पनि नसुनेझैं गरिरहे ।

पलक राम्रो गरी झिम्क्याउन नपाउँदै दौडिएको केटो काँधमा गाग्रो हालेर पो आइपुग्यो ! दुलही सायद पँधेराबाट आउँदै थिइन् क्यार;

उसले बाटैबाट गाग्रो टिपेर ल्याइदिएछ । जुन वेगमा आएको थियो, गाग्रो गग्रेटोमा राखेर ऊ उसैगरी बतासियो ।

रित्तै हात पँधेराबाट फर्किएकी नवदुलही आँगनमा सासू-ससुरालाई देखेर अलमल्ल परिन् । के गर्न हुने; के नहुने ! नौ वर्षकी तिनलाई के थाहा ! धोती लगाएर ठूलीजस्ती देखिएकी न हुन्; ठूली भइसकेकी त कहाँ हुन् र !

तिनी अलमलिएकी देखेर पण्डित्नीले बोलाइन्, "आऊ दुलै, मैले चामल निफन्देकी छु; यस्को बियाँ टिप ।"

दुलही पिँढीमा बसेर बियाँ केलाउन थालिन् ।

झमक्क साँझ परेपछि मात्रै केटो आइपुग्यो ।

बाहुनको घर, विवाहित केटो; धोतीपाटा नफेरी भोजन गर्ने कुरै थिएन । बिहेपछि उसको मान-मनितो बढेकै थियो घरमा । बाकै हारीमा बसेर भात खान पाएको थियो । बाकै झैं उसकी पनि घुम्टी हालेकी दुलही थिइन् । कोठा पनि अलिक ठूलो, उज्यालोतिर सारिएको थियो । लुगाफाटा त कति हुन् कति ! फेरीफेरी लाउन पुग्ने थिए । सबैभन्दा ठूलो कुरा– राति सुत्ने वेलामा गन्थन गर्ने साथी पाएको थियो उसले ।

"तपैंको बा के ! कस्तो डर लाग्च मलाई त !"

"सप्पैको बा उस्तै हुन् ! तेरो बाको झन् जुँगै डरलाग्दो !"

"आबुई बुद्धू ! ती त काका हुन् ! हाम्रो बा त 'छोरी' भन्चन्, कस्तो मया गर्चन् !"

"एऽई ! बुद्धू कल्लाई भनेकी ? तेरो बाउ बुद्धू ! तेरी आमा बुद्धू ! तेरो जुँगे काका बुद्धू !!"

"मया गरेर भन्या के ! तपैंको आमाले भन्या– स्वास्नीसित रिसाउनु त हुन्न रे !"

"कैले भनिन् आमाले ? झूटो कुरा गर्छेस् !"

"हिज ब्या'न तुलसाको मोठनिर भन्या ह्वैन ? मलाई नि लोग्नेसित मुख्मुखै नलाग्नू भन्नुभा' च !"

"नलाग् न त ! मलाई के सुना'की ! अनि, तपैंसपैं के लाइरा'की ! तँ भन्न आउन्न ?"

"आमाले लोग्नेलाई......!"

"फेरि आमालाई बीच्चमा ल्याई ! थुतुनो-सुतुनो च्यात्दिन्छु ! अनि.... !"

दुलही बोल्न छाडेर तकियामा घोप्टो परिन् । दुलाहा एक छिन चुपचाप रह्यो ।

केही बेरपछि बिस्तारै मौनता भत्कायो–"रो'की हो ? साँच्चै रो'की हो कि क्या हो ?"

"...सुँक्क..... सुँक्क... !!"

"उसो भए मेरो नाम भोलिदेखिन् फेरिने भो ! कत्ति राम्रो 'भैऽऽरव !' भन्थे, 'रुन्चीको पोइऽऽ' भन्ने भए !!"

"...सुँक्क..... सुँक्क... !!"

"अब चाइने रुन छोडे न क्यै हुनी हो !" दुलहीतिर हात लम्काउँदै उसले थप्यो, "तँ रोई बस्, म कुत्कुती लाउँछु !"

सुँक्क.... सुँक्क.....गर्दै उसको हात पन्छाउँदै दुलही बोलिन्, "...त्यस्ताले ...किन ....हकार्नु नि !"

"लोग्नेस्वास्नी भन्या साथी-साथी हुन्छन् भन्दै थि'न् त हाम्री आमा ! सुनिनस् त्यो चैं ?"

"अँ होला ! त्यो त ठूऽलो भए'छि हो रे ! ऐले त बच्चै छम्, लोग्ने नै हो !"

"यो चाइने पन्नितै रै'छे ! बज्रस्वाँठ पन्नित !! कुरै बुझ्दिरै'न छे ! लोग्ने-स्वास्नी भन्या लोग्ने-स्वास्नी नै हो । सानु भए नि, ठूलो भए नि ! बूढो भए नि त्यै हो के लाटी ! त्यै भ'र त चाइने तँलाई र मलाई यौटै कोठाँ सुत्न पठा'का नि !"

"तिम्रो घराँ अर्को कोठा भा' पो ! हाम्राँ भा' दुइटा खाली थ्यो । म हिँडे'छि अर्को नि खाली भा' होला !"

"ब्या गऱ्या मान्छे, लोग्नसँ' सुत्नुपर्छ भन्नी नि था' छैन ?"

"... तिम्ले खुट्टा बोकौं'छौ !"

"निन्द्राँ' होला ! यीः क्यै गऱ्या छु त ? छो'को त छैन !"

"छोए नि हुन्च रे ! टाँस्से नि हुन्च रे ! मान्छेको अगि चैं नगर्नू रे, कोठाँ' त जे गरे नि हुन्च रे !"

"आमाले भनेकी होलिन् ह्वैन ?"

"ह्वैन ब्यारे ! पल्लो घर्की काकी छिन् नि काल्काली ! तिन्ले भन्या ! आमा नि हुनु'न्थो ।"

"कोसित सुत्थिस् घराँ' ?"

"आमासँ' नि ! को सँ' हुन्थ्यो !"

"आमासित त बा सुत्थे होलान् नि ! तँ आमाको लोग्ने होस् र ?"

"मार्दिन्चु ऐले !! बोल्दिनँ !!"

दुलही गुत्थ परेर भित्तातिर फर्किन् । दुईबीचमा एक छिन फेरि शून्यताले शासन गऱ्यो । शून्यतालाई कोट्ट्याउँदै ऊ बोल्यो, "तेरो नाम के अरे ? शोभा हैन ? शोभा भन्या त प्रकाश पनि हो; उज्यालो पनि हो ! नाम चाइनी शोभा रे, अनुहारचैं औंशीझैं अँध्यारो पारिहाल्दिरै'छे कत्ति छिटो ! मेरो त 'भैरव' हो बुझिस् ! डरलाग्दो !! भयानक !! हाउऽऽ ! नामै सुनेर डर लागेन तँलाई ??"

चोरआँखाले पुलुक्क हेर्दै दुलहीले प्रसङ्ग फेरिन्, "सुत्नी अब ! आमाले चाँडै उठ्नू भन्नुभा' छ ।"

"फेरि आमालाई ल्याई ! जा बोरू आमासितै सुत्न !!"

"जान्छु त के ! पऱ्या छैन तिमीसँ' सुत्न !!"

"जा ! जा !! बाले चाइने ठेलेर खाटबाट झार्दिन्छन् अनि था' पाउलिस् ! बडो घुर्की लाउनी भा'की !!"

"खुट्टा नचढाऊ है त !"

"खुट्टा चढाए नि, हात चढाए नि तँलाई था हुनी रै'नछ ! भुस्कुट सुत्दिरै'छेस् !"

"अँ होला ! त्यस्तरी सुत्या भे कसरी चाल पाएँ त खुट्टा चढा'को ?"

"सँगै सुत्या थ्यो, चढायो होला भन्ठानिस् नि ! हामी बुझ्दैनम् ! पढ्या-लेख्या मान्छे हुम् गाँठे !"

खुतखुत हाँस्दै दुलहीले भनिन्, "..... बाले 'गधा' भन्दा लेघ्रो तानेर 'हऽऽजुर' भन्या देख्या थेँ ब्यान ! त्यै होला पढ्या !"

"बालाई मुख फर्कौंनु हुन्न के ! झापु हान्नु'न्छ !"

"म त सुत्नी हो ! तिम्रा थाङ्ने गफ ! तिमी नै भन; तिमी नै सुन !"

"सुन् त ! याँ भित्रचैं मलाई यसै गरी तिमी भन् है ! खुट्टा चढौं'दिनँ नि बोरु !"

"आमाले सुन्नुभो भनी मार्नु'न्च ! लोग्नेलाई तपैं भन्नुपर्च भन्नुभा' छ ।"

"त्यसो भे हात नि चढौं'छु, खुट्टा नि चढौं'छु ! जीउ नि चढौं'छु ! किचिपिची पार्दिन्छु ब्यानसम्म !! अनि, था' पाउलिस् !!"

"जेसुकै गर ! सुतेँ म त !!"

बेहुली सिरोकले मुख छोपेर सुतिन् । ऊ बेहुलीलाई कुतकुती लगाउन थाल्यो । दुवै उठेर एकले अर्कोलाई लखेट्न थाले ।

आमा तलबाट चिच्च्याइन्, "के तमासा हो तिमेर्को ! केको ढकढक हो !"

दुलहीले सुकेको स्वरमा भनिन्, "केही ह्वैन ! ... सुतेको !"

दुवै हत्त न पत्त ओछ्यानमा घुस्रिए ।

दृश्य परिवर्तन भयो तर पर्दा खसेन । पर्दै नलगाइएको झ्यालको पर्दा के खस्नु ! होइन त !!

चार

आज बिहेपछि पहिलो पालि ससुराली जाने दिन ।

ससुराली जानुमा भन्दा नयाँ लुगा लगाउन पाइनेमा उसलाई स्वाद लागिरहेको थियो । हत्तपत्त दराज खोल्न पुग्यो ऊ ।

दौरा-सुरुवालको सपना नदेखेको त कहाँ हो र उसले ! बाले बिहेअघि नै त्यो सपनालाई लोप्पा खुवाइसकेका थिए । बेहुलो बन्दासमेत चाहेजस्तो लुगा लगाउन पाएको थिएन उसले ।

धन्न ! बिहेमा ससुरालीले दौरा, सुरुवाल, टोपी र जुत्ता दिए ! नत्र, चिटिक्क परेकी दुलही पाएकै भरमा फुर्किने उमेर त कहाँ हो र उसको ! खासमा, 'दुलही'भन्दा दौरा-सुरुवाल, टोपी, जुत्ता पो कता हो कता लोभलाग्दो लागिरहेको थियो उसलाई ।

कहिलेकाहीं निर्जीव वस्तुको महत्ता अत्यधिक भइदिंदो रहेछ !

औंला भाँच्दाभाँच्दै दुलान फर्काउने 'सोह्र दिने साइत' आइपुगेको थियो । दुलान फर्काउने भनूँ कि नयाँ लुगा लाउने ! बडो जतनसँग राखिएको ससुरालीको उपरोक्त उपहार झिक्यो उसले– नयाँ; गजबले इस्तिरी गरिएका; छुँदा पनि मयल लाग्लान्जस्ता !

एक चोटि मायालु भावले कपडालाई छातीमा टाँस्यो । अनि, बडो जतनले खोलेर सुरुवालमा खुट्टा घुसार्‍यो ।

लौ ! त्यसमा खुट्टा छिरे त मार्दिनु !

टोपी नि ?

टोपीको त झन् के वर्णन गर्नु !

नाइलनको मक्खीबुट्टे छापिएको; असाध्यै सुन्दर ! तर, उसको टाउको त के; वयस्क बाको टाउकोलाई पनि ठूलो हुने !

जुत्ताको कुरै नगरौँ ! बल गरेर खुट्टा छिरायो, त्यसैले खुट्टामा बल गरिरहने !

मिलेकै त के हुन्थ्यो नाइँ; तानतुन गर्दा दौरा भने मिले-मिलेझैं भयो ।

"अर्थोक लाउन मिलिहाल्यो । जुत्ताचैं हातमै झुन्ड्याएर लानू । ससुराली-नगिचै पुगेपछि लाउनू । त्याँ पुगेर खोल्नै पर्छ क्यारे !" बाले उपाय होइन; 'आइडिया' सिकाइदिए ।

"उलिन्काठ आइसक्यो, दुलही खै दुलही ?" आमा कराउँदै पल्लो कोठाभित्र छिर्दा छिमेकी दिदी दुलहीको सारी मिलाइदिँदै थिइन् ।

"कत्ति बेर ला'की ! यस्सो दोबारेर बेरबार पार्दिनू नि ! के बार-सत्ताईस मिलाइरा' !" उनी लगाइदिनेमाथि बर्सिइन् ।

"हेर न यी बजैलाई ! बुहारी लखेट्‌न कत्ति हतार भा'को ! ह्वैन, त्यति राम्री पारेर अन्मा'की छोरी; पन्ध्र दिन नपुग्दै धुस्रीफुस्री पारेर पठौँदा सासू भनाउँदीको इज्जेत के बाँकी बस्ला ?" छिमेकी दिदीले बेहुलीको सारी मिलाइदिँदै ओठे जबाफ फर्काइन् ।

"मुख नचला न; हात चला ! त्यो साइँल्दाइ कम्ता टुप्पेको छ ! एक छिन कुर्नुपऱ्यो भने सात दिनलाई पुग्नी गरी भन्छ फेरि !" अर्कीले सारी लगाइदिनेलाई सम्झाई ।

पण्डित्नी बजै एक छिन चुपचाप उभिएर रमिते बनिन् अनि लुसुक्क निस्किन् । एकै छिनमा बेहुली अन्माएझैं गरी नयाँ दुलाहा-दुलहीलाई बिदाइ गरियो ।

अघिअघि सयौं रुपियाँका लुगा र गरगहनाले सजिएर उलिन्काठमा बसेकी नयाँ दुलही; पछिपछि लुखुरलुखुर ससुराली हिँडेको दुलाहा ऊ !

उसको यस प्रकारको हुलिया–

सुरुवाल टाइट फिट; दौरा तानतुन फिट; टोपी बालाई पनि नफिट– दुवैतिरको कानसम्म गजबले छोपिने !!

ससुराली घरछेउमा पुगेर लगाउँला भन्ठानेर जुत्ता हातमा हल्लाउँदै हिँडेको; बाटैमा जेठानसित जम्काभेट भइहाल्यो !

के भयो होला केटोको हालत !

ऊ भाग्यमानी नै रहेछ भनूँ न ! सानु-ठूलो जस्तो भए पनि नयाँ दौरा-सुरुवाल-ढाकाटोपी ढल्काएर; त्यसमाथि जिन्सको कोट भिर्दै नयाँ दुलहीलाई अघि लगाएर कलिलो उमेरमै रिटिक्क परेर ससुराली जान पायो ।

पाँच

"हैन हो होम्नाथ बाजे ! छोरो देखिन्नँ त ! आज बाजे एक्लै ?" बाटै छेकूँलाइझैं गरेर कसैले होमनाथ पण्डितलाई सोधे ।

एक सूरमा थिए; झसङ्ङै भए उनी ।

'यिनर्को केही काम हुन्न कि क्या हो ! कत्ति न छोरोलाई सधैं अघिपछि ला'र हिंड्ने गऱ्या जस्तो !' उनले छड्के नजर प्रश्नालुतिर तेर्स्याए ।

तर, भित्रको उपरोक्त क्षुद्रावाजलाई आफूभित्रै समाहित गरेर प्रकटमा भने यस्तो बोले, "आफूजस्तै टपरे पुरेत बना'र के गर्नु ! कतै ठूलै पन्नित पो भइहाल्छ कि भनेर शहराँ' पढ्न राख्द्या छु ।"

"लौ, ठीक गर्नुभ'छ ! चतुरा छन् ती त !"

'छोरो लिएर हिंने नि; एक्लै हिंने नि तिमर्लाई के चासो हँ...?' उनको मुखबाट फुत्किसकेको थियो; धन्न सम्हालिएछन् !

अरूहरू यस्तै भन्छन् । के देख्छन् कोनि ? तर, उनलाई पटक्कै भरोसा लाग्दैन । 'यौटै कुरो सुल्टो गर्दैन; उल्टोपाल्टोमात्रै सोच्छ । खालि उटुङ्ग्याइँतिरै बल गर्छ ! उल्लाई फुक्का छोड्दिने हो भने नेता बन्ला, कवि बन्ला; पन्नित त के पो बन्ला ! ध्यानै अन्तै छ !

आफ्नो त जिन्दगी नै टपरी टकटक्याउँदै; अड्डाको फाइलको धूलो झार्दै जाने भो ! के गर्नु ! यसो आतेपाते नगरूँ न भन्यो; त्यो अड्डाको नाउँमात्रको जागिरले यत्तिका हन्तकालीहरूको मुखबुझो लाउन पुग्ने होवैन ! आफूलाई छोरो पन्नित बनाउँला भन्ने कत्रो धोको छ ! अबको जमनामा नपढी, बाउको झोलीतुम्बा स्याहार्दै यसो

दुई-चार श्लोक घोकेकै भरमा पुरेत्याइँ गरम्ला भनेर नसोचे नि हुन्छ; पन्नित्याइँको त के कुरा !!'

यस्तैयस्तै सोच्दै; हिंड्दै उनी चाबेल पुगे । गणेशथानछेउ यौटा यजमानकहाँ न्वारन थियो; सिध्याएर त्यतैबाट हस्याङ-फस्याङ दौडिए अड्डातिर ।

अड्डामा पुलिसको बहीखाता हेर्ने काम थियो उनको । तै आफूमाथिका हाकिम आफ्नै यजमान परे र मात्रै; नत्र बाह्र बजे अड्डामा पुग्दा नमज्जाले सातो लिन्थे होलान् !

दिनभर अड्डामा जोतिएर झम्के साँझमा उनी घरमा पुगे । भैरव फलैंचामा बसेर 'अश्वघोष'को श्लोक फलाक्तै पो रहेछ–

"तं गौरवं बुद्धगतं चकर्ष,
भार्यानुरागः पुनराचकर्ष ।
सोऽनिश्चयान्नापि ययौ न तस्थौ,
तरं तरङ्गेष्विव राजहंसः ॥"

"लौ ! यो त यहाँ पो रै'छ ! अस्ति गा'को ह्वैन पढ्न ! किन मुन्ट्या यत्ति चाँडै ?"

आउँदाआउँदै उनले छोरोलाई हकारे ।

ऊ केही बोलेन । पढ्दै गरेको किताब काखीमा च्यापेर भित्रतिर दगुर्‍यो ।

उनी बाहिरबाटै कराए, "ए खैंचकुमारी ! हैन, आज यल्लाई के भो हँ ? पढ्नसढ्न छोडेर आएछ ! सोध्दा नि क्यै बोल्दैन !"

"के हुनु नि ! बद्रीनाथले निकाल्दे रे डेरा'ट !" उनले भित्रैबाट जबाफ फर्काइन् । होमनाथ फलैंचामै बसे र झोला त्यहीँ बिसाए । बुहारी शोभाले काँसको ठूलो गिलासमा पानी दिइन् । एक गिलास पानी बुत्याएर बल्ल उनी भित्र पसे । भान्छा तयार भइसकेको रहेछ; भैरव पिर्कामा बसिसकेको रहेछ ।

'खाना खाइन्जेल बोल्नुहुँदैन' भन्ने चलनै छ; बोल्ने कुरै भएन । बाउले केही सोधेनन्; ऊ पनि घोसेमुन्टो लगाएको लगायै खाएर उठ्यो ।

हात चुठिसकेपछि होमनाथले पत्नीसित सोधे, "केलाई निकालेछन् त ? भातसात पकाइदेन कि ? बद्मासी पो क्यै गर्द्यो कि ?"

"केको पकाउँथेन ! यीँ घराँ त भान्छाँ पस्न तम्छिन्छ ! ब्यान-बेल्कै भाँडाधरी माझ्थ्यो अरे ! ख्वै 'डेराभारा नतिरे नि दानापानी त आउनुपर्‍यो नि' भनी पठाएछन् !"

होमनाथले चोटामा उक्लिँदै भने, "त के ! यत्तिको लाउके भान्छे पाउँदा नि तिन्लाई पचेनछ ? भातभान्छा गर्दिनेलाई दुई छाक त जल्ले नि ख्वाउँछ ए !"

खैंचकुमारीले लामो सुस्केरा हाल्दै भनिन्, "ख्वै ! म के जानम् ! अर्ले भा' उल्टै पैसो दिन्थे होलान् !"

होमनाथले खाटमा ढल्किँदै भने, "ऐले रात परिगो, भोलि तिन्को घराँ गएर बुझम्ला !"

भोलिपल्ट बिहानै उनी बद्रीनाथको घरतिर जाने विचारमै थिए तर कस्तोकस्तो, असजिलो लाग्यो; विचारै बदले, 'आऽऽ होस्, तिनकों के चाकरी गरिराख्नु ! मैले यीँबाट भ्या'कै छु क्यार ! यल्ले नि भ्याउँछ ! के उद्यम छ र यस्को अर्थोक !'

त्यस बखत रानीपोखरी-छेउको भवनको माथिल्लो तलामा दरबार हाइस्कूल र तल्लो तलामा संस्कृतप्रधान पाठशालाको पढाइ हुन्थ्यो ।

वीर अस्पतालबाट चाबेलसम्म चल्ने बसको कुनै ठेगान हुन्थेन । नभरियुन्जेल हर्न मार्दै बस्ने, अटेसमटेस भएपछि बल्ल अररो भएर घिस्रिन थाल्ने । त्यो अघाउन्जेल कुर्ने समयमा पैदलै नाप्न थाले चाबेल के; बौद्धस्तुपा नै पुगिन्थ्यो होला ।

डिल्लीबजार कटेपछि मैतिदेवीको फाँटैफाँट उकालो लागेपछि आउँथ्यो जयबागेश्वरी, देवपत्तन; माटो-इँटाका दुई-अढाई तले घरहरूको पुरानो सङ्ग्रह । गणेशथान मन्दिरआसपासको ससानु बस्ती कटेपछि स्तुपातिर पुगेपछि मात्रै देखिन्थे भर्खरभर्खर बन्न थालेका तिब्बतीयन घरहरू । त्यहाँसम्म पुग्दा दायाँतिरको गुह्येश्वरी फाँट अनि बायाँतिरको कपन फाँट साँझ पर्दै गएपछि श्मसानघाटजस्तै सुनसान हुन्थे । अँ,

सडकको छेउछाउ दोबाटो परेको ठाउँतिर भने बन्न थालेका थिए एकाध छाप्रेघर । त्यसरी सुनसान नै सुनसान छिचोल्दै जोरपाटी निस्किएपछि एक जोर ठाँटीछेउछाउ केही घर देखिन्थे । त्यसपछि घरहरूको गन्ध सुँघ्न पनि अर्जेल गाउँ नै पुग्नुपर्थ्यो !

भैरव घरबाटै पाठशाला धाउन थाल्यो । ऊ बिहानै शहरतिर जान्थ्यो, दिनभर पाठशालामा पढ्थ्यो । पाठशालाको पढाइ सक्दासम्म त त्यतै अँध्यारो ओइरिसक्थ्यो । अन्यत्र त उसलाई उस्तो डर लाग्दैनथ्यो । जोरपाटीबाट अर्जेल गाउँको मुखसम्म पुग्दा भने डरले पिसाब उम्किएला झैं हुन्थ्यो । एक त सुनसान फाँट, अर्को अँध्यारो; त्यसमाथि मसानघाटको बाटो !!

हिंड्नुको दुःख त के दुःख र !

कुनै साथी पाउँदा त चिठ्ठै परिगयो; अन्यथा ऊ गायत्री मन्त्र 'ॐ भूभुर्वस्वः तत्सवितुर्वरेण्यम्...' भट्ट्याउँदै बेपत्तासित दौडिन्थ्यो ।

त्यसरी नै केही महिना उसको जिन्दगीको घोडादौड चल्दै रह्यो । छोरोलाई निकै धपेडी भएको माने क्यार; बाले विकल्प खोज्नै पर्ने ठानेछन् । तर, कताको लाठी; कताको मुङ्ग्री ! शहरमा छुट्टै राखेर छोरो पढाउने हैसियत नै त कहाँ थियो र उनको !

'पन्नित' बनाउनुपर्ने छोरो; नपढाएर पनि त भएन ! उनी लागे अचार्ज बाजेकै घरतिर । बद्रीनाथ पनि घरमा आएका रहेछन् ।

बद्रीनाथको अनुहार देखेपछि भने उनलाई केही नभनी फर्किऊँ कि जस्तो लाग्यो । 'तै, नआउनु आइहालियो; क्यै नबोली कसोरी फिर्नू' भन्ठानेर आँगनमा झरे । सामान्य भलाकुसारीपछि बद्रीलाई सोधे, "हैन ए बाबू ! हाम्रो केटोले क्यै उपद्रो पो गऱ्यो कि !"

बद्रीले भने, "त्यस्तो क्यै गऱ्या त हैन । नभा' कुरो गर्न हुन्न । नढाँटी भन्दाखेरी म आफैंलाई सङ्कट पऱ्यो । खर्चले धान्नै मुश्किल भो ! याँ आफूचैं चुइँचुइँ नाम्लो ला'र अन्नपात बोक्यो; ह्वाँ ऊचैं घरबाट आउँदा नि रित्तै हात लुन्टुङ-लुन्टुङ हल्लँदै आउँछ ! कसरी र कतिन्जेल चलाउनु यस्तो तालले ? तपैं नै भन्नुस् त !"

'तँ मूलाले बस्न नदिए नि मेरो छोरो पढाउँछु; बुझिस् !' भन्न झोक चलिसकेको थियो उनलाई तर छोरोलाई पण्डित बनाउने रहर र आफ्नु हालत एकसाथ सम्झिएपछि हत्तपत्त आफूलाई सम्हाले, "तेसो नभन बा ! त्यल्लाई जे-जति खर्च लाग्छ; म बेहोरम्ला ! पोइसो नभए अन्नपात पुर्ताल गरम्ला ! ऐलेसम्म जे-जति खा'छ, त्यो नि भरम्ला ! तेल्ले पढ्ला कि भन्ने आस छ । 'जाँच दिनु छ बा' भन्दै थ्यो ।"

"केको जाँच हुन्थ्यो ! भख्खर त पढ्न सुरु गर्‍या छ ! झन्नै एक सालपछि आउँछ जाँच ! तपैंलाई उल्लू बनाएछ तेल्ले !" बद्रीले यस्तै केही भने ।

"लौ, जे भए नि शरनको मरन नगरिदेऊ ! तिमी भने'छि हत्ते गर्छ भनेरै तिम्लाई दुःख द्या हो क्यार ! क्यै उपद्रो गर्‍यो; भन्या मानेन भने भाइ सम्जेर चड्काइदे नि हुन्छ ! तेल्ले पढ्न पाओस्; म यत्ति भन्न आ'को !" उनले अँध्यारो स्वरमा भने ।

"मैले नाइँ त काँ भन्या छु र ! केटो मयालाग्दो छ । यसो हजुरले नि खर्चबर्च हेर्दिनुपरो पो भन्या त ! मेरो नि घरको हाल त्यै हो क्यार ! त्यै जागिरको भरले दुईतिरै चलाउनुपर्‍या छ" बद्रीनाथले भने ।

होमनाथ हिंड्नै लागेपछि उनले थपे, "भरेभरेतिर मकाँ' पठाइदिनू, आजै जानुपर्छ ।"

"लौऽऽ !" होमनाथ पण्डित घरतिर फर्किए ।

छ

"तीर्थे ! ओई तीर्थे !! काँ मरो यो बज्या !" भैरवका बा आँगनमै निस्किएर कराउन थाले ।

ऊ त्यहीँ थियो; बोलेन । उसलाई त्यहीँ देखेर उनी झम्टिए, "तँलाई असत्ती !! यीँ भ'र नि कानाँ ठेडी खाँदेर बस्दोरै'छ ए ! काँ' मऱ्या थि'स् यतिन्ज्याल हँ ?"

"म त मऱ्या थि'नँ बा ! जिम्दै थेँ ! तीर्थेचैँ मऱ्यो क्यार !"

"के भन्छ यो ! खुस्किस् कि क्या हो ? जिम्दै छस् त !"

"तीर्थनाथचैँ मऱ्यो भन्या क्या ! म त भैरवपर्साद अर्जेल हुँ । एक चोटि 'भैरव' भन्या भए सात चोटि 'हजुर' भनिसक्थेँ !!"

"तीर्थेचैँ तेरो बाउको नाउँ हो ? गधा !! आफ्नै न्वारानको नाम नि बिर्सिस् पशु !"

"हैन क्या बा ! 'भैरव' राख्नासाथ त्यो 'तीर्थे' नाम त मरिहाल्यो नि ! अब 'किस्ने' राख्नुहोला अनि भैरव मर्दैन त ?"

"लु, लु धेरै बाठो न हो ! मर्न त्यत्ति सजिलो छ ? जा ! आरुबारी मुकुन्दकाँ' सिदा ल्याइदिने क्वै छैन भन्थे । त्याँबाट सुन्ताखानतिर जानुपऱ्या भ'र मैले ल्याइनँ । ले'र आइहाल् त ! मैले 'ठूलेलाई पठाइदिन्छु' भनेर आ'छु ।"

उसलाई भन्न त धेरै मन थियो– 'मर्न गारो के छ र ! यो नाथु शरीर हुत्त कतै हुत्याइदियो; सक्किगो नि ! घाँटीमा डोरी बाँधे नि भो; भेटियो भने बिखै घुट्क्याइदे नि भो ! बाँच्न पो गाह्रो त ! याँ' आफूलाई

घाँटी दुखेर मर्नु न बाँच्नु भैरा' छ; उता यी बा भने घरी तीर्थे; घरी भैरे; चिच्याको चिच्यै गर्छन् !'

बरू यमराजलाई छल्न सकिएला, बाले भनेको नमान्न सकिन्न क्यारे ! ऊ लुरुलुरु आरुबारीतिर उक्लियो ।

ऊ त्यहाँ पुग्दा सिदाको सर्दाम पोको पारेर पुऱ्याइदिन एउटा लाउके ठिक्क पर्दै रहेछ ।

"लौ, बाजेकै छोरो आइहाले नि !" भन्दै थमाइदिएको पोको बोकेर ऊ घरतिर झऱ्यो । चिसो हावा लागेर हो कि; घर आउँदा-नआउँदै उसको घाँटी झन्झन् दुख्न थाल्यो ।

घर आइपुग्दा बा अड्डातिर हिँडिसकेका रहेछन् । बा नआई उसको घाँटीको उपचार कसले गराइदिने !

पूरा दिन घाँटी छाम्दैमा बित्यो । बा अड्डाबाट नआउन्जेल मनतातो नूनपानीले उसले कति चोटि कुल्ला गरिसक्यो; गनेर साध्यै छैन । त्यसले एकचिम्टी छोएन । निकै दिनदेखि घाँटी दुखिरहेकै थियो, उसले यो कुरा कसैलाई भनेको थिएन । चिसोले होला, बिस्तारै आफैँ ठीक भइहाल्छ नि भन्ने उसलाई लागेको थियो; आज त अचाक्ली नै भयो !

साँझ झम्किएपछि बा आइपुगे । त्यति वेलासम्म उसको घाँटीको स्वरनली सुकेर बोलीसमेत बिग्रिई अस्वाभाविक भइसकेको थियो । यस्तो अवस्थामा बा आइपुग्नु भनेको उसका लागि डाक्टर आएजत्तिकै भयो ।

आमाबाट उसको समस्या सुनेपछि बाले एक चोटि शिरदेखि पाउसम्म उसलाई घुरेर हेरे । अनि, उल्टै उसैलाई हकारे, "सोर वर्षे लक्का जवान भैसक्यो; बुद्धिचाहिँ दुई पैसोको नि छैन ! स्वर फेरिएको हो; क्यै भ'को छैन ! दुःख त अलिकति नि हुनै नहुने है यल्लाई ! पिराहा काहींको !!"

बाले हकारेरै ठीक हुने रोग लागेको भए त हकारेकै भरमा ठीक हुन्थ्यो होला ! त्यो झन्झन् बढेर गयो; घट्तै घटेन ।

घाँटी उत्पातै दुखिरह्यो ।

एक महिनासम्म स्वर पूरै भासिएर आवाजै निक्लिएन । त्यसपछि स्वर त निस्कियो तर साह्रै सानु ! केटीको जस्तो !

छोरोलाई 'पुराण भन्ने पण्डित बनाउने' बाको इच्छा अनि 'कवि र नेता बनेर मञ्च घन्काउने' उसको रहर..., दुवैमाथि अकस्मात् निराशाको कालो न कालो बादल छेपियो ।

घाँटीको दुखाइले घरीघरी सहनुको सारा सीमा नाघ्थ्यो । उसले घरमा कसैलाई दोहोऱ्याएर भन्ने दुस्साहस गर्न सकेन ।

बालाई त बिल्कुलै भनेन ।

सात

उसलाई जाँच दिनु थियो ।

बद्रीनाथले भनेको पनि ठीकै हो– पूर्वमध्यमाको दोस्रो खण्डको पढाइ आधा पनि नभएको मान्छेले अहिले के जाँच दिनु ! सात-आठ महिना बाँकी नै थियो त्यसको जाँच आउन । पूर्वमध्यमाको दोस्रो खण्ड अर्थात् १० कक्षा पढ्दै गरेको मान्छे; तर ऊ जाँच दिन कस्सिएको थियो– पूर्वमध्यमा (९ र १०) को मात्र होइन, उत्तरमध्यमा (११ र १२) को मात्र पनि होइन, चार वर्षीय सम्पूर्ण मध्यमा (९-१२) कै !

त्यो पनि एकै पटक !!

प्रथम खण्डको परीक्षामा पहिलो भएपछि ऊ हौसिएको थियो– अलिकति मिहिनेत गरें भने सम्पूर्ण मध्यमाकै परीक्षा पास गर्न सक्छु ! किन तीन वर्ष अरू पढिरहनु !

साँझ-बिहान भात-भान्सा गर्ने; दिउँसो रानीपोखरीको संस्कृतप्रधान पाठशालामा पढ्ने अनि त्यतैबाट शेषराज गुरुकहाँ नक्सालचौर जाने; उसको दिनचर्या यसरी चल्न थालेको थियो ।

'पूर्वमध्यमाको विद्यार्थी हुँ' भनेर उसले शेषराज गुरुलाई भनेको थिएन । 'सम्पूर्ण मध्यमाको जाँच दिँदै छु' भनेर बद्रीनाथलाई पनि सुनाएको थिएन । बालाई त के भन्नु र ! 'जाँच छ' भन्दा त डेडा आँखा तरे'थे !

भनेर कसैले पत्याए पो !!

उल्टै गाली खाइएला भन्ने डर !

त्यसमाथि अतिरिक्त आपत् आइलागेको थियो– पाठशालाका गुरु गोविन्दप्रसाद भट्टराई र शेषराज गुरुबीच पानी बाराबारै रहेछ । गोविन्दले एक दिन झाँको झारि त हाले !

"मसँग नि पढ्छौ याँ; फेरि शेषराजकाँ नि पढ्न जान्छौ रे भन्ने सुन्छु ! क्या हो यस्तो ?"

"हैन गुरु ! कहिलेकाहीँ... अब साथीहरू छन् र फेरि त्यहीँ नजिकै बस्या छु । त्यसो हुनाले ग'को हो ।"

"प्रथम खण्डमा पहिलो भ'को मान्छे; दशतिर चाहारेर हिँड ! अनि, खालाऊ ठूलो भाग !!"

"यता छोड्या छैन गुरु । यसो उब्रेको ट्याम.... !"

"के उब्रेको !! सोझै भन न– तिम्लाई मैले पढा'को चित्त बुझेन !"

"चित्त नबुझ्या भे' किन आउँथेँ र गुरु ! आइराख्या छु त सधैं । झन्... !"

"मलाई था' छ तिमी किन गा'को ! मेरो बेइज्जत गर्न ह्वैन ? गोविन्दले पढा'को राम्रो नभ'र शेषराजकाँ जान थाल्या छ भन्ने पर्मानित गरेर जग हँसाउन !! क-कस्को के गर्नुपर्छ; मैले नि जान्या छु परीक्षामा !!"

गोविन्द खुट्टा बजाउँदै हिँडे । तिनले सिर्फ धम्कीमात्र दिएनन्; उसलाई 'दोस्रो खण्डको परीक्षा दिनै नपाउने गरिदिने अरे' भन्नेसम्मको कुरोकन्तुरो भैरवको कानमा आइपुग्यो ।

उता सम्पूर्ण मध्यमाको जाँच दिन पाइने हो; होइन ! दिन पाए पनि उत्तीर्ण हुन सकिने हो; होइन- टुङ्गो छैन । यता गोविन्द गुरुले नियमित पढाइमा पनि पूर्णविराम लगाइदिने भए !

परेन फसाद !!

यस्तो जोखिमका बीचमा पनि सुटुक्क परीक्षा दिन कस्सिएको थियो ऊ । कार्यालयमा गएर बुझ्दा त ठ्याक्कै रु. दश चाहिने रै'छ ! त्यो पनि कम्पनी रुपैयाँ अर्थात् भारतीय मुद्रा !

अनि ऊ खिस्रिक्कै पऱ्यो । एकै चोटि सम्पूर्ण मध्यमा पास गर्ने उसको रहर त्यत्तिकै तुहिने निश्चित भयो ।

त्यतिबेलाको समयमा त्यत्रो रकम कहाँबाट पाउनु ! त्यो पनि विद्यार्थीले ! बद्रीको त आसै भएन; अस्तिन अन्नपात आएन भन्दै दुई-तीन महिना डेराबाटै निकाल्देका थिए !

शेषराज गुरुलाई भनूँ कि !

बालाई नै पो भनूँ कि !

अरू कल्लाई भन्नु ?

केही दिनअघि घण्टाघरको सरस्वती सदनमा एउटा कविगोष्ठी भएको थियो । त्यसमा देशका गण्यमान्य कवि त थिए नै; युवराज महेन्द्र पनि आइपुगेका थिए । युवराज न हुन्; सुकिला-मुकिला त हुने नै भए । तर, राजसी ठाँटमा थिएनन् त्यस बखत । दरबारबाट हिंड्दै-हिंड्दै आएका होलान् । दुई-तीन जना ठिटाहरू पछिपछि थिए; सायद साधारण पोशाकका सिपाही हुनुपर्छ ! तिनै ठिटाहरूको हाउभाउले मात्रै युवराज कोही विशेष मान्छे हुन् कि जस्ता लाग्थे; अन्यथा त्यही सभामा आउने कुनै कविजस्तै देखिएथे । उपनाम पनि कविपाराकै राखेका रहेछन्– 'म.वि.वि. शाह' ।

उसलाई त्यहाँ कविता सुनाउन पाए हुन्थ्यो भन्ने अग्घोरै इच्छा जागेको थियो; तर कसलाई भन्नु ? कसले बुझ्ने, चिन्ने उसलाई त्यहाँ ? चुपचाप-चुपचाप कुनाको ज्ञानी श्रोता बनेर फर्किएको थियो ऊ ।

आज अकस्मात् तिनै युवराजको याद आयो– कवि-हृदयका युवराजले केही मद्दत गरि पो हाल्छन् कि !!

'ओहो ! हुन्न, हुन्न !! राजा, सर्प र सिंहको बच्चासँग जिस्किन हुन्न !' उसले आफैंले आफ्नो मन बुझायो । अनि, खोजी गर्न थाल्यो– दश रुपियाँ कम्पनी मुद्रा पाइने अनेकन् सम्भावनाहरूको ।

एक रुपियाँ पनि ठूलै हुने त्यो जमानामा कसले दिने त्यत्तिका पैसा उसलाई ? त्यो पनि कुनै हुने-पत्याउने कामको लागि भए तै ! पढिरहेको भन्दा दुई कक्षामाथिको जाँच दिन्छु भनेर हौसिएको थियो ऊ ।

'दुस्साहसको हद हुन्छ नि ! फेरि, म नाथुलाई युवराजले किन पो पैसा फ्याल्लान् र !'

उसको रहरै मरेतुल्य भयो ।

'जे त पर्ला ! जेलै जानुपरेछ भने नि जा भैरे ! जाँचै दिने हो भने तँसँग अर्को विकल्प छैन !' उसले आफैंले आफैंलाई हिम्मत दियो ।

वसन्ततिलका हो वा इन्द्रवज्रामा हो; अहिले ठहर गर्न सकिएन । तर, यी दुईमध्ये कुनै एक छन्दमै थियो– उसले युवराज महेन्द्रलाई लेखेको कवितात्मक बिन्तीपत्र ।

त्यसको पेटबोली भने यस्तो थियो–

'म एउटा अदना बाहुनको छोरो हुँ । मैले सारै दुःखसित पढिराख्या छु । एक जनाकहाँ भान्से लागेर मध्यमा पढ्दै छु । तर, जाँच-फाराम भर्न मसित पैसा भएन । सरकारबाट निगाह भएदेखिन् जय मनाई परीक्षा दिने थिएँ.... !'

उसले बिन्तीपत्र बडो जतनसँग पट्यायो र आफैंले लगेर राजदरबारको ढोकामा दर्ता गरायो ।

आस र त्रासको भुमरीमा पिल्सिँदै ऊ डेरामा फर्कियो ।

***

"गोकर्णको भैरवप्रसाद अर्जेलको डेरा कता हो ?"

बिन्तीपत्र बुझाएको तेस्रो दिन एउटा घोडचडी सैनिक उसलाई खोज्दै-खोज्दै उनीहरूको डेरा नक्सालतिर आइपुग्यो ।

घोडचडीको चर्को स्वर सुन्नासाथ भैरवको सातोपुत्लो उड्यो ।

लौ मार्‍यो ! बित्याँसै परिहाल्यो नि !

मैले त्यसरी युवराजलाई जिस्क्याउने दुस्साहस गर्नुहुन्थेन !!

अब लाने भए जेठा पाता फर्काएर ! भाग् बरु !!

बाहिर ढोकैमा छ सिपाही ! भाग्नु पो कताबाट ? भागेर जानुचैं कहाँ ? लुकौं; कता लुकौं ? कसैले 'याँ हैन; था छैन' भनेर पठाइदिए नि हुन्थ्यो नि बरु !

"ए बुद्धिमाया दिदी ! क्यै बुद्धि लाऊ न भन्या ! मेरो त बिजोकै हुनेभो ! बाहिर सिपाई उफ्र्याउफ्र्यै छ !" उसले सँगैकी कोठावाल्नी दिदीलाई गुहार्‍यो ।

"कुरा के र'छ, म बुझ्छु ! तिमी यता मेरो खाटमुनि लुक्तै गर ।" बुद्धिमाया बुद्धि सिकाएर बाहिर निस्किइन् ।

ऊ सकीनसकी खाटमुनि घुस्रियो । अनि, श्वास रोकेर बाहिरको चाल सुन्न थाल्यो । मान्छेको चालचुल त होइन, ढकढक-ढकढकको मधुरो आवाजले त्यो सन्नाटालाई चिर्ने प्रयास गरिराखेको थियो । उसले अझै ध्यानदृष्टि लगायो ।

हरे ! उसकै मुटु पो जोडजोडसँग धड्किराखेको रहेछ !

बुद्धिमाया बाहिर निस्केको निकै बेर भइसक्यो; आउँदिनन् त !!

केही बेरपछि बाहिरबाटै उनी चिच्याइन्, "ए अर्जेल पन्नित ! तिम्रो नाममा राजदरबारबाट पोइसो आ' र'छ ! तिमी निक्लिन्छौ कि मै ल्याप्चे ठोक्दिम् ?"

भैरवको बल्ल सास आयो । टुटुल्को उठ्ने गरी खाटमा टाउको ठोक्तै ऊ हत्त न पत्त बाहिर निस्कियो ।

युवराजले कम्पनी रुपियाँ २०।- पठाएका रहेछन्; उसलाई चाहिएभन्दा दोब्बर ।

पैसा बुझिलिएपछि बुद्धिमायाले थप बुद्धि दिइन्, "यो कुरा कसैलाई नभन्नू है !"

उनको सुझाउ उसलाई मनासिबै लाग्यो ।

'यस्तो उपद्रो गरेको बाले थाहा पाए भने मार्ने होलान् ! बडो जान्नी हुँदो भा'को बज्या ! पाता फर्का'र लग्या भए के गर्थिस् एऽऽई पो भन्ने हुन् कि !' सोच्दासोच्दै ऊ फेरि आत्तियो ।

'याँ हल्लाखल्ला भैहाल्यो ! भरे बद्रीनाथले था' पाइहाल्छन् । मैले नभने नि यिनले बालाई भन्दिन्छन् । सोँठ्याउनी भए बाले !!'

ऊ साँच्चिकै चिन्तित भयो ।

'जे हुनु त भइसक्यो ! अब डराए के; नडराए के ! बद्रीले उल्टोपाल्टो थपथाप पारेर सुनाउनुभन्दा पैले बरू म आफैं भन्दिन्छु ! यति वेला बा अड्डामै होलान् !'

पैसो च्यापेर ऊ बाको अड्डातिर दौडियो ।

उसले बाको हातमा पैसासहितको खाम राखिदियो । खाममै एकातिर प्रस्ट थियो–

'श्री ५ युवराजधिराजको निजी सचिवालय, नारायणहिटी ।'

अर्कोतिर पाउनेको ठेगाना–

'रानीपोखरी संस्कृतप्रधान पाठशालामा पढ्ने भैरवप्रसाद अर्जेल ।'

उसले डराई-डराई सबै वृत्तान्त बतायो, "मलाई अरू साढे दुई साल पढ्नै पर्दैन बा ! यस्पालि नै पास गर्दिन्छु ।"

रिसाउलान् भनेका बा त फुरुङ्गै परे ! उनले आँखाभरि आँसु पारेर उसलाई हेरे । अनि, भारी स्वरले बिस्तारै भने–

"स्याब्बास छोरा !!"

छिनभरमै बाको अड्डाभरि अनि साँझसम्म गाउँभरि हल्लाखल्ला चलिहाल्यो– 'होम्नाथ पन्नितका छोराले कविता लेखेर दरबारबाट पुरुस्कार पाए अरे !!'

आठ

"गोकर्ण अर्जेलगाउँ बस्ने भैरवप्रसाद अर्जेल; उहाँ कविता लेख्नुहुन्छ !"

शारदाविक्रम बस्न्यातको कोठामा टुप्लुक्क आइपुगेछन् रामेश्वर शर्मा चालिसे अर्थात् रमेश विकल । भैरव अघिदेखिन् त्यहीं थियो । आउँदा-आउँदै शारदाले परिचय गराइदिए- विकल र भैरवको ।

बकुल्लाझैं लमतन्न घाँटी भएको, अलिक बेछन्दे जीउडालको भैरवलाई देखेर विकल एक पटक फिस्स हाँसे । भैरवको हुलिया अनि शारदाले सुनाएको '...उहाँ कविता लेख्नुहुन्छ...' यी दुई वाक्यलाई जोड्दाखेरी विकललाई झनै हास्यास्पद लाग्यो क्यार ! साहित्यमा जल्दाबल्दा हुँदै आएका विकलको अनुहारमा कवि बन्न उद्यत उसप्रति व्यङ्ग्यात्मक छेडपेच झल्कियो ।

शारदाकै आग्रहमा भैरवले आफ्नो एउटा छन्दकविता सुनायो । विचित्रको नारीजन्य स्वर, त्यसमाथि हच्की-हच्की; अड्की-अड्की ऊ कविता सुनाइरहेको थियो । त्यो दृश्यले विकलको मनमा रञ्जन पैदा गरिरहेको हुनुपर्छ; हास्यास्थिति उत्पन्न भएझैं देखियो तिनको मुहारमा । त्यसमाथि अलिअलि उपेक्षाभाव झल्केझैं पनि लाग्थ्यो । हाँसोमा उडाउने खालको चेष्टा पनि कताकता गर्न खोजेझैं अनुभूत भइरहेथ्यो ।

विकललाई लाग्यो होला– '.... यस्तो मान्छेले पनि कविता लेखेर; लेखक बनेर खाला कहिल्यै !'

विकलको यस्तो उपेक्षा र हेलाको आभासले ऊ कताकता अपमानित महसूस गरिरहेको थियो । उसलाई अलिअलि लघुताभास पनि भइरहेको थियो । यदाकदा पढ्दै आएको यो 'रमेश विकल' नामको मान्छे

उसलाई घोर दम्भी र अहङ्कारी रहेछ भन्ने पनि लाग्यो । तर, भर्खरै भएको उनीसितको परिचयलाई उसले कटुतायुक्त बनाइहाल्न चाहेन; अनुहारमा त्यो भाव आउन दिएन ।

'अहिले झट्ट हेर्दा जे महसूस भइरहेको छ; सङ्गत गर्दा त्यो नहुन पनि सक्ला । यो विकल मैले सोचेजस्तो नहोला; अथवा म पनि उसले हेप्न खोजेजस्तो नहुँला !' यस्तै-यस्तै सोचेर चित्त सम्हाल्यो उसले ।

ऊ सबै बुझिरहेको थियो तर बुझेजस्तो पटक्कै देखाइरहेको थिएन । विकलले त्यो अन्योलावस्थाको सदुपयोग गरिहाले । कोनि के सोचेर हो; अघिको आफ्नो मनोदशालाई उनले हत्त न पत्त काबुमा ल्याए । उनलाई लाग्यो होला– 'एक झलक देखेकै भरमा आज म कसैको स्थितिमाथि उपेक्षाभाव र अविश्वासले हाँसिरहेको छु, खोतलेर हेर्दा कतै यही मान्छे निकै खँदिलो, भरिलो र गतिलो पो भेटिने हो कि !'

भैरवले विकलको तुरुन्तै बदलिएको व्यवहार पनि थाहा नपाएझैं गरिदियो ।

ऊ अक्सर यस्तै गर्थ्यो । अरू मान्छे उसलाई केही नबुझ्ने; लाटो; गोज्याङ्ग्रो ठानिरहेका हुन्थे, उसको पछाडि अरूतर्फ आँखा सन्काएर उसलाई उडाइरहेका हुन्थे । भैरव केही नबुझेझैं उडिदिन्थ्यो; हास्यपात्र बनिदिन्थ्यो । तिनीहरू उसको अवस्थाबाट मनोरञ्जन लिइराखेका हुन्थे... रमाइरहेका हुन्थे... खुशी भइराखेका हुन्थे... । ऊ थाहा पाईपाई पनि त्यसो सब गर्न दिइराखेको हुन्थ्यो... ।

'उसले सबै बुझेको छ; नबुझेजस्तो गरिरहेको मात्र हो' भन्ने तथ्यबाट उडाउन खोज्ने पात्र बिल्कुलै अनभिज्ञ रहन्थे । जब यस कुरा उडाउनेले चाल पाउलान् अनि को उडिरहेको रहेछ ? को हास्यपात्र बनिरहेको रहेछ ? त्यो स्थितिबाट कसले बढी रञ्जन लिइराखेको रहेछ ? सबै छ्याङ्ङ हुनेछ ।

विकल यस्तै सोचेर हत्त न पत्त झस्किएका हुन् त ?

जे भए पनि विकल विवेकी नै रहेछन् । मनभित्रको हेलाभावको क्यानभास पित्तु समयभित्रै उनको मुहारबाट अन्तर्ध्यान भयो । मुसुक्क

मुस्कुराएर उनले भने, "कविता त सुन्दाभन्दा आफैँले पढ्दा मज्जा आउँछ । तपैंको त्यो कविता एक पटक दिनू त– म आफैं पढ्छु !"

त्यसो भन्नु विकलको अघिको उपेक्षाभावको क्षतिपूर्ति थियो कि ! वा, उनी अझै उसको कमजोरी खोतल्न खोजिरहेका हुन् ? उसले बुझ्न सकेन । तथापि, कविताको डायरी भने उनलाई दियो ।

विकलले सानु स्वरले पहिलो श्लोक पढे–

"के सन्देश लुकाइ आज तिमिले ए वायु ! ल्यायौ यहाँ ?
गर्दै सिर्सिर साउती तिमि सधैं के भन्दछौ कानमा ?
लाटो मानिस छू, म हाय कसरी तिम्रो भनाई बुझौं ?
राम्रो या ननिको छ के खबर त्यो, कस्तो जबाफै दिऊँ ?"

यति पढ्दापढ्दै विकलको अनुहारमा बेग्लै चमक आयो । उनले भने, "कविताको त म उस्तो पारखी होइन । पढ्नचाहिँ मजा लाग्छ; लेख्न आँट आउँदैन । यौटा कुरा– गर्न त धेरैले त्यस्तै गरेको देख्छु तर यसरी दीर्घ शब्दलाई ह्रस्व, ह्रस्वलाई दीर्घ बनाएर छन्द मिलाएको चाहिँ मलाई त्यत्ति राम्रो लाग्दैन । यै कविता हेरौं न ! कस्तो राम्रो; सलक्क परेको; खाँट्टी बासमती चामलमा बियैंबियाँ लागेजस्तो ! कि मैले गल्ती भनें ?"

भैरवले अलिक उज्यालो अनि लाजले अलिअलि रातो अनुहार पारेर भन्यो, "सिक्तै छु ..... !"

शारदाले प्रशस्तै चिनी हालेको गुलियो न गुलियो कालो चिया बनाएर दुवैलाई खुवाए ।

त्यस दिनको गुलियो साथित्व आजन्म गुलियै रहिरह्यो ।

नौ

"थुइक्क ! एकै पाइलो अघि आउनुपर्थ्यो नि !"

हरिप्रसाद अर्जेलले यसो भन्दै गर्दा नवराज चालिसे त्रिचन्द्र कलेजको पढाइ सकेर लुखुरलुखुर घरतिर फर्कंदै थिए । हाँडीगाउँबाट चाबेल उक्लिने उकालोमा दुईको भेट भएको थियो ।

"किन ? केही चिठ्ठा पर्नेवाला थियो र ?" नवराजले अलिक ठट्टासहित सोधे ।

"हैन क्या ! एउटा स्पेसल मान्छेसँग भेट गराउन पाइन्थ्यो एक छिन पैले भैदिया भए !" हरिले 'स्पेसल' गएतिर नियाल्दै भने ।

"क्या हो ? 'स्पेसल'को पछि लाग्न थालियो ? अनि, घरकी 'इभरग्रीन स्पेसल'लाई चैं खाल्डोमा हाल्ने विचार हो कि कसो !" नवराज उडाउने मूडमै देखिए ।

हरि एक छिन अड्किए । अनि भने, "होइन हौ ! केटा मान्छे हो ! भोलि तिमीसँग चिनजान गराउँछु । तिमीसित मिल्ने खालका छन् । यति वेलैतिर आइपुग्छौ हैन त ?"

भोलिपल्ट–

नवराज त्यहाँ आइपुग्दा भैरव र हरि उनैलाई कुरिराखेका रहेछन् ।

परिचय हुनु के थियो; भैरव र नवराजको दोस्ती जमिहाल्यो । एकअर्काको घरमा समेत आवतजावत हुन थाल्यो ।

भैरव त्यस बखत सम्पूर्ण मध्यमाको जाँच दिएर घरमै बसेको थियो । ऊ दिनभरजसो फुर्सदमै हुन्थ्यो । नवराज पनि बिहानी कक्षा सकेर कलेजबाट फर्कंदा मध्यदिउँसो भइहाल्थ्यो ।

उनीहरू एक-अर्काले मन मिल्ने साथी पाएका थिए र समय काट्ने उपयोगी बहाना पनि । पढाइको मेलो भने दुवैको बेग्लैबेग्लै थियो– भैरव संस्कृतको विद्यार्थी, नवराज अङ्ग्रेजीको । भैरवलाई अङ्ग्रेजी पढ्न उक्साउन थाले नवराजले ।

अपराह्ण साँझतर्फ ढल्कन लागिसकेको थियो, गणेशस्थानबाट चुच्चेपाटीतर्फ जाने सडकमा दुवैको भेट भयो । दुवै छिरे बाटोछेउको चियापसलमा ।

नवराजले सम्झाए, "अङ्ग्रेजी नपढी हुँदैन यार ! अचेल अङ्ग्रेजी पढेको छ भने जस्तै बुद्धू पनि विद्वान् मानिन्छ; अङ्ग्रेजी नजान्ने जतिसुकै विद्वान् भए नि मान्छेले मान्छे गन्दैनन् !"

"मलाई चाइने खूपै रहर लाग्या हो अङ्ग्रेजी पढ्न त ! तर, मेलोमेसो नै पा'को छैन, कताबाट सुरु गर्ने हो कोनि !"

"त्यसको चिन्ता ममाथि छाड्देऊ ! 'पढ्छु' मात्र भन न ! म व्यवस्था मिलाइहाल्छु नि !"

"यति जान्या छु, अब यहाँबाट चाइने सिक्नुपर्ला भन्ने भए पो ! समुन्द्रै हुन्छ अङ्ग्रेजी भनेपछि ! मेरो बुताले के भ्याउला र !"

"म बाटो लाइदिउँला, त्यसपछि आफैं दुगुर्न थालिहाल्छौ नि ! रमेश पनि अङ्ग्रेजीतिर लाग्नुपर्नेछ भन्दै थे ।"

"को रमेश ?"

"रमेश विकल के ! आरुबारीको ।"

"ए, ए ! कथाकार ? उनीसित मेरो नि चिनाजान छ ।"

"मैले थाहा पाएँ । अस्ति रमेशसित तिम्रो बारेमा कुरा भा'थ्यो ।"

"उनीसित परिचय भएको त निक्कै भइसक्यो। तर, आक्कल-झुक्कलको भेटघाट हाई-हेल्लोमै सीमित भइराख्या छ ।"

"तिनीसित मेरो त घनिष्ठै दोस्ती छ । मान्छे रसिक छन्; सहयोगी खालका छन् । तिमी पनि लेख्ने मान्छे रै'छौ, सङ्गत गर्दा राम्रै होला ।"

केही दिनपछि–

त्यतैको चियापसलमा तीन मित्रहरूको भेट भयो । विकल र नवराज जमिसकेका थिए, भैरव पनि आइपुग्यो । तर, त्यस वेलाको कुराको विषय भने अन्य दिनको भन्दा फरक थियो । उनीहरू न अङ्ग्रेजीको कुरा गरिरहेका थिए, न त साहित्यको नै । त्यस बखत उठेको कुरा थियो– राजनीतिको ।

सुरुमा संशय थियो– भैरवको राजनीतिक आस्थाबारे । विकलले मुख फोडे, "तिम्रो राजनीतिक झुकाउचाहिँ कतातिर हो नि ?"

भैरवले दुवैको अनुहारमा पालैपालो हेऱ्यो । यी दुई कुन विचारका होलान् ? भर्खर सुरु भएको मित्रतामा राजनीतिक आस्थाले कटुता आउने पो हो कि !

दुवै उसैको उत्तरको प्रतीक्षामा थिए । भैरवलाई जबाफ दिन करै लाग्यो, "मैले राजनीतितिर त्यत्ति चासो राख्ने गरेको छैन ।"

नवराजले जोड दिए, "त्यो त होला; तर क्यै न क्यै झुकाउ त भइहाल्छ नि !"

भैरवलाई अमूक पार्टी वा सिद्धान्तसँग जोडिएर देखापर्नुमा कुनै रुचि थिएन । तर, अवस्था यस्तो आएको थियो कि मित्रहरू उसको भित्र कतै दबाएर राखेको आस्थालाई नखोतली नछाड्नेमा पुगिसकेका थिए । आऽऽ ! जे त होस्; बोल्दिन्छु ! यस्तै सोचेर भैरवले सुस्तरी मुख खोल्यो, "वामपन्थीहरू मन पर्छन् । त्यत्ति गहिरो गरी बुझेको चैं छैन ।"

"लु ! कुरो मिलिहाल्यो नि ! हामी नि त्यै हौं ।" विकल बुरुक्कै उफ्रिए ।

त्यस दिनको संवादले उनीहरूको त्यो नवोदित मित्रतामा अझ परिपक्वता त थप्यो नै; विकलसँग भैरवको सामीप्य अरू बढ्न थाल्यो । त्यसमाथि विकल, नवराज र भैरव तीनै जना जोरपाटी-छेउछाउकै रैथाने न भए !

राजनीतिको मामिलामा विकल अलिक अगाडि नै रहेछन् । उनी सङ्गठनतिर सक्रिय भइसकेका रहेछन् । त्यसै मेसोमा केही

दिनपछि उनले भैरव र नवराजलाई पनि कम्युनिस्ट पार्टीको सदस्यता कटाइदिए ।

त्यसपछिका दिनमा उनीहरू सकेसम्म, भ्याएसम्म साथसाथै हुन थाले । त्यसो हुँदा एक-अर्कालाई बुझ्दै जाने मेलो पनि मिल्यो । साहित्यतिरको रुचि त छँदै थियो, राजनीतिक आस्थाको हिसाबले पनि मन मिलेपछि अरू के चाहियो र !

सम्पूर्ण मध्यमाको जाँच दिएर बसेकाले भैरवलाई फुर्सद नै थियो । बीचको खाली समयमा के गर्ने भन्ने समस्या पनि रहेन । सोही समयको सदुपयोग गर्दै नवराजले उसलाई अङ्ग्रेजी पढ्ने व्यवस्था मिलाइदिए । मध्यमाको रिजल्ट ननिस्किउन्जेलमा भैरवले एभरेस्ट रिडर प्राइमरी 'बुक वान', 'बुक टु' हुँदै 'बुक थ्री'सम्म पढ्न भ्यायो ।

त्यही छाँटा रमेश विकलले पनि 'जीवनमा केही त गर्नै पर्छ' भनेर भैरवभित्रको भर्खरैजसो लागेको सिर्जनशील आगोमा घिउ हालेको हाल्यै गरिरहे ।

दश

सम्पूर्ण मध्यमाको रिजल्ट आयो । भैरव उत्तीर्ण भएछ ।

भैरवले एकै पल्टमा चार सालको जाँच पास गरेको मात्र थिएन, शेषराज गुरुको दीक्षा, गोविन्द गुरुको धम्की अनि युवराज महेन्द्रको सद्भावको समेत इज्जत राखिदिएको थियो ।

सम्पूर्ण मध्यमा पास हुनु के थियो, घर-परिवार सबैको आँखा भैरवको जागिरमा अडिइहाल्यो– अब यल्ले कमाउँछ; घरखर्च चलाउँछ !

घरको हालत भैरवलाई थाहा नभएको पो कहाँ हो र ! बा एक्लैको कमाइले जेनतेन धानिराखेको न हो । अगाडि पढ्ने असाध्यै इच्छालाई जस्ताको तस्तै थाती राखेर ऊ जागिर खानेतिरै अग्रसर भइदियो । अर्थोक जागिर कता खोज्नु ! 'पढ्नुपर्ने पनि छ, यस्तोमा मास्टरी नै ठीक होला । त्यसमा भए त्यति सोर्सफोर्स नचाहिने, पढ्न नि मौका मिल्न सक्ने ।'

यस्तै सोचेर भैरवले त्यतैतिर लाग्ने मन बनायो ।

मास्टरको जागिर खानलाई पनि छ महिने शिक्षक तालिम लिनुपर्ने रहेछ । ताहाचलमा अमेरिकनहरूले सञ्चालन गरेको 'टिचर्स ट्रेनिङ' मा ऊ भर्ना हुन पुग्यो । तालिम लिन त्यहींको छात्रावासमा बस्नुपर्ने रहेछ ।

ताहाचलतिर त्यस बखत साहित्यिक कार्यक्रमहरू बारम्बार भइरहन्थे । त्यस्ता कार्यक्रममा चल्तापुर्जा साहित्यकारको बाक्लै उपस्थिति रहन्थ्यो । त्यस्तामा कविता सुनाउन, सुन्न भैरव सकेसम्म चुक्दैनथ्यो । त्यहाँबाट एक हस्तलिखित पत्रिका पनि निस्किन्थ्यो । भैरव त्यहाँ गएपछि उक्त पत्रिकाको जिम्मेवारी उसैको काँधमा आइपऱ्यो ।

टिचर्स ट्रेनिङ्मा कहिलेकाहीं पढाउन आउनेमध्येका एक थिए– कवि माधव घिमिरे । त्यस बखत उति नचम्किएका भए पनि तिनी भैरवहरूको सिकारु पुस्ताभन्दा चाहिँ अगाडि नै थिए । साहित्यिक कार्यक्रमहरूमा प्रायः उनको उपस्थिति रहन्थ्यो । उनी भैरवका कविताको ठूलै प्रशंसक बनेका थिए । भन्थे, "तिम्रो भाषा असाध्यै लोभलाग्दो छ ।"

तालिममा फुर्सद भयो कि साथीहरू भैरवलाई कविता सुनाउन कर गर्थे । साथीहरू त मुग्ध थिए नै; टिचर्स ट्रेनिङ्का मास्टर अनि स्टाफहरू पनि उसको कविताको खूब तारिफ गर्थे ।

भर्खर सुरु भएजस्तो लागेको थियो; रमाइलै रमाइलोमा छ महिने तालिम सकिएछ ।

तालिम त सकियो तर सरकारी नीतिनियमको नयाँनयाँ लन्ठा आइलागेर तालिमको अन्त्यमा लिइएको परीक्षाको रिजल्ट तुरुन्तै नआउने भयो ।

नयाँ, पुरानु, आधुनिक, प्राचीन; चाहे जुनसुकै शिक्षा पद्धति होस्, मास्टर भएपछि सबै कुरा जानेकै हुनुपर्छ भन्ने मान्यता छ । संस्कृत र नेपालीमा त ऊ पारङ्गत नै थियो । केही समय अङ्ग्रेजी पनि बडो मिहिनेतसित सिकेको थियो उसले । मास्टरीमा दौडिहाल्न पाइन्छ भन्ठानेको; अझै पर्खिनुपर्ने भयो ।

भैरवले यो मौका उसै उम्काउन चाहेन । तालिमको परीक्षापछिको खाली टाइममा भैरवले 'ऐन स्रेस्ता' पढेर जाँच दिन र पास गर्नसमेत भ्यायो ।

त्यो संवत् २०११ सालतिरको कुरा हो ।

शिक्षक तालिमको रिजल्ट आयो । त्यसमा उत्तीर्णलाई ग्राम विकास कार्यक्रमअन्तर्गत देशका विभिन्न स्थानमा पठाइने भयो ।

सुरुमा भैरवले काठमाडौंकै आसपासको ठाउँ खोजी गऱ्यो । तर, त्यसै पाला मन्त्रालयले यस समूहका तालिमप्राप्त सबैलाई काठमाडौंभन्दा बाहिर पठाउने नीति लिइदिएछ । घरमै बसेर जागिर भ्याइने कुनै सम्भावना रहेन । जागिर खाने हो भने उपत्यकाबाहिर जानै पर्ने भयो ।

त्यस बखत तीन वटा सेन्टर निर्धारण गरिएका थिए– विराटनगर, भैरहवा र पोखरा । विराटनगर र भैरहवामा बेपत्तै गर्मी हुन्छ भन्ने भैरवले सुनेको थियो । फेरि त्यता भाषाको समस्या पनि हुने देखियो । त्यताका स्थानीय भाषासँग भैरवको दूरदूरसम्म कुनै नसनाता थिएन । पोखरा त पहाडै हो । त्यता भए नेपाली भाषा नै चल्ने, उल्का गर्मी पनि नहुने । अन्य दुई ठाउँभन्दा घरबाट आउजाउ गर्न अलिक नजिक पनि हुने ठानेर भैरवले पोखराकै लागि नाम टिपायो । पोखरातिर जाने टिममा भैरवको नाम सिफारिस भयो ।

स्वरले साथ नदिए पनि भैरवको कविताकर्म भने तीव्र गतिमा चलिरहेको थियो । तीमध्ये कुनै छापिएका थिए, केही छापिने क्रममा थिए । काठमाडौं छाडेर हिँड्नुको अर्थ घर-परिवारबाट टाढिनु त हुँदै हो; साथी-सङ्गातीसँग पनि दूरी बढ्दै जानु हो । पत्रिकामा भर्खरजसो रचना प्रकाशन गर्न थालेको उसलाई आर्थिक अवस्थाले भने रोजीरोटीतिरै लखेट्न चाहिरहेको थियो ।

"यतै मिलेको भए तिम्लाई राम्रो हुन्थ्यो !" तालिमकै एक साथी हरिगोविन्दले सद्भाव पोखे ।

"क्यै छैन ! यता भइदिएको भए घरपायक हुन्थ्यो । केही समयपछि सरुवा मिलाएर आउन पाइहालिने रै'छ । पछि घरबाटै भ्याइने ठाउँमा मिलाउनुपर्ला ।" भैरवले चित्त बुझायो ।

"आफू यहीँ हुँदा त नमिलेको कुरो; आफू हिँडेपछि झन् काँ मिल्छ ! तिमीजस्तो ज्वाजल्यमान प्रतिभाको खाँचो यहाँ छ; तिमीचैं जाने भयौ पच्छिमतिरको कुनै गाउँमा ! अनि, तिम्रो लेखन के हुन्छ ?" अर्का साथी कनकद्वीपले चिन्ता व्यक्त गरे ।

त्यस बखत भैरवले छन्दोबद्ध अनि वार्णिक कविताहरू प्रशस्तै लेखिरहेको थियो । रबर छन्द भनेर गद्यकविताको चलन पनि व्यापक भइसकेको थियो तर त्यसप्रति उसले उस्तो चासो राखेको थिएन ।

हिँड्ने वेलामा कनकद्वीपले भने, "फलानु सम्पादक मेरो साथी, फलानु सम्पादक पनि मेरो साथी छ; म छपाइदिन्छु । लम्फू भएर तिमी

बिग्रियौ । तिम्रा कविताहरू मलाई छाडिराख । तिमी जहाँ भए नि यता तिम्रो कविता छापिंदै गर्छ ।"

भैरवलाई उनको कुरा मनासिवै लाग्यो । पोखरातिर जाने वेलामा आफैंलाई पनि असाध्यै मन परेका केही कविता उसले यौटा कापीमा सा-यो । त्यसमा ती कविताहरू थिए, जसलाई भैरवका मास्टरहरू, ट्रेनिङका स्टाफहरू अनि साथीहरूले खूब तारिफ गरेका थिए ।

उसले उक्त कापी कनकद्वीपलाई हस्तान्तरण गरिदियो । र, आफू भने लाग्यो जागिर खान पोखरातिर ।

एघार

कास्कीका विभिन्न ठाउँबाट मास्टर छान्न मान्छेहरू पोखरा आएका रहेछन् । तिनै मध्येमा थिए– कन्धनी डाँडाका रसमोहन शर्मा र नारायणदत्त रानाभाट । उनीहरूको गाउँमा एउटा विद्यालय स्थापना गरिएको रहेछ– भवानी प्राथमिक विद्यालय । आफूले संस्कृत पढेको हुँदा सकभर संस्कृत पढेकै मान्छेप्रति रसमोहनले विशेष झुकाव राखेका रहेछन् । उनीहरू त्यो हुलमा संस्कृतमा अलिक जान्ने मास्टरको खोजी गरिरहेका रहेछन् । यस्तैमा फेला पर्‍यो भैरव !

रसमोहनले सोधे, "के-के पढाउन सक्छौ ?"

भैरवले भन्यो, "जे पनि सक्छु !"

"संस्कृत नि ?" उनीहरूले खोजेको कुरा अर्कै थियो ।

"म संस्कृतकै विद्यार्थी हुँ ।" उसले पनि खोजेकै कुरा भनिदियो ।

नारायणदत्तले खिरिल्याए, "शहरतिरका रै'छौ, याँबाट दुई कोस परको गाउँमा जानुपर्छ । गाउँमा टिक्न सकौला र !"

भैरवले दुवैको अनुहारमा पुलुक्क हेरेर सुस्तरी भन्यो, "शहरमा पनि गाउँ हुन्छ, म त्यस्तै गाउँको हुँ ।"

मुसुमुसु हाँस्दै रसमोहनले भैरवलाई ढाप मारे, "रसिला रै'छौ । जान्छौ त हाम्रो गाउँमा ?"

भैरवले मुन्टो हल्लायो ।

वास्तवमा त्यो विद्यालयलाई शिक्षकको साह्रै दुःख रहेछ । दुई-तीन पटक बाहिरबाट शिक्षक ल्याएर राख्ने प्रयास गरेछन् तर कोही पनि

टिकेनछन् । हेर्दै लाटोलाटो, सोझोसोझो देखेर यसलाई चाहिँ टिकाउन सकिएला कि भनेर उनीहरूले भैरवतिर दृष्टि दिएका रहेछन् ।

उनीहरूकै साथ लागेर भैरव कन्धनी डाँडातिर उकालो लाग्यो ।

***

कन्धनी डाँडा !

पोखराबाट दक्षिण-पूर्वतिरको यो पहाडी गाउँ वास्तवमै मनोहारी रहेछ । विजयपुर खोला तरेर अलिकति उकालो लागेपछि आउँदो रहेछ त्यो गाउँ । त्यहाँबाट पोखराको दृश्य हेरेर मन्त्रमुग्ध हुनुको सौभाग्य काठमाडौंको कुनै कुनामा कहाँ पाउनु ! प्रकृतिको आँचलले छपक्कै ढाकेको गाउँको टुप्पामा रहेछ सिलिङ्गे बगैँचा । त्यहीँ स्थापना गरिएको रहेछ भैरवले पढाउनुपर्ने विद्यालय ।

कन्धनी डाँडाले 'सब से फुल मास्टर' पाएको थियो– जे भने पनि पढाइदिन सक्ने । अरू म्याट्रिक पास गरेकाहरू संस्कृत जान्दैनथे । अङ्ग्रेजी पनि 'बुक टु' भन्दा माथि जानै नपर्ने, संस्कृत पढेको भैरवको 'बुक थ्री'सम्मको अङ्ग्रेजी फररै थियो ।

भैरवको बस्ने व्यवस्था सुरुमा नारायणदत्तकै घरमा भयो । क्षत्रीको घर; ऊ बाहुन भएकाले उनीहरूले पकाएको खाँदैन भन्ठानेर उसका लागि एक बाहुन विद्यार्थी भान्छेको व्यवस्था मिलाइयो । केही पछि भने भैरव रसमोहनको घरमा सऱ्यो ।

त्यस घरमा भने भैरवले छुट्टै भान्सा गरिराख्नुपरेन । केही दिनमै ऊ त्यस घरको सदस्यजत्तिकै घुलमेल भइहाल्यो ।

भैरव आएसँगै त्यो स्कूलमा पठनपाठन सुचारु भयो । त्यहाँ पुगेलगत्तै गाउँलेहरूको सहयोग लिएर उसले उर्दी लगाएरै गाउँका भएभरका केटाकेटीलाई स्कूल भर्ना गरिदिएको थियो । एक हुल केटाकेटीले सिलिङ्गे बगैँचा ढाकिने क्रम निरन्तर चल्न थाल्यो ।

ऊ नेपाली पढ्न चाहनेलाई नेपाली पाठ्यक्रम र अङ्ग्रेजी रुचाउनेलाई अङ्ग्रेजीकै पाठ पढाउँथ्यो । संस्कृत पढ्न चाहनेका

लागि भने उससँग अलिक धेरै सामग्री थिए । विद्यार्थीको क्षमताअनुरूप अमरकोष, हितोपदेश, चण्डी, लघुसिद्धान्त कौमुदी, रुद्री, दुर्गा शप्तशती, वेद (शुक्ल यजुर्वेदको चालीसै अध्याय) आदि ऊ पढाउँदै लैजान्थ्यो ।

स्कूलबाहेक बिहान-बेलुका गाउँका विद्यार्थी पढाउने दायित्व पनि उसैमा थियो । जुन घरमा बसेको थियो; त्यहाँका केटाकेटी त पढ्ने नै भए, छरछिमेकबाट पनि ट्युसन पढ्न आउँथे । अनपढ गाउँलेहरूको चिठी पढिदिने, जबाफ लेखिदिने, तमसुक लेखिदिने, पात्रो हेरिदिने आदि काम पनि उसैको थाप्लोमा पर्न थाल्यो ।

कन्धनी डाँडाको तलतिरको स्कूलमा भैरवसँगै तालिम सकेर आएको पाटनतिरका भैरव नामकै नेवार थिए । म्याट्रिक गरेका तिनी फुर्सद भयो कि मास्तिर उक्लिन्थे । उनको गुनासो हुन्थ्यो, "हेर न अर्जेल ! के गर्ने ? मकाँ' संस्कृत पढ्नुपऱ्यो भनेर आउँछन् । आफूलाई संस्कृत भुत्लोभाङ आउँदैन !"

भैरव उनलाई सुझाउँथ्यो, "संस्कृत पढ्ने हो भने अलिक मिहिनेत गर्नुपर्छ; चढ्नुपर्छ चाइने उकालो भनेर यता पठाइदेऊ न !"

त्यसपछि उनले संस्कृत पढ्न आउने जतिलाई मास्तिरै पठाइदिन थाले ।

रू. ७५/- को पे-स्केलको जागिर थियो भैरवको । सरकारबाट रू. ५०/- मिल्थ्यो । तीन खण्डको एक खण्ड भने त्यहींका जनताले व्यहोर्नुपर्ने हुन्थ्यो । पैसाको साटो प्रत्येक विद्यार्थीले महिनाको एक पाथी चामल, एक चौथाइ घिउ, एक मानु दाल, मसला इत्यादि ल्याइदिन्थे । भैरवले तलबबाहेक अरूथोक लिन्थेन; जसको घरमा बसेको हो, "उनैलाई बुझाउनू" भनिदिन्थ्यो ।

विद्यार्थीको सिदादानबाट राम्रै अनाज उठ्थ्यो । जसको घरमा बस्थ्यो, जम्मै उनैलाई दिने भएपछि भैरव सुनको फुल पार्ने कुखुरी हुने नै भइहाल्यो । ऊ मकहाँ बस् भन्ने, ऊ मकहाँ भन्ने, लुछाचुँडी हुने अवस्था आइलाग्यो । तर, उसले त्यस कुराको लोभ गरेन; हिसाब गरेन ।

अलिक भद्रभलादमी, रहनसहन पनि राम्रै भएको र सँगै यौटै भान्सामा खान पाइने भनेर ऊ बाहुनको घर रोजेर रसमोहनकहाँ बसेको थियो । त्यो घरमा रसमोहनकी पत्नीबाहेक अन्य स्वास्नीमान्छे थिएनन् । त्यसैले उनी पर सर्दा वा गाह्रोसाङ्ग्रोमा भैरवले भान्छामा समेत मद्दत गर्नुपर्थ्यो । डाँडाको लगभग टुप्पैमा सिलिङ्गे बगैँचा; बगैँचामा नै स्कूल र स्कूलसँगै जोगीका कुटीहरू; एक किसिमले मनोरम थियो त्यो ठाउँ । त्यहाँबाट माछापुच्छ्रे, अन्नपूर्ण आदि हिमशृङ्खला तथा उत्तर र पश्चिममा फन्को मारेको विजयपुर खोला र अझ पश्चिमबाट चिहाइरहेको पोखरा बजार अनि त्यसको मुटुमा माछापुच्छ्रेलाई अँगालो हालेर निदाइरहेझैं फेवाताल; शब्दमा वर्णन गरेर के साध्य !

पढाउनुको अलावा फुर्सदको समयमा यताउता घुम्नु र कुटीका बाबाहरूसँग गफगाफ गर्नु; उनीहरूसँग बसेर सिगरेट तान्नु भैरवको दिनचर्या बन्न थाल्यो । सबैसँग छिट्टै घुलमेल हुने बानी, तीक्ष्ण क्षमता र सहयोगी स्वभावले पनि उसले त्यस गाउँमा प्रशस्तै मान-मनितो र इज्जत पाउन थाल्यो ।

छोटो समयमै केटाकेटीहरू पनि भैरवसँग घुलमेल भए । तीमध्ये केही त उसको साह्रै नजिक बन्न पुगे । नारायणदत्तका छोरा तारानाथ, वासुदेव रानाभाटका छोरा बलबहादुरलगायत त भैरवसँग साथीझैं झ्याम्मिँदै गए ।

पढाइपश्चात् भैरव विद्यार्थीलाई अतिरिक्त क्रियाकलाप गराउँथ्यो । हरेक साताको अन्त्य अर्थात् शुक्रवारका दिनमा त्यहाँ कविता, मुक्तक आदि लेख्ने, सुनाउने कार्यक्रम हुन थाल्यो । त्यस्ता कार्यक्रममा ऊ आफ्ना रचना पनि सुनाउँथ्यो । यस्तो खाले बाल-सम्मेलन विद्यार्थीहरूले त मन पराउने नै भए; गाउँलेहरूसमेत सुन्न, सुनाउन त्यहाँ भेला हुन थाले । गाउँलेहरूसमक्ष ऊ अन्य विषयमा पनि आफूले जानेका कुरा गर्थ्यो ।

भैरवका हास्यव्यङ्ग्ययुक्त रचना सुनेर विद्यार्थी अनि गाउँलेहरू मन्त्रमुग्ध हुँदै जान थाले ।

काठमाडौं पुगेर फर्कंदा भैरव टन्नै पुस्तक जम्मा पारेर ल्याउँथ्यो र परीक्षामा सर्वोत्कृष्ट हुने विद्यार्थीहरूलाई पुस्तक र चकलेट पुरस्कार दिन्थ्यो ।

विद्यार्थीहरूलाई सिकाउने कुरामा ऊ जति रसिलो थियो, दण्ड-सजायमा उत्तिकै कडा पनि थियो । पढ्न अल्छी गर्ने, आनाकानी गर्ने विद्यार्थीलाई कुदेर डाँडा चढ्न लगाउने र कुदेरै ओरालो झर्न लगाउँथ्यो ।

'किसी की नहीं होती नदी
न पहाड की
न गांव की
न शहरकी
न देशकी
किन्तु जहां जहां से भी गुजरती है
वहीं की हो जाती है नदी
फिर भी अपने में स्वतन्त्र
अपने में सम्पूर्ण होती है नदी ।'

कश्मीरी कवि महाराजकृष्ण सन्तोषीको उपरोक्त कविताझैं विजयपुर खोलाजस्तै कता-कताबाट बग्दैबग्दै आयो अनि त्यहाँ आइपुगेपछि त्यहींको माटो भिजाएर बसिदियो ऊ ।

बाह्र

सिलिङ्गे बगैँचाका हरेक दिन भैरवका लागि झन्झन् उर्वर हुँदै गइरहेका थिए । केटाकेटीहरूसित खेल्नु, तिनलाई पढाउनु, कविता लेख्नु; दिनचर्या यसरी नै बित्दै थिए । पोखरामा त्यस वेला यौटा ससानु पुस्तकालय रहेछ । त्यहाँ कति नै किताब हुन्थे र ! भएकामा पनि कतिचाहिँ उसको भागमा पर्दा हुन् ! ऊ केही किताब पसलबाट किन्थ्यो, केही भने लाइब्रेरीबाट लैजान्थ्यो । दिनभर त केटाकेटीहरूसँगको रमझम भइहाल्यो । साँझ-बिहान भने ऊ एक्लो हुन्थ्यो; न्यास्रिन्थ्यो । त्यही न्यास्रो मेट्न उसले मन लेखनतिर लगाउन थाल्यो ।

त्यसबीचमा फुटकर त थुप्रै नै लेख्यो, यौटा खण्डकाव्य पनि लेख्यो– झ्याउरेमा ।

शनिवार हो या अन्य कुनै छुट्टीको दिन हो, एकिन भएन; ऊ लाइब्रेरीतिर निक्लेको थियो । पोखरामा फेवाताल, पाताले छाँगो, त्यस वेला नामै केही नरहेको अनि उतिविधि मान्छे पनि नजाने गुफा, सेती नदीले कोतरेर बनाएका गहिरा, डरलाग्दा ककाराहरू, पातलो तर सफा बस्ती, ससाना बजार... के-केमात्र थिएनन् मन भुलाउने संसाधन ! सबैको मन बसेको आ-आफ्नै ठाउँ हुन्छ । उसले भने खोजिरहेको ठाउँ पत्तो लगाएको थियो– लाइब्रेरी ।

सानै भए पनि काठमाडौँबाट छापिने सबैखाले पत्रिका आइपुग्दा रहेछन् त्यहाँ । त्यस दिन उसले किताबसँगै केही नयाँ साहित्यिक पत्रिका पनि लियो । अनि, उकालो लाग्यो कन्धनी डाँडातिर ।

झमक्क साँझमा पुगेकाले त्यो दिन त्यत्तिकै भयो । भोलिपल्ट विद्यालय बन्द भएपछि पत्रिका पल्टाउन थालेको त पल्टाउनासाथ फ्याट्ट आँखा पऱ्यो– आफ्नै कवितामा !

भैरवको यौटा चर्चित कविता छापिएछ ।

तर, उसको नाममा होइन !

००९ साल फागुनको 'प्रतिभा' पत्रिकामा यौटा कविता छापिएको थियो उसको 'नवजीवन' शीर्षकमा । त्यो पनि बद्रीनाथले मिलाएर छाप्नलायक बनाइदिएका थिए । त्यसपछि कार्यक्रममा सुनाउने अनि भित्ते पत्रिकामा आउनेबाहेक कुनै; कतै छापिएका थिएनन् ।

कनकद्वीप ब.आ.ले मिलाइदिन्छु, छपाइदिन्छु इत्यादि ललीपप देखाएर भैरवको कविताको कापी नै फुत्काएका थिए; आफ्नै नाममा पो सुईंक्याएछन् ! रहँदाबस्दा अन्य पत्रिका हेर्दै, केलाउँदै जाँदा अग्रज भनाउँदा अन्यलाई दिएका केही कविता पनि छापिएका रहेछन् । छाप्नचाहिँ तिनले भैरवकै नाममा छापिदिएछन् तर भुसुक्कै बिगारेर ।

मित्रवर्गको विविध कर्तूतबाट कन्धनी डाँडामाथिको भैरवमाथि कन्धनी डाँडाभन्दा ठूलो पीडाको पहाड खसेझैं भइरह्यो । कम्ता दुःख लाग्यो कि ! दुःखसँगसँगै उसलाई कताकता रमाइलो पनि लाग्यो– 'मैले लेखेका कविता पत्रिकामा छापिंदा रहेछन् ! विशुद्ध पाठक बनेर पढ्दा ती पढ्नलायक नै हुँदा रहेछन् !'

लामो छुट्टी परेका बखत ऊ घरतिर उकालिन्थ्यो । काठमाडौंतिर विद्यालयको काम पर्दा पनि उसैलाई ठेलिन्थ्यो । यस्तैयस्तैमा एक साल बितेको न भैरव; न त गाउँलेले नै चाल पाए । त्यहाँबाट सरुवा मिलाउने कुरा कुरैमा हरायो । ऊ त उल्टै 'यतै बसोबास गर्न पाए हुन्थ्यो' भन्ने मनस्थितिमा पो पुग्यो !

त्यहाँका बुज्रुगहरू उसको नयाँ 'घरजम' यतै गरिदिने प्रस्ताव लिएर समेत आउन थाले । यतैतिर पारिवारिक अल्झोमा जेलिदिन पाए यौटा गतिलो मान्छे यतैको बन्नेछ भन्ने पो भयो कि !

जे होस्, भैरवलाई सरुवा मागेर कतै जानु थिएन । सिलिङ्गे बगैंचामै रत्तिनु रत्तिएको थियो ऊ ।

तेह्र

०१२ साल फागुन-चैत्रतिरको कुरा हो । शुक्रवारको दिन थियो । आधा दिनको पढाइ सकिएपछि बाल-सम्मेलन सुरु भयो । केही बेर सुन्ने-सुनाउने क्रम चल्यो अनि सिद्धियो ।

गर्मीको दिन । त्यस दिन झनै उत्पातै घाम चर्किएको थियो । त्यसमाथि दुई घण्टाजति घाममै बसेर कार्यक्रम चलाएको; के खपिसक्नु हुनु र ! भैरव गर्मी कटाउने मेलोमा लाग्यो अर्थात् जाने भयो पौडी खेल्न ।

ऊ खोलातिर जाने भनेपछि एक हुल छात्रहरू उसको पछि लागे । विद्यार्थीहरूलाई अघिपछि लगाई ऊ विजयपुर खोलातर्फ ओरालो झऱ्यो ।

विजयपुर खोलामा एउटा ठूलो रह (दह) थियो– डमेर रह । त्यहाँ वेलाबखत भैरव कहिले एक्लै; कहिले विद्यार्थीका साथमा झरिरहन्थ्यो । त्यस दिन पनि साविकझैं भैरव र छात्रहरू निस्फिक्री पौडी खेल्न लागे । खेल्दाखेल्दै समय कति चिप्लियो, कसैलाई पत्तै भएन ।

'अब निस्कनुपर्छ । माथि पुग्नु छ; अँध्यारो हुन्छ फेरि !'

आफू रहबाट निस्कँदै गर्दा उसले सबैलाई इशारा गऱ्यो । त्यत्तिकैमा एउटा फुच्चे चिच्यायो, "गुरु ! बलबहादुर अघिसम्म यहीं पौडी खेल्दै थियो; बाहिर निस्केको छैन, रहमै हरायो !"

सबैले खोजमेल गर्दा बलबहादुर त गहिरो रहमा डुबिरहेको भेटियो ! भैरवले उसलाई हत्तपत्त पानीबाट निकाल्यो ।

दुर्भाग्य ! एघार-बाह्र वर्षको बलबहादुरको प्राणपखेरू उडिसकेको रहेछ !

बलबहादुर भैरवको एकदमै प्रिय शिष्य त थियो नै; आफ्नो पितामाताको एक्लो सन्तान पनि थियो । पढ्नमा साह्रै जाँगरिलो भएकैले मात्रै ऊ भैरवको प्रियपात्र बनेको थिएन; साथीभाइलाई स्कूल भर्ना गराउन पनि भैरवसँगसँगै गाउँगाउँ दौडिन्थ्यो ।

विजयपुर खोलाको त्यो रहले कोमल हृदयको भैरवलाई अकस्मात् आँसुको रहमै डुबाइदियो । ऊ यति भावविह्वल बन्यो कि केही दिन विद्यालयको पठनपाठन नै ठप्प भयो । आफ्नो प्रिय शिष्य गुमाउनुपर्दाको चोटले उसलाई आघात पर्नु त स्वाभाविकै थियो, ऊ त्यसको दोषी आफैँलाई ठान्न थाल्यो ।

कन्धनी डाँडामा आएदेखिन् त्यो दुर्घटना हुन्जेलसम्ममा भैरव एक आदर्श व्यक्तित्व बनिसकेको थियो । त्यसैले सायद, दुर्घटनापछि पनि उसप्रति त्यहाँ कसैले नराम्रो भावना राखेनन् । एक्लो छोरो गुमाएका बलबहादुरका पिता वासुदेव स्वयम्ले पनि भैरवप्रति आस्था र श्रद्धाकै व्यवहार गरिरहे । विद्यालय सञ्चालनमा भैरवले दिएको योगदान, गाउँका विविध कार्यक्रममा सहभागिता, हँसिलो, फरासिलो मिजास तथा सहयोगी प्रवृत्तिले गर्दा ऊ गाउँलेको आकर्षणको केन्द्र बनेको थियो; त्यो कायमै रहिरह्यो ।

तर, त्यस दुर्घटनापश्चात् भैरव स्वयम् भने विक्षिप्तप्रायः बन्यो ।

अब भैरव; भैरव रहेन ! उसको उत्साह; उत्साह रहेन । लामो कालरात्रिपछि झुल्किएको कन्धनी डाँडामाथिको घाममा एकाबिहानै कालो ग्रहण लाग्यो । मानौं, कन्धनी डाँडाको सद्भाव, माया, हौसला, उत्साह बलबहादुरसँगै डमेर रहमा डुबेर सकियो !

सिद्धिन लागेको ०१२ सालका बचेखुचेका दिन शोकैशोकमा सिद्धिए ।

०१३ सालको सुरुवातकै कुरा हो; भैरवको काठमाडौं फर्कने दिन निश्चित भयो । "भोलि भैरव मास्टर काठमाडौं जाँदै छन् रे" भन्ने हल्ला गाउँघरमा डढेलोसरी फैलियो । सबै भावविह्वल थिए । त्यो दुर्घटनालाई खराब सपनाझैं मानेर भए पनि उनीहरू भैरवलाई त्यहीं रोक्न चाहन्थे । तर, मनको घाइते बाघलाई कसैले रोक्न नसक्ने नै भयो ।

उसलाई रोक्ने अनेकन् प्रयास असफल भएपछि अन्त्यमा गाउँले र विद्यार्थीहरू स्वयम् मन मार्न बाध्य भए । अबीर, फूलमालाका साथ भैरवको भव्य बिदाइ भयो । पोखराको हवाई ग्राउन्डसम्म आएर उनीहरूले भैरवको बिदाइमा आँसुका धारा बगाए ।

कतिपय सम्बन्ध रगतको नाताविना नै यति आत्मीय बनिदिन्छन् कि त्यसको रहस्य पर्गेल्न जोकसैलाई हम्मेहम्मे पर्छ !

बग्दाबग्दैको नदी आफ्नै बालुवामा सुक्यो सायद !

***

भैरव काठमाडौं फिर्ता आएको त थियो तर ऊ कास्की फर्किंदै नफर्किने गरी आएको भने थिएन । अलिक मन हलुका भएपछि फिर्छु भन्नेमै थियो ऊ । यता आएपछि भैरवलाई फिर्ता जान दिइएन । नदिनुमा घरायसी कारण नै प्रमुख थिए होलान् । उसको भित्री मन पनि त्यहाँ फर्केर जान हिचकिचाइरहेको थियो । कन्धनी डाँडासित जति आत्मीयता गाँसिएको थियो, त्यसभन्दा भयानक सन्त्रास थपिएको थियो; पीडा उब्जिएको थियो । त्यसमाथि त्यहाँ फर्किएपछि 'कुरो अर्कै हुने' खतरा पनि थियो । पारिवारिक सन्तुष्टि-असन्तुष्टि रहे-भए पनि विवाहित मान्छे; घरजमकै सवालमा 'दायाँबायाँ' गरिहाल्न, दोस्रो आँक्न अलिक अप्ठेरै थियो; सोच्नै पर्ने थियो उसले ।

यावत्भन्दा विशेष कुरा– उसलाई पढ्नु थियो ।

गुरु हुने योग्यता र दक्षता कामचलाउ पुगेकै थियो, उसलाई 'मास्टर' हुनुको रहर थियो । त्यहाँ एक वर्षजति पढाउँदा नै भैरवले राम्रोसँग बुझिसकेको थियो कि साँच्चिकै मास्टर हुने हो भने अङ्ग्रेजी राम्रोसित पढ्नै पर्छ । अङ्ग्रेजी शब्दको 'मास्टर' हुनु छ अनि अङ्ग्रेजी नपढी भयो त !

कास्कीबाट विक्षिप्तप्रायः बनेर फर्किएको थियो ऊ । उसलाई कन्धनी डाँडा र त्यहाँका गाउँले, विद्यार्थीहरूलाई चटक्कै छाडेर आइहाल्न मन थिएन । तर, त्यही मनको शान्तिमाथि अनायास कालो

न कालो धुवाँ लाग्न पुगेको थियो । मनै सफा नभएपछि कुनै कुराले मान्छेलाई सान्त्वना दिन सक्दो रहेनछ ।

यता आएपछिका केही दिन शोकको उस्तै अन्धकारमा गुजाऱ्यो उसले । साथीभाइ र आफन्तले दौडधूप गरेर उसको मास्टरी साँखु, पासिखेलको इन्द्रायणी स्कूलमा सार्ने व्यवस्था मिलाइदिए । भैरवका लागि त्यो सहज-असहज जे भए पनि त्यसबाट परिवारजन भने प्रसन्न भए ।

मध्यमा गरेको मान्छे; क्याम्पसमा अङ्ग्रेजी पढ्न पाउने योग्यताचाहिँ उसको भएन । त्यसैले संस्कृत महाविद्यालयमा उसले शास्त्री तहको अध्ययन सुरु गऱ्यो ।

सुरुका दुई महिना पढाइमा मन लगाउने सुरसार गर्दैमा बिते । बल्ल पढ्न रस के बस्न थालेथ्यो; भैरवको १५-१६ वर्षको भाइको देहावसान भयो । ऊपछिको अर्को भाइलाई पनि बचाउन सकिएन । आफूमुनिका दुई भाइ लगातार अशरीर भएको तोडका बीच भैरवले आफ्नो पढाइलाई अगाडि बढाउन सकेन । शास्त्री तहको अध्ययन बीचैमा तुहियो ।

दुई भाइ छोरा अपर्झट बितेका बाउआमामाथि के गुज्रियो होला ! 'बचेको अर्को छोरो हिँडिदिनु, हराउनु या मरिदिनु भनेको बाबुआमालाई मरेतुल्य पारिदिनु नै हो । अब म कहीँ जाँदिनँ; जे सकेको यहीँ गर्छु ।' भैरवको दिमागमा यस्तो सोचाइ भरियो ।

पढ्नुको तृषा न हो; सितिमिति कहाँ जान्छ र ! उसलाई अगाडि पढ्न मन थियो, पाए त अङ्ग्रेजी नै हान्दिनुहुन्थ्यो । संस्कृतको योग्यताले आधुनिक शिक्षा पढ्न कहाँ पाइनु ! कसैले सुझायो, "प्राइभेट म्याट्रिक दिन पाइहालिन्छ । त्यसपछि पढ्ने नि अङ्ग्रेजी !"

सुझाउ मनासिबै लाग्यो उसलाई । आई.ए. उत्तीर्णसरह योग्यता भए पनि उसले प्राइभेट परीक्षार्थीको रूपमा एस.एल.सी. जाँच दियो । त्यो वर्ष साइन्सको फस्ट पेपरमा सब्जेक्ट लागेर ऊ फेल भयो । अर्को वर्ष भने सेकेन्ड डिभिजनमा पास भयो ।

त्यसपछि भैरवको आत्मविश्वासको डिग्री ह्वात्तै बढ्यो । ऊ अगाडिको पढाइका लागि कस्सियो । त्रिचन्द्र कलेजमा भर्ना भएर केही दिन कक्षा पनि लियो । तर, उसको घरायसी स्थिति यस्तरी बिग्रियो कि अन्ततः उसले त्यो पढाइलाई पनि निरन्तरता दिन सकेन ।

भैरवको मनको क्यानभासमा भर्खरैजसो बन्दै गरेको आकर्षक चित्रमाथि लगातार कालो पोतिँदो थियो । ऊ पहिले नै मनको मैदानमा कालो न कालो पोतेर कास्कीबाट फर्किएको थियो, घट्नु त कता हो कता; नयाँनयाँ, गहिरा धब्बाहरू उसको मनको माचमा थपिंदा भए ।

काठमाडौं बस्न अनि यतै काम गर्न थालिसकेको भए पनि भैरवको मन भने कन्धनी डाँडाबाट हट्न सकेको थिएन । त्यो दुर्घटनाको पीडा र त्यहाँका मान्छेहरूको आत्मीयताबाट आह्लादित भएर उसले बारम्बार चिठी लेख्दै रह्यो । एकाध पटक भेट्नसमेत पुग्यो ।

दश कक्षाको नेपालीमा राखिएको 'जयभुँडी' लेख्ने उनीहरूको तिनै प्यारा भैरव माङ्साप हुन् भन्ने सम्झेर अहिले पनि त्यहाँका गाउँले भक्कानिन्छन् ।

चौध

भैरवको बहिर्गमनसँगै तीन चम्को अर्थात् विकल, नवराज र भैरव अलिक टाढाझैं भएका थिए; पुनरागमनसँगै फेरि एउटै खाल्डोमा जम्मा हुन थाले । चम्को पुनः सुचारु भएपछि त्यसमा केही न केही त पाक्नै पऱ्यो नि !

त्यस्तैमा कुरो उठ्यो– जोरपाटी क्षेत्रमा एउटा भव्य पुस्तकालय स्थापना गर्ने । साहित्यतिर तीनै जनाको उत्तिकै रुचि र चासो भएकाले कुरा मिल्न साढे दुई मिनेट पनि लागेन । स्थानीय मान्छेहरूलाई साथ लिएर उनीहरू पुस्तकालय बनाउने अभियानमा जुटे ।

पुस्तकालय अभियानमा सबैले चासो दिएकाले त्यो कार्य शीघ्रातिशीघ्र अगाडि बढ्दै गयो । विशेष गरी नवराज र भैरवको पहलमा बौद्धमा एउटा भव्य पुस्तकालय खुल्यो ।

पुस्तकालय बडो उत्साहका साथ चल्यो । पुस्तकालयप्रति धेरैले चासो दिएकाले त्यसमा सहयोगी हातहरू थपिँदै गए । त्यस क्षेत्रको एउटा नमुना पुस्तकालयको रूप धारण गर्ने लक्षण छोटो समयमै त्यसले देखायो ।

यो ०१३ सालतिरको कुरा हो ।

त्यति वेलासम्म विकल र नवराज त्यस क्षेत्रमा चल्तापुर्जा कम्युनिस्टका रूपमा चिनिइसकेका थिए । तर, पुस्तकालयलाई सहयोग गर्नेहरू भने धेरैजसो काङ्ग्रेसप्रति आस्थावान् थिए । त्यस्तैमा, पुस्तकालयको सञ्चालक समितिको चुनाव गर्ने समय आयो । नयाँ पदाधिकारी चयनका लागि सबै उत्साहित भए ।

नवराज स्वयम् सभापति पदमा उठ्न चाहन्थे । तर, भोट दिने प्रायः आफूभन्दा फरक राजनीतिको पक्षधर भएकाले आस्थाका कारण तिनले आफूलाई स्विकार्दैनन् भन्नेमा तिनी विश्वस्त थिए । विकल्पमा नरम स्वभावको; खुलेर कुनै पार्टीमा नलागेको भैरवलाई सभापतिमा उठाउने निर्णय लिइयो ।

चुनावको दिन आयो । भैरव सभापतिमा उठ्यो ।

चुनाव न हो; त्यसले राजनीतिक रङ देखाइहाल्यो । अघिल्लो दिन फरक आस्थाका साथी हरिप्रसाद अर्जेल अनि कुलबहादुर शाक्यलगायतले भित्रभित्रै २० जनाजति नयाँ सदस्य थपिसकेछन् ।

चुनाव भयो; ७-८ भोटले भैरवको टोलीले हाऱ्यो ।

आफूहरूले हारेपछि उनीहरूले पुस्तकालयबाट फुत्तै हात झिकिदिए । परिणामस्वरूप ५-६ महिनाजति ढुन्मुनिँदै चलेर त्यो पुस्तकालय बन्द भयो । त्यस क्षेत्रको एउटा नमुना र बृहत् पुस्तकालय निर्माण गर्ने उनीहरूको सपनाले राम्रो गरी स्थापित हुनसमेत नपाउँदै शहादत प्राप्त गऱ्यो ।

पुस्तकालय बन्द भए पनि उनीहरूको हरिसँगको दोस्ती भने कायमै थियो । आत्मग्लानिले नै हुनुपर्छ; पुस्तकालय काण्डपछि हरि स्वयम् उनीहरूसँग बिस्तारै टाढिँदै-टाढिँदै गए ।

पन्ध्र

साँखु । नेपालभाषामा 'सँक्व' अर्थात् 'सँ'– भोट, 'क्व' मुनि । मल्लकालमा उपत्यकाहुँदै भोट (तिब्बत) जाने प्रमुख नाका थियो 'सँक्व' । पृथ्वीनारायण शाहले राज्य गरेपछि पनि यही नाकाबाट भोटसँग व्यापार हुन्थ्यो । तातोपानी नाका अनि कोदारी राजमार्ग खुलेपछि यो शहर छेउकिनारा लाग्दै गयो । बेलायतीहरूले नक्सा बनाउँदा उच्चारण बिगारेर 'साँखु' लेखिदिएपछि फेरिएको अरे यहाँको नाउँ ।

पूर्वतिर पौराणिक स्वस्थानीय शालीनदीले अँगालो मारेको हेर्दै पच्छिमतर्फको भित्तोबाट ईर्ष्यालु नजर फ्याँकिरहेकी बज्रयोगिनी । काठमाडौं उपत्यकाको उत्तरपूर्वमा स्वयम् सस्यानु उपत्यकाकै आकृतिमा अवस्थित लावण्य देशको राजधानी प्राचीन महानगर साँखु । त्यहाँका पाँच प्राचीन ढोकाहरू अहिले पनि पुरानो इतिहास शिरमा सजाएर उसैगरी स्वागतार्थ खडा देखिन्छन् ।

भालेको डाँकसँगै ब्युँझिएको किसानजस्तै बेफुर्सदी बनेको थियो त्यस दिन साँखु । धूले बाटोमा पानी छ्याप्नेदेखिन् गेट, तुल, ब्यानर टाँग्नेहरूको चहलपहलले सखारैदेखिन् साँखुलाई तताउँदो थियो । पुरानो साँखु बजार बूढीकन्या बेहुलीको अपर्झटको शृङ्गारजस्तै झल्झलाकार हुँदो थियो ।

कुरो ०१४ सालको असार सुरुतिरको हो । त्यहाँ साताव्यापी कृषि प्रदर्शनीको आयोजना गरिएको रहेछ । त्यसको उद्घाटन गर्न तत्कालीन प्रधानमन्त्री टङ्कप्रसाद आचार्य त्यहाँ आउँदै थिए । प्रधानमन्त्रीले नै पदार्पण गर्ने भएपछि नसजाएर भयो त शहरलाई !

भैरवले इन्द्रायणी पासिखेलको स्कूलमा जागिर गर्न थालेको निकै समय भइसकेको थियो । "सँक्वमा आमसभा हुने रे ! पर्धानमन्त्री आउने रे !" भन्दै बच्चाहरू हार्रहुर्र भए । सबै भटाभट हिँडेपछि ऊ पनि त्यहाँबाट हिँड्ने तरखरमा लाग्यो । 'अफिस बन्द गर्नुपर्‍यो क्यार !' भनेर सोच्दै थियो; स्कूल सञ्चालक समितिका अध्यक्ष फुत्त आइहाले, "अरे माड्सा'प ! ह्याँ पर्धानमन्तिरी आउँदै छन्, तपैंचैं कता लुसुक्क लाग्न खोज्नुभा ? लु, यसो ठूलाबडाको मुख नहेरी हिँनेर भो त !"

"मुखै त हेर्दिनुहुन्थ्यो नाइँ ! के गर्नु ! उनको हेर्दा चाइने आफ्नु नि देखाउनै पर्‍यो ! यो नाथे मास्टरको थुतुनो प्रधानमन्त्रीजस्तो मान्छेलाई चाइने के देखाउनु भनेर घर जान लाग्या !" मुसुक्क हाँस्दै उसले भन्यो ।

"तपैं यसरी हिँनेर काँ हुन्छ ! ह्याँ स्कूलको तर्फबाट बोल्नुपरो भने आपत् पर्दैन हाम्लाई !"

अध्यक्षले कुरो जायजै गरे । स्कूलको तर्फबाट बोल्नुपर्‍यो भने यहाँ अरू बोल्न सक्ने कोही छैनन् । पिउनलाई "म आउँछु, स्कूल बन्द नगर्नू" भन्दै दुवै लागे आमसभातिर ।

तोकिएको टाइममा धेरै अवेला नगरी प्रधानमन्त्री आइपुगे । उनी आउनासाथ कार्यक्रम सुरू भइहाल्यो । बोल्ने वक्ताहरू धेरै थिएनन् । स्वागत-सत्कार, यताउता, यसो एकाध मान्छे बोलेपछि प्रधानमन्त्रीको पालो आइहाल्यो । उनले गाउँको र देशको विकास गर्ने बारेमा ठूल्ठूला आदर्श छाँटे ।

अध्यक्षले "स्कूलको तर्फबाट हाम्रो मास्टरले बोल्छन्, नाउँ लेख्दिनू" भनेर आउँदा-आउँदै नाम टिपाएका रहेछन्; तर सञ्चालकले बोलाउनै भुलेछन् ! अन्तिम वक्ताका रूपमा प्रमुख अतिथिकै नाम बोलाएको सुनेपछि उनी सञ्चालकसँग जङ्गिए । सञ्चालकले "लौ भुलेछु, अब प्रधानमन्त्रीज्यूले बोलेलगत्तै उहाँलाई बोलाउँछु" भने र त्यसै गरे पनि ।

प्रधानमन्त्रीलगत्तै मञ्चमा उभिएपछि सामान्य सम्बोधन-पश्चात् भैरव पड्कियो, "यस्तो प्रदर्शनीको यो गाउँमा के मतलब ! जहाँ शिक्षा छैन; चेतना छैन; एउटा भएको स्कूलसम्मको पनि महादुर्गति छ; कटेरोमा

बिजोग तालले पढाउनुपरिरहेको छ ! खालि मुखले 'विकास' भन्दैमा विकास हुन्छ ? इमानदारीसँग लागिपरेर विकास गर्नुपर्छ, तब पो विकास हुन्छ ! प्रधानमन्त्रीज्यू, यस्ता फजुलका कुराले देश बन्दैन र देशको विकास पनि हुँदैन..!"

प्रधानमन्त्रीकै सामुन्ने यस्तो आँटिलो भाषण छाँटेपछि त्यहाँ तालीको फोहोरा छुट्यो ।

'यी मास्टरले छुद्रयाइँ गरे; अब के पो हुने हो !' भनेर एकाथरी डराइराखेका थिए; भैरव भने स्कूलतिर लाग्यो । स्कूलका र सभा हेर्न गएका भएभरका बच्चा अनि गाउँलेहरूलाई समेत बटुलेर ऊ हौसियो प्रधानमन्त्रीको बाटो छेक्न !

एकमात्र मोटरबाटो ! बाटोभरि स्कूलका विद्यार्थीहरू पलेँटी मारेर बसिहाले । गाडी त के; बाइसकल छिर्नेसमेत ठाउँ भएन त्यहाँ ।

प्रधानमन्त्रीको गाडी रोकियो । गाडी रोकिएसँगै नारा उर्लिहाल्यो–

"चुहिने छाप्रो हटाइदेऊ
हाम्रो स्कूलघर बनाइदेऊ !!
जन्ताको शासन जिन्दावाद
विकासे भाषण मूर्दावाद !!"

नारा लगाउँदै सबैले प्रधानमन्त्रीको गाडी घेरे । त्यस वेलासम्ममा उनीहरूलाई अन्य गाउँलेले पनि साथ दिइसकेका थिए । गाडीको पछिपछि आएकाहरू पनि त्यही हुलमा मिसिएका थिए । वरिपरि ठूलै हुलले घेरेर त्यहाँबाट डेगै चल्न नदिने छाँट देखेपछि प्रधानमन्त्रीले 'तत्कालै भवन बनाउन बजेट पठाइदिने' आश्वासन दिए । बल्ल उनी फर्किने बाटो खुल्यो ।

एक थरी त्रसित भइराखेकै थिए; पर्सिपल्टै प्रधानमन्त्री कार्यालयबाट स्कूलभवन बनाउनका लागि आशयपत्रसहित पैँतीस सय रुपैयाँ नगदै आइपुग्यो । त्यसपछि केही समयको फरकमा पैँतीस-पैँतीस सय अर्को दुई किस्ता पनि भवन निर्माणार्थ प्राप्त भयो ।

विद्यार्थीकालदेखि नै भैरव मार्क्सवादी दर्शन र त्यस-सम्बन्धी साहित्यको राम्रो अध्येता थियो । भैरवको रुचि पनि थियो राजनीतिमा । मञ्चमा उफ्रीउफ्री भाषण गर्ने कम्ता रहर थियो र उसलाई ! कम्युनिस्ट पार्टीको सदस्य बनिदिएको त्यसैले पनि हो । तर, घाँटीले साथ नदिएपछि उसले राजनीतिबाट मन उठाएको थियो । तथापि, राजनीतिक दर्शनका किताबहरूको गहिरो अध्ययनले उसभित्रको विद्रोहात्मक भावना थप परिष्कृत तथा विकसित हुँदै आएको थियो । स्कूलकाण्ड सम्भवतः उसभित्रको त्यही चेतनाबाट अभिप्रेरित हुनुपर्छ । अथवा, 'मलाई मास्टरी गरिखानु छैन । यता खुस्किए पत्रकारिता वा राजनीति नै गरिन्छ' भन्ने बल पो आयो कि !

जे होस्, उसको उपरोक्त उपद्रयाइँले स्कूलको नयाँ भवन बन्न पुग्ने बजेट झरेको थियो । जसको परिणामस्वरूप उसले नयाँ उपाधिसमेत पायो– 'कम्निस्ट भैरे !'

सोह्र

'हालखबर दैनिक' त्यस बखत चल्तापूर्जा पत्रिकाको रूपमा स्थापित थियो । अर्जेल गाउँको एक जना दाइ 'हालखबर' मा कार्यालय सहयोगी थिए । 'हालखबर'बाट फर्कंदा उनी हरेक हप्ताजसो पत्रिका ल्याएर भैरवलाई दिन्थे ।

सम्पादक दाताराम शर्माको 'प्रजातन्त्राचार्य' छद्म नामबाट उक्त पत्रिकामा नियमित हास्यव्यङ्ग्य स्तम्भ आउँथ्यो– 'हाँस्नुहुन्छ भने......!' भैरव त्यसको नियमित पाठक थियो । ऊ त्यो स्तम्भ एकदमै चाख दिएर पढ्थ्यो, पढेर अरूलाई पनि सुनाउँथ्यो ।

एक दिन उसलाई पनि त्यस्तै व्यङ्ग्यपरक रचना लेखूँलेखूँ लाग्यो । एउटा हास्यव्यङ्ग्य लेखेर उसले हालखबरे दाइलाई दियो, "हाम्रो पनि छाप्न मिल्छ कि......!"

"किन नमिल्नु ! कस्ताकस्ताको छापिन्छन् ! म मेरो गाउँले भाइले लेखेको भनेर हारगुहार गरेर भए पनि छाप्न लाउँछु !" तिनले भैरवलाई उत्साहित गराए । त्यसो त 'हालखबर' र 'गोरखापत्र'मा उसले थुप्रै पाठकपत्र छपाएको थियो, रचनै भने दिएको थिएन ।

ती दाइले त्यो रचना 'हालखबर'मा पुऱ्याइदिएछन् । त्यो छापियो– 'खोलापारिको पुरेत बाजे, गोकर्ण, अर्जेल गाउँ' नाउँ-ठेगानामा । त्यस वेलाका छ्यासछ्यासी उम्रिएका सङ्घहरूलाई दनक दिनका निम्ति लेखिएको थियो त्यो व्यङ्ग्य । त्यसमा पुरेत सङ्घ बनाएर गोदानको भाउ बढाउनुपऱ्यो भन्ने व्यङ्ग्यात्मक प्रस्ताव थियो ।

त्यो २०१३ साल भदौ-असोजतिरकै कुरा थियो ।

दाताराम शर्मा भैरवको यौटै लेखबाट निकै प्रभावित भए । उनी त्यत्तिमै सन्तुष्ट भएनन् । "त्यो लेख लेख्ने मान्छेलाई बोलाइदेऊ । उनले अरू पनि लेखेका हुन सक्छन्," भनेर उनले तिनै गाउँले दाइमार्फत खबर पठाए ।

कोनि किन हो; खबर पाएर पनि भैरव 'हालखबर'मा गएन । दातारामले निकै पटक उसको खोजी गरे । नआउने नै भयो भन्ठानेर होला, पछि कुरा गर्न छाडे । त्यो लेख छापिएको केही पछि अर्थात् २०१३ साल माघ अन्तिम वा फागुन पहिलो सातातिर मात्र बल्ल भैरव र दातारामको प्रत्यक्ष साक्षात्कार भयो– 'हालखबर' दैनिकको कार्यालयमा ।

दातारामले सोधे, "कति वर्षको हुनुभयो ?"

"गएको असोजदेखि बीस पुगेर एक्काईस लागेँ ।"

जबाफसँगै दातारामले अनौठो मानेर उसलाई हेरे– बताइएको उमेर र शारीरिक हुलिया फिटिक्कै मिलेजस्तो उनलाई लागेन । उमेर र लेखको त झन् उनले मेल नै देखेनन्– उमेरभन्दा लेखाइ धेरै छिप्पिएको !

"बीस वर्षको जस्तो चैं फिटिक्कै लागेन है !"

भैरवको 'हालखबर'मा आउजाउ बिस्तारै बाक्लिँदै गयो । 'हालखबर'मा प्रूफ हेरिदिने र सानोतिनो समाचार मिलाइदिने काममा उसले हात बढाउन थाल्यो । अझ यसो भनूँ- पत्रकारितातिरको भैरवको आकर्षण मुखरित हुँदै जान थाल्यो । तथापि, उसले 'हालखबर'का लागि अर्को लेख भने लेखेको थिएन ।

कार्यालयमा बाक्लै आउने-जाने भएपछि हालखबरमै काम गर्ने केदारनाथ नेउपानेले दातारामसित भने, "भैरवजी राम्रै लेख्नुहुन्छ, लेखाऊँ न है !"

उनको प्रस्ताव दातारामलाई पनि मनासिब लाग्यो ।

दातारामले आफूले लेख्ने गरेको साप्ताहिक स्तम्भ 'हाँस्नुहुन्छ भने..!' भैरवलाई जिम्मा लगाइदिए । त्यसपछि भैरव 'हालखबर' दैनिकको नियमित स्तम्भकार बन्न पुग्यो । बल्ल उसको अर्को हास्यव्यङ्ग्य छापियो २०१४ वैशाख २५ गतेको अङ्कमा- 'सरकारले दुलो खोज्नुपर्ला ।'

स्तम्भ नै जिम्मा लिएपछिका हरेक हप्ता लगातार टुक्राटाक्री नै भए पनि हास्यव्यङ्ग्य तयार पार्नुपर्ने भयो । घरी 'बकम्फुस शर्मा' त घरी 'खोलापारिको पुरेत बा' छद्मनाममा ती छापिन थाले । त्यसबापत उसले पारिश्रमिकसमेत पाउन थाल्यो– एक टुक्रा हास्यव्यङ्ग्यको एक रुपियाँका दरले ।

भैरवले 'हालखबर'मा प्रशस्तै लेख्दै गयो । उसले लेखेका हास्यव्यङ्ग्य गद्य पनि हुन्थे, पद्य पनि । जे हुन्थे, ती बेजोड हँसाउने खालकै हुन्थे ।

एक दिन दाताराम र भैरव कार्यकक्षमा भलाकुसारी गर्दै थिए, पत्रिकाका प्रोपाइटर पूर्वमन्त्री रङ्गनाथ शर्मा टुप्लुक्क आइपुगे । सामान्य औपचारिकतापछि दातारामले रङ्गनाथसँग भैरवको चिनाजानी गराइदिए, "तपाईंले 'कस्तो राम्रो लेख्दा रै'छन्, मसित भेटाउनुस् है' भन्नुभएको थियो नि ! त्यो मान्छे उहाँ नै हो !"

"बकम्फुस शर्मा ? ए ! तिमी पो हौ ?" रङ्गनाथ आश्चर्यचकित भए । उनले नियालेर भैरवलाई हेर्दै भने, "तिमी त अर्जेल गाउँका होमनाथ पण्डितको छोरो हैनौ र ?"

"हजुर !" भैरवले मुन्टो हल्लायो ।

"अनि, नामै यै हो कि अड्बाङ्गे राखेको ?" उनले फेरि सोधे ।

उसको बोली फुत्कन भ्याएकै थिएन, दाताराम बोलिहाले, "भैरवप्रसाद अर्याल रै'छ वास्तविक नाम त !"

रङ्गनाथ भैरवको बालाई पहिलेदेखि नै चिन्दा रहेछन्; भैरवको अनुहारसमेत मोटामोटी हेक्का राखेका रहेछन् । आफूले चिनेकै मान्छे आफ्नै पत्रिकामा 'बकम्फुस शर्मा'को नामले चर्चित हुँदै गरेको थाहा पाएर तिनी तीनछक परे ।

कोकटी रङको दौरा-सुरुवाल, अलिअलि हरियोपना भएको कोट, सक्कली ढाकाको टोपी ढल्काएको, घुँगुरिएको केश निधारसम्म झरेको, अड्की-अड्की, अँ.....अँ..... गर्दै, रोकिँदै, त्यसमाथि 'चाइने' थेगो बीचबीचमा थप्दै, मसिनो स्वरमा एक छिनअघि रङ्गनाथसँग कुरा गर्दै गरेको त्यो दृश्य वासु पासाले देखेका थिए ।

त्यही मान्छेसँग कसैले पासाको परिचय गराइदिए– एकाध दिनपछि, 'हालखबर'कै छापाखानामा, "उहाँ पनि यहीं लेख्न थाल्नुभा'छ !"

"ह्या पासा ! ह्वाँ भनेर हुन्छ ! पासाको नाउँ छैन कि क्या हो !" पासाले टिप्पा लिए ।

भैरवले हात बढाउँदै भन्यो, "छ नि ! किन नहुनु ! म भैरवप्रसाद अर्जेल ! न्वारनको नाम नि छ, भनूँ कि ?"

"म भन्दिहाल्छु नि ! न्वारनको नाम 'तीर्थनाथ पासा', भातखुवाइको नाम 'खोलापारिको पुरेत बाजे पासा', व्रतबन्धको नाम 'बकम्फुस पासा' ! अनि, ह्वाँ बाउसाबको नाउँचैं यौटै छ– वासु पासा !" फुत्त आइपुगेका दाताराम शर्मा प्वाक्क बोले ।

"ह्या ! माड्सा'प पनि.......!" वासु पासाले हाँस्तै भने ।

पासाकै लयमा तीनै जना निकै बेरसम्म हाँसिरहे ।

सत्र

'टर्रा, तीता विविध फलमा स्वादिलो पाक चढ्छ
मीठो मेवा समय सकिँदा सड्छ, दुर्गन्ध बढ्छ
काला, सेता, हरतरहका छाल लाखौं फिँजारी
उल्टी, सुल्टी समय-सरिता बग्दछे चक्र पारी ।'

समयलाई आउन कसले छेक्ने ? कविवर उमानाथ शास्त्रीको उपरोक्त कविताांशजस्तै समयले धार बदल्दै गयो । यस्तैयस्तैमा ०१५ सालको चुनाव पनि आइपुग्यो ।

'हालखबर' पत्रिकाका मालिक रङ्गनाथ पत्रिका निकाल्नेमात्र होइनन्; उपरोक्त समयमा चल्तापुर्जा नेता पनि थिए । राजाको साथ पाएर भर्खरजसो 'प्रजातान्त्रिक महासभा' नामक नयाँ पार्टी खोलेका थिए रङ्गनाथलगायतले । वामपन्थी पार्टी त्यागेर नयाँ पार्टीको बिस्तारमा लागिपरेका उनी आउँदो चुनावमा स्वयम् होमिन लागेका थिए । रङ्गनाथ संसद् सदस्यमा उठ्ने निश्चित भयो ।

भैरव भने नैतिक सङ्कटमा पऱ्यो । सघाऊँ; आफू कम्प्युनिस्ट पार्टीको सदस्य, नैतिकताले दिँदैन । नसघाऊँ; जुन पत्रिकाले उसलाई लेखनमा ऊर्जा र अवसर दिइराखेको छ, त्यसैको मालिकलाई सहयोग नगर्न पनि नैतिकताले नै दिएन । यसरी दोहोरो नैतिकताको प्रश्न एकसाथ भैरवको अघिल्तिर उभियो । भैरवले यौटा बाटो रोज्नै पर्ने भयो । त्यसमाथि अर्को समस्या पनि थपिंदो थियो– उसको विद्रोही स्वभाव ।

त्यस वेला भैरवमा एकप्रकारको उग्रता थियो । त्यो किन आयो ? थाहा भएन; तर भित्रभित्रै ऊ साह्रै उग्र थियो । कम्युनिस्ट क्रान्तिकारी किताब खूबै पढेर हो कि ऊ भयङ्कर विद्रोही हुँदै गइरहेको थियो । छेउ न टुप्पोको छिपछिपे क्रान्तिकारी !!

"कम्निस्ट भएर यस्ले सिध्याउन आँट्यो !" बा घरीघरी झपारिराख्थे । त्यसमा बद्रीनाथ घिउ थपिदिन्थे, "काङ्ग्रेसको छोरो भ'र जात फाल्छन् कहीं !"

पासिखेल स्कूलको भवन निर्माणका लागि आर्थिक व्यवस्था गरिदिने बाध्यता परेपछि प्रधानमन्त्री टङ्कप्रसाद आचार्यको वक्रदृष्टिमा भैरव परेको थियो । त्यसमाथि एकपछि अर्को ठाउँमा ऊ प्रधानमन्त्री आचार्यको इन्सल्ट गर्न पुगेको हुन्थ्यो ।

केही दिनअघिको कुरा हो– टङ्कप्रसाद उनको पार्टी प्रजा-परिषद्को उपशाखा खोल्न भटमासेमा पुगेका थिए । आजकल 'भद्रबास' भनिन्छ क्यारे त्यसलाई । भैरवले चाल के पाएथ्यो, साथीहरू उठाएर तहल्का मच्चाइदिइहाल्यो, "देशको प्रधानमन्त्री भएर, राज्यको साधनस्रोत सिध्याएर कुनै पार्टीको शाखा खोल्दै हिंड्ने ?!"

'मान्छे धम्कीले होइन, गल्तीले डराउँछ' भन्छन् नि ! प्रधानमन्त्री लुरुक्क परेर त्यहाँबाट हिंड्न बाध्य भए ।

उसै पनि 'कम्निस्ट भैरे' भनेर उसले त्यस भेगमा नाम भनूँ कि दुर्नाम; कमाएकै थियो । फेरि 'कम्निस्ट' लाई माया गर्ने कति नै पो थिए र त्यता ! रीस गर्नेकै जमात ठूलो थियो ।

'पण्डितको कूलमा जन्मेर संस्कृत पढे पनि कुजाततिर लागेर यल्ले हाम्रो जातभात खत्तम गर्न थाल्यो' भन्दै यता गाउँघरमा समेत भैरवको धुनधान बदख्वाइँ सुरु भइसकेको थियो । 'काङ्ग्रेस, प्रजापरिषद् भयो वा अरू केही भयो भने जागिर नखोसिने रे; नत्र खोसिने रे !' यस्ता हल्लाहरूले उसलाई चारैतिरबाट घेर्न थालेका थिए । उसको जागिर जुनसुकै वेला पनि चट् हुन सक्छ भन्ने खबर उसको कानमा बारम्बार आइरहेको थियो । यस्तोमा कि काङ्ग्रेस, प्रजा-परिषद् वा अन्य केही

हुनुपर्‍यो; कि जागिरबाट हात धुनुपर्‍यो ! यस्तो विषम अवस्थामा थियो उसको जागिर ।

उसले मध्यस्थपथ रोज्ने निधो गर्‍यो । कम्प्युनिस्ट पार्टीको साधारण सदस्यताबाट राजीनामा दिएर त्यो पत्र नवराजमार्फत पार्टीमा पठायो । सदस्यता नलिए पनि त्यसपछि भैरव प्रजातान्त्रिक महासभाको मान्छे भइदियो । अनि, खुलेरै रङ्गनाथको चुनावी प्रचारमा लाग्न थाल्यो ।

'प्रजातान्त्रिक महासभा' को चुनावचिह्न थियो– हात । चुनावको पर्चा 'हालखबर'कै छापाखानामा छापिँदै थियो । भैरवले त्यस पार्टीका लागि यौटा कवितात्मक नारा बनाइदियो–

'हातको भोट हातैमा खसालौँ
आफ्नो थिति आफैँले बसालौँ !'

भैरव सम्पूर्ण इन्द्रायणी क्षेत्रकै चर्चित मास्टर ! त्यता उसको कुरो मज्जाले बिक्न थालेको थियो । त्यसमाथि 'कम्निस्ट पो रहेछ' भनेर नाक खुम्च्याउनेहरूले पनि महासभातिर आएपछि चित्त बुझाएका थिए । प्रायःले भैरवले भनेको खान्थे । केही मै हुँ भन्नेहरूसित भने भैरवले रङ्गनाथ स्वयम्लाई भिडाइदिएको थियो ।

चुनावको वेलामा रङ्गनाथले प्रशस्तै पैसा बाँडे । यत्रो बडेमाको बाकस लिएर बैङ्कबाट भर्खरै निकालिएका नयाँ नोटहरू तिनले भैरवलाई साक्षी राखेरै बाँडेका थिए । उनले 'केही चाहिन्छ कि तिमीलाई ?' भनेर सोध्दा पनि सोधेनन्; उसले पनि लोभ देखाएन । रङ्गनाथले भैरवलाई एउटा ठीकै पुरानो खालको बाइसकल र साथीभाइलाई खाजा खुवाउन भनेर सय रुपियाँ दिएका थिए, बस ।

महानिर्वाचन सकियो । रङ्गनाथको पार्टीले देशभरमा ७४ ठाउँबाट उम्मेदवारी दिएको थियो । ७३ ठाउँमा जमानत जफत भए पनि भैरवको इलाकाबाट भने धेरथोर भोट आएछ । कमसेकम रङ्गनाथको जमानत जोगिएछ ।

चुनाउ नमज्जाले हारे पनि भैरवले गरिदिएको प्रभावशाली प्रचारप्रसार, बनाइदिएका नारा, पर्चा-पम्प्लेटमा उसले लेखिदिएका भाषा आदिबाट रङ्गनाथ एकदमै प्रभावित भए। दातारामको भैरवप्रतिको स्नेहले त्यसमा घिउ थप्ने काम गऱ्यो । चुनाउ सिद्धिएलगत्तै भैरव 'हालखबर'मा जागिरे भयो– मासिक सय रुपियाँ तलब पाउने गरी। शर्त थियो– "अहिले काम सिक्तै गर्नू। पार्टीपेपर निकाल्नु छ; पछि त्यसमा काम गर्नुपर्छ।"

तर, पछि पार्टीपेपर निकाल्ने कुरै उठेन। बरू 'हालखबर'मै भैरवको जिम्मेवारी बढ्दैबढ्दै गयो। पासिखेल र कमलपोखरी- दुईतिर भैरवको जागिर चल्न थाल्यो; चल्दै रह्यो।

०१५ सालको उपरोक्त महानिर्वाचनमा वासु पासा पनि काठमाडौं-२ बाट उठेका थिए। तर, परिणाम उनको पक्षमा आएन।

त्यसको लगत्तै 'हालखबर' मा आएका उनलाई रङ्गनाथले टोकसे, "खूब नेता बन्न गा'थ्यौ नि ! हरौटे बनेर आयौ हैन ?"

"म हारेको हैन, बुझ्नुभो ! डिल्लीरमणको भन्दा मेरो भोट बढी आ'थ्यो ! त्यो 'कान्छीनानी'ले हरा'को हो मलाई !" उनले जङ्गिएर भने।

"जे-जसरी भए नि तिम्ले-हाम्ले हारेकै हौं क्यार ! धाँधली गरे भन्दै हिंडेर अब हाम्लाई कल्ले माला लाइदिन्छ र ! नेता बन्ने भूत थ्यो; त्यो झऱ्यो भन्ठान न !" रङ्गनाथले भने।

"चुनाउ सिद्धिगो क्यार, अब छाड्देऊ त्यो कुरा ! अब केही त गर्नै पर्ला नि; हैन ?" रङ्गनाथले थपे।

पासा ट्वाल्ल परेर उनको अनुहारमा हेर्न थाले।

रङ्गनाथले भने, "यसो गर पासा ! अब यौटा पत्रिका निकाल। नाम मैले अस्ति नै कुरा गऱ्या थें नि– 'किसान' ! हो, त्यही नाम राख। यी बकम्फुस पन्नितलाई नि हात लिएर महिने पत्रिका सुरु गर।"

पासालाई रङ्गनाथको सुझाउ ठीकै लाग्यो। नभन्दै पासा सम्पादक-प्रकाशक अनि भैरव उपसम्पादक भएर ०१६ सालदेखि 'किसान' मासिक पत्रिका निस्किन थाल्यो।

पहिलो अङ्कमा भैरवको कविता छापियो, 'म श्रमिक हुँ' शीर्षकमा–

'न भोकले, न शोकले, न घोरघोर रोगले
मलाइ हेप्न सक्तछन् न वा कुनै बिजोगले ।
म साथ अङ्गपालझैं सदैव यी अटूट छन्
परिश्रमी मुहारका सिङार नै यिनै त हुन् ॥'

'हालखबर' मा दैनिक भिड्नु त छँदै थियो; सम्पादक जे-जो भए पनि 'किसान'को प्रायः सबै काम भैरव एक्लैको काँधमा आइलाग्यो । चार पैसाको चना, चार पैसाको भटमास, त्यसमा एक ग्लास निश्शुल्क पानीले भोक-तिर्खा टार्दै भैरव उत्साहका साथ दैनिक र मासिक दुवै पत्रिका अनि विद्यालयसमेत भ्याउँदै रह्यो ।

'हालखबर'मा भैरव रिसाल, रमेशनाथ पाण्डेलगायत पनि कार्यरत थिए । भैरव पसेलगत्तै प्रधानसम्पादक बनेर मदनमणि दीक्षित पनि आएका थिए । राम्रो टिम बनेको थियो पत्रिकामा ।

यता छोटो समयमै भैरवको 'हालखबर' पत्रिकाको जिम्मेवारी बढ्दै गयो। स्तम्भकार, प्रूफ रिडर, रिपोर्टर-हुँदै हालखबर दैनिकको 'उपसम्पादक' पदमा पदोन्नत हुन पुग्यो ऊ । 'हालखबर' दैनिकमा उपसम्पादकको रूपमा नियुक्त तर स्नातक उत्तीर्ण नभएको पहिलो र अन्तिम व्यक्ति सम्भवतः भैरव नै थियो । किनभने उप, सह जे भए पनि 'सम्पादक' भन्नासाथ कम्तीमा स्नातक उत्तीर्ण गर्नु उक्त पत्रिकाका लागि अनिवार्य योग्यता मानिन्थ्यो ।

त्यो स्थान भैरवले उस्सै पाएको थिएन । भैरवले प्रवेश गरेसँगै 'हालखबर'ले अर्कै मोड लिन थालेको थियो । उसले लेख्ने 'हाँस्नुहुन्छ भने...' साप्ताहिक स्तम्भ दिनानुदिन अत्यधिक लोकप्रिय हुँदै गइरहेको थियो । त्यो स्तम्भ निस्कने दिन त बजारमा 'हालखबर' हारालुछै हुन्थ्यो । पत्रिका आइपुग्ने वेला बेच्न लाइनै लगाउनुपर्ने अवस्था पत्रिका पसलमा सिर्जना हुन थाल्यो । नारायणमान बिजुक्छे 'रोहित' त त्यस

बखत 'हालखबर' किनेर 'हाँस्नुहुन्छ भने...' स्तम्भमात्रै पढ्ने चलन थियो भनेर अझै सम्झिन्छन् ।

कोहीकोही 'बकम्फुस शर्मा'लाई हेर्न कार्यालयमै आइपुग्थे । कसैले "यिनै हुन्" भनेर चिनाइदिए भने चकित हुँदै भन्थे, "मान्छे हेर्दा लाटोलाटो तर लेखचाहिँ बिच्छीजस्तो !"

त्यो प्रतिक्रिया सुनेर भैरव लज्जा र खुशीमिश्रित स्वरमा भन्थ्यो, "हेर न पासा ! मलाई तिनीहरूले के-के पो भनेर गए !"

***

रङ्गनाथले हारे पनि चुनाउमा पाएको बाइसकलले भैरवको दैनिकीलाई निकै सहज बनाइदिएको थियो । छुट्टीको दिनमा बाहेक पासिखेल-अर्जेल गाउँ त्यसले दिनमा दुई पटक त नाप्थ्यो नै; काठमाडौंको जुनसुकै कुनामा जानुपरे पनि ऊ त्यसैको घोडचढी गर्थ्यो ।

एक दिन 'हालखबर'मा तेजः केशरी नामका एक पत्रकार काम गर्न आइपुगे । काममा प्रवेश गर्नुअघि उनले रङ्गनाथलाई आफ्नो हास्यव्यङ्ग्य कविता सुनाए । तेजः केशरी त्यस बखत भैरव-दातारामहरूले राम्रै मानेका प्रतिभा थिए । तर, रङ्गनाथले उनको कविता मन पराइदिएनन् । मन नपराएको मात्रै कहाँ हो र ! "मलाई त यस्तो कवितै मन पर्दैन" पो भनिदिए !

उनकै पत्रिकामा काम गर्नु छ; तेजः केशरीको जस्तै लेख्नु छ तर पत्रिकाको हाकिम भने त्यस्तो फिटिक्कै मन पराउँदा रहेनछन् !

भैरवलाई कम्ता औडाहा भयो र !

यस्तोमा उसले त्यो पत्रिकाका लागि त्यस्तो लेख्न छाड्नु बुद्धिमानी हुन्थ्यो । हाकिम जस्तो रुचाउँछन्, त्यस्तै लेख्न सके पो स्याब्बासी पाइन्थ्यो !

तर, त्यस्तो लेख्न छाड्नुको सट्टा भैरवले रङ्गनाथको 'माइन्ड वास' गर्ने तरिका पो खोज्न थालेछ । के-केमात्र गऱ्यो कोनि; केही दिनमै

रङ्गनाथ स्वयम् हास्यव्यङ्ग्य कविता दोहोऱ्याइ-तेहऱ्याइ सुन्ने, पढ्ने खालका पो निस्किए !

'हालखबर'मा छापिएको भैरवको हास्यव्यङ्ग्य कविता 'डालडास्टकम्' त रङ्गनाथले पटकौं दोहोऱ्याएर सुनाउन लगाए–

'गुडमर्निङ डालडादेवी, बल, बुद्धि निवारिणी
विश्वस्वार्थ पूरयित्वा, मार्केटेषु विहारिणी
घृतस्य यङ्गरी सौता, आइलस्य सरूपिणी
घाँसस्य सुन्दरी पुत्री, रङ्गहीन विमोहिनी ।'

'हास्यले भन्दा व्यङ्ग्यले बढी हृदयलाई स्पर्श गर्छ' भन्ने आफ्नै तर्क भैरवले प्रमाणित गरेर देखाइछाडेको थियो । किनकि, 'हृदयमा बढी प्रवेश गर्ने वस्तुको उत्पत्तिस्थान पनि विशेष किसिमकै हुन्छ' भन्ने उसको त्यति वेलाकै मान्यता थियो । त्यसै भएर रङ्गनाथको व्यङ्ग्य कविता मन नपर्ने कुराबाट ऊ हतोत्साहित नभएको हुनुपर्छ ।

दातारामको पनि अलिअलि पुरानो; भैरवको जस्तै बाइसकल थियो । स्वाभाविकै हो– दातारामको भन्दा भैरवको बाइसकल बढी गुड्थ्यो ।

'हालखबर'मा काम गर्न थालेपछि पनि भैरवको पासिखेलको मास्टरी कायमै थियो । अनौपचारिक नै सही, प्रजातान्त्रिक महासभामा प्रवेश गरेपछि उसको खुस्किन आँटेको जागिरसमेत अडिएको थियो । त्यसो हुँदा बाइसकलमा गोकर्ण-पासिखेल, पासिखेल-गोकर्ण, गोकर्ण-कमलपोखरी अनि कमलपोखरी-गोकर्ण धाउनु नियमितता हुने नै भयो ।

दाताराम व्यङ्ग्य गर्थे, "गोकर्णबाट पासिखेल, पासिखेलबाट गोकर्ण ! गोकर्णमा दानापानी बोकेको भैरव अर्याललाई बोकेर कमलपोखरी ल्याउनु, संसारभरका समाचारलाई टाउकोमा बोकेका भैरव अर्याललाई साँझ फेरि गोकर्ण पुऱ्याउनु ! बिचरो बाइसकल !!"

भैरव फिस्स हाँसिदिन्थ्यो ।

यस्ता घोचपेच 'हालखबर'मा बाक्लै हुन्थे । चिया खान जाने वेलामा मदनमणि र दातारामले छल्न खोज्ने अनि भैरव कहिल्यै नछलिने

पनि बराबर भइरहन्थ्यो । एक दिन दातारामहरूले भैरवलाई सिगरेट किन्न कर गरे । उसले एउटा मोहर झिक्यो । दातारामले, "पण्डित ! दुलहीलाई फकाएर ल्याएको मोहर रहेछ नि !" भनेर त्यो पैसाले सिगरेट किन्न कसैलाई पठाए ।

दुई दिनपछि भैरवले बडो आश्चर्य मानेर उनलाई सोध्यो, "अस्ति त्यो मोहर दुलहीले दिएकी भनेर गुरुले कसरी थाहा पाउनुभयो ?"

अनि, दाताराम स्वयम् जिल खाए । उनले त सिर्फ रमाइलो गर्न त्यसो भन्देका थिए; साँच्चै पो परेछ !

हालखबरमा जिम्मेवारी र क्रेजसमेत बढ्दै गएपछि भैरवले मास्टरी र पत्रकारिता दुईतिर भ्याउन सकेन । पासिखेलको मास्टरी छाडिदियो र यतै पत्रिकातिरै पूरै समय दिन थाल्यो ।

त्यति वेला 'हालखबर' पत्रिका पत्रकारिताको स्कूलजत्तिकै थियो । त्यहाँबाट निस्किएका धेरै जना पत्रकारितामै लागिपरे । कतिपय त ठूलाठूला जिम्मेवारी बहन गर्ने ठाउँमा समेत पुगे ।

हास्यव्यङ्ग्य विधामा चाहिँ 'हालखबर'को उत्पादन भैरव एक जनामात्रै निस्कियो; र ऊमात्रै चम्किँदै गयो ।

अठार

कारण भैरवमात्र नहोला; कारण पत्नीमात्र नहोलिन् ! कारण पिता, परिवार, आफन्तजनमात्र नहोलान् ! कारण आर्थिक दुर्बलतामात्र पनि नहोला ! विविध होलान् कारण; तर भैरवको दाम्पत्य जीवन भने क्रमशः असन्तोषप्रद हुँदै गइरहेको थियो । मन मिल्ने साथीहरूसँग ऊ यस्ता असन्तुष्टि बारम्बार व्यक्त गरिरहन्थ्यो । उसको रुचि र संस्कारअनुरूप आफूलाई ढाल्न सक्नु सायद उसकी पत्नीको बुताबाहिरको कुरा हुँदो हो । अथवा, ऊ नै पत्नीको इच्छानुकूल भइदिन सकेन कि ! वा, पत्नीमाथिकै कुनै संशयले पो भूमिका खेल्यो कि !

एक दिन भैरवले पत्नीसित भन्यो, “सुन त– चार-पाँच दिनपछि तराईतिर जानुपर्ने भो, पत्रिकाको कामले ।”

“त्यता गा’को वेलाँ अलिकति धानखेतको व्यवस्था गरे हुनी नि !”

“नचाइने कुरा नगर न ! काँ’ के कामले जान लाग्या मान्छे; काँ’ धानखेत किन्नु ! पोइसो हुनुपरेन पोइसो !”

“सप्पैले पोइसो भ’रै किन्या होलान् नि ! ह्वाँ पिप्लाबोटे किस्न दाइकोमा चना, मुसुरो, रहर, चामल आउन थाल्या चा-चार साल भैसक्यो ! त्यै वेला विचार गर्नू भन्या, टेर्नुभएन ! हाम्रा कुरा सुने पो ! म फत्फताउनु मात्तै त हो !” यत्ति भनिसक्दासम्म शोभा पिंढीमै तीन फन्का घुमिसकेकी थिइन् ।

“ह्वैन ! यो आइमाई विनसित्ती किन बौलाउँछे ब्यानब्यान ! पोइसो न सोइसो टिकी ट्यासट्यास ! काँ’बाट किन्नु खेत !”

"मैले बोल्या त के पच्थ्यो र तपैंलाई ! त्यै छँडुलीले भन्या भए उहिल्यै घोर्ले मुन्टो हल्लाउनुहुन्थ्यो होला !"

"ए शोभा ! तिम्ले निहुँ क्यै पाइनौ हगि ? अन्ठसन्ठ फलाक्दैमा खेत आउँछ ? आउँछ भने हिंड तिमी नै ! किन बिगाका बिगा खेत !!"

यसै वेला भैरवका बा पनि आँगनमा टुप्लुक्क आइपुगे । बाले दुवैलाई नियाल्दै सोधे, "केको तमासा हो यिनर्को !"

शोभाले भनिन्, "के हुनु नि बा ! मै उस्ती ! मै नहुनी ! मै अलच्छिना ! हजुरको छोरोजस्तो असल मान्छेको कमारी हुनु पा'की छु ! भाग्गेमानी रै'छु नि !!"

शोभालाई उफ्रिन बाँकी नै रहेछ क्यार ! आँगनमै फेरि तीन फन्का घुमिन् । होमनाथ भैरवतिर हेर्दै च्याँट्ठिए, "के चाला हो ए भैरव ! तँ आफूलाई बडो जान्नीसुन्नी ठान्थिस् त ! यौटी स्वास्नी जाबीको धरी चित्त बुझौ'न नसक्नी; लाछी पो निस्किस् ! पढ्या छोरो बिग्रे कवि हुन्छ, नपढ्या छोरो बिग्रे डाइभर भन्थे; क्यै काम लाग्नी भएन यो !"

शोभातिर फर्केर उनले सोधे, "ऐलेको रँडाको चाहिँ केको हो नि दुलै ?"

शोभा उसै त तातै थिइन्, ससुराले झनै आगो ठोसिदिए । गुत्थ परेर पिँढीमा थ्याच्च बसिन्– केही नबोली ।

बुहारीले केही नभनेपछि होमनाथ बूढा छोरोलाई नै खँगार्न थाले, "कोनि कस्की स्वास्नीको पछि लाग्या छस् रे भन्दै थ्यो हरि ! के चाला हो तेरो ! छोर्छोरीको बाउको गतिमति यस्तै हो ?"

शोभाले थपिन्, "ऐले नि त्यै छँडुलीसित जान लाग्या होलान् बा ! नत्र मैले भन्या मान्थेनन् र !"

भैरवको अब भने साँच्चै बोल्ती बन्द भयो । कसलाई के भन्नु ! के कुरा लायो हरिले ? कसकी स्वास्नी ? को छँडुली ? कसको चित्त कसरी बुझाउने ? ऊ रणभुल्लमै पऱ्यो । जे-जे भने पनि त्यस बखत त्यहाँ उसको कुरो सुन्नेवाला कोही थिएनन् । कानै नभएको देउतालाई के सुनाइराख्नु !

चुपचाप-चुपचाप ऊ हिँडिदियो त्यहाँबाट ।

रत्नपार्क जाने मिनीबसमा ठूलै घुइँचो रहेछ । हिँडेरै जाऊँ कि जस्तो पनि लागेको हो; उसै त ढिलो भइसक्यो भन्ने सोचेर कोच्चियो जबरजस्ती ।

"ओहो भैरवजी ! तपैंको अस्ति शनिवारको लेख पढेर त हाँस्याहाँस्यै भइयो ! के-के लेख्नुहुन्छ; लेख्नुहुन्छ भन्या !" यौटा चिरपरिचित भीड छिचोल्दै करायो ।

प्रत्युत्तरमा ऊ मुस्कुराउने प्रयत्न गऱ्यो तर कृत्रिम मुस्कानसमेत उसको अनुहारमा आउन डरायो । भर्खरैको किचलोले उसलाई संवेदनाशून्य पारेर आफैंभित्रको अन्तर्द्वन्द्वको अँध्यारोमा कोचिदिएको थियो, उज्यालोको प्रकाश कताबाट छिर्नु !

जे-जसरी उब्जिएको किन नहोस्, यसरी चर्काचर्का असहमति घरीघरी वर्षिरहन्थे उसको दाम्पत्यमा । आफ्ना त भए-नभएका खबर घरमा पुगिसकेका हुन्थे नै; घरको 'सम्चार' पनि ट्यामट्याममा उसको कानसम्म सङ्क्षिप्त/सविस्तार आइराख्थे । यस्ता बारम्बारका झूटा-साँचा अनुसूचीहरूले वेला-कुवेला उसलाई वाक्कदिक्क पारिरहेका हुन्थे । तर, उसले घरमाथि भने कहिल्यै हकदाबी जँताएन, घुस्सामुङ्ग्री गर्न रुचाएन । अर्काको कुरा सुनेर पत्नीमाथि दागा धर्न उक्सिएन ।

आजको घटना पनि उसका लागि कुनै नौलो कुरा थिएन । यस्ता 'आजहरू' झेल्नुमा अभ्यस्त भइसकेको थियो ऊ ।

भए-सकेजति गर्दागर्दै अझै भएन; अझै पुगेन; अझै सकिएन भन्नुको उपचार कसरी गर्ने ? सोच्दासोच्दै भैरव हावा खुस्किएको टायरझैं बन्न पुग्थ्यो ।

यस्तैयस्तै अतुष्टिहरूसँग जुझ्दै, अगाडि बढ्दै गरिरहेको भैरव स्वयम् अछूतो थिएन । ऊ वेलाकुवेला 'अतिरिक्त' प्रेम-प्रसङ्गहरूतिर तानिइरहन्थ्यो ।

उन्नाईस

"हामीले पिएको पानीचाहिँ पेटतिर जान्छ, यिनको त चाइने सीधै टाउकोतिर जाँदो रै'छ गाँठे !" भैरवले परको धमिलो डाँडातिर हेर्दै भन्यो ।

"किन नि ?" उनले अलिक नजिकै सर्दै साविककै रुन्चे स्वरमा भनिन् ।

"अघिदेखि खसिरा'छ; सिद्धिने नामै लिँदैन ! यत्ति सानु आँखाकै आँसुमात्रै त चाइने यो पक्कै होवैन ! हिजो पानी धेरै पियौ कि क्या हो !" उसले उनको चिउँडोमा हात लगाउँदै भन्यो ।

"मार्दिन्छु ऐले ! आफूलाई याँ कस्तो परिरा'छ ! यिन्लाई भने उडाउन पाए भो !" उनी सुँक्कसुँक्क गर्दै रहिन् ।

उनी अर्थात् एक शिक्षित; सुशील अनि सुन्दरी युवती !

पढेलेखेकी भएरै होला; उनी थिइन्– निकै बोलक्कड ! फरासिली, चाहिने कुरामा लाज नमान्ने, वेलामौकामा हँस्यौली, ठट्यौली पनि गरिराख्ने स्वभावकी थिइन् उनी । भैरवले 'भाउजू' कथामा 'शीला' बनाएर यौटी युवतीको जस्तो चरित्र-चित्रण गरेको छ; ठ्याक्कै त्यस्ती !

कुनै दिन थियो– शीला भैरव भनेपछि हुरुक्कै हुन्थिन् । हुन त यस वेला पनि उत्तिकै आशक्त थिइन् । नभएकी भए यसरी एकान्तमा उससँग रुँदिन थिइन् । ऊ पनि उनी भनेपछि हुरुक्कै हुन्थ्यो । नहुँदो हो त यसरी उनको पछि लागिराख्ने पक्कै थिएन । उनलाई भेट्नुभन्दा दश वर्षअगाडि नै बिहे भइसकेको भैरवले उनीसित दोस्रो बिहे गर्ने आँट भने गर्न सकेन ।

उसो त बाआमाले 'घर चलाउन' भित्र्याएकी बुहारीले उसको घर चल्लाजस्तो उसलाई कहिल्यै लागेन । साथीभाइसँग ऊ बारम्बार अर्को विवाह गर्ने बारेमा परामर्श गरिरहन्थ्यो । तर, निकटका साथीभाइले उसलाई त्यसो नगर्न नै उक्साइरहन्थे । बरू भन्थे, "जे-जे मोजमस्ती गर्नु छ, गर्; अर्को बिहेचैं नगर् ! दुःख पाउँछस् !"

त्यस वेलासम्म उसकी 'फुच्ची दुलही' पनि त वयस्क भइसकेकी थिइन् । उसलाई उनको पनि चिन्ता थियो । बाआमा थिए घरमा; तिनको पनि डर थियो । दाजुभाइ, आफन्त, नातागोता थिए; तिनको पनि भय थियो । तैपनि हिम्मत के बटुल्दै थियो; शीलाको विवाह निश्चित भइहाल्यो– भैरवकै साथीमध्येकै एक जनासँग । त्यसपछि भने ऊ खिस्रिक्कै पऱ्यो ।

तर, बिहे प्रेमको अन्त्य होइन रहेछ । 'अब म अर्केको भैसकें' भन्ठानेर मन मार्नु; टाढिनु बेग्लै कुरा; माया मार्नु बेग्लै कुरा ! मनको मायालाई शरीर कसको अधीनमा गयो सँग के मतलब !

उनीहरू अन्तरङ्ग थिए; अन्तरङ्ग रहिरहे ।

उनीहरू प्रियपात्र थिए; प्रियपात्र रहिरहे ।

उनीहरू एकअर्काका लागि प्रेमिल थिए; प्रेमिलै रहिरहे ।

ऊ साटिएको थिएन; उनी साटिएकी थिइनन् । सिर्फ आँखा छल्नुपर्ने पुरुष साटिएको थियो– पहिले बाउ; अहिले पति ।

त्यसैले होला; बिहे भइसके पनि उसले शीलालाई प्रेमपत्र लेख्दै रह्यो । तर, दिने आँटचाहिँ कहिल्यै गरेन । सोच्यो होला– उनलाई दिए पति-साथीको हात परेर बबाल मच्चिएला; लेख्छु, आफैँसित राख्छु, चित्तलाई शान्त बनाउनु न हो !

उनी अन्तरङ्ग कुरा उसलाई सुनाउँथिन्; ऊ उनीसँगको कुरा नजिकका साथीहरूलाई सुनाउँथ्यो । यो जोडीको जमघट साथीहरूको नजरमा खासै लुक्तैनथ्यो, बरोबर दृष्टिगोचर भइरहन्थ्यो । आखिर साथीसर्कलकै विवाहिता त थिइन् तिनी पनि !

त्यस दिन शीला उसको सामु त्यत्तिकै रोएकी थिइनन् । अघिल्लो साँझ लोग्ने नभएको मौका छोपेर उनलाई आफ्नै देवरले हातपात गरेछन् । त्यो कुरा उनले लोग्नेलाई भने सुनाउन सकिनछिन् ।

भैरवले निकै बेर लगाएर उनलाई सम्झायो । अन्तमा भन्यो, "लोग्नेमान्छे भनेका सबै उस्तै हुन्; नाताको भर नपर्नू !"

"होइन; हुँदै होइन ! लोग्नेमान्छे भनेको सबै उस्ता हुँदै हुँदैनन् ! कोही आफ्नै प्रियसीसँग पनि बिहे गर्ने हिम्मत नगर्ने; कोही आफ्नै भाउजूलाई हातपात गर्न दुस्साहस गर्ने !" आँसुयुक्त नेत्रले छड्के नजर लाउँदै उनी बिदा भइन् ।

भैरव निकै बेरसम्म जहाँको तहीँ; गजधम्म बसेर फर्कियो ।

भैरवले पछि सायद शीलाको देवर 'नरोत्तम'सँग यो कुराको जिकिर गर्‍यो क्यार; नरोत्तमले त्यस कृत्यको पश्चात्ताप गरेर भैरवसँग माफी माग्दै चिठी नै लेख्यो ।

त्यो ०१५ सालतिरकै कुरा हो । त्यति वेला मेरो भने भैरवसँग चिनाजान हुनै पाएको थिएन । पछि मसँग दोस्ती भइसकेपछि भैरवले शिलासँगको सम्बन्ध, उनलाई लेखेका पत्र अनि उसले गरेका र उनका बारेमा सुनाएका यावत् कुराहरूले नै होला; शीलालाई देख्दा मेरो मनमा बडो विचित्रको सहानुभूति सिर्जना हुन्थ्यो । लाग्थ्यो– यत्तिको केटी भैरवकी जीवनसाथी भइदिएकी भए... ! सायद उसले आफ्नो बौद्धिकता, सोच र विचारलाई धानेको महसूस गर्ने थियो होला । सायद यसरी हीनताभास गर्ने थिएन होला... !

त्यो कर्तूतबारे मलाई जानकारी छ वा हाम्रो दोस्ती पुरानै हो ठाने कोनि; नरोत्तम अचेल पनि मलाई देख्ता हच्किन्छन्; डराउँछन् ।

अहिले पनि म जतिजति वेला शीलालाई देख्छु; खालि यौटै 'पाप'मात्रै मनमा खेलिरहन्छ– 'यिनी भैरवकी जीवनसङ्गिनी भैदिएकी भए... !!'

बीस

भैरव मेरो जिन्दगीमा नआएको भए हुन्थ्यो ।

क्वै-क्वै मान्छे जिन्दगीको दौरानमा नआएकै भए जिन्दगी आहत नहुने रहेछ ।

ऊ नआउँदा पनि जिन्दगी उस्तै खुशी थियो । ऊ आएर त्यसमा अझ खुशी थपियो; अझ उत्साह भरियो ! तर, जाँदा आफूले थपेको खुशी र उत्साहमात्रै लिएर गएन उसले- आफूसँग रहे-भएकै चइन र मुस्कानसमेत लछारेर लगिदियो !

ऊ नआएकै भए जिन्दगीलाई राहत हुन्थ्यो ।

'कालो भादगाउँले टोपी, लवेदा-सुरुवाल, सुतीको कोट, निधारमा कालो कोठी, गालामा केही डण्डीफोर र त्यसका ताजा दाग ! उसै त कलेटी परेका ओठ, त्यसमा सिगरेटको सुर्ती टाँसिएको, लाटोलाटो परेको अनुहार, टेबुलमा निहुरिएर कलम धस्तै गरेको !'

– मैले जिन्दगीमा पहिलो चोटि देखेको हुलिया हो उसको ।

२०१६ सालको माघे जाडोको बिहानी थियो त्यो । सबेरै कोनि कता पुगेर हो; घरतिर फर्कंदै थिएँ, कमलपोखरी चोकैको 'साहित्य-सेवा-सदन' लेखिएको एउटा ढोकातर्फ शनैःशनैः तानिएँ । 'साहित्य' पत्रिकाका सम्पादक श्यामप्रसाद शर्माको घर थियो त्यो ।

म पहिलोचोटि त्यहाँ छिरेको भने होइन । त्यहाँ छिर्नुको मजा बेग्लै हुन्थ्यो । शहरका नामीनामी साहित्यकारहरूको जमघट भइरहने थलो थियो त्यो । आफ्नै बा र आफूकहाँ आउने-जाने साहित्यिकसँगको सङ्गतिले यसो साहित्यतिर चासो राख्न थालेको थिएँ म पनि । पत्रिकामा

रचना छापिने, ठूल्ठूला नाम भएका कवि-लेखकहरूलाई प्रत्यक्ष भेट्न पाउनु बेग्लै स्वादिलो हुने ! त्यो अवसर त्यहाँ बाक्लै मिल्थ्यो ।

त्यस दिन चिनजानकै कवि नीरविक्रम प्यासी बडो हाउभाउका साथ स्याँ-स्याँ गर्दै हास्यकविता 'रोमान्टिक हिरो अफ काठमाडौँ' सुनाउँदै रहेछन् । 'धन्न, सिद्धिने वेलामा आइपुगिएछ' भन्ठान्दै थिएँ, उनले "लु तिम्लाई नि सुनाउँछु" भन्दै सुरुदेखिन् थालिहाले ।

'कत्ति न कवि-लेखक भेट्न आ' थिस् ! परिस् फेला !'

कविता नसिद्धिउन्जेल सुनेजस्तो गरिरहेँ ।

त्यस दिन त्यहाँ नयाँ साहित्यकारसँग भेट भएन । 'जानुपर्‍यो' भनेको, उनै चिरपरिचित कविजीले छाडे पो ! सम्पादक शर्माले पन्छाउन भने कि साँच्चै हो कोनि, "त्यो कविता 'हालखबर'लाई दिनू, राम्रो हुन्छ," भनेर सुझाए ।

कविजीले मलाई च्याप्प समाति त हाले- "लु ! जौँ त साथी हालखबरमा !"

हामी दुवै साइकलमा सवार भयौँ । नजिकै थियो 'हालखबर' दैनिकको अड्डा; छिनभरमै पुगिहाल्यौँ ।

कविजीले चिनेका सम्पादक त्यति वेला कार्यकक्षमा रहेनछन् । अर्कै कोही अपरिचित रहेछ– घोसेमुन्टो लगाएर कलम धसिरहेको ।

उसको छेउमा पुगेर कविजीले बडो शानका साथ आफ्नो नाम र यहाँ आउनुको काम बताए । तर, उसले उनको नाम सुनेजस्तै गरिदिएन ।

यत्तिचाहिँ भन्यो, "म पनि यहीँ काम गर्छु । सम्पादक चाइने एक छिनपछि आउनुहुन्छ होला ।"

उसको केटीको जस्तो मसिनु र बेछाँटको; अड्की-अड्की बोल्ने बोली सुनेर हामी छक्कै पर्‍यौँ ।

कविजीले मौकाको फाइदा उठाउन त्यहाँ पनि छाडेनन् । फेरि स्वाँस्वाँ गर्दै उत्तिकै जोशका साथ कविता उसलाई पनि सुनाए । यस पटक भने त्यो कविता मलाई पनि कताकता मीठै लाग्यो । अघि ध्यान दिएर सुनेको रहेनछु सायद ।

अपरिचितले 'हालखबर' पत्रिकाको एकुन्टा नयाँ अङ्क हामीलाई दियो । सधैं किन्ने गरेको पत्रिका सित्तैमा हात परेपछि मलाई बदलामा के गरौं, के गरौंजस्तो भयो । कताकता अप्ठ्यारो पनि लागेको अनि अड्डामै आएको मौका पनि परेकाले 'हालखबर'को वार्षिक ग्राहक बनिदिएँ ।

सम्पादकलाई नपर्खी उसकै हातमा कविता छाडेर कविजी र म त्यहाँबाट हिंड्यौं । नक्सालबाट उनी पकनाजोलतिर लागे; म गहनापोखरीतिर ।

अनियमित रूपमै भए पनि 'हालखबर' मकहाँ आइरहन्थ्यो; त्यसपछि भने नियमित आउन थाल्यो । त्यसमा छापिने 'बकम्फुस शर्मा'को व्यङ्ग्य मलाई असाध्यै मन पर्न थालेको थियो । पत्रिका हात पऱ्यो कि सबैभन्दा पहिले म त्यही पढ्थें । यस्तैमा दुई-तीन महिना बितेर गए ।

एक दिन बढो घत मानेर बकम्फुसकै लेख पढ्दै थिएँ, साथी पुरुषोत्तम रिसाल आइपुगे । उनलाई देखाएँ, "यो पढ त ! लेख भनेको त यस्तो पो हुनुपर्छ !!"

उनले पहिले नियालेर हेरे अनि ओठ लेप्ऱ्याएर भने, "ह्याऽऽ ! यो हाम्रै भैरव दाइले लेखेको त हो नि !"

म चम्किएँ, "भैरव दाइले ?" अनायास जिज्ञासा उठ्यो, "अनि, किन 'भैरव रिसाल' नलेखेर 'बकम्फुस शर्मा' लेख्या त ?"

आफ्नै टाउकोमा ट्वाक्क पार्दै उनले भने, "रिसाल ह्वैन के बुद्धू ! अर्जेल दाजु !! भैरवप्रसाद अर्जेल !!"

आफूलाई त्यस्तो मन पर्ने मान्छे आफ्नै साथीको दाजु पर्ने रहेछन् भनेको सुन्दा म त फुरुङ्ङै भएँ ।

बकम्फुस शर्माको लेखनीसँग रत्तिएको म; तिनीसँग प्रत्यक्ष भेट गर्न उत्ताउलिएँ । साथीलाई भनें, "उसो भए तिम्रो दाइसँग भेट्न लैजाऊ न त !"

"लु हिंड, ऐले नै भेटाइदिन्छु" भन्दै उनले डिल्लीबजारतिर लिएर गए ।

घरको छिँडी निकै अँध्यारो रहेछ । छिँडीबाट अँध्यारो भऱ्याङ छामछुम गर्दै हामी माथिल्लो कोठामा उक्लियौं । त्यहाँ त केको बकम्फुस शर्मा हुनु ! भित्ताको किलामा मैलोमैलो, खुइलिएको, बगली फाटेको, खजमजिएको कोट झुन्ड्याइएको, त्यसको ठीक मुनि एउटा सुसेसुसे, दुब्लेदुब्ले तर अग्ले, ख्याउटे, मैलोमैलो खुइलिएजस्तो बुसर्ट र प्यान्ट, कस्ताकस्ता मात लागेजस्ता आँखा, बाक्ला बटारिएका आँखीभौं भएको मान्छे पराले चारपाटेमाथि ओछ्याइएको लम्पटमा घुँडा मार्दै निहुरेर कलम घोटिरहेको रहेछ ।

म अकस्मात् निराश भएँ ।

कहाँ बकम्फुस शर्मालाई भेट्ने उत्साह, कहाँ यो अढाई-तीन महिनाअघि भेटेको उही हालखबरे कारिन्दो !

साथीले "उहाँ नै त हो हाम्रो भैरव दाइ" नभनुन्जेल म निकै उदास भइसकेको थिएँ, अचम्मले झस्किएँ । अनायास हात जोडिन पुगेछन् ।

"हाम्रो पहिल्यै भेट भइसकेको थियो, हैन र ?" बकम्फुस शर्माले हाँस्दै भन्यो ।

ओहो, बकम्फुस शर्मा त यो पो रहेछ !

कस्तो हुलियाको सोचेको थिएँ, यस्तो पो रहेछ !

अस्ति नै 'हालखबर'मा भेट्दा यत्ति कसैले भन्दिएको भए बकम्फुस शर्मा भनेको यही लाटोलाटो खालको मान्छे रहेछ भनेर दिमाग बनाइसक्थें नि; हरे !

हुलिया जे होस्; मलाई आफूलाई उत्पातै मन परेको लेखकसँग नजिक हुनु थियो । उसका व्यङ्ग्यहरू सम्झीसम्झी बेलिबिस्तार लगाएर तारिफ गरें ।

आफ्नो प्रशंसा सोचेर हो कि सुन्नलायक तरिकाले पो सुनाएँ कोनि, उसले पनि चाख मानेर सुनिदियो मेरा कुरा ।

दोस्रो भनूँ कि पहिलो नै मानूँ ? उससँगको त्यो भेट मेरो जिन्दगीकै सबैभन्दा स्वर्णिम भेट थियो । ऊ मसँग नजिकिँदै आयो कि वा म उससँग नजिकिँदै गएँ कोनि ! त्यसपछि हामी क्रमशः घनिष्ठ हुँदै गयौं ।

त्यो भेट हुँदै नभइदिएको भए हुन्थ्यो !

उससँग चिनजान हुँदै नभइदिएको भए हुन्थ्यो !!

उससँग दोस्तीसोस्ती हुँदै नभइदिएको भए हुन्थ्यो !!!

त्यस दिन उससँग त्यसरी भेट नभइदिएको भए यसरी सम्झनाका प्रेमिल तस्वीरहरूलाई मनको अन्तरकुन्तरमा घोच्ने हतियार ठानिराख्नुपर्ने अवश्य थिएन होला !

यो बूढेसकाललाई मैले घरीघरी आँसुमा अनुवादित गरिराख्नुपर्ने पक्कै हुन्थेन होला !!

एक्काईस

भैरव, उसका काका बलराम र पुरुषोत्तम डिल्लीबजारको ओरालोमा संयुक्त डेरामा गाँसिएर बस्न थालेका थिए । पुरुषोत्तमसँगको पारिवारिक सम्बन्ध पनि भएकाले त्यति वेला आठ कक्षामा पढ्ने १२ वर्षीय मधुवन पौडेल नामको फुच्चे केटो पनि उनीहरूसँगै डेरामा बस्न आइपुग्यो । सानु भएकाले एक्लै बस्न नसक्ने हुनाले पढ्नका लागि फुच्चेलाई तिनको बाउले उनीहरूसँगै ल्याएर मिसाइदिएका थिए ।

कविहरूको सङ्गतमा छु भन्ठानेर होला, फुच्चे बेलुकी खाना खाएपछि भैरवसँगै कविता लेख्न बसिहाल्थ्यो । उनीहरूसँग सिकाइमागेर उसले कविता लेख्ने अभ्यास गर्न थाल्यो । पढ्न बसेको केटो, पढाइमा अलमलिने देखेर भैरवले "कवितातिर पछि लाग्नू, अहिले पढाइमै ध्यान दिनू" भनेर अह्राइसिकाइ गर्न थाल्यो । तर, फुच्चे के टेर्थ्यो र !

उनीहरू "पर्दैन लेख्नू, किताब पढेर बस्" भनेर हप्काउने; ऊ पढ्न, लेख्न छाडेर कवितै कोर्न थालिहाल्ने !

पढाइतिर लाग् भन्दाभन्दै पनि एक दिन फुच्चेले यौटा कविता लेखेर भैरवलाई देखायो । भैरवले "पारा ल्याएछ है केटाले !" भन्दै त्यसलाई मिलाएर चिरिच्याट्ट पारिदियो । 'भन्यो भने यी दाइहरूले गाली गर्छन्' भन्ठानेर होला, जे प्रयोजनका खातिर फुच्चेले त्यो कविता लेखेको थियो, त्योचाहिँ सुनाएन । केही दिनपछि त्यो कविताले 'उपत्यकाव्यापी अन्तर-हाइस्कूल साहित्य सम्मेलन'मा दोस्रो पुरस्कार नै पो पड्काएछ !

डिल्लीबजारको उक्त डेरामा फुच्चे मधुवन धेरै समय भने टिक्न सकेन । कुन सड्को उसको पिताजीले थाहा पाएछन्—फुच्चेले कविता

लेख्न थालेको । अनि त के चाहियो र ! "कवि र पत्रकारसँग सङ्गत छुटाएन भने छोरो बिग्रिन्छ" भन्दै उनले हत्त न पत्त अर्को डेरा खोजेछन् ।

भैरवसित दोस्ती बढ्दै गएपछि म पनि त्यो डेरामा बाक्लै जान थालेको थिएँ । विकल र नवराज पनि प्रायः गइरहँदा रहेछन् । कुराचाहिँ भइरहन्थ्यो तर दुवैसित मेरो भेट भने हुन पाएको थिएन । त्यो डेरामा अरू लेखक-साहित्यकारहरूको पनि भेला भइरहन्थ्यो । त्यसरी भेटघाट हुँदा कविता र लेख-रचना सुनाउने क्रम त चल्ने नै भैहाल्यो ! त्यहाँ आउने प्रायःले आफ्ना रचना भैरवलाई नै परिमार्जन गर्न दिन्थे । ऊ सुधारिदिन्थ्यो, मिलाइदिन्थ्यो, सुझाउ, सल्लाह दिन्थ्यो । अवैतनिक सम्पादक नै थियो ऊ सबैको । जान्ने नै थियो अरूभन्दा !

साथीभाइका फुटकर रचनामाथि उसले औंल्याएका कमी-कमजोरी साँच्चिकै सच्च्याउनलायक हुन्थे । 'उसले छोइदियो भने कवितै अर्कै हुन्छ' भन्नेसम्मका घुइरोघुइरो छाप मित्रमण्डलीमा परेको थियो ।

***

विकलसँग अलिक राम्रो दोस्ती हुँदै गर्दासम्म अर्थात् उनीहरूको पहिलो भेटको केही वर्षपछि भैरव 'हालखबर' पत्रिकाको जिम्मेवार व्यक्ति भइसकेको त थियो नै; हास्यव्यङ्ग्यकारका रूपमा समेत चर्चा कमाउँदै थियो ।

पहिलो परिचय भएको वेलामा विकलले जस्तो सम्भावना सोचे-भेटेका थिए, भैरवले साँच्चै त्यस्तै बनेर देखाइदिएको थियो । विकललाई मात्र होइन, उसको बाहिरी व्यक्तित्व, स्वरको विचित्रता र अनुहार अनि व्यवहारमा देखिने लघुताभास देखेर हाँस्ने र खिसी गर्ने सबैलाई उसले छोटो समयमै देखाइसकेको थियो कि भैरव सिर्फ भैरवप्रसाद अर्यालमात्रै होइन !

बाहिरी भैरव र भित्री भैरव; यी दुईमा अनुमानै लगाउन नसकिने भिन्नता प्रस्टिँदै आएको थियो ।

यस्तैमा भर्खर स्थापित पञ्चायती व्यवस्थाको 'हालखबर' माथि कुदृष्टि परिहाल्यो । १६ असार २०१६ मा जननिर्वाचित प्रधानमन्त्रीको रूपमा विपी कोइरालालाई सपथ खुवाएका महेन्द्र राजा स्वयम्ले नै तत्कालीन जनमत खोसेर २०१७ पुस १ गते बहुदलीय व्यवस्थालाई लोप्पाको अनि पञ्चायती व्यवस्थालाई सत्ताको सपथ खुवाइदिए । पञ्चायती व्यवस्थाको आगमनसँगै अनिश्चितकालका लागि 'हालखबर'को प्रकाशनमा पनि रोक लगाइयो । त्यसपछि 'हालखबर'को टिम नै अकस्मात् बेरोजगार भयो । अर्थाभावले 'किसान' पत्रिका पनि बन्द भयो ।

रोजीरोटीको उद्यम मास्टरी पनि छाडिसकेको भैरव 'हालखबर'को शहादतसँगै अकस्मात् ठूलै आर्थिक मारमा पर्न पुग्यो । त्यो त्यही बिन्दु हो, जहाँबाट उसले आफू र परिवारलाई आर्थिक अभावको दलदलबाट उकास्न गरिएका कोशिश क्रमशः विफल बन्दै जान थाले । जसको कारण बाउको थप बज्रप्रहार अनि पत्नीको अतिरिक्त असमझदारीपूर्ण टोकसोको शिकार ऊ दिनहुँ बन्दैबन्दै गयो ।

त्यो क्रम थपिँदै गयो; घट्तै घटेन ।

राजनीतिक थितिले निम्त्याएको व्यावहारिक बेथितिको दोष भैरवको टाउकोमा अप्रत्यासित मडारिन पुगेको थियो । हुन पनि आम्दानीको स्थायी स्रोत छाडेको भैरवको पत्रकारिताको जागिर पनि खुस्किनु चानचुने सकसको कुरा थिएन ।

त्यस्तो वेला बेरोजगारीमाथि व्यर्थको टोकसो खपेर टाउको ठोकिराख्नुभन्दा केही न केही गरिहाल्नु बुद्धिमानी हुन्थ्यो । त्यही मेसोमा उसले 'सगरमाथा संवाद-समिति' (अहिलेको राष्ट्रिय समाचार समिति) मा काम पायो । गतिलो आयआर्जन हुने काम त त्यो थिएन । तै भरथेगसम्म भैहाल्छ कि भन्ने थियो । तर, दिन्छु भनिएको पारिश्रमिकसमेत अन्ततः उसलाई दिइएन ।

'हालखबर' बन्द भएलगत्तै दाताराम 'गोरखापत्र'मा छिरेका थिए । हालखबर छाडेको नौ-दश महिनापछि उनले भैरवलाई पनि 'गोरखापत्र'मै

तान्ने व्यवस्था मिलाए । हालखबरे कारिन्दो भैरव २०१८ साल फागुन ५ गतेदेखि गोरखापत्रे कारिन्दोमा अनुवादित भयो ।

अभावहरू रङ फेरिरहँदा रहेछन् । कहिले केको अभाव; कहिले कस्तो अभाव ! 'गोरखापत्र'मा छिरेपछि भैरवको अभावको रङरोगन पनि बदलियो । दक्षता, क्षमता, कार्यकुशलताको मूल्य बेग्लै; प्रमाणपत्रको मूल्य बेग्लै । 'गोरखापत्र'मा कार्यकुशलताको भन्दा प्रमाणपत्रको मूल्य अधिक हुँदो रहेछ । पद व्यवस्थापन अथवा पदोन्नतिको खातिर फोस्रो प्रमाणपत्रकै भर पर्नुपर्दो रहेछ ।

२०११ मा सम्पूर्ण मध्यमा र २०१४ मा एस.एल.सी. उत्तीर्ण गरे पनि त्यसपछि भने उसको दुवै तर्फको पढाइ रोकिएको थियो । 'सर्टिफिकेट' नामधारी कागजी खोस्टाकै कारण आफूभन्दा कमजोरको मुनि भैरवजस्तो बहुप्रतिभाशालीले कुच्चिएर बस्ने अवस्था आइलाग्ने देखेरै होला– गोपालप्रसाद भट्टराई, दातारामहरूले पढाइलाई अगाडि बढाउन भैरवलाई कर गर्न थाले ।

अग्रजहरूको सुझाउ मानेर भैरवले एस.एल.सी. मै अड्किराखेको आफ्नो पढाइलाई निरन्तरता दिने विचार बनायो ।

बाईस

"ए जाऊँ न ! कत्ति अलमल गरिराख्या ? पसलै किन्न लाग्यौ कि कसो !" बाइसकलको घन्टी ठोक्तै भैरव सडकबाटै करायो ।

"पसले खुद्रा पैसा साट्न पर्तिर गा'को छ; फिर्ता नलिईकन आउनु त ?" मैले पसलबाट बाहिरतिर टाउको बटार्दै जबाफ दिएँ ।

पैसा खुद्रा गर्न भनेर हिंडेको पसलेले निकै बेर लगाइदिएको थियो । ऊ बल्लतल्ल आइपुग्यो तर त्यही सयकै नोट हल्लाउँदै महाशयको फिर्ती सवारी भएछ !

"बाँकीको नि कितापै लैजाऊँ कि क्या हो !" मेरो बोली खस्न के पाएको थियो; भैरव बाटोमै उफ्रिन थाल्यो, "यौटा-दुइटा किताप लाने झन्झट किन गरिराख्नु ! लु साहुजी ! फिर्ता दिन बाँकी जति छ; त्यो यिनको तर्फबाट बैना भयो ! एक दिन चाइने पूरा पैसा ले'र आउँछन् अनि पसलै जिम्मा लाइदिनुहोला ! किनाराको साक्षी म भएँ लौ !"

पसलेले फिस्स हाँसेर "अर्को दिन दिनू न त !" भनेर छुटकारा दियो । मलाई हकार्न पुगेकै रहेनछ क्यार; भैरवले फेरि त्यही कुरो झिक्यो ।

उसले व्यङ्ग्य मार्‍यो, "लौ बाबूसाहेब ! बैना मार्दिएँ त मैले !"

मैले बाइसकलमा बस्तै भने, "मलाई के घोच्छौ ! निहुँ मेरो, घिउ तेरो हो क्यार ! दोबारी-दोबारी पढ्ने त तिम्ले नै हो !"

"तिम्ले यी जे-जति किताब थुपारेका छौ, चाइने मेरै लागि हो; हैन त उसो भए ?"

"अनि के त ! जसका लागि थुपारे नि सबैभन्दा पैले पढ्ने त तिम्ले नै हो !"

"ओई मिस्टर ! तिमी आफूले पढ्न आँटेको किताब मलाई छुन दिन्छौ र ? तिमीले पल्टाउँदै नपल्टाएका; धुस्नु पारेर पढेका, चाइने धुलो लाग्न थालेका किताब त हो नि मैले पढ्ने ! छाडेका, रहलपहल, उभ्रेपाभ्रेका ! त्यसमा नि चाइने तिमीलाई चित्त कुँडिएको छ भने अबदेखिन् नछोइदिम्ला !"

"कत्ति निहुँ खोजिराख्या त ! आखिर मैले किनेको किताब पढ्न पाउने तिमीले पनि हो ! किनेर के बिग्रियो त !"

"हेर घनु ! तिमीलाई किताब, पत्रिका चाइने किन्ने रोगै लागिसक्यो ! आफ्नो गिदीले चाइने थाम्न सक्ने-नसक्ने किताब थुपार्छौ ! साहित्यको भनेसि झासझुस; झारपात जे भए नि छोड्दैनौ ! अर्थोकमा नि खर्च गर्न भनेछि उत्पातै सुरिन्छौ । यसरी बाउको चाइने कमाइ खर्च गर्दै हिँड्नुभन्दा बरु हामी आफैं चाइने एउटा साहित्यिक पत्रिका निकालौं न !"

कुरै कुरामा भैरवले मनासिब कुरा उठाएको थियो । उसको प्रस्ताव मलाई पनि चित्त बुझ्यो ।

कुरा कोट्टिनु के थियो, हामी नाम जुराउन लागिहाल्यौं । केही नाम उसले बटुल्यो, केही मैले पनि दिएँ । अन्ततः उसैले टिपेमध्येको यौटा नाम रोजियो– 'रचना' । अहिलेलाई वर्षको एउटा अङ्क निकाल्ने तर त्यसलाई गतिलो, खँदिलो र मोटो बनाउने कुराको टुङ्गो लाग्यो ।

केही दिनपश्चात् हामी पत्रिका दर्ताको प्रक्रियामा लागिपर्‍यौं । काठमाडौं मेजिस्ट्रेट अफिसको पत्रिका दर्ताफाँटमा साहित्यिक मान्छे नै रहेछन्– संस्मरणकार देवीचन्द्र श्रेष्ठ । उनले सुझाए, "यौटै मोटो निकाल्नुभन्दा त्यसैलाई तीन वटा बनाएर चार-चार महिनामा निकाल्नु पो राम्रो होला ! खर्चको हिसाबले पनि उस्तै-उस्तै पर्छ । फेरि जत्ति नै गतिलो, मोटो निकाले पनि एक वर्षपछि अर्को अङ्क निकाल्दासम्म मान्छेले पत्रिकाको नामै बिर्सिसकेका हुन्छन् ।"

उनको सुझाव हामी दुवैलाई मनासिब लाग्यो । हामी 'रचना' लाई चार महिने पत्रिकाको रूपमा दर्ता गर्ने निष्कर्षमा पुग्यौं ।

पत्रिका दर्ता भएको एकाध दिनपश्चात् भैरवले "तिम्लाई स्पेसल चिया पाइने ठाउँमा लैजान्छु," भनेर नक्साल भगवती-बहालको एक चिया-पसलमा पुऱ्यायो ।

उसले मलाई त्यहाँ चिया खुवाउन होइन, रमेश विकलसँग चिनजान गराउन लगेको रहेछ । विकल त्यो चियापसलमा नियमितजसो आउँदा रहेछन् । म विकलको कथाको पाठक त थिएँ, उनीसित दोहोरो चिनाजान भने थिएन ।

त्यो भेट विकल र मबीच परिचय आदान-प्रदान गर्ने पहिलो बिन्दु बन्यो । परिचय हुनु के थियो, 'रचना' निकाल्नेबारे गम्भीर सल्लाह पनि सुरु भइहाल्यो । विकल पत्रिकालाई सहयोग गर्न तम्सिए । त्यस दिनबाट हाम्रो दुई सदस्यीय 'रचना-मण्डली' तीन सदस्यीय बन्यो ।

जब 'रचना' पत्रिकाको सम्पादनको सिलसिला जुऱ्यो, भैरवसँग मात्र होइन; मसँग पनि विकलको सहकार्य, सान्निध्य अनि आत्मीयताको सेतु बाँधिँदै गयो । अर्कोतिर भैरवको भित्री प्रतिभा, स्थितिको मर्ममा घुसेर त्यसप्रति व्यङ्ग्य गर्ने उसको सूक्ष्म क्षमता र कुनै पनि कटु विषयलाई हास्यात्मक काउकुतीपूर्ण पोशाक लगाएर प्रस्तुत गर्ने उसको लेखन-कलाको राम्रो परिचय पनि हामीले अझ समीपबाट पाउन थाल्यौं ।

'रचना'को प्रकाशनबारे कुराकानी सुरु भएपछि यस्तरी बाक्लियौं कि एकअर्काका व्यक्तिगत गुण, दोष, स्वभाव र चरित्रसँग नजिकबाट परिचित हुन पाउनु के अनौठो भयो र !

त्यसको केही दिनमै त्यो मण्डलीमा नवराज चालिसेलाई पनि भैरवले नै निम्त्यायो । मेरो अनि भैरवको पनि छेउछाउमै थियो पुरुषोत्तम; ऊ पत्रिकाको व्यवस्थापक बन्न हौसियो– 'पुरु रिसाल' बनेर ।

अरू सबै कुनै न कुनै सेवाका तलबी जागिरे, उद्यमी; ममात्र जागिरविहीन । त्यही भएर नै होला, सर्वसम्मतिले मलाई सम्पादक-प्रकाशकको टीको लगाइदिने भए ।

भैरवले भन्यो, "अरू सप्पै भयो, यो 'घनानाथ घिमिरे' चाइने स्वादिलो भएन भन्ने कुरा आएथ्यो !"

विकल बोले, "यिनी घनानाथ त कहाँ रहे र ! जी.एन. 'रोचक' बनाइसकेका छन् त आफूलाई !"

भैरवले भन्यो, "होइन, चाइने त्यो नि अस्वीकृत भयो ।"

नवराजले जिज्ञासा राखे, "अस्वीकृत ? कसले नि ?"

भैरवले सविस्तार लगायो, "अस्ति भाषाशास्त्री महानन्द सापकोटासित लेख माग्न हामी दुई गएका थ्यौं । बूढाले 'यस्तो नमुस्कुराई बोल्न नजान्ने मान्छेको नाम केको घनानाथ ! केको जी.एन. !!' भनेर टिप्पा लिए । अनि, यिनको नामै फेर्दिए !"

नवराज र विकलले "यो नाम पो रसिलो सुनियो !" भनेपछि त्यसै दिनबाट महानन्दले गरिदिएको न्वारन सदर भयो– 'रोचक घिमिरे' ।

नयाँ नामलाई सहर्ष स्विकारेर 'प्रकाशक' बन्नसम्ममा त मैले सहजै टाउको हल्लाइदिएकै थिएँ तर 'सम्पादक' भनेपछि हच्किएँ, "म त सम्पादक बस्दिनँ ! आफूलाई क्यै आउँदैन ! सम्पादकीय-धरी लेख्ने हुति छैन !"

भैरवले टिप्पा लियो, "कस्ता रै'छन् ! हामी छौं त ! सिकाइहाल्छौं नि ! फेरि हाम्ले चाइने आमाकै पेटमा सिकेर आ'का हैनम् क्यार !"

अरूले पनि उसकै बोलीमा थपथाप पारे । त्यसपछि मैले घोर्ले मुन्टो नहल्लाई सुख पाइनँ ।

भैरव भने 'रचना'को देखिने ठाउँमा बस्न चाहेन; मुख्य जिम्मेवारी लिएर पनि ।

तेईस

'रचना'को पहिलो अङ्क निस्कने नै भयो । त्यसका लागि सम्पादकीय भैरवले नै लेख्यो । लेख-रचना जम्मा पार्न हामी सबै दौडियौं ।

'रचना' निकाल्न सबभन्दा बढी चाख देखाउने र खट्ने भैरवलाई यसको पहिलो अङ्कमा राख्ने आफ्नै हास्यव्यङ्ग्य रचना तयार पार्न भने ज्यादै सकस पऱ्यो ।

त्यस वेला भैरवको डेरा डिल्लीबजार ओरालोबाट नक्सालको धूवाँकुटीमा सरेको थियो । त्यहाँ ऊ एक्लै बस्न थालेको थियो । चारदुङ्गेबाट कमलपोखरी जाने बाटोको मुखमै दाहिनेपट्टिको हलुवाई पसलकै माथिल्लो तलामा थियो उसको कोठा । भुईंतलामा मिठाई पकाउन बालिएको आगोको धूवाँले पूरै घर कुइरीमण्डल हुन्थ्यो । उसले त्यो डेराको नाउँ राखिदिएको थियो– 'धूवाँकुटी' ।

बिहान सबेरैदेखि नै धूवाँकुटी कुइरीमण्डल भैहाल्थ्यो । दिउँसो तैबिसेक; बिहान-बेलुका त हुनसम्म धूवाँकुटी नै हुन्थ्यो त्यो घर ! भग्नावशेष अवस्थामै भए पनि त्यो घरको स्वरूप अहिले पनि हेर्न पाइन्छ ।

त्यस्तो आँखै हेर्न नहुने, पीरो न पीरो हुने डेरामा कसरी बस्दो हो ऊ ? अरू पनि थिए त्यस घरमा; कसरी टिकेका हुन् कोनि ! खाना खाएर अफिस हिंडेपछि राति अबेरसम्म पनि अफिसमै हुन्थ्यो ऊ । अफिसमा अफिसकै चटारो हुने भइगयो । उसले थुप्रै पटक लाचारी व्यक्त गऱ्यो, "यसपालि सकिनँ; अर्को अङ्कलाई चैं अगाडि नै ठीक पारिराख्छु ।"

तर, मैले माने पो ! उसलाई नलेखाई नछाड्ने ! बरु पत्रिका ढिलो भए पनि होओस्; ननिस्के ननिस्कियोस् !

म यसैउसै विनाजागिरे ! बिहानै, बेलुकै उसलाई घचघच्याउन पुग्थें । ऊ "हुन्छ, भरे राति त पक्कै लेख्छु" भन्थ्यो तर लेख्तैनथ्यो । लगातार आठ-दश दिन धाउँदा पनि उसले लेख्नै सकेन ।

साबिकझैं एक दिन बिहानै म धूवाँकुटी पुगें । लौ ! ऊ त ढोकामा ताल्चा मारेर फरार पो भएछ ! अब कता खोज्न जानु उसलाई !

म हरेक दिनजसो बिहान-बिहान धूवाँकुटी पुग्थें अनि ढोकामा झुन्डिएको ताल्चा हेरेर फर्किन्थें । कस्तो उत्साहले पत्रिका सुरु गर्दै थियौं; निराश-निराश पो भइयो !

त्यसको दुई-तीन दिनपछि एकाबिहानै ऊ मकहाँ आइपुग्यो । काठमाडौंको जाडो मौसम, त्यसमाथि घाम पनि राम्रोसित लागिसकेको थिएन । त्यो चिसो परिवेशमा पनि उसलाई देखेपछि मेरो कन्पारो तातिहाल्यो, "तिम्लाई यस्तै गर्नु'थ्यो भने किन पत्रिका निकाल्ने भनेर उक्सा'को त ?"

उसले मुसुमुसु हाँस्दै कोटको खल्तीबाट केही पाना निकालेर दिँदै भन्यो, "तिमी हैरान पार्ने, आफूलाई धूवाँकुटीको धूवाँ र 'गोरखापत्र'को जागिरले फुर्सदै नमिल्ने ! लौ, भएन यस्तो तालले भनेर दुई-तीन दिन डेरै नबसेर घरबाटै धाउन थालें अनि बल्ल लेख्न सकें !"

उसले त्यो लेखको शीर्षक राखेको रहेछ– 'टी-पार्टी' । लेखकको नाउँ लेखिएको थियो– भैरवप्रसाद अर्याल ।

उसलाई सोध्दै नसोधी छाप्ने वेलामा मैले 'प्रसाद' झिकिदिएँ । 'रचना' को पहिलो अङ्कमा त्यो निस्कियो– ०१८ साल पुसमा । त्यसरी कनीकुथी लेखेको हास्यव्यङ्ग्यबाटै उसलाई निकै चर्चा मिल्यो । 'भैरव अर्याल' नाममा छापिएको त त्यो पहिलो हुँदै हो; साहित्यिक वृत्तमा त्यति धेरै हल्लाखल्ला भएको उसको पहिलो रचनासमेत त्यही नै बन्न पुग्यो ।

उसले र अरूले पनि साहित्यिक महत्त्वकै मानेको अर्को एउटा हास्यव्यङ्ग्य 'टी-पार्टी'भन्दा अघि 'रूपरेखा'मा छापिएको थियो– 'नयाँ

भाखा र कवित्त' शीर्षकमा । त्यसमा लेखकको नाम भने 'इभरव पर्साद अर्जेल' छापिएथ्यो । सायद 'भइरव' लेखेर पठाएको हुँदो हो !

आफ्ना हास्यव्यङ्ग्य ०१३ सालदेखि नै छापिंदै आए पनि ती 'साहित्य' होइनन्; 'हास्यव्यङ्ग्य'मात्रै हुन् भन्ने उसको विचार थियो । कालान्तरमा उसको उक्त विचारसँग समग्र नेपाली साहित्य पनि सहमत भएकै देखियो ।

चौबीस

कुम फाट्न लागिसकेको कोट; सेतो दौरा-सुरुवाल लगाएर टेबुलमा घोटिएर कुनै खेस्राजस्तो देखिने म्याटर सम्पादनमा व्यस्त थियो भैरव । कैयौं दिनदेखि नकाटिएका लामा नङभित्र थुप्रिएका मैला प्रस्टै देखिन्थे । पाकिस्तानी राष्ट्रपतिको नेपाल भ्रमणको अवसरमा 'गोरखापत्र'ले 'स्वागत विशेषाङ्क' निकाल्ने सूचना सम्प्रेषण गरेको थियो । त्यसैका निम्ति लेख दिन मुकुन्द पराजुली गोरखापत्रको कार्यालयमा पुगेका थिए ।

उनलाई भैरवको हुलिया कस्तोकस्तो; असजिलो खालको लाग्यो । उनले सपनामा समेत सोचेका थिएनन् होला कि यही 'अनौठो मान्छे'सँग आफूले पनि पछि कैयौं वर्ष सँगै काम गर्नुपर्नेछ भनेर ।

नेपालको राजनीतिक परिवर्तनपश्चात् पाकिस्तानी राष्ट्रपतिको भ्रमणलाई विशेष महत्त्वका साथ हेरिएको थियो । यही विषयमा मुकुन्दले यौटा लेख तयार पारेका थिए । त्यसैलाई बुझाउन उनी पत्रिकाको सम्पादकीय विभागको ढोका ढकढक्याउन पुगेका थिए ।

भैरवले पुलुक्क उनको अनुहारमा हेऱ्यो र 'भैहाल्छ नि' भावमा उक्त लेख टेबुलकै फाइलको थाकमा घुसाऱ्यो । लगत्तै त्यो छापियो पनि । छापिएसँगै मुकुन्दको 'गोरखापत्र'प्रति कताकता आत्मीय सम्बन्ध गाँसिएजस्तो भयो । संयोग नै भनूँ, केही समयपछि उनको 'गोरखापत्र'मै जागिर खान आउने चाँजोसमेत मिल्यो । उनी भैरवसँगै सम्पादकीय विभागमा काम गर्न थाले ।

उनी त्यहाँ छिरेसँगै चाल पाए– भैरवको हुलियामात्रै होइन, उसका बारेमा गरिने हल्लाहरू पनि अनौठा हुँदा रहेछन् !

लेख-रचना शाखाको सम्पूर्ण जिम्मेवारी भैरवकै थियो । 'गोरखापत्र'मा छापिनलायक लेख्न नसक्ने सिकारुहरू 'भैरवलाई पैसा दिएपछि जस्तो लेख पनि छापिन्छ' भन्नेजस्ता झूटा आरोप लगाउँदा रहेछन् ।

भैरव भने तिनले भनेभन्दा ठ्याक्कै उल्टो थियो । ऊ कुनै पनि लेख सकभर अस्वीकार गर्दैनथ्यो । यहाँसम्म कि कहिलेकाहीं त लेखको आद्योपान्त परिवर्तन गरेरै भए पनि ऊ छापिदिन्थ्यो । तिनमा न भाषा मिलेका हुन्थे, न व्याकरण । विचारको दृष्टिले त ती बेकम्मा नै हुन्थे ! एकातिर मान्छेहरू त्यस्तो हल्ला गर्छन्, अर्कोतिर भैरव भने त्यस्ताकै लेखलाई समेत छाप्नलायक बनाउन खोजिराखेको हुन्थ्यो ।

यस्तो देखेर एक दिन मुकुन्दलाई झोक उठ्यो, "तपाईं पनि अति नै गर्नुहुँदो रहेछ ! यस्तो लेखलाई पनि क्वै सम्पादन गरेर बस्छ !"

भैरवले पुलुक्क उनको अनुहारमा हेऱ्यो अनि नरम स्वरमा भन्यो, "थाहा छ- यो काम लाग्ने छैन । तर, परिश्रमपूर्ण सम्पादन गरेर छापेको देखेपछि लेखकले लाज मानेर फेरि अर्को लेख दिने हिम्मत गर्दैन । सधैंको करकर खानुभन्दा एक दिन परिश्रम गरिदिनु राम्रो होइन र ?"

तर, सम्पूर्ण लेख नै पुनर्लिखित भएर छापिएको त्यस लेखको निर्लज्ज लेखक दुई-चार दिनपछि अर्को उस्तै लेख लिएर टुप्लुक्कै आइपुग्थे । मुकुन्द 'देख्नुभो त ?' को भावमा भैरवतिर हेरेर हाँस्तै हुन्थे, भैरवले लेखकलाई सोध्थ्यो, "अस्ति तपैंको नाममा छापिएको लेख पढ्नुभएन कि कसो !"

"पढें, पढें ! किन नपढ्नु र !" तिनले घोर्ले मुन्टो मज्जैले हल्लाउँदै जबाफ दिन्थे ।

"पढेकै भए त फेरि त्यस्तै लेखेर ल्याउन तपैंलाई लाज लाग्नुपर्ने हो !"

ती लेखकको अनुहार लज्जाबोधले रातो न रातो हुन्थ्यो । मुकुन्दले बुझेका थिए, अब ती निर्लज्ज 'लेखक'ले बाहिर गएर हल्ला गर्नेछन्– "भैरवले रक्सी नखुवाई, पैसा नलिई लेखै छाप्तैन भन्थे, हो रहेछ !"

गोरखापत्रमा यस्ता घटना अक्सर दोहोरिइरहन्थे ।

***

०१८ साल सुरुसुरुतिरको कुरा हो । त्यस दिन सायद शनिवार थियो, अथवा कुनै छुट्टीकै दिन हुनुपर्छ । भैरव र पुरु दक्षिणकालीतिर घुम्न गएका थिए । सोही बसमा भरतराज पन्तका सपरिवार पनि रहेछन् । भरतराज पुरुका सहोदर दाजुका सहाध्यायी थिए । पुरुले भैरवसँग पनि सम्बन्धको डोरी बाटिदिए, "यिनीसँग भरत दाजुको चिनजान छैनजस्तो छ !"

भरतराजले सिटबाटै घाँटी तन्काएर उसलाई हेरे तर चिनेजस्तो मानेनन् । उसले "म चिन्छु उहाँलाई," भनेर हात जोड्यो । पुरुले कुरा पूरा गरे, "'साहित्य'को गएको अङ्कमा 'गोरु' शीर्षकको कविताको अस्ति तपैंले कुरा गर्नुभा'थ्यो नि ! उहाँले त लेख्या हो नि !"

"ए, ए ! भैरव अर्याल ?" उनले आश्चर्य माने, "गोकर्णको भैरव अर्जेल भनेको पनि तपाईं नै हो त ?"

उसले घोर्ले टाउको हल्लायो ।

भरतराज झनै आश्चर्यमा परे, "उहिल्यै प्रजातन्त्र भख्खर-भख्खर आ'को वेला नौ-दश सालतिरै म तीनधारा पाठशालामा पढ्न बस्ता त्यहाँका छात्रहरूले परम्परावादको उपहास गर्नुपऱ्यो भने यौटा कविताको टुक्रा मच्चीमच्ची सुनाउँथे–

'टिनिमिनी-टिनिमिनी घन्ट बजाई

अब के गर्छौ बाहुन बाजे ?'

त्यो लेख्ने 'गोकर्णको भैरव अर्जेल' हो भनेर सुनाएथे । हैन, तपाईंलाई ठिटै देख्छु त म !"

ऊ सिर्फ मुसुमुसु हाँस्यो ।

पुरु यो कुराप्रति भने बेखबर थिए । जिल्ल परेर घरी भैरवको, घरी भरतराजको अनुहारमा हेर्न थाले ।

वसन्त ऋतुकै अन्तिम पाटोलाई अधिकरण गरेर वर्षायामले आफ्नो सुरुवाती व्यवस्था चलाइसकेको थियो । बिहानैदेखिन् परेको झमझम झरी त्यस वेलासम्म पनि राम्रो गरी रोकिएको थिएन ।

गाडीबाट ओर्लिएर उनीहरू हतारहतार मन्दिरतर्फ झरे । त्यही हतारो र चिप्लोले होला, मन्दिरतर्फ जाने सिँढीमा चिप्लिएर भैरव उत्तानोटाङ पऱ्यो ।

अररो परेर पछारिएको भैरवलाई देखेर भरतराजका पत्नी, छोरी र उनीहरूसँगै आएकी छिमेकीकी छोरी खित्का छाडीछाडी हाँस्न थाले । अगाडि पुगिसकेका पुरु दौडिँदै आएर भैरवलाई उठाए । भरतराजले पनि आड दिए ।

मन्दिरछेउको सत्तलमा ओत लागिसकेपछि भरतराजले सोधे, "तपाईंलाई निकै दुख्यो कि क्या हो ?"

ऊ लुगाको हिलो हटाउने असफल प्रयास गर्दै थियो, फिस्स हाँस्दै भन्यो, "मलाई त केही भएको छैन, देशलाई चैं एक टुक्रो साबुन थप घाटा हुनेभो !"

पच्चीस

भैरवको कोटको इतिहास ऊजत्तिकै लम्बू न लम्बू छ; सानुतिनु सप्ताहै लाऊँ भने पनि पुग्ला !

एकचोटि कोटकै कुरामा उसले मसँग गजबले चित्त दुखायो । त्यसरी चित्तै दुखाउने गरी मैले भनेको थिइनँ; त्यो उसलाई पनि थाहा थियो । त्यति सानो कुरामा उसको चित्त दुख्छ भन्ने हेक्का भएको भए म भन्नै पर्ने कुरा रहेछ भने पनि भन्दिनथें; ठट्टा-मजाक त परको कुरो ! नदुख्नु थियो; उसको चित्त दुखि त हाल्यो !

तथापि, भैरवले प्रकटमा भने केही भनेन । केही दिनपछि उसको यत्ति लामो चिठी मेरो हात पऱ्यो; जसमा कोट-महात्म्यको वृत्तान्तै रहेछ ! भनिहालें नि– ऊ मुखले प्रत्यक्ष भन्न नसकेको कुरो दुई-चार दिन भेटघाट नभएको मौकामा चिठीमा लेख्थ्यो र मेरो हातमा थमाउँथ्यो ।

कोटवाला चिठी पनि उसले त्यसरी नै लेखेको थियो । मास्तिरै प्रसङ्ग निस्केको 'बिहेको कोट'को कुरो पनि उसले सोही चिठीमा लेखेको थियो । बिहेको निकैपछिको अर्को प्रसङ्ग पनि रहेछ चिठीमा ।

ऊ जुन समाज; जुन समय र जस्तो वातावरणमा हुर्कियो, त्यहाँ कोट र जुत्ता भन्ने चिज उसकै शब्दमा– 'भाग्यका प्रतीक र सम्पन्नताका झण्डा' मानिन्थे । ऊ तिनै 'भाग्यमानी' र 'सम्पन्न'मध्येकै थियो, जसले वर्षमा एक पटक जुत्ता किन्नै पर्थ्यो र कोट सिलाउनै पर्थ्यो । कारण; हरेक दशैंमा उसलाई बाको साथ लागेर बूढी फुपू अडैनी बजैको हातको टीको थाप्न चिलङ्खे कर्णेलको दरबारमा जानुपर्थ्यो । उक्त दरबारमा कोट र जुत्ता नलगाई सायद छिर्नै पाइँदैनथ्यो क्यार !

वर्ष दिनभरि चप्पलको अनुहारसमेत राम्रोगरी नदेखेका खुट्टाले एकदिने जुत्ताको स्वाद के गरी पचाउनु ! नयाँ जुत्ताले एकै दिनमा उसका खुट्टा पोल्थे; फोका उठाउँथे र ती पाक्थे पनि । चिलिमको भेट्नो घोटेर ओखती लगाउँदा-लगाउँदासमेत बिसेक नभएर चार-पाँच महिना त जुत्ता सम्झँदा पनि खुट्टा काँप्ने अवस्था आउँथ्यो । जब खुट्टा ठीक हुन्थे; त्यतिन्ज्यालसम्म जुत्ता बूढा हुने र बढ्दो खुट्टा ठूला हुने एकसाथ भइसक्थ्यो । दोस्रो चोटि लाउँदा जुत्ता खुट्टैमा छिर्दैनथे ।

कोटलाई भने त्यो समस्या थिएन ।

उसको रहरको कोटचाहिँ ऊनीको हो । कहाँ पाउनु ऊनीको कोट ! कोट त थियो; तर सुतीको ! त्यो पुरानो हुन्थ्यो; खुइलिन्थ्यो; च्यातिन्थ्यो; झुत्रिन्थ्यो; तथापि अर्को कोट घरमा नभित्रिउन्जेल त्यसलाई घरबाट बहिर्गमन भने गरिँदैनथ्यो । त्यसो हुँदा कसैले "कोट छैन ?" भनेर सोध्दा "छैन" भनेर लाचारी देखाउनुपर्दैनथ्यो । जीउमै हाल्न नमिल्ने भए पनि कोठाको किलामा यौटा कोट झुन्डिएकै हुन्थ्यो ‼ त, छैन कसोरी भन्नु !

बाहिर हिँड्दा लाउन नमिले पनि यसो कोट लगाउने रहर मेटाउन घरभित्रै लगाइहेर्ने धर्म भने त्यस्तै कोटले पनि पूरा गरिदिन्थ्यो; बिग्रिएको घडीले दिनमा दुई चोटि सही समय बताएजस्तो ! अथवा, पूजापाठ इत्यादि अवसरमा बाहुन हाजिर नभए कुशको बाहुन राखेर काम चलाइन्छ नि; त्यस्तै ! एक वर्षमा जतिसुकै दिन हुन्; उसकै भाषामा– उसका '३६५ दिनजति चैं विनाकोटको; कमिज-सुरुवालमै बित्थे ।'

उसको कोटको झुत्रियता देखेर मैले र मजस्तै अरू साथीहरूले बराबर भन्ने गरेकै थियौं, "ए, एउटा कोट हाल न !"

उसका बाले पनि एक पटक "एउटा सुतीकै भए पनि कोट हाल् न त," भनेका रहेछन् । झन् पिन घुसारेर अड्याएको बगली र धुजैधुजा देखिने बाहुलातिर वक्रदृष्टि लगाएर पत्नीले त उसलाई 'शृङ्गार', 'हास्य', 'करुण' 'वीर' इत्यादि रसद्वारा अनेकन् पटक कोट हाल्न 'अनुरोध' गरिसकेकी रहिछिन् ।

अडैनी बूढीकहाँबाट फर्किएपछि त्यस साल दशैंको टीका थाप्न उसलाई सपत्नी ससुराली जानुपर्ने थियो । अघिल्ला केही वर्ष उसका लोग्नेस्वास्नी अति नै रमाइलो गरेर जिस्किँदै, मस्किँदै गएकै थिए । त्यही रमाइलो सम्झेर होला; उसले जान मन छैन भने पनि पत्नीले निकै कर गरिन् । उनले "म एक्लै जानुपरे जाँदै जान्नँ" भनेर घुर्की त लगाइन् नै; बर्बर्ती आँसु नै झारिन् । उसले जब आफ्नो 'एकमात्र कोट'को च्यातिएका खल्ती र झुत्रिएका बाहुला देखाइदियो, पत्नीका रोदन, घुर्की, करकाप क्षणभरमै लुरुक्क परे ।

कोट नलगाई ससुराली के जानु ! यस्तो कोट लगाएर ससुराली कसरी जानु !

टोखा, साङ्लेखोलाको कोप्चोमा जन्मिएकी र गोकर्णको अर्को कोप्चोमा हुर्किएकी उसकी पत्नीसमेत उसको कोटको थोत्र्याइँदेखि साह्रै विरक्त भइसकेकी थिइन् भने साथीभाइको के कुरा !

जोसुकैले जतिसुकै विरक्तत्याइँ प्रकट गरे पनि ऊ भने आफ्नो कोटदेखि कहिल्यै अभिशप्त भएन । हुन त कोटकै थोत्र्याइँले कतैकतै बोलाइएका विशेष ठाउँमा जानबाट ऊ अवश्य रोकियो होला ! तथापि, उसलाई आफ्नो कोटदेखिन् कहिल्यै रिस उठेन ।

उसको कोटको बारेमा कोट्याई-कोट्याई कुरा गर्नु; अर्को कोट हाल्ने उपदेश दिनु; यी सब हामीबीचका साधारणै कुरा थिए । अन्य कुरामा पनि यस्तो घोचपेच हामीबीच बराबर भइरहन्थे । त्यस्तै सिलसिलामा मैले एक दिन एकदम साधारण तरिकाले नै भनेको थिएँ, "साँच्ची, योभन्दा अघि पनि तिम्रो कोट थियो ?"

त्यो वाक्य मेरो मामुली उत्सुकता पनि थियो, सामान्य हल्काफुल्का घोचपेच पनि ! तर, उसले त्यसलाई निकै पेचिलो मानेछ । मेरो त्यो उत्सुकता उसका लागि कटु व्यङ्ग्यवाण भएछ र उसको स्मृतिविम्बमा त्यसले नमीठो धक्का दिएछ– 'हैं, साँच्ची यसभन्दा अघि पनि मेरो कोट थियो ?'

अनि, उसलाई आफ्नो कोटप्रति कहिल्यै नजागेको विरक्ति जागेछ, कहिल्यै नउठेको रिस उठेछ ।

बिहेपछि कहिले आफ्नै खरिदारीका र कहिले बाद्वारा प्रदत्त धेरै कोटहरू उसको शरीरले बोक्न पाएका थिए । तीन-चार महिना धसेको धस्यै गरेपछि ती कोटलाई बुढ्यौली लागिहाल्थ्यो अनि कमिज-सुरुवालमै आफ्नो भलाद्मीत्व टार्न ऊ बाध्य हुन्थ्यो । कोट नलगाई सकभर कोही नछिर्ने संसद्मा रिपोर्टिङ गर्न पनि ऊ कोटबेगरै गइदिन्थ्यो ।

'हालखबर'मा काम गर्दाताकाकै कोटसम्बन्धी यौटा वार्तालाप सम्झनलायक छ–

एक दिन प्रधानसम्पादक मदनमणिले प्वाक्क भनेछन्, "तपाईं कोट नलाईकन कमिज-सुरुवालको भरमा किन हिँड्नुहुन्छ हँ ? अन्त नभए पनि पार्लियामेन्ट जाँदा त लगाउनुस् !"

दीक्षितले समेत त्यसरी प्याच्च भनेको झोकमा उसले अतिरिक्त आम्दानीबाट एकैसाथ दुई वटा सुतीको कोट हाल्यो । त्यसपछि त्यो नयाँ कोट लगाएर दीक्षितलाई "एउटा फोटो लिइदिनू न माड्सा'प" भनेको के थियो, उनले "कालो कोट लगाएर आउनुस्" भनिदिए !

उसको थियो सेतो कोट ! कोटको रङ फरक पर्नाले उसले फोटो खिचाउनै नपाउने भयो । निकै करकर गरेपछि एक दिन उनले खिचि त दिए, तर "कोटको रङ नमिलेकाले राम्रो आएन" भनी फोटोचैं दिँदै दिएनन् । खै ! फोटो लिएका थिए कि फ्ल्यासमात्रै झिलिक्याएका थिए कोनि ?

फोटो खिचिमाग्न नपाए पनि त्यसपछि ती दुई कोटले निकै महिना धाने– झन्डै दुई वर्ष । त्यसबीचमा बाले अर्को एक सुतीको कोट पनि हालिदिए । तर, गाउँकै दमाईको डेढ अक्कल्याइँयुक्त सिलाइको सन्तापले उसलाई त्यो लाउनै मन लागेन ।

तै 'नहुनु मामाभन्दा कानो मामा निको' मानेर लाइटोपल्दै थियो, त्यसपछि संजोगवश उपहारमा आइपुग्यो– इटालियन डेक्रोनको कोट !

त्यो कोटले भने हामी मित्रसमूहको मात्र होइन; धेरैको बोली बन्द गरिदियो । निकै पछिसम्म पनि मौकामा चौका हान्दै उसले हामीलाई उडाइरह्यो–

"तिमीहरूलाई थाहै छ; यो कोट मेरा लागि साह्रै 'पतिव्रता' छ । जीरा-मरिच किन्न जानुदेखि लिएर ठूलाठूला ठाउँमा सम्म यसले अविरल गतिमा मेरो सेवा गर्दै छ । अलि खुइलिएको; अलि उध्रिएको; अलि झुत्रिएको भए तापनि यो कोट मेरो व्यक्तित्व हो, जुन लाएर हिंड्दा 'ऊ भैरव आयो' भनी तिमीहरूले टाढैबाट भन्न पाएका छौ । त्यसैले यो कोटदेखि मलाई त्यति विरक्त्याइँ छैन, जति तिमीहरूलाई छ; जति मेरी स्वास्नीलाई छ ।"

छब्बीस

आइतवार; अर्थात् भैरवको छुट्टीको दिन । उसलाई गोरखापत्रमा जानु थिएन; अन्त जाने पनि 'मूड' भएन । बिहानभरि बडो अल्छी गरी सुत्यो ऊ । बच्चाहरूले निकै कल्याङमल्याङ गरेपछि भने नउठी धरै पाएन । उठेर बाहिर निस्किएको के थियो; फुत्त भित्रै छिऱ्यो । बाहिर निस्कँदा यौटा पुरानो गुन्द्री र गोरखापत्रे न्युजप्रिन्टका लगौँटीधरे एक मुठी कागज च्यापेको थियो । तिनै कागज फिँजाएर ऊ घरको बार्दलीमा बस्यो ।

एक छिनपछि ढोकाबाट यसो भित्रतिर चिहाएर पत्नीलाई बोलायो, "ए शोभा, आज मलाई चिया दिन्नौ ?"

पत्नी भित्रैबाट च्याँठ्ठिइन्, "हैन, अघि एक गिलास त ओछ्यानमै रित्याइसक्नुभो ! कत्ति भुलक्कड भा'को हँ !"

"ए लौ ! ...सम्झें, सम्झें ! अघि चाइने भित्रको खाइयो; अहिले बाहिरको देऊ न ! कि एकै दिनमा दुई गिलास चिया दिन नमिल्ने नियम छ यो घरमा ?"

"आऽऽ सक्तिनँ म त ! तपैंलाई पो आइतवार; छुट्टी छ ! याँ आफूलाई खाना पका'र कैले अस्पतालाँ पुगूँ भैरा'छ ! ह्वाँ वीर अस्पतालाँ दाइलाई हिजै ल्या'र भर्ना गऱ्या छन् रे !"

"लौ ! जसो तिम्रो इच्छा ! आफैं बनाऊँ भने कताको चिनी; कताको च्या-पत्ती ! एक कप चिया खान पनि चाइने हुनेभो आपत्ति !"

पत्नीले 'सक्तिनँ' भने पनि एक छिनमा तानचिनको ठूलो कपमा चिया ल्याएर ट्यास्स राखिदिइन् । चिया आउँदासम्म उसले दुई

खिल्ली सिगरेट बुत्याइसकेको थियो । पत्नी नाक खुम्च्याउँदै हातले धूवाँ हम्किँदै घरभित्र छिरिन् ।

सिगरेटको सर्को, लेखनको धर्कोसँगै चियाको सुर्को पनि थपियो ।

भित्र जतिसुकै कल्याङमल्याङ होस्; बाहिर जस्तोसुकै हल्लाखल्ला चलोस्; लेख्न थालेपछि उसलाई केही मतलब हुँदैन । चिया, सिगरेट र लेखन; ऊ यी तीनै कुरामा एकसाथ मग्न भइरह्यो ।

एक छिनपछि सानो छोरो खेल्दैखेल्दै उसको काँध समाउन आइपुग्यो । ऊ बाउको घुँडो समातेर छेवैमा बस्यो । भैरव लेख्नमै मस्त थियो; खासै ख्याल गरेन । छोरोले उसको एस्ट्रे तान्यो र त्यसमा भएको सिगरेटका ठूटा अनि खरानी चियाको कपमा घ्वाप्ल्याक्कै खन्याइदियो ।

ऊ केही लेखिरहेको थियो; लेखिरह्यो ।

चिया पिइरहेको थियो; पिइरह्यो ।

त्यत्ति नै वेला रघु घिमिरे फुत्त आइपुगे र उसको ध्यान भङ्ग गरिदिए, "विशेष केही लेख्दै हुनुहुन्छ कि कसो दाइ ?"

"अँ, तिम्रो दाइ रोचकले तेरो लेख आएन; पत्रिका निकाल्न ढिलो भैसक्यो भनेर दिमागै खाइसक्यो । लौ भएन, त्यसको कलेजो नि ठन्डा गराइदिऊँ भनेर लागेको...!"

"छोरोले सिगरेटको ठूटो र खरानी चियाको मगमा हालेको देख्नुभएन ? स्वाद फरक भएको पनि चाल पाउनुभएन कि कसो ?"

"ए... हो पो रै'छ ! कस्तो फटाहा हेर ! एक छिनमा खाउँला भनेर चाइने राखेको ठूटोजति जम्मै नोक्सान गरिदिएछ ! हुन त के भो र ! सिगरेटको धूवाँको सट्टा रस खाइयो; होइन त ?"

रघु वाल्ल परेर उसलाई हेर्न थाले । सोचे होलान्– लेखकहरू बहुलट्टी हुन्छ भन्थे; हो रहेछ ।

भैरव भने केही नभएजस्तो गरी पुनः लेखनमै भिड्न थाल्यो ।

सत्ताईस

त्यस बखत व्यस्तताको चरम अवस्थामा थियो भैरव । अर्थात्, अत्यधिक व्यस्त !

अलिकति साहित्यिक अभिरुचि राख्ने जोसँग उसको परिचय हुन्थ्यो; प्रायः झ्याम्मिइहाल्थे । ऊ आफूचाहिँ के ठान्थ्यो कोनि; तिनीहरू भने भैरवसँग घनिष्ठै हुन पुगेको महसूस गर्थे । त्यत्तिको हार्दिकताका लागि उससँग लामो सङ्गत वा पुरानो परिचय आवश्यकै पर्दैनथ्यो ।

स्वाभाविकै हो– कुनै कवि राष्ट्रियस्तरको पत्रिकामा छ, त्यो पनि साहित्यिक रचना हेर्ने जिम्मेवारीमा; भनेपछि उसको अघिपछि झुम्मिन खोज्ने नै भए साहित्यिकहरू । अलिक विशेषखाले कविगोष्ठी वा साहित्यिक भ्रमण भए सबैभन्दा पहिला उसैलाई बोलाउने नै भए । उससँग नजिकिन पाए उसले वेला-मौकामा कविता, लेख छापिदिन्छ; साहित्यिक कार्यक्रमको खबर पनि पत्रिकामा घुसाइदिन्छ भन्ने आशा हुने नै भयो ।

उसको ठाउँमा अरू भइदिएका भए सायद त्यो कुरा बुझ्दैनथे होलान् । तिनलाई लाग्थ्यो होला– 'म साँच्चै विशिष्ट कवि भइसकें ! कवि भएरै यो इज्जत पाएको हुँ ।' पत्रिका छाडेपछि तिनैले त्यस्तै कार्यक्रममा 'ताली पिट्न' समेत सम्झने छैनन् भन्ने कुरामा बिल्कुलै अनभिज्ञ रहन्थे होलान् !

तर, भैरवले यो कुरा राम्रोसँग बुझेको थियो । उसको स्वभावै त्यस्तै थियो । सबै बुझेर पनि ऊ सबैसँग नबुझेजस्तै व्यवहार गरिरहेको हुन्थ्यो– आफूलाई अनुकूल परोस् कि प्रतिकूल ! सहज होस् कि

असहज ! तीमध्ये कोहीकोही आत्मीय व्यवहार गर्नयोग्य पनि निस्कन्थे । तर, त्यस्ताको सङ्ख्या एकदमै नगण्य हुन्थ्यो ।

ऊ थियो गोरखापत्रे कारिन्दो; त्यसमाथि रचना छनोट, सम्पादनको जिम्मेवारी पाएको मान्छे; त्यसमाथि चल्तापुर्जा लेखक; त्यसमाथि कुशल सम्पादक पनि । उसले आशा र स्नेह गरेका; केही गर्लान् कि भन्ने खालकैले पनि 'हेर्दिनू; सिकाइदिनू; मिलाइदिनू; सुझाव दिनू' आदि-इत्यादि भनेर उसको टाउको खाइरहन्थे भने अरूको के कुरा गर्नु !

'गोरखापत्र' छाडेको दिनदेखिन् तीमध्ये अधिकांश उससँग बोल्नसमेत छाड्छन् भन्नेमा भैरवलाई कुनै शङ्का थिएन ।

त्यस दिन ढिलो गरी म उसको कार्यालयमा पुगेको थिएँ । उसको घर हिँड्ने वेला भइसकेको रहेछ; म आउँदै छु भनेर कुरिराखेको रहेछ । यस्तैउस्तै गन्थन गर्दै हामी दुवै लाग्यौं उसको डेरा न्हैकन्तलातिर । त्यति वेला ऊ एक्लै बस्थ्यो; परिवार उतै गाउँतिरै थिए ।

खासमा म पनि त्यस दिन उसलाई त्यस्तै 'किचकिच' गर्नकै लागि त्यहाँ पुगेको थिएँ । सुरुसुरुमा 'रचना'को सम्पादकीय लेख्नेदेखि रचना छनोट, सम्पादनसमेतमा ऊ सबैभन्दा बढी खट्थ्यो । मैले त सुरुमै सम्पादनको 'स' पनि आउँदैन भनेकै थिएँ; तिनीहरूकै बलमा पत्रिका निकाल्ने आँट गरेको न थिएँ ! पछि बिस्तारै उसले अल्छी गर्न थालेको थियो । मलाई वेलावेलामा घोच्थ्यो, "मारेको माछा तारेर खान त तिम्ले अच्छाले जानिसक्यौ । हेर बाबू ! अर्काले मारेको माछा चाइने सधैं ताजा हुन्छ भन्न सकिन्न; कहिलेकाहीं कुहिएको नि पर्ला ! चाइने अब यसो आफैंले माछा मार्न पनि सिक्दै गर्नुपर्‍यो नि !"

तथापि, 'रचना'का लागि ऊ प्रेसमा खूब खट्थ्यो, तर सम्पादनमा भने कम टाइम दिन थालेको थियो । 'मैले गर्दिऊन्जेल यसले सिक्नै पाउँदैन' भन्ठानेको थियो कि !

'रचना' पत्रिका उनीहरूका लागि होइन; मेरै लागि सुरु गरिएको न थियो !

खैर ! आ-आफ्नै बुझाइको कुरा हो– मैले त्यति वेला के बुझ्थें; त्यसलाई छाडिदिऊँ ! आफूलाई त त्यस दिन 'रचना'का लागि उसको लेख चाहिएको थियो । उसले लेखेर नदिउन्जेल म छाड्दै नछाड्ने मूड बनाएर पछि लागेको थिएँ । बेलुका त्यस्तैउस्तै गन्थन गर्दैगर्दै सुत्यौं हामी ।

भोलिपल्ट उसको साप्ताहिक बिदाको दिन थियो । राति ढिलो भएकाले होला; बिहान निकै ढिलो निद्राले छाड्यो । चिया खाइसकेपछि उसले भन्यो, "दिमागमा चाइने सप्पै खाका बना'को छु; त्यसलाई उतार्न फुर्सद चाइने पाइराखेको छैन !"

"आज छुट्टी पनि छ । बरु म पनि हिंड्दिन्छु; तिम्लाई डिस्टर्ब गर्दिनँ । बेलुकासम्म यौटा लेखचैं तयार पार्देऊ न ! तिम्रो लेख छाप्न नपाएर पत्रिका नै कस्तोकस्तो; बुच्चोजस्तो भो !" मैले भावुक भएर भनें ।

"तिमी त सेन्टी होलाऊ; हिंड्लाऊ ! चाइने त्यसले के हुन्छ ! एक छिनमा चाइने यहाँ मान्छेहरूको गुँड लाग्छ । पत्रिकामा जान्छन्; आज छुट्टी छ रे भनेपछि चाइने यता लस्किन्छन् । नदेख्या कसैले छैन क्यार !" उसले गम्भीर भएरै भन्यो ।

"तिमी ताल न तुलका मान्छेलाई; त्यो पनि रागिनासे कुरामा बढ्ता टाइम दिन्छौ; अनि आफ्नो लागि काँबाट टाइम मिल्छ त !" मैले उसैलाई ख्याँसें ।

उसले अझ गम्भीर भएर भन्यो, "नैतिक पतन नहुने खालको अपराधमा जेलै जान पाए पनि हुन्थ्यो यार ! कमसेकम पढ्न, लेख्न त चाइने टाइम पाइन्थ्यो कि !"

मैले पुलुक्क उसको अनुहार हेरें– अघिभन्दा विषादका रेखा निकै कोरिएछन् । ऊ धेरै भावुक भयो भने रुन थाल्छ । रुन थाल्यो भने उसले केही गर्दैन; सिन्को धरी भाँच्दैन !

उसलाई रुन दिनुहुँदैन !

यस्तै सम्झेर मैले चुट्की बजाउँदै भनें, "लु ! तिम्रा लागि म अहिल्यै जेल बनाइदिन्छु !"

उसले भरिएका आँखा उठाएर मतिर हेऱ्यो । मैले उपाय सुझाएँ, "यो ढोकामा ताल्चा नदेखेर त हो अरूले ढकढक्याउने ! तिमी भित्र बस; म बाहिरबाट ताल्चा लाइदिन्छु । जो-जो आउँछन्, यही ताल्चालाई नमस्कार गर्छन्, जान्छन् । भित्र तिमी चुपचाप लेखिबस्नू !"

मेरो आइडिया सायद उसलाई पनि मन पऱ्यो ।

कोपरा रहँदै रहेछ । पानीको घैंटोमा पानी छ कि छैन हेरेँ । सिगरेट, सलाई, सुपारी र बिस्कुट ल्याएर राखिदिएँ अनि बाहिरबाट ताल्चा मारिदिएर हिँडेँ ।

चार घण्टापछि फर्कंदा त उसले यौटा लेख आधी लेखिसिध्याएछ ।

त्यस दिन पनि म उसैकहाँ बसेँ ।

भोलिपल्ट उसलाई कार्यालयमा जानु थियो ।

"आज मेरो खासै काम छैन; यसो अनुहार देखाएर आउँछु," भनेर ऊ हिँड्यो । म भात पकाउनतिर जुटेँ । भात पाक्दा-नपाक्दै ऊ फिर्ता आइपुग्यो ।

त्यस दिन पनि हामीले फेरि त्यसै गऱ्यौं । म फेरि चार-पाँच घण्टाका लागि उसलाई ताल्चा मारेर अन्तर्ध्यान भइदिएँ ।

फर्केर आउँदा उसले त्यो हास्यव्यङ्ग्य लेख पूरा गरेछ र टाउकोमा शीर्षक राख्तै रहेछ– 'मिस्टर एन्. मुनि नेपालमा ।'

उसले पढेरै सुनायो–

"...सोलुखुम्बूको स्यार्पा दाइको पिंढीमा एउटा अनौठो जोगी बसेको रहेछ । पहेंलो धोती फेरेको, कपाल सिनित्त खौरेको तर झन्डै एक हात लामो टुप्पी धरहराझैं ठड्याएर कुशले बाँधेको देख्दा निकै रातोपिरो; खूपै बक्ने होलाजस्तो । एकातिर सितार र कमण्डलु, अर्कोतिर डोकोभरि पिंडालु राखेको स्यार्पा दाइको फलैंचामा बसेर ऊ कुपुकुपु उसिनेको तरूल खाइरहेको थियो... !"

हिन्दी फिल्म 'पि.के.' को मूल चरित्र पि.के. लाई हेर्दा त्यति वेला भैरवले चित्रण गरेको 'मिस्टर एन्. मुनि'कै झल्को आउँछ ।

कतै उसकै 'एन्. मुनि'लाई हेरेरै 'पि.के.' बनाएका पो हुन् कि ! के ठेगान !!

अठ्ठाईस

हाम्रोमा भान्सा उठिसकेको थियो । बिहानको झन्डै ११ बजेको हुँदो हो, ऊ टुप्लुक्क आइपुग्यो । उसले भन्यो, "आज घाँटीले अचाक्ली दुःख दियो । अफिस गएँ तर बसिरहनै सकिनँ । घरतिरै जाऊँ भनेर लम्केको; घर गएर नि के हुने हो र ! दुखाइ झनै थपिने त हो !"

ऊ एक छिन रोकियो, कोठामा यताउता हेर्‍यो, मलाईमात्रै देखेपछि पुनः सिलसिला जोड्यो, "....अनि, यता आएँ । तिम्रो चाइने कतै निस्कनुपर्ने त थिएन नि ?"

म घरैमा थिएँ, ऊ नआइपुगेको भए चाबेलतिर जानुपर्ने थियो । ऊ आयो; झन् त्यहाँसम्म साथी हुने भयो ।

उसलाई देखेपछि पत्नी सुस्मिताले सोधिन्, "तपैंले खाना त खानुभा'को हो ?"

"खानै मन छैन आज ।" अर्थात्, उसले खाएकै रहेनछ । अफिस पुगेर आएको भनेपछि पक्कै खाएरै आएको होला भन्ठानेथें मैले पनि ।

उसले "पर्दैन; पर्दैन" भने पनि सुस्मिताले खाना बनाइदिइन् । सुस्मिता भान्सामा छिरेपछि उसले भन्यो, "पकाउने वेलामा दुई मुठी चामल थप्न त के गारो भो र ! यसरी भान्सै उठिसकेपछि खाना बनाएर ख्वाउनु पो मेजमान !"

हामी मुस्कुरायौं; ऊ हाँस्यो मज्जाले !

खाना खाएपछि ऊसँगै चाबेलतिर जाउँला भन्ठान्दै थिएँ, उसले भन्यो, "आज घर त जानै मन छैन !"

"तिमीलाई घाँटी दुखेर विरक्त लागेको हुनुपर्छ । लु हिँड डाक्टरकाँ !"

उसले "हुन्देऊ; यो ऐलेको रोग भा'पो !" भन्दाभन्दै पनि मैले कर गरेर उसलाई वीर अस्पतालमा लिएर गएँ । त्यहाँका डाक्टरले दुखाइ कम हुने खालका केही दबाई दिए र थप उपचार यहाँ सम्भव नहुने प्रस्ट बताइदिए । वीर अस्पतालका ती डाक्टरको सल्लाहमुताविक उसलाई उपचारार्थ दिल्ली लैजानुपर्ने भयो ।

दिल्ली जाने कुराले ऊ निकै आशावादी भयो । त्यसका लागि खर्च जुटाउन हामी लागिपर्‍यौं । साह्रै जातै त फालिएन; तर भन्न मिल्नेजतिलाई भनियो; अनुरोध गर्नेतिर अनुरोध पनि गरियो । अन्ततोगत्वा उसको औषधोपचारको खर्च राजदरबारबाट व्यवस्था हुने भयो ।

पूर्णप्रसाद ढुङ्गेल त्यति वेला राजदरबारका जनसम्पर्क अधिकारी थिए । उनैको सहयोगले राजदरबारबाट दिल्ली जाने बाटोखर्च हात पर्‍यो । उपचार-खर्चचाहिँ दिल्लीस्थित नेपाली राजदूतावासमार्फत प्राप्त हुने आश्वासन मिल्यो ।

तर, उसले एक्लै दिल्ली जाने आँट गरेन । कतै म पनि साथी गइदिए हुन्थ्यो भन्ने भाव उसको मुहारमा प्रकटित भयो ।

साथीको वर्षौं पुरानो रोग निर्मूल गर्न पाइने अवसर थियो त्यो । अर्थात्, उसको मनभित्र गढेर खिल पल्टेको यौटा हीनग्रन्थीको किलो उखेल्न पाइने मौका जुरेको थियो । यस्तोमा ऊ एक्लै नजाने भएपछि म उसको साथी जान कस्सिनुपरेन त ?

म जानुको अर्को सुविधा पनि थियो । मेरो एक जना साथी बाबुराम पौडेल त्यस वेला दिल्लीमै पढ्न बसेका थिए । म सँगै गए त्यहाँ उनीबाट केही न केही मद्दत मिल्न सक्थ्यो ।

केही दिनभित्रै हामीले बाटो ततायौं । काठमाडौंबाट पटनासम्म हामी प्लेनमै गयौं । पटना एयरपोर्टमा ओर्लिनासाथ एक नेपाली युवकसँग हाम्रो भेट भयो । उनी लाइब्रेरी साइन्ससम्बन्धी उच्चशिक्षा लिन दिल्लीतिरै जान लागेका रहेछन् । हिन्दी भाषा भने उनलाई भुत्लोभाङ आउँदो रहेनछ । हामीलाई भेट्दा उनले पथप्रदर्शक भेट्टाएजस्तै गरे ।

त्यो उमेरसम्म तिनले काठमाडौंको चार भन्ज्याङ काटेर कतै पाइला राखेकै रहेनछन् ।

मेरा लागि ती साह्रै अपरिचित भने थिएनन् । टोपी कहिल्यै नछाड्ने तिनी मैले वेला-कुवेला देखिराखेकै अनुहारमध्येका थिए । तर, हामीबीच औपचारिक परिचय भने भएको थिएन । विदेश जाने भएर होला; तिनी त्यस बखत भने सफारी सुटमा सजिएका थिए र शिरमा भादगाउँले टोपी ढल्काएका थिए । असाध्यै गर्मी लागेकाल पटना एयरपोर्टमा ओर्लनासाथ उनले कालो टोपी फुकाले । ओहो ! तिनी त पूरै खल्वाट पो रहेछन् !

ती खल्वाट मित्रलाई लिएर हामी पटना रेल्वे स्टेशनसम्म सँगै गयौं । हिन्दी नआउने हुनाले उनी एक्लै हिँड्न असाध्यै डराइराखेका देखिन्थे । उनी वेलावेलामा अङ्ग्रेजी बोल्थे तर उनको अङ्ग्रेजी हामीले त के; अरूले पनि फिटिक्कै बुझ्दैनथे । हामीतिर फर्केर तिनी वेलावेलामा भनिरहन्थे, "प्रेस्टिज राख्नुपर्छ है ! नत्र इन्डियनले हेप्छन् !"

सायद, त्यस्तै सोचेर लटरपटर नै सही; अङ्ग्रेजी बोलिटोपलेका होलान् कि !

कतै केही थाहा नपाए पनि तिनको घुमफिर गर्ने शौख भने गजबकै रहेछ । प्लेटफार्ममा मलाई सामान कुर्न लगाएर भैरवलाई लिएर घुम्न हिँडे तिनी ।

अहिले फर्केलान्; छैन ! अब त आउलान्; छैन !

हामीलाई लैजानुपर्ने ट्रेन नै छुटिसक्यो; आउँदैनन् त !!

प्लेटफार्ममा एक्लै दुई घण्टा बिताएपछि बल्ल मुस्लिम टाइपको जिन्ना क्याप ढल्काउँदै आइपुगे तिनी । अब अर्को ट्रेनका लागि अतिरिक्त तीन घण्टा प्लेटफार्मकै चक्कर काटेर बिताउन हामी बाध्य भयौं ।

जिन्ना क्याप लगाएसँगै तिनको हुलिया पनि गजबले बदलिएको थियो– तिनी मुस्लिमजस्ता देखिएका थिए । त्यही बदलिएको हुलिया देखेर होला, मुस्लिम फकीर र मगन्तेहरूले तिनलाई घेर्न थाले, "खुदा के लिए कुछ रहम करो बेटा !"

बिस्तारै साँझ पर्न थाल्यो । घाम डुब्ने वेलामा जो, जहाँ छन्, त्यतै छेउ लागेर भुईंमा गम्छा ओछ्याउँदै मुस्लिमहरू नमाज पढ्न थाले । हामीसँगै बेन्चमा बसेर 'फिल्मफेयर' पल्टाइरहेका खल्वाटलाई एक बूढा मुस्लिमले हकारिहाले, "कैसे काफिर हो मियाँ तुम ? नमाज के वक्त को यूँ ही टालरहे हो ?"

बिचरा उनले कुरै बुझेनन्; के पो भनून् ! जिल्ल परेर घरी बूढाको, घरी हाम्रो अनुहारतिर हेर्न थाले ।

हामीलाई भने भित्रभित्रै यत्ति धेरै हाँसो उठ्यो कि; रोक्नै गाह्रो पऱ्यो । जिल्लिँदै-जिल्लिँदै तिनी नजिकैको शौचालयतर्फ कुलेलम ठोके ।

जिन्ना क्याप लगाएपछि तिनी ठ्याक्कै मुस्लिमजस्ता देखिएका थिए ।

बल्ल भैरव र मैले मरीमरी हाँस्न पायौं ।

मभन्दा पनि सोझो देखेर होला, दिल्ली नपुगुन्जेल तिनले भैरवलाई निकै सताए । तिनी ट्रेनको माथिल्लो बर्थमा सुतेका थिए । तल बसेका भैरवलाई तिनी घरी 'त्यो दिनू', घरी 'यो दिनू', घरी 'यो त्यहीं राख्दिनू' भनेर हैरानै पारिरहेका थिए । भैरवले तिनले जे-जे मागे, दिँदै गयो । अन्तिममा तिनले "प्लीज भैरवजी, त्यो जुत्ता ..." मात्र के भनेका थिए, भैरवले रौद्र रूप देखाइहाल्यो ! उसले जुत्ताले काण्ड पुग्ने गरी तिनैलाई बजायो ! त्यसपछि चाहिं तिनको सात्तोपुत्लो गयो । बल्ल तिनी लाल-लाल-रत्नलाल भए र भैरवलाई हेप्न छाडे ।

यसरी तिनी जतिजति आफ्नो 'प्रेस्टिज' राख्न खोज्थे, उतिउति तिनको प्रेस्टिज भने खुस्किँदै जान्थ्यो । भैरवले 'इतिश्री' को 'साथी, साथी र साथी' हास्यव्यङ्ग्यमा तिनै प्रेस्टिजवाला साथीको चरित्रलाई 'हलो साथी' बनाएको छ ।

***

दिल्लीमा पुग्नासाथ हामीले सबैभन्दा पहिला बाबुराममलाई खोज्यौं । दिल्लीको बेलारोडनेरको एक आश्रम 'गौडभवन'मा उनको बसोबास

रहेछ । उनीमात्र होइन, सस्तो र कामचलाउ पनि हुने भएकाले थुप्रै नेपाली युवा गौडभवनमा बस्दा रहेछन् ।

बाबुरामको निवास भेटाएसँगै हाम्रो बासको व्यवस्था भइहाल्यो । खानपिन भने त्यहाँ नहुँदो रहेछ । नजिकैको माडवारी होटेलमा खाने प्रबन्ध पनि गरियो ।

भैरवको उपचारमा बाबुरामले राम्रै सहयोग गरे । नर्सिङ होम जानुनपरेको एक दिन दिल्लीका केही ठाउँ घुम्दै आगराको ताजमहलसम्म पुगेर फर्कियौं हामी ।

खाना नारायणजीको होटेल, सुत्न गौडभवन, सहयोगी बाबुरामजी ! यत्ति भएपछि त्यहाँ केको सुर्ता ! यस्तैमा आठ-दश दिन बित्यो । तर... काठमाडौंबाट उपचार-खर्च आइपुगेन ।

दिनहुँ दूतावास धाउँथ्यौं तर धाउनुको कुनै अर्थ हुन्थेन । गर्न त तत्कालीन राजदूत यदुनाथ खनालले ताकिता गरिदिएकै थिए । खै किन हो, काठमाडौंबाट उपचार-खर्च आउँदै आएन । हामीसँग भएको खर्च सकिँदै गयो । यही पारा रहने हो भने हामी केही दिनमै बेखर्ची हुने लक्षण देखापऱ्यो ।

यो अवस्थाबाट ऊभन्दा बढी म आत्तिएँ । बसेको पैसा तिर्नुनपरे पनि खाएको त भर्नु-बुझाउनु नै थियो । मलाई कताकता अतिरिक्त बोझ भएको अनुभूति हुन थाल्यो । यस्तोमा म एक जना घट्नु पनि बचेखुचेको खर्चलाई जोगाउनु हुन सक्थ्यो । उसलाई त के थियो र ! 'खर्च आइपुगेन; फर्किऊँ' भन्न कत्ति बेर नलाग्ने !

त्यहाँ बस्नकै लागि पनि थप खर्च नभई कुनै उपाय नहोलाझैं हुँदै आयो । मैले त्यहाँबाट भाग्नु नै सही विकल्प हुने निष्कर्ष निकालें । त्यसैले म भैरवलाई बाबुरामकै जिम्मा लगाएर हिंडें जनकपुरतिर । उतैबाट खर्च लिएर आउने सुर थियो मेरो ।

जनकपुरमा हाम्रो खेतीपाती थियो । अधियाँ बाली उठाउने वेला भइसकेको थियो । दिल्ली आउनुनपरेको भए म त्यतै जानुपर्ने थियो । त्यसैले म काठमाडौं नफर्की जनकपुरतिर हाँकिएँ ।

म हिंडेपछि त्यहाँ भैरव र बाबुराममात्रै रहे । एकातिर खल्तीको पैसा सिद्धिनु, अर्कोतिर उपचार गर्न पनि नपाउनु; त्यसमाथि म पनि साथमा नरहनु ! भैरवलाई भने क्रमशः निराशाको बादलले छोप्दै लान थालेछ । त्यस्तोमा साथीको पनि साथीको हैसियतले बाबुरामले दिएको सान्त्वनाले के थेग्थ्यो ! कतिन्जेल थेग्थ्यो ! तथापि, पढाइ छाडेरै भए पनि बाबुरामले भैरवको साथ छाडेनछन् ।

म जनकपुर पुगेको पाँच-सात दिनमै मलाई पछ्याउँदै एउटा पोस्टकार्ड जनकपुरमा आइपुग्यो । पोस्टकार्डको व्यहोरा हेरेर म त खङ्ग्रङ्‌ङै भएँ ! कत्ति स्वार्थी भएछु म ! त्यस्तो मनस्थितिको साथीलाई त्यसरी छाडेर हिंड्नुहुन्थेन भन्ने सम्झेर मनै थुरथुर भयो । यो मेरो जिन्दगीकै सबैभन्दा ठूलो भूल हुनेभो भनेर म साह्रै आत्तिएँ ।

भैरवले पोस्टकार्डमा लेखेको थियो–

'अब म ज्यादै हतास भइसकें । म बाँच्नुको कुनै अर्थ छैन । यतै जमुनामा आफूलाई बिसर्जित गरिदिने मौकाको प्रतीक्षामा छु ।'

उससँग सम्पर्कमा आउने अर्को छिटो माध्यम मसित केही थिएन । त्यही चिठी, पोस्टकार्ड त थियो सबैभन्दा छिटो उसलाई भेट्ने तरिका ! हतारहतार चिठी लेखें–

'...भैरव, तिमी अहिले नै मर्न पाउन्नौ । यदि अहिलेसम्म बाँचिरहेकै छौ भने आशा छ, यो चिठी पढेपछि खुकुलो भैसकेको सासलाई अवश्य नै नियन्त्रणमा ल्याउनेछौ । तिमी किन बिर्सन्छौ– भैरव अर्याल तिम्रो पेवा हैन ! तिमी उसलाई मार्न खोजेर ठूलो अपराध गर्न तम्सिँदै छौ !... बाँचिरहन मन लाग्ने प्रेरणादायक मैत्री, स्नेह, सम्बन्ध, ममता, आशा, उत्साह, विश्वास; जसको भरमा जीवन लम्किरहेकै छ । आहा ! यस्तो संसारबाट पनि तिमी भाग्न खोज्दै छौ ? अझै सोच, राम्ररी सोच ! केही पीरसुर्ता नमानेर औषधी गर । डाक्टरले भनेजति दिन त्यहाँ बस... !'

मेरो चिठी त कहिले पो पुग्यो कोनि ! धन्न ! मलाई पोस्टकार्ड पठाएलगत्तै नेपालबाट खर्च आइपुगेछ ! अनि, फेरि भैरव र बाबुरामले नयाँ दिल्लीको नर्सिङ होमको चक्कर सुरु गरेछन् ।

दिल्लीमा भैरवको घाँटीको उपचार त भएछ तर पूर्ण तवरले पहिलेको जस्तो स्थितिमा स्वर आउन सकेनछ । डाक्टरले यसभन्दा बढी केही गर्न नसकिने बताइदिएपछि भैरव झनै निराश बनेछ । पन्ध्र दिनजति बेलारोडको बसाइपछि भैरवले सीधै काठमाडौं जान अनिच्छा व्यक्त गरेछ । उसले हरिद्वारहुँदै वनारस जाने र त्यतैबाट मात्रै काठमाडौं फर्किन पाए हुन्थ्यो भन्ने मनशाय बाबुराममलाई बताएछ । खै किन हो; उसले बाबुराममलाई पनि "हिंड कि हिंड" भनेर सँगै जान निकै कर गरेछ ।

बाबुराम त्यहाँ पढ्नका लागि बसेको मान्छे ! उसै त भैरवको पछि लाग्दालाग्दै उनको निकै दिनको पढाइ छुटिसकेको थियो । तिनले उसलाई साथ दिन नसक्ने नै भए । तैपनि हार्न नसकेर हरिद्वारसम्म भने सँगै गइदिएछन् ।

त्यस दिन हरिद्वारमा अनि ह्रषीकेशको लक्ष्मणझुलापारि उनीहरू दिनभरि घुमेछन् । साँझतिर यौटा साधारण लजमा बसेछन् । खाना खान नजिकैको होटलमा गएछन् । खाना खाँदै गर्दा भैरवले साह्रै निराशापूर्वक भनेछ, "मलाई यही गङ्गामा हाम फालेर मरौँजस्तो लागिरहेको छ । जीवनदेखि एकदमै निराश भैसकें ।"

भैरवको यस्तो निराशापूर्ण कुरा सुन्दा बाबुराम आत्तिएछन् । औषधोपचार गराउन र घुम्न आएका त्यस्ता राम्रा लेखकबाट त्यस किसिमको ग्लानिपूर्ण उद्‌गार आउला भनेर बाबुरामले सपनामा पनि सोचेका थिएनन् । राति लजमा पनि उसले उस्तै निराशायुक्त कुरा दोहोऱ्याएछ, "म मर्न चाहन्छु । म बाँचेर केको सार ! सबतिरको कचकच, खुट्टा तानातान !"

ऊ नैराश्ययुक्त कुरा गर्दै जाने, बाबुराम सम्झाउने, यस्तैमा निकै राति भएछ । भैरवजस्तो लेखकलाई निको नहुने शारीरिक समस्याले गाँजेको, आर्थिक अभावले घेरेको, पारिवारिक शान्ति नभएको, हास्यव्यङ्ग्य क्षेत्रमा अगाडि बढ्न लाग्यो; उसलाई बढ्न दिनुहुँदैन, उसको बदनाम गर्नुपर्छ, गोडा तान्नुपर्छ भन्नेहरूको कमी नभएको चाल पाएर बाबुराम निकै दुःखित भएछन् । भोलिपल्ट सम्झाइ-बुझाइ

भैरवलाई हरिद्वारबाट वनारस जाने रेलमा चढाएर बाबुराम दिल्ली फर्किएछन् ।

वनारसमा पढ्दै गरेका शिव भट्टराई र वामपन्थी नेता बलराम उपाध्यायले पनि भैरवलाई सायद यस्तै निराश भेटे क्यार; त्यहाँ रहुन्जेल दुई पाइला पनि उसको साथ छाडेनन् । त्यहाँबाट भैरवलाई रक्सौल जाने रेल चढाएर पठाएपछि मात्र उनीहरूले शान्तिको सास फेरेछन् ।

रक्सौलबाट बाइरोडको बाटो थोत्रो ट्रक समातेर ऊ निरास-निरास काठमाडौं आइपुग्यो ।

ऊ काठमाडौं ओर्लिंदासम्म म पनि जनकपुरबाट फर्किसकेको थिएँ । यो कथा उसले मन्दमन्द मुस्कानका साथ सुनायो । उसको वास्तविक मनस्थिति सुनेपछि पराई भूमिमा उसलाई अलपत्र छाडेर हिंडेकामा म त शिताङ्दै भएँ । आफ्नै जिन्दगीमाथिको कटुव्यङ्ग्य मिसाएर सुनाएको थियो उसले यो वृत्तान्त; जसमा ऊ होइन, मुस्कानको लिपिस्टिक लगाएको उसको बुख्याँचा उभिइरहेको थियो–

"दिल्लीको जमुनामै डुबुल्की लगाउने सूर थियो, बाबुरामले छेके । वनारस पनि गङ्गामा हाम फाल्ने विचारले नै गएको थिएँ, तर पुगेदेखि फर्कुन्जेल नै शिव र बलरामले छाड्दै छाडेनन् र मौकै मिलेन । रक्सौलसम्म आउँदा पनि रेल दुर्घटना भैदेओस् भनेर कत्ति चिताएँ; अहँ भएन । वीरगञ्जदेखि काठमाडौंसम्म आउँदा बसमा नचढेर थोत्रो ट्रक खोजेर त्यसमा चढेर आएँ; त्यो पनि साबूतै आइपुग्यो । अझै कति सास्ती खप्नुपर्ने हो ! किन मर्थें र चाँडै !!"

उनन्तीस

"के न्यौपाने अरे तपाईंको नाम ?" भैरवले बडो मीठोसँग ढाप मारेर सोध्यो । उनले लजालु शैलीमा जबाफ दिए, "हजुर, दैवज्ञराज !"

"एऽऽ, 'हजुर दैवज्ञराज न्यौपाने' ?" उसले ठट्टा गर्‍यो ।

दैवज्ञ झनै रातापिरा भए । के भन्नु न के जस्तो भयो ।

भैरवले जानीजानी यो ठट्टा गरेको थियो । ऊ यिनलाई चिन्थ्यो । सुदूरपूर्व गोगने, भोजपुरका यी बाहुन करिब दुई वर्षअगाडि नै एक पटक गोरखापत्रमा टुप्लुक्क आइपुगेका थिए । बृहत् राष्ट्रिय साहित्य सम्मेलन-२०१८ मा प्रथम भएको भैरवको कविता 'खस्ताखस्तैको तारालाई' तिनले उतिवेलै 'सिंहनाद' पत्रिकामा पढेका रहेछन्–

'डोरी एक लतारिदेऊ बरू त्यो ज्योतिष्मती प्रेमको
हामी सर्र सुरेर्लिदै गगनको पर्दा उघार्छौं छिटो
खोजौंला अनि साथसाथ जगमा निभ्नै नपर्ने बुटी
तारा-मानवको निखारि चरिंदो यो आपसी भुट्भुटी !!'

त्यति वेला माध्यमिक स्तरमा पढ्ने र राजधानीभन्दा धेरै परका तिनलाई काठमाडौंका भैरव अर्यालको अन्य रचना प्राप्त हुनु दुर्लभ नै भइहाल्यो । चाहेर पनि तिनले अरू रचना पढ्न पाएका रहेनछन् । तथापि, त्यही कविताको प्रभावले उनको मानसपटलमा भैरव अर्यालको असाध्यै 'ह्यान्डसम' आकृतिको चित्र कोरिएको रहेछ ।

कहिलेकाहीं कतिपय कुरा कल्पना गरेजस्तो नपाउँदा वास्तविक संसारभन्दा टाढा; काल्पनिकतामै रमाइरहन पाएको भए गजब हुने रहेछझैं लाग्छ । सायद त्यस्तै भयो होला उनलाई पनि ।

२०२० सालमा महाविद्यालय पढ्न काठमाडौं छिरेका उनी भैरवको सुन्दरतम चित्र मनमा बोकेर गोरखापत्रको ढोका ढकढक्याउन पुगेका थिए । तर, भैरवलाई भेटेपछि उनी जिल्लाराम परे । कता मनभित्रको हृष्टपुष्ट, स्वस्थ र सुन्दर अनुहार ! कता "भैरव अर्याल म नै हुँ" भनेर अगाडि उभिने दुब्लो, पातलो, केही हराएजस्तो, केही टोल्हाएजस्तो, असामान्य मानवाकृति; सधैं गलो बसेजस्तो, स्वास्नीमान्छेको जस्तै बोली बोल्ने मान्छे !

कविता पढेर चिनेको; मन पराएको भैरव अर्यालको आकृति सम्झेर उनलाई यो वास्तविक भैरव अर्याल फिटिक्कै मन परेन । त्यस दिन उदास अनुहार बोकेर तिनी गोरखापत्रबाट फर्किए । रहँदा, बस्दा उनले 'कुशल कवि' भनेर चिनेको भैरव कविमात्र नभएर व्यङ्ग्य निबन्धकार पनि रहेछन् भन्ने चाल पाए ।

समाजका विविध पक्षसँग परिचित र समाजका त्रुटिहरूलाई औंल्याई-औंल्याई छाडाहरूको ढाड खुस्किने गरी व्यङ्ग्य प्रहार गर्न ज्यादै खप्पिस भैरवलाई पाएपछि तिनको मन फेरिँदै गयो । शारीरिक बनावट त्यति सुन्दर नभए पनि भैरवको साहित्यिक बनावट उनलाई झन्झन् आकर्षक लाग्दै आयो । सबैसँग मिल्न सक्ने र सबैलाई प्रेरणा दिने स्वभाव चाल पाएपछि त उनी भैरवसँग निकै झ्याम्मिन पुगे ।

त्यसो त त्यस वेला त्यसरी भैरवबाट प्रेरणाको लाभ लिने दैवज्ञ एक्ला थिएनन्; धेरैमध्येका एक थिए ।

पछिल्लो 'हजुर'वाला ठट्टा भने २०२२ सालको थियो । भर्खर भएको उपत्यकाव्यापी अन्तरक्याम्पस साहित्य सम्मेलनमा दैवज्ञ प्रथम भएका थिए । भैरवले त्यसअघि उनलाई 'साहित्यमा रुचि राख्ने पाठक' मात्र ठानेको थियो । दैवज्ञले ०१९-०२० सालदेखि नै लेख्ने गरेका भए पनि त्यति वेलासम्म एक छेस्का कतै प्रकाशित भएको थिएन ।

"तपाईंको कविता गोरखापत्रमा छाप्न दिनुहोस् त !" भैरवको यो प्रस्ताव उनका लागि अर्को ठूलो पुरस्कार थियो । उनले लिखुरे मुन्टो

बडो यत्नसँग हल्लाएर "हुन्छ" भने । उसले थप्यो, "भोलि नबिर्सी ल्याइदिनू !"

उनले अझ बढी मुन्टो हल्लाएर फेरि "हुन्छ" भने ।

भोलिपल्ट कविता ल्याएर दिएपछि उसले सोध्यो, "कविको नामचैं के लेखिदिऊँ ? 'हजुर दैवज्ञराज न्यौपाने' लेख्दिऊँ कि 'दैवज्ञराज न्यौपाने हजुर' लेख्दिऊँ ?"

उनले कविता त सारेर ल्याएछन्; नाम भने लेख्न बिर्सिएछन्, पानाको टुप्पामा हतारहतार लेखिदिए । केही दिनमै त्यो छापियो– दैवज्ञराज न्यौपानेको जिन्दगीकै पहिलो प्रकाशित रचना । त्यसरी छापिने क्रम क्रमशः बढ्दैबढ्दै गयो । भैरव गोरखापत्रमा रहुन्जेल उत्तिकै उन्नत रहिरह्यो ।

तीस

"हामी लाहोरबाट ढाकातिरको उडानमा छौं । हाम्रो जहाज यस वेला ३८ हजार ५ सय फिटमाथिको आकाशमा उडिरहेको छ । प्रतिकूल मौसमका कारण जहाजमा केही कम्पन हुन सक्छ; कृपया सिटबेल्ट राम्रोसँग बाँध्नुहोला, अगाडिको ट्रे पनि बन्द गर्नुहोला !" एयर होस्टेजको सुमधुर स्वर गुञ्जिरहँदा भैरव भने मेरो नाममा चिठी लेख्दै रहेछ, 'प्रिय रोचक !...'

लेख्न छाडेर उसले युवतीको आदेशानुसार ट्रे बन्द गऱ्यो अनि पुलुक्क तिनको अनुहारतिर हेऱ्यो- यसपालि त्यत्ति राम्री परिनछिन् ! अनुहारमा मात्रै के राखेको छ र ! तिनको सुकोमल हातबाट जुस पिउँदा तिनलाई समेत अलिअलि मिसाएर पिएजस्तो महसूस भइहाल्ला नि ! महसूस गर्दा महसूसको बाउको के जान्छ !

'बडो राइटर बनिटोपलेर एयर होस्टेजलाई इम्प्रेस पार्न खोज्या होलास्' भनेझैं गरी सँगैका बालमुकुन्ददेव पाण्डेले भैरवतिर हेरेर आँखा सन्काए । कतै भैरवले जुस दिँदै गरेको सुकोमल हाततिर हेरेको देखेर डाढले भुतुक्क भएका पो हुन् कि ! भर छैन तिनको ! उनी उसको बारेमा जे पनि सोच्न सक्छन् !

भैरवले हातेघडी नियाल्यो- नेपाली टाइम अपराह्णको ४:१५ बजेको रहेछ । दिनाङ्क २०२१ साल असार २१ गते ।

उनीहरूका ठीक पछाडि दुई सुन्दरी थिए । 'सुन्दरी' भनेको सिर्फ सुन्दरी नै; 'पोथी बाँदर' भन्न खोजेको होइन । त्यसो त बालमुकुन्द पनि कम खेलाडी होइनन् ! घरी आङ तानेजस्तो, घरी ढाड मर्काएजस्तो,

घरी यसो आसन फेरेजस्तो; जेजस्तो गरेर भए पनि दुई सिटको अन्तरकुन्तरबाट आफ्नो 'खेलाडी-व्यक्तित्व' अभिव्यक्त गर्नमा व्यस्त थिए ।

भैरव र बालमुकुन्द; यी दुवै यतैका भए पनि, अचेल यत्तिको मिल्ने साथी भए पनि पहिलो भेट भने उतै अर्थात् नयाँ दिल्लीमा भएको थियो; २०१६ सालतिरै । इन्डियन एअरलाइन्सको काठमाडौं-नयाँ दिल्ली उडानको उद्घाटन कार्यक्रममा ऊ 'हालखबर'को तर्फबाट, उनीचाहिँ 'नयाँ समाज' दैनिकको तर्फबाट त्यहाँ पुगेका रहेछन् । नेपाली दौरा-सुरुवाल, कोट, ढाकाटोपीमा सजिए पनि उसको हुलिया कुनै विदेशीले नेपाली लुगा लगाएजस्तो देखिएछ । नेपाली हो भन्ने अन्दाजै गर्न नसकेपछि बालमुकुन्दले सोधेछन्, "आर यु इन्डियन ?"

उसले जबाफ दिएछ, "होइन; म तपाईंजस्तै नेपाली हुँ ।"

हुलमूलमा यतिमात्रै कुरा हुन पाएको रहेछ, केही बेरपछि पत्रकारहरूको जम्बो टोली लिएर एउटा बस आगरातिर दौडिइहालेछ । दुवै कताकता थिए कोनि, बाटोमा देखभेट भएनछ । ताजमहल परिसरमा पुगेपछि बालमुकुन्दले लम्किँदै गएर भैरवलाई भेटेछन् ।

उनले कुरोको चुरो सुरु गरेछन्, "लाग्न त मलाई तपैं नेपाली नै हो कि जस्तो लाग्या थ्यो !" उनले मुस्कुराउँदै थपेछन्, "यो नेपाली लुगा लगाएरमात्रै हो है ! नत्र त तपाईं कतैबाट नि नेपाली देखिनुहुन्न !"

"मैले नेपाली देखिनलाई यो लुगा लगा'को होइन । बाहिर देखिए के; नदेखिए के ! म भित्र चाइने नेपाली बन्न कोशिश गरिरहेको नेपाली हुँ । तर, बन्न सकिरहेको छैन; सकूँलाजस्तो पनि छैन ।" उसले भावुक भएर भनेछ ।

उसको भावुकता देखेर बालमुकुन्द एक छिन अलमल्ल परेछन् । बिस्तारै सम्हालिएर भनेछन्, "अहिले त तपाईं झन् कविजस्तो पो देखिनुभयो !"

काठमाडौं फर्किएपछि मात्र बालमुकुन्दले थाहा पाएछन्– भैरव साँच्चैको कवि रहेछ !

***

यो त थियो करिब पाँच सालअघिकै किस्सा ।

नवोदित पञ्चायती व्यवस्थाले 'हालखबर'लाई हाप्न बाध्य बनाएको केही पछि भैरव गोरखापत्रमा आइपुगेको थियो । वेलावेलामा साथीभाइको भलाकुसारी, चियापान, पत्रकार सम्मेलन, साहित्यिक कार्यक्रम आदिमा हुने उनीहरूको सीमित भेटघाट यदाकदा सहकर्ममा समेत जोडिएको थियो ।

भैरव गोरखापत्रमा आएपछि बालमुकुन्द र भैरवबीच हिमचिम निकै बढेको थियो ।

यी दुवै हास्यव्यङ्ग्य विधामै लेख्ने भएकाले पनि नजिक हुन कुनै आइतवार नलागेको हुनुपर्छ । दुवै थिए– लेख्न भनेपछि उस्तै अल्छी । कसैले कान निमोठेरमात्र नहुने, कन्सिरी नै तान्दिनुपर्ने ! नमिल्दा कुरा पनि केही थिए । जस्तो कि एउटा यौटा लौकाजस्तो अर्को कुभिन्डोजस्तो ! यौटा जन्मँदै गुत्थ परेजस्तो; अर्को जन्मँदै उल्टो जन्मेजस्तो !

भैरवको सबैभन्दा ठूलो समस्या थियो घाँटीको अनि बालमुकुन्दको चाहिँ कानको । साथीभाइले यी दुवैलाई जोडेर 'कुनै समस्या नभएको एउटै मान्छे' बनाइदिने प्रस्ताव राखेका थिए– 'बालभैरव' !

यसबखत भने बालभैरव पूर्वी पाकिस्तान अर्थात् अचेलको ढाका (बङ्गलादेश)को पहिलो चरणको घुमघाम सकेर कराँचीतिर उड्दै थिए । लाहोरबाट ढाका पुगेका मित्रद्वयको पूर्वी पाकिस्तानको त्यो यात्रा नरमाइलै भएको त होइन तर खासखुस गर्नलायक भने त्यहाँ खासै निस्किएन । यता र उता घुम्नचैं खूबै घुमेछन् उनीहरू । त्यही क्रममा एक दिन भैरवले भनेछ, "हावाको भरमा यो हावाजाजमा दुगुर्दा-दुगुर्दै मेरो त हावै खुस्केलाजस्तो भयो बालू !"

"चिन्ता नगर न ! खुस्कियौ भने म यतै पोलिदिउँला !" बालमुकुन्दलाई जन्मँदै उल्टो जन्मेको त्यसै भनेको हो र !

उसले उस्तै गम्भीरतापूर्वक भनेछ, "यहाँ धर्म मिल्दैन । पोल्ने ठाउँ पो नपाइएला कि !" अनि, बालमुकुन्द अक्क न बक्क परेर पक्क परेछन् ।

करौंचीमा उनीहरूका लागि अतिथिगृहमा बसोबासको व्यवस्था मिलाइएको थियो । त्यहाँ पुगेको भोलिपल्ट नै सोही गृहमा आजाद काश्मीरका प्रेसिडेन्टले दिवाभोजको व्यवस्था गरे ।

खानपिनको सवालमा भैरव सानुतिनु पण्डित बाजे नै भइहाल्यो । कन्धनी डाँडामा बस्दा छेत्रीले छोएको समेत नखाएर गाउँलेले बाहुन भान्सेको व्यवस्था मिलाइदिनुपरेको थियो महाशयलाई । बालमुकुन्द पनि के कम ! उसलाई माथ दिने खालकै नौटङ्कीबाज न थिए !

'मटन' भन्दा 'बिफ' आउँछ भन्ने सुनेका थिए उनीहरूले । त्यो डरले खसीको मासु माग्ने त कुरै भएन ! त्यसमाथि खसी भनेर बाख्रा आउनेमा त शङ्कै थिएन । त्यहाँ के खसी; के बाख्रा ! सबै सराबर !

मासुमात्र भन्दा 'अभक्ष' कुरा आउला भन्ने डरले दुवै हत्त न पत्त 'चिकेन' माग्थे । कुखुरोचैं काठमाडौंमै खान सिकिसकेका थिए कि त्यहीं गएर हिम्मत गरे कोनि !

कत्ति चिकेन माग्नु ! एक दिन विकल्प खोजौं न भन्ने सल्लाह गरी यदाकदा सुनेको नाम 'पोर्क' मगाए । उनीहरूले 'पोर्क' उच्चारण के गरेका थिए, बेहराले खाउँलाझैं गरेर आँखा तरिहाल्यो । पछि त्यस्तो के मगाएछौं भनेर साथीहरूसँग सोधेको त सुँगुरको मासु पो रहेछ ! सुँगुर खानु त के; नाम लियो भने पनि अपराध हुँदो रहेछ पाकिस्तानमा !

त्यसपछि पाकिस्तान भ्रमणभरि 'पोर्क' खाने त के 'गोर्खा' भन्दा पनि 'पोर्क' सुनिएला भन्ने गरी केटाहरूको सात्तो उड्यो ।

उनीहरूलाई भाषाको समस्या पर्ला भनेर एक दोभाषेको पनि व्यवस्था मिलाइएको थियो । दोभाषे हरदम नेपाली पत्रकारकै आसपास हुन्थ्यो । राति सुत्दासमेत साथ छाड्दैनथ्यो । एक साँझ डिनरभन्दा अगाडि खानपिनको कुरो उठ्यो । खान-पिन अर्थात् खाना अनि पिना !

दोभाषेले हरेकलाई खिरिल्याई-खिरिल्याई सोध्यो, "तपाईं के लिनुहुन्छ ?"

उसले भैरवसँग पनि उसैगरी सोध्यो । आशय बुझेपछि भैरव टकटकियो, "मैले त्यस्तो केही लिने गरेको छैन !"

"हैन होला सर, जोक नगर्नू न !" ऊ पत्याउन तयारै भएन ।

"उस्को लागि जुस ल्याइदिनू, जुस ! ऊऽऽ त्याँ नछोइने गरी अलग्गै बसेर खान्छ । खानेलाई छोएपछि त हाम्रो धर्ममा खाएजत्तिकै पाप लागिहाल्छ क्यार !" बालमुकुन्दले उडाए ।

"धत् ! त्यस्तो नि हुन्छ !" अर्को नेपाली पत्रकार च्याँट्ठियो । यिनीहरूले चिनेकै अर्को पत्रकार उफ्रियो, "रक्सी नखाने नि कहीं पत्रकार हुन्छ ! त्यो त पत्रकारको नाममा कलङ्क हो ! कलङ्क !!"

भैरवले छड्के आँखाले घुरेर हेऱ्यो । कालो बादल लाग्यो; अब बर्सिने भो भनेर बालमुकुन्द मत्थर भए । यो कुरा उनीहरू कराँची आएकै दिन बेलुकाको हो । भोलिपल्ट दिउँसो त प्रेसिडेन्टको भोज नै भइहाल्यो ।

प्रेसिडेन्टले दिएको भोज अलौकिक थियो । थरीथरीका परिकार टेबलमा सजिसजाउ थिए । तर, बिफ पर्ला भन्ने डरले यी दुई भने मासुवाला परिकारतिर लम्कनै डराए । यिनीहरूको डरपोक चाला देखेर अर्का एक नेपालीले आश्वस्त पारे, "यस्तो प्रेसिडेन्टजस्ताले दिएको भोजमा नि कहीं नेपालीलाई बिफ ख्वाउँछन् ! यो त मटन हो ! मटन !! बिफ त परैबाट हेर्दै अर्कै कलरको देखिन्छ । यीः हेर त– यो खसीको जस्तो छैन र ?"

हो त नि ! प्रेसिडेन्टजस्ताले दिएको लन्च ! त्यो पनि नेपालीलाई ! उनमा त्यति 'कमनसेन्स' नहुने त कुरै हुँदैन नि !

पहिले डराई-डराई; पछि जिब्रोले समेत खसीकै स्वाद पत्ता लगाएपछि मज्जाले स्वाद मानीमानी खाए दुवैले । डराएको डरायै सधैं चिकेनमा डल्लिन्थे, यो छाक जोगिए ।

साँझको समय । अलिक अग्लो स्थानको अतिथिगृह । तल कलकल बगिरहेको नदीझैं देखिने चाइना क्रिकको समुद्री तट । त्यसको वरिपरिका दृश्य-शृङ्खला । अतिथिगृहको लन्जमा बसेर दुवै बाजे प्राकृतिक दृश्यमा हराइरहेका थिए; अर्का बाजे आइपुगे– भान्छेबाजे । शुद्ध पाकिस्तानी भएर पनि तिनको जातचाहिं 'पण्डित' रहेछ ।

कुराको पोको फुक्दै गएपछि पण्डितले सोधे, "साँच्ची दिउँसोको लन्च कस्तो थियो कोनि ?"

बालमुकुन्दले भने, "असाध्यै मीठो !"

त्यसमा भैरवले थप्यो, "त्यस्तो मीठो मासु त कहिल्यै खाइएको थिएन जस्तो लाग्यो !"

पण्डितले भने, "त्यति मीठो त हुनै पर्ने हो ! तपाईंहरूकै लागि भनेर आज स्पेशल 'काफ' बनाइएको थियो ।"

एक छिन त काफ भनेको के हो ? त्यसैमाथि चासो रह्यो । क्षणभरमै पत्तो लागिहाल्यो- काफ अर्थात् बाच्छो !

अकस्मात् यस्तो सुन्दा हाम्रा दुई 'बाजे'को हालत कस्तो भयो होला ?

कटु दुर्वाच्य सुन्दा बरू त्यस्तरी बिग्रँदैनथ्यो होला; सिलबरे डेक्ची कुच्चिएको भन्दा बढ्ता भयो दुवैको अनुहार ।

भैरव फुत्तै भागेर कोठातिर गयो । बालमुकुन्द पनि एक छिनपछि त्यतै लागे । बालमुकुन्द कोठामा पुग्दा त भैरव बाथरुमभित्र छिरेर घाँटीसम्म औंला छिराउँदै जबरजस्ती वाक्वाक् गर्ने निरर्थक यत्न गरिरहेको रहेछ ।

दिउँसो खाएको 'स्पेशल काफ' बेलुकी निकाल्न खोजेर के हुन्थ्यो र !

अर्को दिन कराँचीबाट उनीहरू मोटरमा लाहोरतिर लागे । त्यो समष्टि यात्रामा अरू नेपाली पत्रकार पनि थिए छन त ! तर, यस पटक त्यता जाने गाडीमा ड्राइभरबाहेक यी दुईमात्रै भए । अरू त्यता गएनन् कि वा अर्कैमा गए कोनि !

कराँचीबाट लाहोरको दूरी निकै रहेछ । रातभरि गाडीको यात्रा गरेपछि बिहानीपखमात्र त्यहाँ पुगे उनीहरू । लाहोर पस्दै गर्दा सडकको दुवैतिर गाई काटिरहेको दृश्य गोचर भयो । त्यो दृश्य यिनीहरूको दृश्य-ग्रहण क्षमताभन्दा बाहिरको थियो । उनीहरू आँखा चिम्म गरेर बसे ।

शहरभित्र छिरिसकेपछि भने लाहोर साह्रै रमाइलो रहेछ । उनीहरूलाई मालरोडको एउटा पाँचतारे होटलमा पुऱ्याएर गाडी फर्कियो ।

त्यस साँझ भैरव र बालमुकुन्द एउटै कोठामा थिए । डिनर लिने वेला भइसकेको थिएन । बालमुकुन्दले दुई बोतल बियर र चिकेन मगाए । उनले भैरवका लागि 'के मगाइदिऊँ ?' भनेर सोधे । ऊ 'केही चाहिँदैन' भन्दै पन्छियो ।

"भनेपछि तिमीले 'पूर्ण पत्रकार' नबनी मर्ने लक्षण देखायौ हैन त ?" उनले उक्साए ।

भैरवले छड्के दृष्टिले उनलाई हेऱ्यो । अब यसले के पो भनेर सेखी झार्ने भो भन्ठानेर बालमुकुन्द नदेखेको जस्तो गरी सिसाको ग्लासमा बियर खन्याउन थाले ।

"ए बालू ! तिमीले खान लागेको त्यो बियर होइन ?" के-के न ओठे जबाफ फर्काउला भन्ठानेको; उसले जिज्ञासु भएर पो सोध्यो !

"हो नि !" उनले उत्साहित हुँदै भने ।

भैरवले सोध्यो, "यसको स्वाद कस्तो हुन्छ हँ ?"

बालमुकुन्दले जिब्रो पड्काउँदै भने, "एकदम मीठो ! आनन्ददायक !! क्या हो ! तिमीलाई नि खाऊँखाऊँ लाग्यो कि कसो ?"

"ह्या, होइन ! त्यत्तिकै सोधेको नि !" उसले अर्कोतिर मुन्टो बटार्दै जबाफ दियो । त्यसपछि केही बेर दुवै मौन रहे । बालमुकुन्द चुपचाप बियर पिउन थाले ।

"त्यो खाएँ भने म डाउन त हुन्न होला है ?" केही क्षणको मौनता तोड्दै भैरवले सोध्यो ।

"हे उल्लु ! तिमी पनि काँतरै रै'छौ !! यो त पानीजस्तो हो । विदेशीहर्ले बाटो-बाटाँ कोकाकोलाजस्तै खाँदै हिंडेको देखेका छैनौ ?" उनलाई के थियो र ! मान्छे भत्काउनु न थियो !

"तिमी जोकरले चाइने फेरि काठमाडौं पूरै हल्ला गर्दिने होलाऊ; के खानु !" उसले शङ्का व्यक्त गऱ्यो ।

"गर्दिनँ यार ! यस्तो कुरामा नि म जोक गर्छु होला त ! यसो हँसी-मजाक, रमाइलोसम्म गर्नु बेग्लै; साथीलाई मर्कै पार्दिन्छु त ? लु भन त !!"

"धरोधर्म ?" उसलाई अझै विश्वास भएन ।

"धरोधर्म ! त्यत्ति घटियाचैं छैन क्या म ! ल यी जनै छोएरै किरिया खाइदिन्छु !" उनी जनै खोतल्न थाले, तर जनै भने भेटिएन ।

बियर आउनलाई बेर लागेन ।

भैरवले सुरुमा एक घुट्को पियो । उसले साह्रै नराम्रोसित अनुहार बिगाऱ्यो । उसको अनुहारको भावाकृति हेरेर बालमुकुन्दलाई लागेको थियो– 'यसले आज जातमात्रै फाल्नेभो !'

तर, उसले एक, अर्को, अर्को अनि फेरि अर्को घुट्को गर्दै क्षणभरमै बोतल रित्यायो ।

जिन्दगीमा पहिलो पटक भैरवको मुखमा रक्सीजन्य पदार्थ परेको थियो । तर, केही बेरमा उसले "अरू पनि खाइदिन्छु" भन्न पो थाल्यो । उसले जे भने पनि बालमुकुन्दले "पहिलो चोटि याँभन्दा धेरै खानुहुन्न," भनेर रोके । 'जाँडरक्सीको छेवै पर्न नचाहनेलाई उक्साएर रक्सी खुवाएँ' भनेर उनलाई कताकता आत्मग्लानि पनि भयो कि !

भोलिपल्ट उनीहरूको पाकिस्तान भ्रमण सिद्धियो । दुवै काठमाडौं फर्किए ।

बालमुकुन्द हँसीमजाक गरिरहनुपर्ने मान्छे; 'स्पेशल काफको मटन स्टोरी' त तिनले के छाड्थे र ! तर, उनलाई डर थियो– गफैगफमा कतै भैरवले बियर खाएको कुरा मुखबाट फुत्किने पो हो कि !

भैरवको बदनामीभन्दा पनि एक मित्रलाई आफूले दिएको भरोसालाई तोड्नुहुँदैन भन्नेमा तिनी सचेत थिए, मुख खोलेनन् । यस्तै-यस्तैमा केही दिन बितेर गए ।

एक दिन होटल सोल्टी प्याराडाइजमा पत्रकार सम्मेलन थियो । सम्मेलनपश्चात् सानुतिनो पार्टी हुने नै भयो । बालमुकुन्दले निम्ता

त पाएका थिए । तर, हिंड्ने वेलामा घरबाट बच्चा बिरामी भएको खबर आयो । घर पुगेर बच्चालाई डाक्टरकहाँ लगेर फर्कंदा अवेला भइहाल्यो । सोचे– यति वेला के जानु !

पछि फेरि भैरवलाई सम्झिए, 'ऊ टाइममै पुगिहाल्यो होला ! पुगेपछि र गोरखापत्रको अरू कोही नदेखेपछि जे रिपोर्टिङ गर्नुपर्ने हो, पक्कै उसले गरिहाल्छ ! चुपचाप झोक्राएर बस्ने मान्छे त ऊ कहाँ हो र ! पत्रकार सम्मेलन सिद्धिने वेलासम्म त म नि पुगिहाल्छु नि ! छुटेपुटेको म कभर गरौंला ।'

यस्तै सोचेर उनी त्यता दौडिए । बाटोमा संयोगले कसैको बाइकमा लिफ्ट पनि पाए । उनी पुग्दा पत्रकार सम्मेलन त के; पार्टी पनि मध्यान्तर भइसकेछ । ढोकाबाट पस्दै, यताउता साथीभाइलाई खोज्दै थिए; कुनै मदमस्त चिरपरिचित स्वरले उनलाई बोलाइहाल्यो–

"अरे ! मिस्टर बालू !!"

भैरव त पत्रकार साथीहरूसँगै बसेर मज्जाले ह्वीस्की दन्काउँदै पो रहेछ !!

एकतीस

भैरवले आफ्नो खाटलाई खाटमात्रै रहन कहिल्यै दिएन । कहिले घुँडा धसेर लेख्ने आसन बनायो; कहिले अध्ययन गर्ने टेबुल त कहिले साथीभाइसँग गफ चुट्ने फलैंचा । सम्पादकीय विभागको टेबुल-कुर्चीको हालत झन् कस्तो थियो होला !

गोरखापत्रको सम्पादकीय विभागको एउटा कुनाको थोत्रो कुर्सीमा भैरवको जागिर सुरु हुन्थ्यो र सिद्धिन्थ्यो । उसको अगाडिको टेबुलमा जोसुकैले जस्तोसुकै लेख-रचना ल्याएर थमाए पनि "छापिन्छ"; "हवस्"; "किन नछापिनु र !"; "भैहाल्छ नि !" इत्यादि उसका थेगोजत्तिकै बनेका थिए । मानौं, नाइँनास्ती गर्नुलाई उसले आफ्नो नैतिक आचरणविपरीत ठानेको होस् !

तर, उसकै रचनाबारे वा उससँग सम्बन्धित; प्रशंसायुक्त केही रहेछ भने भैरव त्यही थेगोको ठ्याक्कै बर्खिलाप बोल्थ्यो, "अहँ ! हुँदै हुँदैन ! अर्को भए दिनूस् !"

अरू आफ्नो बारेमा लेख्न लगाई-लगाई छाप्थे । भैरव भने आफ्नो बारेमा कतै एक टुक्रा सकारात्मक लेखेको भेट्यो भने कि त्यो भाग हटाइदिने कि लेख नै छाप्दै नछाप्ने ! भैरवले त्यस्तो किन गर्छ ? भन्ने राम्रोगरी थाहा पाएर पनि बुझ पचाउनेहरू उसलाई बहुलट्टी र बहुलाएको भन्दै हिँड्थे । अर्काथरी भैरवको त्यो व्यवहार सही छ भनेर वकालत गर्थे । ऊ नभएको मौकामा यस्ता दुईथरी बीच गोरखापत्रभित्र-बाहिर चर्चाचर्की र बहस नै चल्थ्यो ।

विरोध गर्ने त उसलाई बहुला साबित गरेर फाइदा लुट्ने दाउमा हुने नै भए; उसको पक्षधरमध्येका पनि उसको प्रशंसा गरिराखे मौकामा उसको क्षमताको दुरुपयोग गराउन पाइने आशा राख्थे । तर, ऊ भने यी दुवै अतिवादको प्रभावबाट आफूलाई सकेसम्म मुक्त राख्न चाहन्थ्यो ।

भैरवभित्र उदासीको हुन्डरी चर्कै चल्न थालिसकेको समय थियो त्यो । आधा घण्टामा फुर्तिलो र चुस्त सम्पादकीय लेखेर सक्ने भैरव त्यस वेला त्यही सम्पादकीय लेख्न घण्टौं घोरिन थालेको थियो । ४-५ घण्टा लामो घोत्ल्याइँपछि पनि ३०० शब्दजतिको सम्पादकीय तुर्न नसकेपछि ऊ आफ्नो थाप्लोमा ढ्वाकढ्वाक हिर्काउँदै त्यो कागजलाई धरधरी च्यात्थ्यो । उसको मुहार आत्मग्लानिले रातो न रातो हुन्थ्यो । यदाकदा आँसुका ढिक्काले मुहारको त्यो रातोपन पखाल्ने असफल प्रयत्न गरिरहेका हुन्थे ।

"आज दाइले उग्रै मच्चाउन लाग्नुभा'को हो कि कसो !" बिहानैदेखि एउटै लेखमा घोत्लिएको घोत्लियै गरेको देखेर सोही विभागका रामचन्द्र गौतमले प्वाक्क सोधे । उसले मसीको लत्को र कत्लैकत्लाले पोतिएको, थपघट र केरमेटले भरिएको त्यो लेख उनलाई देखायो । लगभग आधीसरो लेख उसले आफैंले थपिदिएको रहेछ ।

यस्तो 'भावभङ्गी'मा पहिलेभन्दा बाक्लै आउने गरेको थियो ऊ । विरक्ति र निराशाका कैयौं अभिव्यक्ति ऊ समकक्षीहरूसमक्ष पोखिरहन्थ्यो । तर, त्यहाँ कसैले पनि उसको कुरा सुनेर सहानुभूति दिँदैनथे; गम्भीरतापूर्वक लिन रुचाउँदैनथे ।

'काँतर भैरव ! कुरा गर्नमा साहसी भए पनि त्यसलाई कार्यान्वयन गर्न साहसी हुनै सक्दैन' भन्ने सबैलाई लाग्थ्यो ।

एक दिन साँझको वेलामा भैरव कार्यालयमा पुग्यो । त्यहाँ तिनै रामचन्द्र काम गरिराखेका थिए । उनको टेबुलनजिकै आएर उसले खरो बोलीमा भन्यो, "ओई रामचन्द्रे ! तँ रक्सी खाँदैनस् ?"

अकस्मात्को र अनौठो प्रश्नले एक छिन त रामचन्द्र जिल्लिए । अलिक सम्हालिएर भने, "खान्नँ !"

“रक्सी नखाने पनि कहीं पत्रकार हुन्छ !” झोक्किँदै खल्तीमा हात हालेर दश पैसाको ढ्याक झिकेर टेबुलमा बजार्दै उसले कडा आदेश गऱ्यो, “जा ! बाहिर गएर रक्सी धोकेर आइज !!”

रामचन्द्र ट्वाल्ल परेर घरी उसको मुहार; घरी दश पैसे ढ्याकतिर हेरेका हेऱ्यै भए ।

ऊ भने जसरी आएको थियो, त्यसैगरी हिंडिहाल्यो ।

रामचन्द्रलाई पछिमात्रै थाहा भयो– पाकिस्तान जाँदा भैरवलाई कसैले ‘रक्सी नखाने पनि कहीं पत्रकार हुन्छ’ भनेर थर्काएको कुरा ।

बत्तीस

"के लेख्दै हो दाइ ?" छिमेकी टीकाकुमार शाहको अप्रत्याशित सोधाइले भैरव झसङ्ग भयो । आफू झस्केको झोकमा उसले पनि दिइहाल्यो, "के लेख्नुथ्यो र ! स्वास्नीको लागि एउटा फरिया अनि माघे सङ्क्रान्तिमा खाएको घ्यू-चाकु पचाउने ओखती !"

'कुनै रचनात्मक काममा रहेछन् क्यार; के डिस्टर्ब गरिराख्नु' भन्ठानेर होला, उनी ङिच्च हाँसेर थप कुरा नगरी बाटो लागे ।

वास्तवमा ऊ व्यापक तनावमा रहेछ त्यस दिन ।

त्यस्तो हुँदा म काठमाडौंमै हुँदो हुँ त ऊ दौडिएर मकहाँ आइपुग्थ्यो । यस्तोमा हामी एक-अर्काका हर्ष या विस्मात सुनाउन आतुर हुन्थ्यौं । त्यसका खातिर जतिसक्दो छिटो एक-अर्काकहाँ पुग्थ्यौं । त्यस वेला बालीनाली उठाउन म केही दिनदेखि जनकपुरतिर थिएँ ।

टीका उसकहाँ आएको बखत ऊ कुनै 'नगदी' काम गरिराखेको होइन, मलाई चिठी लेखिरहेको रहेछ–

"...किताब छापिइसक्यो तर अन्त्यमा आएर अर्थात् कभर छाप्नु बाँकीमा प्रकाशक हुनेले निमोठिएको कुरा गरे; जसले मनमा नराम्रो ठेस लागेको छ । आखिर जतिसुकै सभ्य, शिक्षित, भद्रभलाद्मी भए पनि ठूलाबडा भनेका ठूलाबडा नै हुँदा रहेछन् हेर ! हामीजस्ता चानचुनेहरूलाई सधैं पिँध्नै खोज्ने ! नत्र हेर न ! तिम्ले 'नदे' भन्दाभन्दै मैले चाहिं 'उनीहरूले एक वर्षदेखि मागेको; नदिंदा रिसाउलान्' भनी दिएँ, छापियो । अहिले कभर छाप्ने वेलामा त प्रकाशक '... प्रकाशन' नभएर 'वासुदेव लुइँटेल' अरे !

रिसाएँ, झोक्किएँ तर मेरो रिस र झोकले डराउने को र ?..."

उसको हास्यव्यङ्ग्यको किताबै ननिस्किएको भए पनि त्यस बखतसम्म ऊ पाठकका माझमा चर्चाको शिखरमा पुगिसकेको थियो । उसलाई नपढ्ने र मन नपराउने पाठक दुर्लभ भइसकेका थिए । 'यौटा सङ्ग्रह त निकाल्नै पर्छ' भनेर हामी लागिपरेकै थियौं; 'फलानो' प्रकाशनले उससँग किताब मागेको माग्यै रहेछ ।

पहिलो सङ्कलन; दिनुपर्ने ठाउँमा दिन पनि पाइन्छ, हातहातै बेचेर सहजै लगानी उठाउन सकिहालिन्छ भनेर म त्यो "आफैँले छाप्नुपर्छ" भन्नेमा थिएँ । मेरो करको वावजुद उसले "'फलानो'लाई नै दिऊँ; होस्" भन्न थाल्यो ।

त्यस बखत 'फलानो' प्रकाशनको ठूलै नाम थियो । आफूले छाप्दाभन्दा 'फलानो'ले छाप्दा इज्जत हुने कुरामा शङ्कै थिएन । त्यसमाथि प्रकाशनसँग सम्बन्धित ठूलाबडाहरूको नजिक हुन पाइने अवसर पनि मिल्न सक्थ्यो । यस्तै-यस्तै सोचेर होला; उसले 'फलानो'लाई किताब जिम्मा लगाएको थियो– 'काउकुती' नाम राखेर ।

किताब छापिएर तयार हुने वेलामा त प्रकाशक रातारात परिवर्तन पो गरिएछ !

भैरव रनाहामा पऱ्यो । एक त हामीले आफैं छापौं भन्दाभन्दै फुत्काएर उसले त्यता लगेको थियो । अर्को– जेका लागि लगेको थियो, त्यो त हुँदै भएन ।

त्यस बखत त्यस्तो किन गरियो भन्ने कुरा हामीलाई थाहा भएन । त्यसको रहस्य निकै पछि मात्र बिस्तारै खुल्दै आयो ।

'काउकुती'का केही निबन्ध स्तरहीन, चुत्थो खालका र वाहियात लागेछ प्रकाशकलाई । त्यस्तो छाप्दा संस्थाकै मान-प्रतिष्ठामा खलल आउने 'भयानक निष्कर्ष' निकालेर व्यक्तिको नाम प्रकाशकमा चढाइएको रहेछ ।

त्यो धोकाधडीले तत्कालै भैरवलाई निकै विचलित तुल्याए पनि कालान्तरमा भने त्यसले सकारात्मक परिणाम नै उब्जायो । 'काउकुती'ले एकदमै तीव्र गतिमा बजार लियो । त्यसबाट भैरवको चर्चा त चुलियो

नै; हास्यव्यङ्ग्यका किताबको माग व्यापक रहेछ भन्ने महसूस पनि गरायो ।

त्यही यथार्थबोधले नै होला, वासुदेव शर्मा लुइँटेलको हुटहुटी ह्वात्तै बढ्यो । उनले हास्यव्यङ्ग्य साहित्यको प्रकाशनका निम्ति एउटा अलग्गै संस्था नै जन्माए- 'कौवा प्रकाशन' ।

अन्ततोगत्वा निकै लामो समयसम्म 'कौवा प्रकाशन'ले हास्यव्यङ्ग्य प्रकाशनको क्षेत्रमा एकाधिकार कायम गऱ्यो । यस क्षेत्रमा तहल्कै मच्चायो पनि ।

कौवा प्रकाशनको जन्म नेपाली हास्यव्यङ्ग्य इतिहासमै कोशेढुङ्गो ठहरियो, जसको श्रेय 'काउकुती'को काँधमा पर्न गयो ।

कौवा प्रकाशनको लोगोमा यौटा सुकेको ठिङ्ङ रुख उभिएको छ, जसको हाँगामा एउटै पात छैन । त्यसको एउटा हाँगामा कालो कौवा बसेको छ, त्यो पनि पखेटा फैल्याएर उड्न आँटेको ।

वासुदेव माड्सा'पले के सोचेर कौवा प्रकाशन नामकरण गरेथे कोनि; भैरवले भने यस्तो अर्थ लगाइदियो–

"रुखोसुखो जस्तोसुकै होस्, स्पष्ट बोल्ने ।"

तेत्तीस

"भावुकजी भनेको तपाईं पो हुनुहुँदो रहेछ है ! पढेको हो; चिनापर्चीचाहिँ हुन पाएको रहेनछ हाम्रो ।" कविता सुनाएर मञ्चबाट झर्दै गरेको मान्छेसँग भैरवले परिचयको हात बढायो ।

भावुकले पाँच-सात वर्षदेखि देखिराखेकै मान्छे हो ऊ । बाटोमा यसो जम्काभेट हुँदा चिने-चिनेजस्तो गरी फिस्स हाँस्नेसम्म गरिएकै हो । तर, को हो, के हो पत्तो नभएको मान्छेले एक्कासी बाटो छेकेर परिचयको हात बढाएपछि खिलबहादुर 'भावुक' अलमल्ल परे । तथापि, पक्कै साहित्यतिर अभिरुचि राख्ने मान्छे हुनुपर्छ भन्नेमा त शङ्कै भएन । उनले बडो रवाफिलो आवाजमा सोधे, "यहाँको परिचय ?"

उसले बोल्न के आँटेथ्यो; छेवैको कोही प्याक्कै बोलिहाल्यो, "भैरव अर्याल ! चिन्नुभा' थेन र ?"

भावुक जिल्लाराम परे । उसका बारेमा इतिवृत्तान्त थाहा पाएका, उसका किताब, रचना प्रायः जम्मै पढेका, उससँग जम्काभेटसमेत भइराखेकै भए पनि भावुकलाई आजसम्म 'भैरव अर्याल भनेका यिनै हुन्' भनेर न कसैले बताएथे, न आफैंले चिन्न सकेछन् ! रचना पढेर उसलाई चिने; सशरीर देखे तर पढेका भैरव र देखेका भैरव यौटै हुन् भन्ने उनलाई ज्ञात भएनछ । आज बल्ल नाम, काम र अनुहारसँग एकसाथ चिनाजानी भयो ।

"आउँदै गर्नू; भेट्दै गरौं !" यत्ति भनेर ऊ उनीसित छुट्टियो ।

त्यो भेटबाट भावुकसँग भैरवको दोस्ती सुरु भयो । भेटघाटको क्रम पनि बाक्लिँदै गयो । भावुकलाई गोरखापत्र कर्पोरेशन आउजाउ गर्ने नयाँ बाटो खुलेजस्तै भयो ।

बाटो त खुल्यो तर उनको त्यहाँ जानुको औचित्यचाहिँ अक्सर पूरा हुँदैनथ्यो । हरेकजसो भेटमा भैरव "केही रचना भए दिनुस्" भनेर माग्थ्यो । उनी दिन्थे पनि । तर, कुऱ्यो, कुऱ्यो; गोरखापत्रमा त्यो छापिँदैनथ्यो ।

भेट त भइहाल्ने नै भयो । भेट्दा ऊ मुसुक्क हाँस्दै भन्थ्यो, "कविता मलाई त राम्रै लागेको हो । माफ गर्नुहोला ! गोरखापत्रले भन्यो– 'मैले चपाउन सकिनँ !'"

कविता नछापिएको गुनासोको गुथुरो बुनेर उपस्थित भएका भावुक उसको घतलाग्दो जबाफ सुनेर दङ्ग परेर फर्किन्थे । पछि उसैले उनलाई सुझायो, "तपाईं कवितामा बल नगर्नुस् । लेख, समालोचनामा नै म तपाईंको भविष्य देख्छु ।"

भावुकसँगको भेटमा उसको एउटै खाले आशय रहन्थ्यो– राम्रा लेख्नेहरूको सङ्गत नपुगेर हो उनको लेखनमा दम नपुगेको । एक पटक उसले सुझाएको पनि थियो, "भन्न त नहुने हो भावुकजी, तपाईं यहीं; शहरमै बस्नुपर्छ । प्रतिभाको क्षय गर्नुमात्र हो तपाईंजस्तो मान्छे गाउँमा बस्नु त !"

रहँदा, बस्दा भावुकको अटोग्राफमा उसले आफ्नै हस्ताक्षरले लेखिदियो–

'जिन्दगी हाँस्न र हँसाउनको लागि हो । पानी पेलेर बत्ती निकालेजस्तै आँसु पेलेर आनन्द निकाली बाँच्न सिकौं । दुनियाँ चाहे थुकोस्, चाहे झुकोस्; कसैसित नहारी आफ्नो अस्तित्व साँच्न सिकौं ।'

टिमुर्किएको आलोचना गर्नेहरू त हजार भेटिन्छन् । तर, भैरवको आलोचनाको नियत भने लेखकलाई सुधार्ने हुन्थ्यो । प्रशंसा गर्दागर्दै आलोचना मिसाउन ऊ उत्पातै सिपालु थियो । उसले औंल्याएको बाटो पहिल्याउन सक्नु-नसक्नु त आ-आफ्नो खूबीकै कुरा हो नि ! होइन त ?

चौतीस

देख्ता निकै सोझो र नपत्याउने खालको भए पनि 'लेखन' र 'प्रेम' कलामा चाहिँ भैरव मित्रहरूलाई ठाडै माथ गर्ने खालको थियो । अरू थुप्रै ठाउँमा 'थोत्रो कोट', 'नारीतुल्य स्वर', 'लाटोलाटो अनुहार' इत्यादि बाधक भए पनि लेखन अनि प्रेममा चाहिँ तिनले उसलाई कुनै अवरोध गर्दैनथे कि !

हामीले 'वा !' भनेर घुटुक्क थुक निल्ने तर नजिक पर्नसमेत डराउने केटीहरूसँग उसको भने भित्रभित्रै दोस्ती भइसकेको हुन्थ्यो ।

त्यसमाथि संस्कृतका छिल्लिएका श्लोकहरूको अनुवाद गरेर साथीभाइलाई मरीमरी हँसाउन र आफू पनि हाँस्न ऊ खप्पिसै थियो ।

यो प्रसङ्गचाहिँ ०२१ साल अन्तिमतिरको हो । तिनी थिइन्– तिनै घुटुक्कमध्येकी एक; त्यस वेलाकी नवोदित लेखिका ।

काठमाडौँबाहिरकी तिनी भैरवका रचना पढेर मुग्ध रहिछिन् । काठमाडौं आएपछि आइपुगिन् उसलाई भेट्न ।

लेखनमा पनि राम्रो सम्भावना भएकी रहिछिन् तिनी । भैरवले तिनको प्रतिभाको स्याहार-सुसार गर्न थाल्यो ।

सँगसँगै तिनले भैरवको दैनिकीमा हस्तक्षेप गर्ने सम्भावना पनि बढ्दै गयो । सायद 'स्याहार-सुसार' अलिक बढी नै पो भयो कि !

तिनको गालामा सानासाना दाग थिए । मिर्जापुरी झर्काको थालको पछाडिपट्टि कालोकालो खालका दाग हुन्छन् नि ! हो; त्यस्तै भएकाले उसले तिनको नाम दिएको थियो– 'मिर्जापुरी' ।

त्यस वेला नयाँ सडकको पारस होटलअगाडिको काँचो इँटाको पुरानो घरमा भैरव सपरिवार बस्थ्यो । मिर्जापुरीको आवत-जावत उक्त घरमा बिस्तारै बढ्दै गयो । उनी केही सिक्ने निहुँमा घरमा बाक्लै आउन थालिन् । हुँदैहुँदै पछिपछि त उसकी पत्नी नभएको मौका छोप्न थालिन् । विशुद्ध गृहिणी पत्नी; उनी घरमा नभएको मौका विरलै पर्ने नै भयो । 'पत्नी नभएको मौका'ले पनि बिस्तारै धान्न छाड्यो ।

मिर्जापुरीले भैरवलाई आफ्नो मोहजालमा निकै नै बाँधिसकिछिन् । गृहिणी माथि बुइँगलमा भान्साको तरखरमा भएको वेला छोपेरसमेत मिर्जापुरी भैरवलाई 'बराल्न' थाल्दिरहिछिन् । आँखा बुइँगलमा भए पनि कान कोठामै छाडेर हिंडेकी बाठी पत्नीले पत्तो पाउन कुन आदित्यवार चाहिन्थ्यो र !

एक दिन पत्नीले रँडाको मच्चाइहालिन् ।

०२२ साल जेठ २० गते बुधवार । ऊ बिहान नौ बजेतिर मकहाँ आइपुग्यो । एकाबिहानै घरमा मिर्जापुरी-बहस भएछ । केरकारबाट सुरु भएको सन्दर्भ बहस, ठाकठुक, हप्कीदप्की, झम्टा-झम्टीसम्म पुगेछ ।

शोभाले रिसको पारा बढाइछन्, "हेप्नुको नि सीमा हुन्छ नि ! म यहाँ जसको सिँदूर-पोते भिरेर बसेकी छु; मेरै अघिल्तिर मेरै लोग्नेलाई हात लाउन आउँछे ए ! कत्तिकी छाडा त !!"

भैरवले सकभर सम्हाल्न खोजेछ, "पातलाई पतिङ्गर नबनाऊ न ! कविता सिक्न आ'की हो क्या !"

"आउँछे कविता सिक्न ! म नभएको मौकामा सिक्ने खालको कविता होला हैन ?"

"हल्ला नगर न धेरै ! छरछिमेकले मुन्टो निकाल्न थालिसके !"

"जस-जसले जे-जे निकाल्छन्; निकालून् ! मलाई क्यै मतलब छैन !"

"कराइराख ! याँ करा'र कत्तिले सुन्लान् र ! नयाँ सडक चोकमै ग'र उफ्र न ! त्याँ भए मेरा अफिसकाले नि सुन्न पाउँथे तिम्रो लोग्नेको करामत !"

"आजदेखिन् यो घरमा कि त्यो छैन; कि म छैन !!"

"म के गरूँ ? बौलाऊँ ?? म नि कस्तीकस्तीलाई त्यागेर तिमीसँग बसेकै हुँ क्यार !"

"खूब बस्नुभो ! लु बस्नू त्यै छँडुलीलाई ल्या'र ! म हिंडें मर्न !"

पत्नी साँच्चै हिंडिछिन् । एक छिन त 'कहाँ जान्छिन् र ! फन्किँदै असनतिर पुग्लिन्; तरकारी लिन्छिन्, आउँछिन्' भनेर ऊ घरमै कुरेछ । निकै बेर भयो; तिनी आइनछिन् ।

अनि पो ऊ अत्तालिँदै आइपुगेको रहेछ हामीकहाँ, "यता आएकी छिन् कि ?" भन्दै ।

उनले चिनेजानेका मान्छे; अझ भनूँ घरमा घुर्की लाएर हिंड्न मिल्ने नजिकका मान्छे हामी पनि थियौं ।

तर, यहाँ उनी आएकी थिइनन् ।

"झोंडी खालकी छिन्; मर्न नि बेर लाउँदिनन् !" भैरव साँच्चै आत्तियो ।

म हत्तपत्त तयार भएँ । पुरु पनि त्यति नै वेला आइपुगेछन् । हामी तीनै जना हिंड्यौं स्वयम् भैरव बनेकी भैरवीलाई खोज्दै शोभा भगवतीतिर । त्यहाँका आफन्तकहाँ नभेटिएपछि ताहाचल, स्वयम्भू आदि सम्भावित ठाउँहरूमा छापा मार्‍यौं । मध्याह्नको टन्टलापुरे घाममा दिनभर घुमियो; तर कहाँ भेट्नु !

हैरान भयौं ! थकित भयौं !!

अब पुलिसमा रिपोर्ट लेखाउनुबाहेक हामीसँग कुनै विकल्प बाँकी रहेन । रिपोर्ट लेखाउँदा पुलिसले फोटो माग्न सक्थ्यो । त्यसका लागि फोटो खोज्ने सूरले पुग्यौं भैरवको डेरामा ।

शोभा त बाहिरै बसिराखेकी रहिछिन् !

त्यो घटनाको लगत्तै अर्कै व्यक्तिसँग मिर्जापुरीको बिहे भयो । तिनको बिहेपश्चात् भने 'मिर्जापुरी-काण्ड' सदासदाका लागि इतिश्री हुन गयो ।

पैंतीस

"ए पन्नित ! यो सूचना तिम्रै नाममा पो जारी रै'छ त !" त्यसै दिनको गोरखापत्र हेर्दै दातारामले भने ।

"कसो रे गुरु !" भैरवले बसेकै ठाउँबाट चासो देखायो ।

"राजदरबारलाई बिन्तीपत्र लेख्नमा तिमी माहिर छँदै छौ । एक पल्ट फेरि 'कवितात्मक बिन्तीपत्र' लेख्ने औसर आयो है !" उनले मुसुमुसु हाँस्दै भने ।

"गुरु नि चाइने वेला न कुवेला ठट्टा गर्नुहुन्छ !" भैरव पुनः आफ्नो काममा लाग्यो ।

"हैन, पन्नितले आजको गोरखापत्र हेरेकै छैनन् कि कसो ! मैले भन्या त पत्याउँदै पत्याउँदैनन् बा !" उनी गोरखापत्र लिएरै भैरवको टेबुलमा आए । भैरवले उनले औंल्याएको हेऱ्यो– नेपाल एकेडेमीको 'कविता-उत्सव'का लागि कविता आह्वान गरिएको सूचना रहेछ ।

"यस्तरी सूचनै निकालेर गर्दैनथे त ! यस्पालि के गर्न थालेछन् ?" उसले आश्चर्य व्यक्त गऱ्यो ।

उसको कुरोमा सही थाप्दै ऋषभदेव शर्मा रेग्मीले थपे, "यस्पालिदेखिन् विशेष गर्न लाग्या रे ! त्यै भ'र कविगोष्ठी भनेको छैन; कविता उत्सव लेखेको छ नि !"

"सुनको टुक्रो नि पाइन्छ रे पन्नित ! यसो दुलहीलाई झुम्कासुम्का बनिहाल्छ कि कतै !" दातारामले उकासे ।

उसले भन्यो, "के हाल्लान् र चाइने त्यत्रो ! यसो झिँगाको टाउको-जत्रोलाई थिचथाच पार्लान् !"

भैरवले प्रतियोगितामा लड्न त्यत्ति रुचि राखेन ।

हुन त त्यसभन्दा चार वर्षअघि भएको राष्ट्रिय स्तरकै कविता प्रतियोगिता उसले जितिसकेको थियो । तर, दुईतिरका बूढाहरूले छाडे पो ! आजै "खोइ ?" भन्छन्; भोलि "अझै भएन ?" भन्छन् । कलम समात्यो कि "कविता लेख्न थाल्या हो ?" भनेर सोध्छन् ।

"गोरखापत्रको लेख-रचना छनोट गर्ने सम्पादक आफूचाहिँ कस्तो लेख्तो रहेछ ? देखाइदिनुपर्‍यो नि !" भनेर सबैले उकासेपछि भने अररो हुँदै उसले ६ श्लोकको कविता लेख्यो । त्यो साल राजाले शीर्षक दिएका थिए– 'नैतिकता' । त्यसैमा आधारित कविता लेख्नुपर्थ्यो । सम्पादन विभागका सबैलाई जम्मा पारेर उसले 'आराधना नैतिकताको' शीर्षकको कविता सुनायो :

"ढुङ्गा-मूढामा जडता घोटी,
बुटा गुफामा पशुता पोखी
प्रिय, म तिमीलाइ भेट्न हिंडेको,
सँगमा एउटा हिमालय बोकी ।

सम्झन्छ्यौ तिमी यो ? त्यो हिमालय–
जहाँ प्रतिविम्बित छ मेरो अन्तर
पक्का छ मलाई यो, त्यो हिमालय-
जहाँ प्रतिध्वनित छ तिम्रो स्वर ।

... ...

... ...

यो विषालु अणुको ग्याँसमा
निसास्सिएको मेरो आँतमा
लौन चलाऊ हिमको सिरसिर
ग्रह-ग्रह चल्छु म तिम्रो साथमा ।

तिम्रै अनुराग पराग बनेमा
हिमको चहकमा महक म भर्छु
तिम्रो-मेरो एकाकारमा
नूतन जगतको सिर्जना गर्छु ।"

दातारामले अन्तिम श्लोकको अन्तिम हरफको यौटा शब्द सच्च्याइदिए, "'सिर्जना गर्छु'लाई 'सृजन गर्छु' बनाऊ; अरू फस्टक्लास !"

नभन्दै २०२२ साल असार ९ गतेको पहिलो राष्ट्रिय कविता उत्सवमा भैरवको सोही कविताले पहिलो पुरस्कार जित्यो ।

राजाको हातबाट पुरस्कार थापिसकेपछि दातारामले सोधे, "दुलहीलाई गहना बनाइदियौ त पन्नित ?"

उसले मुसुमुसु हाँस्तै भन्यो, "काँ गुरु ! सुवर्ण पदक त 'सु'-वर्णको मात्रै रहेछ !"

छत्तीस

"दिलमा हजुर आएर, मात्रै मलाई था' भो
मेरो पनि जवानी आइसकेको रै'छ !"

दाह्री सफा गरेपछि भैरव आफूलाई मन पर्ने यो गीत गुनगुनाइरहेको थियो, छिमेकी टीकाकुमार आइपुगेछन् ।

"जे होस्, सोह्र वर्षे जवानीचैं कायमै राख्नुभा'छ हाम्रो दाइले !" उनले मुसुमुसु हाँस्दै भने ।

भैरवको प्रायः समय झिनामसिना काममा अल्झँदैमा बित्थ्यो । बिहान सबेरैदेखि कहिले परिवार नियोजनको विज्ञापन त कहिले पत्रपत्रिकाको पेश्की फर्स्यौट गर्न दोलाईंभित्र जोरघुँडा धसेर व्यस्तसँग कलम लतारिरहेको हुन्थ्यो ऊ । त्यस दिन ऊ हिंड्नुकै चटारोमा थियो क्यार, तयार हुँदै जबाफ लगायो–

"तारादेवीको स्वरले हो कि राममान तृषितको शब्दले या शिवशङ्करको सङ्गीतको मुहुनीले चाइने हो; यो गीत यस्तरी जिब्रोमा झुन्डिएको छ कि घरीघरी आइराख्छ !"

"कतै यो गीत बज्यो कि कसैले दारी खौरीरा'छ जस्तो लाग्छ मलाई त ! तपैंको दाइ दारी फाल्दा खालि यै गीत गुन्गुनाउने हो !" फर्सीको मुन्टा केलाउँदै गरेकी शोभाले थपिन् ।

"तिम्लाई त मैले मुस्कुराए नि वैराग लाग्दो हो ! यसो भनेर लाटै बनिबस्नु भएन क्यार !" उसको व्यङ्ग्य पत्नीतिर सोझियो ।

"मैले त क्यै बोल्नै नहुनी ! कसैको घराँ नोकर्नी बस्या भे इज्जेत हुन्थ्यो होला ! दुन्याँले यस्ताकी स्वास्नी भन्या छन्; त्यत्तिमा मख्ख

पऱ्यो, रातोदिन घोट्टियो ! कत्ति न ठूलै मान्छे बनिछु कि भन्ठानेर मख्ख पऱ्यो । यस्ताउस्ता भनौदाले चाहिँ फुट्‍या आँखाले देखिसहन्नन् !" शोभा च्याँट्ठिइन् ।

"त्यै भ'र त म मर्दिन्छु भन्या नि ! म मरेँ भने यिन्को आखिर के जान्छ र ! त्यै दुई लुङ पोते र दुई चिम्टी सिँदूर खोट्टिने त हो !" भैरव पनि सम्धीभन्दा के कम्ती ! उफ्रि त हाल्यो !

टीकाकुमार के भनूँ; के गरूँमै थिए, भैरवपत्नी पिल्पिलाउन थालिहालिन्, "सुन्नुभो बाबू– दाइका कुरा ! होस र हिम्मतसँग जुध्ने लोग्नेमान्छेको जातले यस्तै कुरा गर्छन् त ?"

केहीबेर मूर्दाशान्तिले परिवेशमा कब्जा जमायो ।

"बिहानै आइपुग्यौ, केही थियो कि ?" अकस्मात्‌को भैरवको सोधाइसँगै टीका झसङ्ग भए ।

"केही थिएन त्यस्तो त ! दाइ पूर्वतिर जानुभा'थ्यो, आउनुभो कि भएन भनेर पस्या । साँच्ची काँ-काँ जानुभो यसपालि ?" उनले जिज्ञासा राखे ।

"दार्जीलिङसम्मै पुगियो नि ! जान चाइने झापाको नेपाली साहित्य सम्मेलनमा भाग लिन गइया थ्यो; वेला-मौका पारेर साथीहरूले उता नि जाऊँ भने ।" उसले टीकाको जिज्ञासा मेटाइदियो ।

"ठाउँचैं कस्तो रहेछ ?" उनको जिज्ञासा थपियो ।

"दार्जीलिङ रमाइलो रहेछ, जन्मले हाम्रैजस्तो पहाड भए पनि सभ्यताले युरोप च्यापेको । भौतिक सुविधाले सम्पन्न आधुनिक नगरी, घरकै कान्ला र घरकै पाटा भएको पहाड । रमाइलो के भने आफ्नै भाषामा पसले र चाइने कुल्लीसित कुरा गर्न पाइने, आफ्नै भाषामा कवि र लेखकसित चाइने भाव व्यक्त गर्न सकिने, प्रकृति र विज्ञान दुवैले प्यारो गरेको दार्जीलिङले हरेक कुरामा चाइने लोभ्याउँदो रहेछ ।"

खासमा सञ्चो नभई-नभईकन पनि भैरव उता गइदिएको थियो । सुरुमा 'झापाबाट उता नजाऊँ' भन्नेमै थियो ऊ । पत्रिकामा लामो दिनको छुट्टी लिनुपर्ने डर पनि थियो । 'एकाध दिनको कुरा त हो,

घरीघरी आइराख्न पाइने हैन क्यारे' भनेर कसैले सम्झाएपछि जाने निधोमा पुगेको थियो ।

उसले "जाने भए जाऊँ न त !" के भनेथ्यो, उनीहरू हिँडिहाले । जाऊँ र नजाऊँको मेसोमा सँगै गएका रमेश विकललाई चैं सोध्नै भुलेछन् !

ओहो ! विकल त फायर !

"ओई तँ दार्जीलिङ जान्छस् ?" त्यही झोकमा विकलले मञ्जुलसित सोधे ।

"मसँग पैसा छैन दाइ ।" फुच्चे नै त थिए मञ्जुल पनि; विनम्रतापूर्वक उत्तर दिए ।

"भन् न ! तँलाई दार्जीलिङ जान मन छ कि छैन ?" उनले फेरि हकारेरै सोधे ।

"मसँग दार्जीलिङ जान पुग्ने पैसा छैन ।" मञ्जुलले पुनः उस्तै उत्तर दोहोऱ्याए ।

झापामा भाग लिन जाने सबैलाई सम्मेलनका आयोजकले त्यहाँदेखि आ-आफ्नो ठाउँसम्म पुग्ने भाडा दिएका थिए । सानु देखेर उनलाई चैं दिएनन् कि ! वा, दार्जीलिङ जाने अतिरिक्त खर्च नहुँदो हो कि उनीसित !

"तँलाई मैले 'पैसा छ कि छैन' भनेर सोधेको हुँ कि 'तँलाई दार्जीलिङ जान मन छ कि छैन' भनेर सोधेँ ?" विकलले पुनः हकारे ।

त्यति वेला मञ्जुलसँगको विकलको सम्बन्ध दाजु-भाइजस्तै थियो– मञ्जुललाई माया पनि गर्ने, साहित्यमा अगाडि बढ्न बाटो पनि देखाउने । मञ्जुल उनको कुरा काट्न सक्दैनथे । त्यसमाथि संरक्षक-समान दाइले गरेको त्यस्तो आग्रहलाई मञ्जुल कसरी नकार्न सक्थे र ! सानु स्वरमा भने, "जान त मन छ ।"

"हो, त्यस्तो उत्तर खोजेको मैले बुझिस् !" विकल मुस्कुराउँदै थपे, "त्यो भैरे दार्जीलिङ जाने रे ! मलाई एक शब्द पनि सोध्या होइन;

बुझिस् ! तिनीहरू जाऊन् तिनीहरूको पाराले, हामी जान्छौं हाम्रो पाराले; बुझिस् कि बुझिनस् ?"

मञ्जुलले बल्ल पो थाहा पाए– विकलले उनलाई त्यसरी ऱ्याखऱ्याख पार्नुको रहस्य !

जाँदा गाडी फरक परेकाले विकल-मञ्जुलसित अघिल्लो टोलीका कसैसँग पनि भेट भएन । दार्जीलिङमा पुग्नासाथ भेट हुँदा भैरवलाई साथी पनि आएकोमा खूबै खुशी लाग्यो । तर, ऊ विकलको विकराल मनस्थितिसँग बेखबर नै थियो । घुम्दा, डुल्दा, बस्दासमेत उनीहरू सँगसँगै भए । केही दिनको घुमघाम, भेटघाटपछि दार्जीलिङबाट तिनीहरू सँगसँगै जनकपुरतिर लागे । उनीहरूका अरू दुई-तीन दिन जनकपुरमै बिते ।

एक दिन भैरव र मञ्जुल बजारतिर घुम्न निस्किएका थिए । जनकपुरको उखरमाउलो गर्मी छल्न दुवै छिरेछन् यौटा होटेलमा । त्यति वेला जनकपुरमा जहाँ पायो, त्यहीं बसेर मदिरा खान पाइँदैनथ्यो । त्यही बुझेर होला; उनीहरू अनुमति प्राप्त एउटा दोकानमा पसेका थिए ।

केही बेरमा विकल पनि टहल्दै निस्किए । संयोगले तिनी उनीहरू बसेकैतिर पुगे । विकल पुग्दा त दुई भाइ मज्जाले बियर घुट्क्याइरहेका !

"तैंले के गर्न लागेको ?" विकल मञ्जुलमाथि वर्षिए । उनी के भनौं; के नभनौंमै थिए; अप्ठ्यारो मान्दै जबाफ दिए, "बियर खान लागेको ।"

"आफूले मान गर्नुपर्ने दाइसँग बसेर बियर खान तँलाई अप्ठ्यारो लागेन ?" विकल कड्किए । मञ्जुल घोसेमुन्टो लगाएर चुपचाप भए ।

"ओठ निचोर्दा दूध आउने भाइसँग बसेर जाँड खान तँलाई लाज लागेन ए भैरे ! खाँदो होस् त आफूजस्तैहरूसँग बसेर खाँदो होस् !" केही थाहा नपाएजस्तो गरिरहेको थियो भैरव, विकलले के छोड्थे ! तथापि, भैरव चुइँक्क बोलेन ।

सिसी र ग्लासको सबै बियर घोत्याइदिएर विकल हिंडे मञ्जुललाई च्याप्प समात्दै । भैरव भने ढुङ्गाको देवताजस्तै चुपचाप रह्यो; रहिरह्यो ।

सैंतीस

गोरखापत्रमा छिरेपछि गोपाल भट्टराई, दाताराम र ऋषभदेवको करबलले भैरवले क्याम्पसको पढाइ सुरु गरेको थियो । पढ्नु त के थियो र ! उसले जाँचको तयारी गर्दै, पास गर्दै गरेको थियो । नवराज चालिसेका चिरपरिचित पूर्णप्रसाद ढुङ्गेल त्यति वेला पनि राजदरबारका जनसम्पर्क अधिकारी नै थिए । घाँटीको उपचारार्थ दिल्ली जाने वेलामा नवराजको सिफारिस अनि ढुङ्गेलकै पहलमा भैरवलाई राजदरबारबाट उपचारखर्च मिलेको थियो ।

आई.ए. सिध्याएर बि.ए. पढ्ने वेलामा फेरि भैरवलाई आर्थिक रूपमा निकै गारो पऱ्यो । पूर्णप्रसादले नै जाहेरी दिई भैरवका लागि राजदरबारबाट रू. १०० मासिक पढाइभत्ता पाउने व्यवस्था मिलाइदिए ।

के भयो कोनि; त्यसको केही महिनापछि पूर्णप्रसादको जागिर खोसियो । त्यसपछि भैरवको भत्ता पनि रोकियो ।

'क्याम्पस पढ्ने' भन्नुमात्र थियो । घरमै पढेर जाँच दिएको थियो उसले । आफ्नो सूरले भए उसले त्यता ध्यानै दिने थिएन । किनकि, क्याम्पस पढेकै भरमा विद्वत्ता हासिल हुन्छ भन्नेमा उसलाई रत्तिभर विश्वास थिएन ।

तथापि, उसले क्याम्पसै नगईकन सजिलैसँग २०२२ मा आई.ए. गरिसकेको थियो भने २०२४ मा बि.ए. पनि पास गरिदियो ।

उसले स्नातक सिध्याउनु अनि गोरखापत्रमा पदहरूको पुनर्गठन हुनु संयोगले सँगै पऱ्यो । गोरखापत्रमा काम गरिरहेका तर स्नातक उत्तीर्ण नगर्नेहरूलाई एक तह तलै राखियो ।

त्यतिखेर बि.ए.को प्रमाणपत्र भैरवसँग नभएको भए गोरखापत्रमा ऊ त्यसपछि लामो समयसम्म पक्कै हुने थिएन । किनकि, स्वाभिमान गिराएर कतै टिक्न सक्ने मान्छे ऊ थिएन । गोरखापत्रका निम्ति एक्लै सबै सामग्री तयार पार्न सक्ने ऊ; काम न काजकाहरूलाई हाकिम बनाएर तल्लो तहमा बस्न राजी हुने अवश्य थिएन । तथापि, ऊ बि.ए.मा अडिएन । २०२६ मा एम.ए.समेत उत्तीर्ण गरेरै छाड्यो ।

हितैषीहरूले बि.ए. पास हुनै पर्छ भनेर जिद्दी गरेको चाहिँ जागिरमा पदोन्नतिकै लागि थियो । ऊ भने अझै अङ्ग्रेजीमा अर्को एम.ए. गर्ने दाउमा थियो । त्यसपछिको परिस्थितिले भने उसलाई साथ दिएन ।

हास्यव्यङ्ग्यमा दाताराम भैरवका गुरु थिए । 'प्रजातन्त्राचार्य' उपनामबाट लेख्ने उनी सैंपू, रामेछापतिरका थिए । नेपाली हास्यव्यङ्ग्य साहित्यमा उनको 'दश अवतार' व्यङ्ग्यकविता एक जमानामा निकै चर्चित थियो–

'प्रथमः अवतार प्रभु मन्त्री रूप धारणम्...'

दातारामको हास्यव्यङ्ग्य कविताको पुस्तक 'सिस्नु ९७' ओजिलो कृति उसै मानिएको कहाँ हो र !

भैरव अर्याल चर्चित भइसकेपछि दाताराम भने आफूलाई 'भैरवको गुरु' मान्न सङ्कोच मान्थे । त्यही सङ्कोच लागेरै होला, दाताराम साथीभाइसँग भन्थे, "मलाई गुरु भन्नु भैरवको महानता हो । 'भैरव अर्यालले पनि गुरु मानेको मान्छे; अवश्य जान्ने होला' भन्ने भ्रम सबैलाई परेको हो । त्यही भएरमात्रै मलाई सबैले हास्यव्यङ्ग्यकारकै पङ्क्तिमा राखिदिएका हुन् । तर, मसँग चिनाजानी हुने कारण नै भैरवको हास्यव्यङ्ग्य लेख थियो । उनले मसँग भेट्नुअघि नै हास्यव्यङ्ग्य लेख्न थालिसकेका थिए ।"

दातारामलाई त्यस्तो लागे पनि उनकै हास्यव्यङ्ग्यबाट प्रभावित भएर भैरवले लेख्न सुरु गरेको थियो । सुरुमा ऊ दातारामकै 'एकलव्य चेलो' थियो । चिनजान, सहकर्मी भएपछि दातारामले आफू

परम्परागत 'द्रोणाचार्य' बन्न रुचाएनन्; बरु 'एकलव्य'लाई नै 'अर्जुन' बनाउनतिर लागिपरेका थिए ।

लेखनकालको आरम्भिक कालमै भैरवले उनको राम्रै सङ्गत र प्रेरणासमेत पाएको थियो । रङ्गनाथचैं दाताराम, भैरवहरूलाई बाहिर-बाहिर कहिलेकाहीं तर्साउने भए पनि भित्रभित्र भने माया गर्ने; सिकाउने; तालिम गर्ने स्वभावकै थिए । यसर्थ, रङ्गनाथको भूमिका पनि भैरवलाई भैरव बनाउन सहयोगी नै बनेको थियो ।

दातारामबाटै लेख्ने प्रेरणा पाएको भैरव गोरखापत्रमा छिरेपछि भने उल्टै दातारामलाई नै लेख्न करकर गरिरहन्थ्यो । भैरवकै आग्रहमा पछिल्लो पटक जे-जति लेखे; लेखे । त्यसपछि दातारामले लेख्दै लेखेनन्; लेखन नै छाडिदिए ।

अड्तीस

पूर्वको दुर्गम गाउँका दैवज्ञराजले काठमाडौंजस्तो क्रूर शहरमा एउटा गतिलो लेखक, सम्पादकको सान्निध्यमात्र पाएका थिएनन्, आफूलाई माया गर्ने दाजु पनि पाएका थिए । क्षणिक स्वार्थसिद्धि गर्न दाजुभाइ, मित्र बन्ने औसरवादीहरूको त यहाँ के कमी थियो र ! स्वार्थ सिद्धिएपछि नाता बिर्सने र मौका परे उल्टो प्रहार गर्नेहरूका बीचमा उनले भैरवलाई कृतसङ्कल्पित दाइको स्वरूपमा पाएका थिए । भैरवमा छल्ने प्रवृत्ति थिएन र कसैप्रतिको दुर्भावना थिएन । त्यसैले गर्दा नै हुनुपर्छ– उनीजस्ता काठमाडौंबाहिरका मान्छेहरू उससँग ज्यादै निकट हुने गरेका ।

त्यति वेला प्रवेशिका उत्तीर्ण गर्नेले दुई वर्षमा र आई.ए. उत्तीर्ण गर्नेले एक वर्षमा 'साहित्य विशारद्' गर्न पाउँथे । साहित्य विशारद् वा बि.ए. उत्तीर्ण गर्नेले एक वर्षमा 'साहित्य-रत्न' गर्न पाउँथे । ०२४ सालमा दैवज्ञ र भैरव एकसाथ साहित्य-रत्न परीक्षाका परीक्षार्थी हुन पुगे । पठनपाठनदेखि परीक्षासम्मका प्रसङ्गहरूमा भैरव उनको सहपाठी बन्न पुग्यो ।

उनीहरूबीचमा अध्ययनको विषयलाई लिएर चर्चाचर्की हुन्थ्यो; अडान हुन्थ्यो; बहस हुन्थ्यो तर दैवज्ञले भैरव रिसाएको कहिल्यै थाहा पाएनन् ।

त्यति वेला भैरवको डेरा चिकमुङ्गलमा थियो । दैवज्ञ जिस्क्याउँथे, "दाइ, तपैंको डेरा आजकल कहाँ छ अरे ?"

भैरव हाँसेर भन्थ्यो, "खै ! भन्न त लाज लाग्छ; लेखेर देखाऊँ कि !"

अन्याय, अत्याचार र अनैतिक कार्यलाई भैरव फिटिक्कै मन पराउँदैनथ्यो । आफ्नो मनमा कलुष नभएको र अर्काले गरेको खराब कृत्यलाई मन नपराउने भए पनि ऊ त्यसको सोझै विरोध भने गर्नै सक्दैनथ्यो ।

भित्रभित्रै विद्रोहको ज्वाला लिएर त्यसको विस्फोटन हुन नसक्दा उसलाई भित्रभित्रै चिन्ता, त्रास र नैराश्यहरूले आक्रान्त पार्न थालेका थिए । बिस्तारै ऊ मानसिक रोगीजस्तो बन्दै गएको थियो । आफूले विद्रोह गर्न नसक्दा र जसले जे भने पनि भित्रभित्रै अमिल्लिएर सहने बानीले गर्दा उसलाई जीवनप्रति नै वितृष्णा हुन थालेको थियो ।

भैरवकै मूल सक्रियतामा ०१९ साल आषाढदेखि शनिवाशरीय परिशिष्टाङ्क प्रकाशित हुन थाल्यो । त्यस दिनको गोरखापत्र अरू बारको भन्दा बेग्लै अर्धाकार र १२ पृष्ठको निक्लन थाल्यो । केही पछि नाम 'शनिवारीय' र पत्रिकाको आकार पनि अन्य दिनको झैं बनाइयो ।

गोरखापत्रको सम्पादकीय शाखामा ऋषभदेव, दाताराम र भैरव सधैंजस्तो व्यस्त देखिन्थे । त्यहाँ अरू पनि थिए होलान्; तर दैवज्ञले भने काम गरिराखेका यी तीनलाई मात्रै देख्थे । त्यसमा पनि लेख-रचनाको फाँट सम्हाल्ने भैरवलाई सबैभन्दा व्यस्त पाउँथे उनी ।

प्रकाशनार्थ आएका पाण्डुलिपिलाई छाँटकाट गरेर पूरै नयाँजस्तो बनाइराखेको भैरवलाई उनले पटक-पटक सोध्थे, "हैन दाइ, यी छेउ न टुप्पोका लेखहरूलाई तपाईं किन यसरी कपाल दुखाइरहनुहुन्छ ? 'योग्य भएन, छापिंदैन' भनेर पठाइदिए हुन्न र ?"

भैरव भन्थ्यो, "होइन, यो अलिक टाउकेको नै पर्‍यो ! छापिदिनु नै छ ! यसरी चाइने गाईजात्रे नै छाप्नु पनि भएन ! देखिहाल्नुभो; यसको चाइने अनुहार कस्तो थियो !"

अनि, कहिलेकाहींचाहिं भैरव यस्तो जबाफ दिन्थ्यो, "बिचरा, लेख्ने रहर गरेछन् ! उनको चाइने इच्छा पुगोस् भनेर यसो केही गरिदिएको नि !"

यस्तो सुनेर दैवज्ञ सोध्थे, "आधीसरो त तपाईंले थपिदिनुभो, अब यसको लेखक को भयो त ?"

भैरव पुलुक्क उनको अनुहारमा हेर्थ्यो र लजाएजस्तो गरी हाँस्दै भन्थ्यो, "लेखक त उनै हुन् ! जति थपिदिएँ; चाइने उनै बनेर लेखिदिएको नि !"

उनन्चालीस

"भुँडी इज भुँडी ! इजन्ट इट ?" के सूर चल्यो कोनि; उसले अङ्ग्रेजीमै कुरा सुरु गऱ्यो ।

म सिर्फ मुस्कुराइदिएँ । सायद त्यो मुस्कान उसको प्रश्नको जबाफ थिएन । ऊ बाउँठियो, "ओई रोचक ! कुरो बुझेनौ कि क्या हो ? डिच्च हाँस्नु चाइने मेरो क्वैसनको जबाफ ह्वैन ! अङ्ग्रेजीमा सोधेपछि चाइने कम्तीमा 'एस' वा 'नो' मा भए नि जबाफ देऊ न !"

बाउँठिनुमा म पनि सानोतिनो डिग्री होल्डर– "तिमी दिनभरि के-के झ्यासझुस दिमागमा खाँदेर आउँछौ ! अनि, त्यसको जबाफचैं मैले दिनुपर्ने ?"

"नरिसाऊ न ! आज मैले 'जयभुँडी' काण्डमा चाइने यसरी चित्त बुझाएँ बुझ्यौ– भुँडी इज भुँडी !! जयभुँडी साबुत रहिदिएको भए मेरा बालबच्चाको चाइने सुकेका भुँडी धेरथोर उकासिन्थे होलान् । तर, त्यो भुँडीकै खजाना बन्यो– फुकेको भुँडीको ! जसरी पनि भुँडी भर्नु त हो ! उसको भरियोस् कि हाम्रो ! जसले पनि पहिलेप्रथम त आफ्नै भुँडी चाइने भर्न खोज्ने नै भए, हैन र ?" उसको जोकड्याइँको मूड कायमै थियो ।

अर्काको पीडालाई हँसीमजाक बनाउनु अवश्य राम्रो कुरा होइन । तर, ऊ अर्काको होइन, आफ्नै पीडालाई बारम्बार हास्यमा रूपान्तरण गरिरहन्थ्यो । भित्रको कुरै नगरौं, बाहिरचाहिँ मस्तले हाँसिदिन्थ्यो पनि !

कुरो तात्तातै थियो । 'जयभुँडी'को पहिलो संस्करण तीन महिना नबित्दै सिद्धिएछ । नयाँ संस्करणका लागि प्रकाशकले उसलाई

सोध्नुपर्थ्यो; रोयल्टीको पनि कुरो थियो । तर, उसलाई प्रकाशकले 'कौन पुछे खेसरी का दाल' बनाइदिएछन् ।

"यो साइन गर्ने वेलामा के हेर्नुभा'थ्यो हैं ?" किन यसो गरेछन् ? भनेर कुरा बुझ्न गएको त, प्रकाशकले उल्टै थर्काएछन् पो !

'काउकुती' आएपछि उसको लोकप्रियताले ह्वात्तै उचाइ लिएको थियो । उसको बढ्दो क्रेज देखेर यौटा चल्तापुर्जा प्रकाशक उसको पछाडि हात धोएरै लाग्न थालेछन् ।

'काउकुती' निस्किएको पनि तीन वर्ष हुन लागिसकेको थियो । त्यसपछि पत्रिकामा छापिएका उसका हास्यव्यङ्ग्यहरू बटुलबाटुल पार्दा यौटा सङ्ग्रह पुग्ने भइसकेछन् । प्रकाशकले करकर पनि गरिराखेका अनि सङ्ग्रहयोग्य रचना पनि जम्मा भइसकेकाले उसले 'जयभुँडी' को पाण्डुलिपि तिनैलाई सुम्पियो ।

उसलाई दस्तखत गराइएको कागतमा 'सर्वाधिकार प्रकाशकमा रहने' कुरा पनि छ भनेर प्रकाशकले दाबी गरेछन् । खै, पछि बहाना थपेका हुन् कि पहिलेप्रथम नै थियो कोनि ! जे होस्, उससँग त्यस विषयमा केही कुरा भएकै थिएन । त्यस्तो बुँदा छ भनेर भनिएको पनि होइन । भनूँ, कुरै भएन त्यस विषयमा !

यसबारेमा भैरवले दाताराम, वासुदेव र विद्यादेवलाई सुनाएका कुरा त वासुदेव माङ्सा'पले रेकर्डै गराएका रहेछन्–

"त्यो 'काउकुती' निस्क्या देखेर रत्नेले मलाई चाइने ज्यादै करकर गर्‍यो– यौटा हामीलाई नि लेखिदिनुहोस् न भनेर । अनिखेरि त्यसपछि निस्क्या पत्रिकाहरू बटुलेर लगेर त्यसलाई दिएँ । ४०० रूप्याँ दियो । अब कागत गर्‍या छ उल्ले भन्छ, कागत-सागत केही पनि गर्‍या छैन मैले । उल्ले के लेख्या छ २ लाइन– फलानो जयभुँडी भन्ने किताब प्रकाशन गर्नको लागि ... ... पुस्तक भण्डारलाई दिएको छु भन्ने त्यति लेखेर मैले सही गर्दिया छु । त्यत्ति हो । ऊ चाइने कागत गर्‍या छु भनेर भन्छ ! लौ जेसुकै होस् ! म चाइने फेरि के भने जे पनि तुच्छ लाग्ने बानी ! कत्रो किताब हो र मैले चाइने कबुलियत गरिरहनुपर्ने, कपिराइट लेखिरहनुपर्ने,

केके लेख्नुपर्ने ! के हो र त्यो ? पत्रपत्रिकामा करबलले लेखियाथ्यो । तपाईं (दाताराम) ले कर नगऱ्या भए के लेखिन्थ्यो ! माने, बालमुकुन्दले कर नगऱ्या भए नलेखिने; रत्नेले कर नगऱ्या भए नलेखिने ! त्यस्तै, अरूले कर गरेर लेखिएका चिजहरू छन् । कुनै शास्त्र होइन । ती मेरो ठूलो बौद्धिकता, प्रखर बुद्धिमताका चिज होइनन् । ती ख्यासख्याङ्के चिजहरू हुन् । अब त्यो छाप्न भनेदेखि छापोस् ! मलाई भाइबहिनीलाई पढाउन, किताप किन्न, या चैं घर चलाउने चामल किन्न हुन्छ भनेदेखि मैले हुन्छ भन्दिएँ । र, उसले छाप्यो ।"

जे होस् 'जयभुँडी'का दृश्य-अदृश्य अनेकन् संस्करण आउँदै रहे; आउँदै छन् । तर, भैरवको माइलो हास्यव्यङ्ग्य सन्तानले कमाइ खुवाउनुको सट्टा उसैलाई लोप्पा खुवाइदियो !

आजसम्म लोप्पा खुवाइरहेकै छ ।

चालीस

पुरानो, दक्षिणी मुहुडाको नेपाली शैलीको पहारिलो घर; आधीसरो घाँस उम्रेको आँगन; सफा, सुग्घर । टुप्लुक्कै आइपुगेछन् राममणि । टुप्लुक्कै त के भन्नु; टाढाबाट आएका भए पो ! वल्लोघर-पल्लोघर आउजाउ गर्नु के टुप्लुक्किनु !

तर, आज तिनी निकै टाढाबाट आएका पाहुनाजस्ता देखिएका थिए । धाएरै बल्लबल्ल आइपुगियो भनेझैं थचक्क फलैंचामा बसे । उनीसँगै आएको नौलो फुच्चे किशोर पनि उनकै छेउ लागेर बस्यो ।

शोभाले तात्तातो फूल उठेका मकै र भटमास थालभरि ल्याएर राखिदिइन् अनि पित्तले गिलासमा मोही पनि दिइन् ।

गोकर्णेश्वर, उत्तरगयादेखि दक्षिणढोका, अर्जेल गाउँसम्म त्यति वेला 'गोकर्ण' नै बोलिन्थ्यो । दक्षिणढोकालाई उसबेलै 'दक्षिणढोका' पनि बोल्न त थालिएको थियो; राजनिकुञ्जभित्र पस्ने दक्षिणतिरको ढोका भएकाले । त्यसको चलनचल्तीको नाउँ भने 'ढोकापसल' नै थियो । ढोकापसलको दक्षिणतिरबाटै अर्जेल गाउँ सुरु हुन्थ्यो ।

राममणिसँगै बसेको फुच्चे किशोरलाई देखाएर भैरवले सोध्यो, "यो बच्चोलाई काँबाट टिपेर ल्यायौ ए राममणि ? यताको जङ्गलको जस्तो त देखिँदैन !"

"यल्लाई मेरो छोरै भन्ठान न ! बाउजत्तिकै लुटुपुटु गर्छ । हुनचैं यो मेरो सातपुस्ता खाने मावलीको छाउरो हो ।" राममणिले फुच्चेलाई ढाप मार्दै भने ।

"भनेछि तिम्ले नि अपुताली खाइदिने मान्छेको जोहो गऱ्यौ जस्तो छ !" यत्ति भनेर भैरव मुसुक्क हाँस्यो ।

"खै ! अपुताली खाने लक्षण यल्ले देखाउलाजस्तै छैन । 'ए छाउरा ! तँ यहीँ बस्, मेरो शेखपछि यो श्रीसम्पत्ति खाने अरू छैनन् । खै यो बुकुनीले सन्तान जन्माउलीजस्ती छैन' भनेर कत्ति भनिसकें । दुईतिर प्वाल पऱ्या कान रै'छन्; यौटाले सुन्छ, ङिच्च हाँस्छ अनि अर्कोले उडाइदिन्छ !" उनले यस्तै-यस्तै केही भने ।

"लौ त्यसो भए चाइने यो केटोले गरिखान्छ ! बाल्टी भरीभरी दूध दिने दु-दुइटा लैना गाई, आफ्नै बारीको पुछारमा चाइने जाडोमा तातो पानी, गर्मीमा चिसो पानी आउने कुवा, टन्नै आलु फल्ने खेत, ढोकापसलदेखि फेरो मार्दै खुर्सानीबारी हुँदै एयरपोर्टसम्म पसारिएको गाई चराउने पाखो ! यत्तिका श्रीसम्पत्ति एकलौटी अपुताली खान पाउँछस्; आइज भन्दा नि अररो भ'र बस्ने भने'छि यो केटोले चाइने पक्कै केही गरिखान्छ ! आँटिलो छ जस्तो छ !" उसले निकै लामो बिङ्गा लगायो । अनि, फुच्चेतिर फर्केर सोध्यो, "तिम्रो नाम के अरे ?"

फुच्चेले फूर्तिलो तालले भन्यो, "मेरो न्वारनको नाम त देवेन्द्रराज हो, स्कूलको नाउँ भने कृष्ण !"

"ए बुझें ! तिम्रो स्कूलको नाम कृष्ण हाईस्कूल !" उसले ठट्टा गरेको थियो । उसको अप्रत्याशित ठट्टाले फुच्चे एक छिन अलमलियो अनि अड्किई-अड्किई बोल्यो, "स्कूलमा लेखा'को नाम कृष्ण..."

राममणि हाँस्न थाले । भैरवले भने नहाँसीकन भन्यो, "ठीक भएछ । तिम्रो नाम कृष्ण नै सुहाउँछ । हाम्रो समाजमा मान्छेहरू उल्टोपाल्टो नाम राख्छन् । बलबहादुर फुकिढल्नु हुन्छ; सत्याल हुनसम्म असत्ति हुन्छ; नाम त यस्तो पो हुनुपर्छ ! तिमी काल्कालै छौ !"

राममणिको हाँसोमा अझ हाँसो थपियो । फुच्चे भने आफूलाई काले भनेकाले होला, अलिक खिस्रिक्क पऱ्यो । तै राममणि बा हाँसेको देखेर हाँसे-हाँसेजस्तो चाहिँ गरिदियो ।

अरूलाई हँसाए पनि भैरव भने फिटिक्कै हाँसेन । उसले फुच्चेलाई सोध्यो, "ह्याँभन्दा उतै चाबेलतिरै रमाइलो छ कि ?"

फुच्चेले 'छैन' भन्ने भावमा टाउकोमात्र हल्लायो, बोली फुस्काएन । तर, फुच्चेको मनमा जबाफ भने खेलिरहेको थियो– 'चाबेलाँ जस्तो पाख्या, बर्मु भनेर गिज्याउने, जिस्क्याउने र प्याट्ट थप्पड लगाइहाल्ने वसन्तचा र मर्स्याचाहरू ह्याँ छैनन्, ह्वाँ त तिनर्ले दिक्कै पार्छन् !'

भैरवको अड्बाङ्गे स्वर, तिख्खर व्यङ्ग्य मिसिएको गफ सुनिरहूँजस्ता हुन्थे । आँगनको डिलैडिल आउँदै गरेका पल्लाघरका दिनेशले भख्खरै यसो हात उठाएर गए । उनलाई देखाउँदै भैरवले भन्यो, "आजको मान्छे किन मान्छेजस्तो छैन ? मान्छेलाई मान्छे हुन यी हात, खुट्टा अनि गिदी भरिएको यो बिसौलीको टाउकोले मात्रै पुग्दैन । गिदीभित्र एक थान साँच्चैको मान्छे चाहिन्छ । मान्छेको हातले भुईं टेक्ने कामसँगै इमान पनि छोडेछ क्यार ! बरू पशुहरू हेर्दा पनि भरसिला तरिकाले चार खुट्टा टेकेर हिंड्छन् । तर, मान्छे ? ऊ ! हेर त ... ...! कस्तो ठिङ्रिङ्ग परेको ! बलैले मात्र उभिएको बाइसकलजस्तो ! कि कसो त राममणि ?"

राममणिले उसको पूरै कुरो त बुझेनन्; तै 'हो-हो' कै भावमा टाउको हल्लाइदिए ।

समयमै स्कूलको टुङ्गो नलागेकाले चाबेलमा डेरामा बस्नुभन्दा अर्जेल गाउँमै बस्न थाल्यो फुच्चे । छिमेकमै बस्न थालेपछि भानिज-काकाका बालसखा/छिमेकी भैरवसँग उसको भेट भइहाल्ने नै भयो ।

दुई-तीन पटक यी दुईको पछि लागेर कुरा सुन्दै चाबेलदेखि अर्जेल गाउँसम्म जाने मौका मिलेको थियो फुच्चेलाई । अर्जेल गाउँमा बस्नेगरी नै आएपछि त झन् सधैं राममणिको पुच्छरै हुन्थ्यो ऊ । अर्जेल गाउँ-ढोकापसल त उसले यी दुईसँग कति पटक नाप्यो; नाप्यो । एक दिन ढोकापसलबाट फर्किरहँदा भैरवले राममणिसँग भन्यो, "ए राममणि ! तिमी ढोकापसलतिर आउँदा यो बाबूलाई चाहिं सँगै ल्याउने नगर है !"

उसको कुराले फुच्चेको मन चिसो भयो । उसलाई भैरवको त्यो विचार फिटिक्कै राम्रो लागेन । लागोस् पनि कसरी ! काकाको पछि लागेर ढोकापसल आएपछि तासको खेल हेरेर बस्न पाइने, यदाकदा जितौरीसमेत मिल्ने ! कहिलेकाहीं आइपुग्ने ठूल्ठूला लहरी र भ्यागुताजस्ता जीपको घ्यारघ्यार सुन्न पाइने, मौका पर्दा यसो धूलो खाँदै दौडिएर झुन्डिन पनि पाइने । आफ्नो गाउँ सिन्धुपाल्चोकतिरबाट किनमेल गर्न शहर आउने आफन्तहरूसँग पनि फाट्टफुट्ट भेट हुने । त्यतिमात्र कहाँ हो र ! ढोकापसलमा आलु, चना, सेल, पाउरोटी अनि चिया खान पाइने । काकाको छिमेकी भैरव भनाउँदोले ती सबै कुरामा प्रतिबन्ध लगाउन खोजेको थियो । यस्तो कुरा फुच्चेलाई के मन पर्नु !

ढोकापसलमा तासमात्रै होइन, मौकामौकामा एक-दुई चिलिम गाँजा पनि चल्थ्यो । फुच्चेका भानिज-काका पनि पालोमा एकाध दम तान्थे । केही गर्ने खालको देखेर भैरवले यी सबै सङ्गतदेखि उसलाई टाढै राख्न खोजेको थियो होला; फुच्चेले त्यसको भेउ त्यति वेला के पाउनु !

मीनपचासको बिदा सकिए पनि फुच्चेको स्कूल भर्ना हुने साइत जुरिसकेको थिएन । गाउँबाट उसका पिताजी आइपुगेका थिएनन् । त्यस दिन राममणिका काका-भतिज भैरवकै घरको फलैंचामा बसेर भुटेको मकैका फूलसँग कुस्ती खेल्दै थिए । भैरवको सायद छुट्टी हुँदो हो; कार्यालय जाने सुरसार गरिराखेको थिएन । उसले साविकझैं राममणिको पिठ्युँमा धाप मारेर सोध्यो, "यो छाउरोलाई स्कूल भर्ना गर्ने बारेमा के टुङ्गो गऱ्यौ त ? अब त स्कूलहरू पनि खुलिसके ।"

राममणिले अन्कनाउँदै भने, "खै दाइ, के गर्ने हो ! गाउँबाट यसका बा आएपछि मात्रै ठेगान हुन्छ होला ।"

भैरव अलिक गम्भीर देखियो, "तिम्रो दाइ पहाडबाट कहिले आउने हुन् ? जे.पी., पद्मोदयजस्ता राम्रा स्कूलहरूमा सिट सकिइसक्छ । यो केटो अनि त्यै चाबेलको मित्रमण्डलकै फेला पर्ने त होला !"

त्यस वेला भैरवको त्यो विचार फुच्चेको भविष्यलाई हेरेर, उसको भलो सोचेरै अभिव्यक्त भएको थियो । भैरवले खुइय गर्दै भन्यो, “यदि यसका बाउ नआउन्जेल क्यै गर्न नसकिने नै हो भने र उनी आउन साँच्चै ढिला हुने भए एउटा विद्यार्थीले यसरी समय खेर फाल्नुहुँदैन । यही टोलका रामचन्द्र मगरकहाँ अङ्ग्रेजी ट्युसन पढ्न पठाइदिनू !” यत्ति भनेर भैरव भित्रतिर लाग्यो ।

सिन्धुपाल्चोकबाट फुच्चेका बाउ आउन ढिलै भयो । अन्ततोगत्वा फुच्चे मित्रमण्डलकै फेला पर्‍यो ।

पछि पनि फुच्चे वेलावेलामा अर्जेल गाउँ पुग्थ्यो । तर, त्यति वेलासम्म भैरवको परिवार जोरपाटीतिर बसाइँ सरिसकेका थिए । भैरवसँग उसको भेट हुन छाड्यो । त्यसमाथि उसका काका राममणि खनालले पनि सामान्य पारिवारिक घटनालाई कारक बनाउँदै झुन्डिएर आत्महत्या गरेपछि उसको अर्जेल गाउँ जाने बाटै टुट्यो ।

छाउरोबाट घोर्ले भइसकेपछि पुरानो कुरा सम्झिँदा त्यो फुच्चेलाई थकथकी लाग्छ– भैरवले इङ्गित गरेको त्यस बखतको निर्णयले उसको जीवनमा ठूलै तलमाथि पार्ने अवस्था रहेछ; पार्‍यो पनि । तर, भैरवसित “म त्यै छाउरो कृष्णे हुँ, अचेल ‘भारद्वाज मित्र’ भएर तपाईँ झैं कविता लेख्दै छु,” भन्नचाहिँ फुच्चेले भ्यायो कि भ्याएन कोनि !!

एकचालीस

गोरखापत्रमा गर्नुपर्ने काम बुत्याएर ऊ हिंड्यो घरतिर । न्युरोड गेटमा आइपुग्दा कतै गाडी भेटिन्छ कि भनेर एक छिन अडियो । त्यहाँ गाडी होइन, गाडी कुर्ने मान्छेमात्रै रहेछन् । अनि, ऊ लाग्यो लुखुर-लुखुर घरतिर । कमलपोखरी आइपुगेपछि कोनि के सम्झियो; टेलिफोन सेवाबाट फोन हान्यो, "ओई रोचक ! तिमी मेरो घर जाँदैनौ ?"

"औंसी न पूर्णे, किन जानु तिम्रो घर ?" मैले स्पष्टीकरण मागें ।

"औंसी, पूर्णे, पूजापाठमा जानलाई तिमी मेरो पुरेतबाजे हौ र ?" उसले उल्टै थर्कायो, "जान्छौ कि जाँदैनौ ? प्रस्ट भन ! जाने भए तिमीलाई म पाँच मिनेट यहीं कमलपोखरीमा कुर्छु ।"

"हँसाउँछन् यिन्ले पनि ! हिंडिहालें भने पनि त्याँ आइपुग्न मलाई दश-पन्ध्र मिनेट लाग्छ । लु तिमी नै आऊ पाँच मिनेटमा यहाँ; म ढोकामै कुरिबस्छु !" मैले यस्तै केही भनें ।

"ल, ल !" भनेर उसले फोन राख्यो ।

फोन राखेर म लुगा लगाउन थालें । लुगा लगाइभ्याएकै थिइनँ; तल ढोकामा उसको स्वर सुनियो, "रोचक बाबू ! हजुर ढोकामा चाइने होइसिन्न त ?"

नभन्दै ऊ त पाँच मिनेटमै पो आइपुगेछ ! लाग्यो– मलाई उल्लू बनाउन यतै नजिकैबाट टेलिफोन गरेको थियो होला; कमलपोखरीमा छु भनेर ।

तर, ऊ कमलपोखरीबाटै आएको रहेछ । टेलिफोन राख्नासाथ चारखालतिरबाट बाइसकलमा आउँदै गरेका उनै कवि प्यासी भेटिएछन् ।

"कस्तो अर्जेन्टी पर्‍यो, लु न पुर्‍याइदिनू त्यता !" भनेर यता हुत्याउन लगाएछ ।

"बाबूसाहेबलाई अन्मिन निकै बेर लाग्यो ! हैन, चाइने पञ्चेबाजा नै बोलाऊँ कि कसो !" ऊ फेरि चिच्याएपछि बल्ल म तल झरेँ ।

मेरो घर आउन उसलाई; उसको घर जान मलाई कुनै कामै त किन चाहिन्थ्यो र ! तै सोधेँ, "केही काम थियो कि महाराज ?"

उसले एक छिन गमेर भन्यो, "'रचना'लाई रचना चाहिन्छ कि चाहिँदैन ?"

मलाई थाहा छ– उसले त्यो मलाई सिर्फ 'चारो' हालेको हो । एक्लै घर जान अल्छी लाग्यो होला अनि दुनियाँ बहाना बनाउँछ !

त्यस वेला उसले दुःखजिलो गरेर भए पनि यौटा गाउँले पाराकै घर बनाएको थियो, जोरपाटी चोकबाट चामुण्डा मन्दिरतिर जाने बाटोमा । बा-आमा, भाइबैनीहरू त्यहीँ अगाडिको अर्को पुरानो घरमा थिए । उसको परिवार भने नयाँ घरमा सरेको थियो; छुट्टिएकै चाहिँ होइन । बाउको पेन्सनले कति नै धान्थ्यो होला र ! दुवैतिरको पुग-नपुग घरखर्च भैरवले नै हेरिरहेको थियो ।

हामी लुखुरलुखुर हिँडेरै जोरपाटी पुग्यौँ । बाटोभरि अनेकन् गन्थन गरियो तर उसले नयाँ कुरा केही उप्काएन । घर पुगेपछि देखायो– गोरखापत्रको लगौँटीधरे न्यूजप्रिन्टमा उसले केही खेस्रा गरेको रहेछ- सिरानमा 'रचनामा प्रकाशनार्थ.....' लेखेर ।

घरमा पुग्नासाथ ऊ पलेँटी मारेर त्यसैलाई पूरा गर्न लागिपर्‍यो । बिस्तारै साँझ पर्दै गयो; ऊ लेख्दै रह्यो ।

अक्षरै नदेखिने हुन लागिसक्यो; बत्ती बाल्ने सूरै गर्दैन त ! एक-दुई पटक "बत्ती बाल न" भनेँ, "पख न पख" भनेरै टारिरह्यो ।

आफू त रमिते; लेखनदास उही हो क्यार ! उसैलाई अँधेरो भएको छैन भने मैले केको टाउको दुखाउनु !

अब साँच्चै अक्षर देखिन छाड्यो । मैले फेरि भनेँ, "हदै भयो यार ! अब त बत्ती बाल !"

उसले भन्यो, "तिमी भौतिक बिजुलीको किन चिन्ता गर्छौ ? आन्तरिक बिजुलीको कविता लेखेको छु; पहिलेप्रथम त्यो सुनः

बिजुली तेरो क्षणिक प्रकाशमा
मैले संसारको रूप देखें–
कतै अग्लो; कतै होचो
तह नमिलेको माटो देखें
कोही थेप्चा; कोही अग्ला
थरीथरीका मान्छे देखें ।"

त्यसपछि मात्र उसले भौतिक बिजुली नबल्नुको रहस्य खोल्यो, "बिजुली अड्डाले बत्ती काटेको छ क्या ! त्यै भएर यो चिम उज्यालोमा मात्रै बल्छ !"

"पैसा नतिरेर काटेको ? दिनहुँ त्यही बाटो भएर आउजाउ गर्छौ; त्यत्ति बत्तीको बिल तिर्ने पनि होस भएन है ? कि पैसा नभएर हो ?" मैले कौलासें ।

"त्यसो हैन क्या ! तिमी पनि चाइने विनापत्तामा निहुँ खोज्छौ ! सरकारी बिजुली अड्डाले काट्या भए पो चाइने बिल तिरेर जोडिन्थ्यो ! ऊः त्यो घरेलु बिजुली अड्डाले काटेको !" उसले निराश भएर भन्यो ।

मैले नियालेर हेरें– उसले औंल्याएको 'घरेलु बिजुली अड्डा' त उसकै बाउको घर रहेछ ! उसको घरमा बिजुली बाउकै घरबाट तानिएको रहेछ ।

बयालीस

गोरखापत्रको सम्पादकीय शाखा; दाताराम र ऋषभदेव दुईतिरको टेबलकुर्चीमा, बीचमा भैरव धसिँदै रहेछ । त्यही शाखामा काम गर्ने सूर्यकान्त पौडेलको पछि लागेर लेख, कविता छपाउने लहडले त्यहाँ टुप्लुक्क आइपुगे शारदारमण नेपाल ।

सूर्यकान्तले भैरवसित शारदाको चिनाजानी गराइदिए । त्यही मौका छोपेर शारदाले आफूले लेखेका दुई वटा हास्यव्यङ्ग्य कविता र यौटा निबन्ध दिए । तिनलाई सर्सर्ती हेरेर भैरवले बडो प्रसन्न मुद्रामा भन्यो, "राम्रै छ; लेख्नुस् । लेख्न नछाड्नुस् । हेर्नुस् भाइ ! यो लेख्ने भन्ने कुरा निरन्तर लेखेरै लेखिने हो; नलेखी लेखिँदैन !"

उनीहरूबीचको त्यो पहिलो भेट आत्मीयतामा बदलिन कत्ति पनि बेर लागेन । सहकर्मी सूर्यको भाइ पर्ने भएकाले भैरवले उनीसँगको नाता भाइ नै पक्डिएको थियो ।

शारदा लुसुकलुसुक त्यहाँ पुगिरहन्थे । छाप्ने, छपाउने क्रम पनि चल्दै गयो । त्यस्तै प्रसङ्गमा एक पटक भैरवले भन्यो, "एउटा कविताको मोल १५ रुपियाँ, एउटा लेखको मोल ३० रुपियाँ साह्रै थोरै हो । बजारभाउको तुलनामा यो त कुनै भाउ नै होइन ! तैपनि लेख्ने भन्ने कुरा पैसाकै लागिमात्र लेख्ने हैन नि ! लेख्नुपर्छ; मनका कुरा बाहिर निकाल्न र पाठकसम्म पुऱ्याउन लेख्नै पर्छ । म 'हालखबर'मा लेख्ता एउटा लेखको एक रुप्पैं पाउँथें; तैपनि लेख्थें !"

त्यसलगत्तै शारदा गाउँतिर स्कूल खोल्न हिंडे । एकाध पटक छोटो भेट भए पनि भैरवसित उनको जमेर कुराकानी हुन पाएन ।

तीन वर्षपछि उनले भैरवलाई भेट्दा भैरव पहिलेजस्तो हल्काफुल्का र हँसिलो थिएन । व्यङ्ग्यको शैलीमा प्रतीकको भाषा बोल्ने, त्यसै सिलसिलामा हाँस्ने, हँसाउने बानी बसिसकेको हुनाले उसको लवजमा ख्यालठट्टा र हाँसोको अभाव नै त थिएन तर अनुहारको अभिव्यक्तिले लाग्थ्यो– ऊ कुनै गम्भीर घाउको पीडामा छ । ऊ अनुकूलताका स्वप्नभङ्ग र उत्तरोत्तर प्रतिकूलतायुक्त वातावरणको चोटबाट सृजित अवस्थाको निरन्तरतामा हराएझैं लाग्थ्यो ।

भैरव पहिलेजस्तो भैरव थिएन ।

ऊ प्रायजसो हातले बिस्तारै-बिस्तारै टाउकोमा हिर्काइरहन्थ्यो । मानौं, उसलाई आफ्नै टाउकोसँग पनि झोक चल्न थालेको होस् ! शारदालाई सूर्यले सुनाए, "हिजोआज भैरव दाइको स्वभाव बदलिएको छ । अस्ति हाम्रो सम्पादकीय डेस्कमा चिया पिउन लाग्दा साथीहरूको ठट्टामा पनि रिसाएर उहाँले गिलास नै फ्याँकिदिनुभयो !"

चियाको गिलास फ्याँक्ने चक्कर सूर्यकान्तसँगको थिएन; उनी त्यसको दर्शकमात्र थिए । त्यस दिन बेलुकी ५ बजेतिर "लौ अब हिँड्नुपर्‍यो" भनेर भैरव नजिकै सिउरिराखेको पुरानो-पुरानो खालको कोटको बाहुलामा हात घुसार्न लागिरहेको थियो । यस्तैमा जोसित पनि ठट्टा गरेर मस्ती लुट्नमा खप्पिस राधेश्याम भट्टले ऊसँग पनि ठट्टै ठट्टामा "जाऊ, जाऊ, गइहाल ! यहाँ हामीले चिया झिकाएका छौं !" भनेर आफ्नो रसिक मनोवृत्तिको परिचय दिए ।

भैरव अकस्मात् रिसले बलेर आगो भयो, "ए भट्टे ! यतिन्ज्याल तेरो चिया खान आस गरेर बसेको देखिस् !!"

भैरवको अप्रत्याशित रिसले त्यहाँको वातावरण नै स्तब्ध बन्यो । त्यही वेला चिया पनि आइपुग्यो । पिउनले सबैभन्दा पहिला भैरवकै हातमा चियाको गिलास राखिदियो । उसले त्यो गिलास यस्तरी भुईंमा पछार्‍यो कि त्यो फुट्नेमात्र होइन, टुक्राटुक्रा भएर कोठाभरि छरियो ।

अब त्यहाँ बोल्ने आँट कसले गर्ने ? लुसुक्क गएर कसैले दातारामलाई बोलाइदिए । दाताराम नै थिए, जो भैरवले लरतरो चोटले बोली काट्न

सक्ने मान्छे थिएनन् । उनैले अर्को चिया मगाइदिए । भैरवले केही नबोली तनतनी तात्तातो चिया पिइदियो र त्यहाँबाट निस्कियो ।

घर पुग्दासम्म पनि उसभित्र चढेको भैरव पूरै शान्त भइसकेको थिएन । घरी सुत्ने; घरी उठ्ने; घरी चिया माग्ने; घरी चुरोट तान्ने गरिराख्यो उसले निकै बेरसम्म । उसको तनाव ज्यास्तै ज्याद्रो निस्किएको थियो त्यस दिन; त्यत्तिकै जाने लक्षणै देखिएन ।

कापी र कलम झिकेर ऊ कामतिर मन डुलाउन थाल्यो । तर, के जान्थ्यो त्यतातिर मन !

के लेखूँ; के गरूँ हुँदाहुँदै ऊ केही लेख्न थाल्यो । नयाँ कुरा केही दिमागमा नचढेपछि अनि ऊ आफ्नै कविता सम्झँदै, उतार गर्दै गर्न थाल्यो :

'रिस हो सबको शत्रु, रिसले सब नासिने
रिसैले उठ्छ झगडा, रिसैले सब भासिने ।

... ...

... ...

क्यै गरी रिसको वेग उठेमा धैर्य लीकन
यताउति विचारेर चुप भै बस क्यै क्षण ।'

धत्तेरिका ! यो कुरा त ऊ आफैंलाई थाहा रहेछ नि ! बेक्कारमा भट्टको सातो खाइदियो !

तर, त्यस दिनदेखि भट्टको मात्रै होइन; जुनकुनै वेला भैरवको 'भैरव-मुद्रा' प्रदर्शित हुन सक्ने डरले गोरखापत्रका अन्यको पनि भैरवलाई देख्नासाथ मूल हंस उड्न थाल्यो ।

त्रिचालीस

पत्रिकाको जागिरमा यौटा कुरा ढुक्क हुन्छ– आफ्नो काम सिध्याएपछि पाँच बजाइराख्नुपर्दैन; हिँड्दा हुन्छ । साप्ताहिक छुट्टीबाहेक बिरामी बिदा नै लिनुपर्‍यो भनेचाहिँ कि कामै सिध्याउनुपर्छ कि सहकर्मी कसैले कामको जिम्मा लिइदिनुपर्छ ।

त्यस दिन आफ्नो थाप्लोको काम उसले दिउँसै सिध्याएको थियो । केही लेख्न-पढ्न पनि जाँगर लागेन । अनि, ऊ हिँडिदियो घरतिर ।

घरमा बच्चाहरूमात्रै रहेछन् । उसलाई चिया सोध्ने पनि कोही भएनन् । दिन भर्खर मध्याह्नको सेरोफेरोमै थियो । लुगासमेत नफेरीकनै ऊ हिँड्यो अर्जेल गाउँतिर । ढोकापसलबाट राममणिको बारीको छेवैछेउको बाटो फेरो मार्दै ऊ एयरपोर्टको चौरीमा उक्लियो । यो ठाउँमा अक्सर ऊ आइरहन्छ । यहाँ आएर केही घण्टा चौरमा सुस्ताएपछि उसलाई निकै हलुङ्गो महसूस हुन्छ । यहाँ पनि घेराबेरा लाउने सूर गरेछन् ! अर्कोचोटि आउँदा यताबाट उक्लिन नपाइने भयो !

भर्खर उडेको प्लेनको हावासँगै भैरवको स्मृतिमा अनायास केही दिनअघिको एक पुस्तकको विमोचनको दृश्य झलझली आउन थाल्यो... '...अरू भए यत्तिको सफलता र प्रसिद्धि पाइसकेपछि गजक्क फुलेर बस्थे होलान् । तर, उहाँले आफूजस्तै महिला दिदी-बहिनीहरूको उत्थान सोच्नुभो; उन्नति, प्रगतिबारेको चिन्ता सोच्नुभो ! त्यही भएर नेपाली महिलासम्बन्धी यति गहन् र ओजस्वी कृति लेख्ने जाँगर चलाउनुभो !...'

मञ्चमा मक्ख परेर लेखिका टाउको हल्लाउँदै थिइन् । त्यो दृश्य अन्तिमतिरको कुर्चीमा बसेर भैरव राम्रोगरी नियालिरहेको थियो ।

त्यस्तो वेलामा नक्कली लेखकको अनुहारमा कस्तो भाव खेल्छ ? त्यो हेर्दै थियो ऊ । यत्ति धर्मचाहिँ तिनले राखेकै हुन् है– कार्यक्रमभरि झुक्किएर पनि पुस्तकको 'असली लेखक' तिर आँखा जुधाएर हेरिनन् ।

नैतिकवान् रै'छिन् अलिकति भए पनि !

यस्तो कार्य 'मूतको न्यानो' हो; उसलाई पनि थाहा छ । दाताराम गुरुकै भाषामा 'ज्याला' सही ! त्यही ज्यालासमेत नपाएर आजसम्म ऊ धाउँदा-धाउँदा हैरानै भइरहेछ । कत्ति न 'मो.जि. विराटनगर-७ स्थायी घर भै हाल का.जि. बत्तीसपुतली, बानेश्वर बस्ने माननीया शान्ता पोखरेलको एकल स्वामित्वमा रहेको सम्पूर्ण जायजेथा का.जि. जोरपाटी बस्ने भैरवप्रसाद अर्जेलको नाममा नामसारी गरिएको छ' लेखिएको कागतमा ल्याप्चे हान्न लगाएजस्तो !!

कमजोर, निरीह नै किन नहोस्; यौटा लेखकको 'सर्वस्व' नै किताब ! उसले सर्वस्व नै ल्याप्चे हानिदिएको थियो– तिनको नाममा । तर, ज्यालाको 'ज' पनि मिलेन । धाउँदा-धाउँदा दुई जोर चप्पल बरु उल्टै फाटे होलान् !

हातले लेख्यो, खुट्टालाई दुःख ! कस्तो विडम्बना !!

'दिन त सुक्को दिएका छैनन्, तर जापानवाला किताबमा भने त्यस्तो नहोला कि !' सम्झिएकै भरमा ऊ आशावादी भयो । आफ्नै मित्रका ससुराली हुन् क्यार; देलान् ! दिएनन् भने उसैलाई लिएर जानुपर्ला ! ज्वाइँलाई नै बोकेर धाउन थालेपछि त कसो नदेलान् एऽऽ !!

अकस्मात् धावनमार्ग पूरै थर्कियो । ऊ ढल्किएको चौरसमेत हल्लिएझैं भयो ।

ठूलो प्लेन घिसारिन थालेछ ।

'ठूलो' भन्दा याद आयो– आफ्नै सम्पादकको 'प्राइभेट' काम उसले सिध्याइदिएको छैन । पत्रकारिताको 'गहकिलो ग्रन्थ' लेख्ने उनलाई ठूलै सौख चढेछ । उनले पनि आफ्नो त्यो महान् सौख पूरा गर्न भैरव नामको यही 'ज्यालादारी मजदुर' लाई नै भेटेछन् ।

"यताको कामको चिन्ता नगर। यहाँ म क्वै न क्वैलाई मिलाइहाल्छु !" सम्पादक रामराज पौडेलले आश्वासन दिएको पनि निकै दिन भइसक्यो। गोरखापत्रको कारिन्दो हुन्जेल उनीजत्तिको ठूलो मान्छे अर्को को हुनु र उसका लागि ? ठूला मान्छेको ठूलै कुरा; ठूलै सोचाइ !

"तिम्रो 'रामभक्ति'को के हाल छ हँ अचेल ?" मैले केही दिनअघि सोधेको थिएँ। रामराज सम्पादक भएपछि ऊ गोरखापत्रको कामलाई 'रामभक्ति' भन्न थालेको थियो।

"रामभक्ति त त्यस्तै हो; 'हरामभक्ति'को काम आइलागेको छ ! यसो यो विनाभिसाको जापान-सापान भ्रमण सकेर त्यता पो दौडिनुपर्नेछ !" उसले हाँस्तै भनेको थियो।

'महिला मुक्ति' अभियानमा त फुट्या कौडी फुत्काउन नसकेर बेहाल छ; झन् यो 'हरामभक्ति' मा ज्यालादारी हुन त के पाउला र उसले ! 'हरामभक्ति' गरेवापत 'रामभक्ति'मा केही सहुलियत देलान्; त्यत्ति हो !

"यो भैरवले लेख्न छाडेर केही नाप्दैन ! उसले नलेख्दा नि कसको के बिग्रेको थियो र ? जत्ति लेख्यो; 'लेख्दोरै'छ' भन्ने परिगो ! अब लेखे के; नलेखे के ! तिमीहरू भने व्यर्थको करकर गरिराख्छौ ! झन् हास्यव्यङ्ग्यको त भैरवलाई ठेक्कै परेको जस्तो पो गर्छौ ए !" ऊ जङ्गिएको थियो एक दिन।

नजङ्गियोस् पनि कसरी ?

यसरी चारैतिर बाँडिँदा-बाँडिँदा; आफूलाई छरपस्ट छरेर दानादाना सिला टिप्ता त आफ्ना जहान परिवारको मुखमा भनेजस्तो गरी माड लाइदिन धौ-धौ थियो उसलाई ! यस्ता आदर्शका बोक्रे कुरा छाँट्नुको के अर्थ !

घाम डुब्दै गइरहेको थियो। अघिसम्मको न्यानो त्यो चौर बिस्तारै चिस्यान केन्द्रमा अनुवादित हुन थाल्यो।

ऊ उठ्यो। अनि, आङ तान्दै चारैतिर हेर्‍यो।

गाउँमा बत्ती बल्न थालिसकेछन्।

चौवालीस

"तपाईं चिठीपत्रबाट ४५-५० को परिपक्व हुनुहुन्छ जस्तो लाग्थ्यो तर सुकुमार ठिटो पो हुनुहुँदो रहेछ !"

पहिलो चोटिको भेटमा भैरवले घटराज भट्टराईसँग यस्तै केही भनेको थियो । त्यसो त भैरवसँगको घटराजको त्यो भेट पहिलो भने थिएन । उनले ०१८ सालतिरै भैरवलाई चिनेका; देखेका थिए तर भैरवसँग दोहोरो चिनाजान हुन भने पाएको थिएन ।

त्यसलगत्तै उनी परिस्थितिवश रामेछाप, ओखलढुङ्गातिर लागे । उता लागेपछि उनले भैरवलाई चिठी लेख्न थाले, साथसाथै रचनासमेत पठाउन थाले ।

०२५ मा घटराज पुनः काठमाडौं फर्किए । फर्किनासाथ उनी भैरवलाई भेट्न गोरखापत्रमा गए । हुलाकबाटै पठाएका रचना त छापिएकै थिए; यहाँ आएपछि त्यो क्रम अझ बढ्यो । साथसाथै, भैरवसँगको आत्मीय सम्बन्ध पनि क्रमशः झ्याङ्गिँदै गयो ।

हास्यव्यङ्ग्यकारको रूपमा त्यति वेला भैरवको चर्चा चर्कै थियो; कविको रूपमा भने उनको नाम सकभर कोही लिँदैनथे । घटराजलाई लाग्थ्यो– 'नेपाली कविहरूको पङ्क्तिमा भैरवको नाम निकै अगाडि आउँछ; भलै वरिष्ठ आलोचकहरू भैरवलाई कवि नमानून् !'

एक दिन उनले 'नेपाली कवि र उनीहरूको कविता' बारे एक लेख तयार पारेर गोरखापत्रमा पुऱ्याए । त्यस दिन भैरव कार्यकक्षमा रहेनछ । भैरवको घर्रामा लेख छिराइदिएर उनी हिँडे । अर्को पटक जब घटराज त्यहाँ पुगे, भैरवले त्यो लेख फिर्ता दिँदै भन्यो, "यो लेख

कृपापूर्वक फिर्ता लैजानुस् । किनभने, यसमा मेरो कविताबारे पनि चर्चा छ । आफ्नै प्रशंसा छाप्यो भन्छन्; म त्यो चाहन्नँ ।"

घटराजले त्यो लेख पछि अर्कै पत्रिकामा छापे ।

यस्तैमा कौवा प्रकाशनबाट भैरवको 'इतिश्री' (०२८) छापियो । सुरुमा 'इतिश्री' लेखेर दिए पनि पछि भने 'असनको डबली' नाम राख्न खोजेको थियो उसले त्यस हास्यव्यङ्ग्य-सङ्ग्रहको । सूचीपत्रमा 'इतिश्री' भैसकेकाले वासुदेवले मानेनन् ।

भैरव भने त्यस बखत 'नेपाली कथा र कथाकार' तिर भिडेको थियो । त्यसको अलिअलि काम हुँदै थियो; अलिअलि अड्कँदो थियो । ०२८ सालको अन्त्यतिरको कुरा हो, भैरव जोरपाटीमै ससानो घर बनाएर त्यतै बस्न थालिसकेको थियो । त्यस बखत घटराजको बसोबास पनि जोरपाटीतिरै सरेको थियो ।

घटराजलाई मित्र पनि; मित्रवत् छिमेकी पनि एकसाथ मिलेको थियो; उनी दङ्ग पर्ने नै भए । उनी यतै बस्दा रहेछन् भन्ने थाहा पाएपछि भैरव झनै प्रसन्न भयो ।

यस्तैमा एक दिन भैरवले भन्यो, "अब मैले हास्यव्यङ्ग्य नलेख्ने निधो गरें । किताबमा आउन बाँकी हास्यव्यङ्ग्यको अन्तिम सङ्ग्रह 'वक्यौता' निकाल्छु । मेरा ती रचना विभिन्न पत्रिकामा छरिएका छन्; मसँग तिनको सङ्ग्रहसमेत छैन । तपाईंसित भएका मलाई दिनुपर्‍यो !"

अर्को दिन खोजखाज पारेर ५-६ वटा पत्रिका पुर्‍याउन घटराज भैरवकहाँ गए । बुझाएर उनी हिँडिहाल्न खोजेका थिए, भैरवले चिया खाएर जान कर गर्‍यो ।

घटराजलाई जबरजस्ती रोकेपछि भैरवले भित्रतिर हेर्दै पत्नीलाई अह्रायो, "ए शोभा ! लु-लु ! उहाँलाई चाइने एक कप मीठो चिया खुवाएर पठाऊ त !"

दुवै यताउताका कुरा गर्दै चिया पर्खिरहे ।

निकै बेर भयो, चिया आएन ।

उसले पटक-पटक कौलास्यो, तर अहँ चिया आउँदै आएन !!

'सायद त्यस्तै विवशता थियो होला' भन्ने बुझेर घटराजले "चिया पछि खाउँला नि !" भन्दै उससँग बिदा मागे ।

भैरवले अँध्यारो अनुहार लगाएर भन्यो, "लौ त !!"

घटराज ओझेल परिसक्दा पनि उसको विहङ्ग-लोचन चिया आउने द्वारतिरै फटफटाइरहेका थिए ।

पैंतालीस

जोरपाटी कटेर बाग्मतीको पुल आइपुगेपछि पो ऊ झसङ्ग भयो- ऊ त घर नाघेर परै आइसकेछ !

उसलाई घर फर्किएर नजाऊँ-नजाऊँ लाग्यो । घरै जाने भनेरै आएको थियो नि आउन त !

'आऽऽ जान मन नलागे जानुहुँदैन; घर होस् कि शहर !'

किन आयो कोनि यस्तो विचार ! मन नलागेकै बाटोको पछिपछि त हिँडिराखेको छ नि उसको जिन्दगी !

मन त रुन मन छ !

मन त उड्न मन छ !

मन त..... उसको मनको कुरै नगरौं !

घाम डुब्ने वेला पनि भइसकेको थिएन । यति चाँडै घाम डुबेर कहाँ हुन्छ !

ऊ बाग्मती-किनारको एउटा ढिस्कोमा थचक्क बस्यो ।

अँ साँच्ची ! आज एउटा पूरै किताब लेखिसिध्याएको थियो उसले– 'जापान भ्रमण' बारेको संस्मरण ।

लेखकका लागि यो यौटा हर्षको क्षण !

हर्ष ?

उसलाई 'यस्तो हर्ष'मा पटक्कै हर्ष हुँदैन ।

कस्तो कुरूप हर्ष !!

'सिर्जनशीलता'लाई श्रीमतीको फरियामा रूपान्तरित गर्दाको हर्ष के हर्ष ! 'दक्षता'लाई बिहान-बेलुकीको छाक र भैपरी आउने चाडबाडसँग सट्टाभर्ना गर्दाको उमङ्ग के उमङ्ग !

यस्ता हर्षातिरेकहरूबाट ऊ थाकिसकेको छैन; थाक्नु पनि हुँदैन ! सिद्धान्ततः यो कुरा सबलाई थाहा छ; सबैसबै त्यसै भन्छन् । लेख्न त उसले पनि लेखेकै हो क्यार–

"मागी पाइने भीखभन्दा आफ्नै भोक मीठो
रोईरोई बाँच्नुभन्दा हाँसी मर्नु निको !"

निकै दिनदेखि ऊ त्यसैमा भिडिरहेको थियो । आज पनि बिहानैदेखि कैदीसमान भएर त्यही किताब लेख्नमै भिडेको थियो । भिडेको थियो के; सिध्यायो ! सिध्यायो के; बुझायो, हिंड्यो !

किताबको लेखकमा ससम्मान 'कुनै महाशयको नाम' हालिदिएवापत अब उसले 'पारिश्रमिक' पाउनेछ !

एक दिन यही किताब लेख्दै गर्दा टुप्लुक्क दाताराम आइपुगेका थिए । उनले सोधेका थिए, "निकै व्यस्त छौ त पन्नित ! केमा भिड्या हो घुँडा धसेर ?"

भैरवले बताएथ्यो, "के हुन्थ्यो गुरु; भात खाने मेलो नि ! हाम्रो रामकुमारका जेठान कि ससुरा के छन् नि बर्माजी; उनको जापान भ्रमणबारे किताप लेखिदिनुपर्‍यो रे ! त्यसैमा लागिपर्‍या छु ।"

"त्यसो भए प्रेतलेखनमा व्यस्त छौ !"

"पारिश्रमिक पाइन्छ; त्यत्तिका लागि हो गुरु ।"

"पारिश्रमिक ? त्यस्तोलाई नि पारिश्रमिक भन्छन् ? त्यो त ज्याला हो ज्याला ! चाँदीको डाडुले दियो भन्दैमा गुन्द्रुकको झोल खावा हुँदैन त पन्नित !"

'त्यत्ति गर्दा त यहाँ पन्नितको टायर पन्चर छ ! यी गुरु भने खालि हावा हालिराख्छन् ...' मुखबाट फुत्किसकेको थियो; 'गुरुलाई के मुख फर्काउनु' भन्ठानेर चुप भइदिएको थियो ऊ ।

त्यस बखत भने दक्षिणतिर विमानस्थलको धावनमार्गछेउको चौरमा पुसको पहारिलो घाम लागिरहेको थियो । त्यहाँ ससाना प्लेन उड्ने-बस्ने गरिरहेका थिए ।

त्यसको छातीमा चिप्लिएर हुत्तिँदै कैयौं प्लेनहरू आकाशतिर कावा खाँदैखाँदै कहाँकहाँ पुगे होलान्; त्यो धावनमार्ग भने वर्षौंदेखि जहाँको तहीं छ, जस्ताको तस्तै छ। प्रगतिको नाममा यसो मर्मत-सम्भार भयो होला; पुरपार भयो होला; त्यो पनि कैयन्लाई कैयन्चोटि छातीमा घिसारिसकेपछि !

कस्तो उसकै जिन्दगीजस्तो रहेछ यो धावनमार्ग पनि !

यो मार्गले आफूलाई यत्ति सजिलो नबनाइदिएको भए... छातीमा खाल्डाखुल्डी नै खाल्डाखुल्डी पालिराखेको भए... यी कृत्रिम चराहरू वास्तविक चराहरूभन्दा माथिमाथि कावा खान सक्थे होलान् ?

छयालीस

तानसेनबाट भैरवको नाममा चिठी आएछ ।

उसलाई चिठीहरू आइरहन्थे । सबैको उत्तर दिएर साध्यै हुँदैनथ्यो । धेरैजसो चिठीको आशय गोरखापत्रमा रचना छपाउने आग्रहजन्य हुन्थे । त्यस्ता चिठी उसलाई झर्कोलाग्दा लाग्थे ।

गोरखापत्रका लागि लेखिनुपर्ने चिठी उसको व्यक्तिगत नाममा किन पठाउनु ! 'श्रीमान् सम्पादकज्यू' ठोकेर लेखे भइहाल्यो नि ! यल्लाई 'ठूलो बनाएर' पठाएपछि यल्ले ठेलठाल पारेर पनि छाप्दिहाल्छ कि भन्ठानेका होलान् ! कठै !!

त्यस्ता त औपचारिक पत्र भए, जबाफसवाफ दिइराख्नुपरेन । तर, साहित्यिक पत्रहरू पनि उसलाई बग्रेल्ती आउँथे । परिचित भए करैबलै उसले जबाफ लेख्नै पऱ्यो । कहिलेकाहीं 'चिनेको हैन, होस् न त' भन्यो, आफ्ना रचना हुरुक्कै मन पराउने पर्दिन्थे ।

तानसेनको चिठी हात परेपछि भैरवको दिमागमा विभिन्न कुरा खेल्न थाले– यो चिठी कस्तो उमेरको मान्छेको हो ? युवकै त होला नि !

उसलाई 'वनमाली निराकार' नामको मान्छेसँग कहींकतै परिचय भएकै थिएन जस्तो त लागेकै हो; तर, कताकता शङ्का पनि लाग्यो– कतै मैले बिर्सेको पो हुँ कि !

खैर ! तिनको चिठी भने चिठी होइन; अन्तर्वार्ताका प्रश्नजस्ता थिए । अरूको भन्दा बिल्कुलै पृथक् ! कुनै पत्रिकाकै लागि जबाफ खोजेको हो वा एक साहित्यानुरागीको जिज्ञासा हो कोनि ?

लेखूँ या नलेखूँ भन्दाभन्दै 'लौ लेख्दिन्छु' भनेर उसले सुरु गऱ्यो । चिठीको जबाफ लेख्यो; पठायो; सक्कियो भन्ठानेको त केही दिनपछि

उताबाट अर्को चिठी आइपुग्यो । पछिल्लो चिठीले भन्यो– पहिलो चिठीको जबाफै आएन त !

'हँ ! के भयो ?' ऊ झस्कियो । जबाफ त उसले लेखेकै हो । त्यो पनि निकै लामो; एउटा लेखै लेख्ने समय बुत्याएर ! तर, तानसेन किन पुगेन ? ऊ रचनाहरूको खेस्रा फाइल खोतल्न थाल्यो–

कतै पठाएँ भनेर यतै छुटेको त छैन ?

यस्तो कुरामा ऊ निकै हुस्सु थियो । उसले मसित पनि वेलावेलामा त्यस्तो हुस्सुपना देखाउने गरेकै थियो– एकै पटक ४-५ वटा चिठी दिएर । कतिपय चिठी लेखेर, खामबन्दी गरी टिकट टाँसिएका तर हुलाकसम्म गएर खसाल्ने जाँगर नगरिएका हुन्थे । कुनै टिकटविहीन, कुनै खामविहीन र कुनै पट्याइएको न्युजप्रिन्टका पानामा मात्रै पनि हुन्थे ।

ऊ हाँस्दै भन्थ्यो, "हेर न रोचक ! पठाऊँ भन्दाभन्दै भुसुक्कै बिर्सेछु ! यौटा बिर्सिएँ; अर्को लेखें, त्यो पनि बिर्सिएँ; अनि अर्को गर्दागर्दै यी यत्तिका भइसकेछन् ! अब यो तिमीलाई लेखेको चिठी, अरूलाई दिएर भएन ! तिमी नै राख; लौ !!"

ती चिठीमा प्रायः सोझै भन्न नसकेका र घत लागेका कुराहरू लेखिएका हुन्थे । मुखले भन्नुभन्दा लेखेरै भन्न सजिलो लाग्ने पो हो कि ! त्यसरी चिठी लेख्ता कि म काठमाडौंबाहिर गएको मौका छोपिएको हुन्थ्यो कि ऊ गएको । अलिक दिनका लागि कतै जाँदा भने ऊ त्यहाँका कथा-व्यथासमेत लेखेर पठाउँथ्यो । लेखनमा दीर्घसूत्री स्वभावको भैरवले मलाई चिठी लेख्नचाहिँ दीर्घसूत्रता तोडेकै मान्नुपर्छ ।

मलाई सम्बोधन भने ऊ उल्कै गर्थ्यो– घरी 'रोचक बाबू', कहीं 'रोचकजी', कतै 'तँ', 'तिमी' त कतै तपाईं' ! मलाई थाहा थियो– लेख्न त उसले लेखिहाल्थ्यो; मलाई मात्र होइन, मनका साथीहरूलाई मनभित्रैका कुरा लेखिहाल्थ्यो । तर, यति भित्री कुरासमेत लेखिदिन्थ्यो कि पठाउने हिम्मत गर्न नसकेर कुनैकुनै चिठी त्यत्तिकै थाँती रहन्थे ।

ऊ त्यस्तै थियो- लेख्दा निडर; प्रकटमा कमजोर !

उसले वनमालीलाई लेखेको चिठी भने यतैकतै अल्झेको भेटिएन । कुनचाहिँलाई "यत्ति खसाल्देऊ न है !" भनेर पठायो होला; त्यसले

हुन्छ त भन्यो होला; पछि कुठाउँमा खसालिदियो कि ? अथवा, उसले त ठाउँमै खसालिदियो होला; कतै हुलाकीले पो बाटोमा खसालिदियो कि ? या, वनमालीको चिठी घरमालीको दैलोमा पो पुऱ्याइदियो कि ? भैरवमा मनमा अनगिन्ती कुरा खेल्न थाले ।

त्यस्तै केही भयो होला; नत्र उसले पठाएको चिठी कहाँकहाँ त पुग्थे, तानसेन किन नपुग्नु !

यस्ता अनेकन् तर्कनामा डुब्दै गर्दा उसले वनमालीलाई लेखेको चिठीको खेस्रा भने फेला पाऱ्यो । १० वैशाख २०२५ मै लेखिएको रहेछ त्यो चिठी । दुई-दुई पटक चिठी लेख्दा पनि जबाफ नदिने कत्ति सडेको मान्छे रहेछ भन्ठान्लान् भन्ने डरले हतारहतार अर्को पत्र लेख्न सुरु गऱ्यो– माथिका यावत् व्यहोरा अवगत गराउँदै ।

तर, के लेख्ने ? लेख्ने कुरा त अस्तिकै पत्रमा लेखिसकेको हो । थप कुरा केही छैन । अनि, उसले हराएकै चिठीको खेस्राबाट सक्कल-बमोजिम नक्कल उतार गर्न थाल्यो–

'....नेपाली साहित्यमा हास्यव्यङ्ग्यको खाँचो अनुभव गरेर म त्यसको खाँचोको परिपूर्ति गर्ने उद्देश्यले हास्यव्यङ्ग्य लेख्न कस्सिएको योजनाबद्ध लेखक होइन । मान्छे आफूमा एउटा समुद्र लिएर जन्मेको हुन्छ । त्यसमा बराबर छाल आउँछन् । कुन छालले उसलाई कतापट्टि पुऱ्याउँछ, भन्नै सकिन्न । तपाईंले मेरो लेखमा पाउनुभएजस्तो ठट्यौलो मान्छे म होइन । कविताको अनुराग र अभ्यास गर्दागर्दै कताबाट हास्यव्यङ्ग्य लेख्न पुगें र कताबाट आज तपाईं 'हास्यव्यङ्ग्यबारे तेरो अनुभव र विचार लेख् न' भन्ने अनुरोध गर्न लाग्नुभएको छ– यी सबै सम्झँदा हाँसो उठ्छ ।'

पुरानो चिठीको चार प्याराग्राफ भटाभट सारिसकेपछि उसले चिठीको प्रसङ्ग मोड्यो, '...हामीसित प्रतिभा भए र साधना गर्न सके हास्यव्यङ्ग्यले पनि साहित्यको एउटा उत्कृष्ट विधा भएर जीवनजगत् मुखरित गर्न सक्छ; नभए नौटङ्की र गाईजात्रेको उपाधि लिएर अपहेलित हुन पनि बेर मान्दैन ।'

अनि, फेरि थप्यो,

'......आफ्नै रहरले लेखिएकाहरू अरूलाई राम्रा नलागे पनि म आफूलाई निकै सन्तोष दिन्छन्; करले लेखिएकाहरूमा कुनै साह्है फितला पनि छन्– समालोचना वा समास्वाद गर्ने काम तपाईंकै !'

यत्ति लेखिसक्दा उसले तीन वटा सिगरेट बुत्याइसकेछ ! यौटा सिगरेट सल्कायो; निभ्छ, फेरि सल्कायो; निभ्छ अनि फेरि सल्कायो । अब नसिद्धिई ननिभ्ला ! किनकि, अब त्यसको ठूटोमात्रै बाँकी भइसक्यो !

यौटा चिठीका लागि कति वटा सिगरेट सिध्याउने हो कोनि !

बिहान चाँडै गोरखापत्रतिर दौडिनु छ भन्ने कुरा दिमागमा आएपछि ऊ हतारहतार चिठीलाई बिट मार्नतिर लाग्यो,

'यहाँनेर यति हुलिया भत्याउनुको मतलब के भने बलात् हँसाउने नियत लिएर म लेख्दिनँ । कसैको चित्तको भित्री ओठमात्र अलिकति मुस्कुराइदिए पनि हुन्छ; पेटको लाम्टा दुख्नेगरी हाँस्नुपर्दैन । लाम्टा दुखाउने हास्य; हास्य भए पनि साहित्यको सुकोमलता लिएर उत्रन मुश्किलै पर्छ ।

प्रिय वनमालीजी,

एउटा मेरो विशेष अनुभव के छ भने; जीवनजगत्का सचेष्टता, युग र अवस्थाप्रतिका सचेतता अनि देश र दायित्वका बोधहरू जतिजति बढ्दै जान्छन्, हास्यव्यङ्ग्यमा हास्यको मात्रा पातलिँदै व्यङ्ग्य बाक्लो हुन जान्छ। हास्यभन्दा व्यङ्ग्य चर्को भयो भन्ने गुनासो म बराबर सुन्छु। परिणामतः म व्यङ्ग्यात्मक निबन्धमात्र लेखूँला कि ? या, छोडिदिनै पनि बेर छैन ।

हास्यव्यङ्ग्यमात्रै साहित्यिक विधा होइन क्यार ! म यही लेख्छु भन्ने स ल्प पनि त गरेको छैन मैले। सोध्नुभयो; लेख्न पाएँ; धन्यवाद !'

पत्रको तल दुई-चार हरफ औपचारिक कुरा लेखेर उसले चिठी पट्यायो अनि पुरानो कोटको सिगरेट राख्ने खल्तीमै राख्यो ।

उसलाई यत्तिचाहिँ प्रस्टै थाहा थियो– सिगरेटतिर उसको हात गइरहन्छ । र, यो चिठी पोस्ट गर्न पक्कै बिर्सिइँदैन ।

सत्चालीस

रमेशले रमेश नै लिएर आएछन् ।

रमेश विकलले प्रचार विभाग (अहिलेको सूचना विभाग)का आफ्ना सहकर्मी रमेश बाँसकोटासँग हाम्रो परिचय गराए । बाँसकोटा साहित्यतिर असाध्यै रुचि भएका मान्छे रहेछन् । रुचि भए पनि साहित्यिक सङ्गतको अभावमा तिनी साहित्यमा लागेर केही गरौं भन्ने भावना खुम्च्याएर बसेका रहेछन् ।

बाँसकोटालाई मिसाएपछि 'रचना-मण्डली'मा एक सक्रिय र सशक्त सदस्य थप भएको आभास भयो । हामी सबै उत्साहित भयौं । त्यसमा पनि कर्मसूत्री बाँसकोटालाई पाएर दीर्घसूत्री भैरव बढी हौसिएको थियो । त्यही हौस्याइको फेरोमा परेर उसैले 'रचना'लाई चार महिनेबाट तीन महिनेमा झार्ने प्रस्ताव ल्यायो । हाम्रो जनसङ्ख्या दुईबाट पाँच पुगेका थियो, केको डर ? तुरुन्तै सहमत भइहाल्यौं ।

तीन महिने पत्रिका निकाल्न अब थप खट्नुपर्ने भयो ।

त्यति वेला 'रचना' नेपाल प्रेसबाट छापिन्थ्यो । मेरो त जागिरै नेपाल प्रेसमा जस्तो भएको थियो । अरूहरू पनि जागिरबाट यसो दायाँबायाँ गर्न पायो कि दौडिएर त्यहीं आइपुग्थे ।

'रचना'लाई तीन महिने गर्न थालेपछि हामी खूबै खट्ने भयौं । चिया, खाजा अनि कहिलेकाहींको खानासमेत नजिकैको उत्तम रेस्टुराँमा खान्थ्यौं ।

त्यस दिन नवराज चालिसेबाहेकका रचना-मण्डली एक सूर, एक ध्यानले 'रचना'को काम गर्दै थियौं । बाँसकोटाले ध्यान भङ्ग गरिदिए,

"रचना देवीको पूजापाठ एक छिन यसो पछाडि सार्न पाए पेटको पूजापाठ गर्नुहुन्थ्यो कि !"

'खान र मर्न नेपाली डराउँदैन' भन्छन्; हामी पनि के कम ! लौ त ! भनेर उनको अघिपछि लागिहाल्यौं । अनि, छिर्‍यौं उही साविकझैं उत्तम रेस्टुराँमा । हामीले रावडी मगायौं । भैरव भने निकै बेर लगाएर मेन्यु नियाल्दै रह्यो ।

'घोक्नै लाग्यौ कि क्या हो ?' भनेर मैले सोध्नै आँटिसकेको थिएँ, भैरवले मच्चिएर भन्यो, "आज त म रोस्ट खाने हो !"

उसले बेयरालाई बोलाएर "मेरो लागि रोस्ट ल्याउनू" भन्यो ।

बेयराले "फुल कि हाफ ?" भनेर सोध्यो । एक छिन अड्किएर उसले "फुल, फुल !!" भनिदियो ।

रावडी आइपुग्यो; हामीले खान सुरु गर्‍यौं । भैरवको अर्डर भने आउन बाँकी नै थियो । ऊ त्यही मेनु पल्टाउँदै टाइमपास गरिरहेको थियो ।

केही छिनपछि बेयराले भैरवको अगाडि पोलेको सिङ्गै कुखुरा ल्याएर राखिदियो । उसले झस्केर भन्यो, "के ल्याएको यो ? मैले त रोस्ट पो माग्या !"

बेयरा जिल्ल पर्दै थियो; विकलले भैरवलाई भने, "रोस्ट भन्या यै त हो नि लाटा !"

"ए लौ ! रोस्ट भन्या टोस्टजस्तो पो होला भन्या त... !" भैरवले अनुहार रातो पारेर भन्यो ।

उसको कुरो फुत्किन पाएको थिएन; हामीबीच हाँसोको फोहरा छुटिहाल्यो । हामी मूर्च्छा पर्ने गरी हाँस्न थालेपछि भैरव पनि बिस्तारै हाँस्यो ।

हाम्रो लामो हाँसो रोकिइसकेपछि भने आफ्नो बेवकुफी सम्झीसम्झी बल्ल ऊ मस्तसित हाँस्न थाल्यो । हामीले फेरि उसको हाँसोमा धीत मर्ने गरी हाँसो मिसायौं ।

अड्चालीस

धमाधम मसानको काम सुरु भयो, जसको ठेक्का भैरव आफैँले बुझिलिएको थियो ।

यो कुनै मसानघाट बनाउने ठेक्का थिएन । भर्खर स्थापना गरिएको 'व्यास प्रेस' उद्घाटन गर्नका लागि भैरवले खोजेर ल्याएको 'मसान' पुस्तकको छपाइको काम सुरु भएको थियो ।

जोडबल नै त नभनूँ; भैरवको पनि विशेष अभिलाषा थियो 'व्यास प्रेस' सुरु गर्नुमा । एक त– ऊ मलाई बेरोजगार देख्न चाहँदैनथ्यो । अर्को– छापाखाना नै राख्न सके 'रचना'को असामयिक मृत्यु हुने थिएन ।

अन्ततोगत्वा प्रेसको सम्पूर्ण सामग्री झऱ्यो । कामबाहेक सबै कुराले त्यो भरिपूर्ण भयो । भैरव त त्यो प्रेसको आकाङ्क्षी; लड्डू तोड्न र नरिवल फोड्न आइपुग्ने नै भयो !

मेसिनछेउमा ड्याम्म नरिवल बजारेर सबैतिर रससिँचन कार्य सकिएपछि ऊ मेसिननेर ढिङ्ग उभियो र सुस्तरी भन्यो, "प्रेसजस्तो कुरो ! यस्तो नरिवले तालले चाइने शुभसाइत गरेर नि हुन्छ कहीँ ! किताब छापेर पो गर्नुपर्ने त उद्घाटन !"

मेरा पिता सोमनाथ घिमिरे 'व्यास'ले सान्त्वना दिनुभयो, "चिन्ता नगर बाबू ! मन्दिरको छेउ नाङ्लो थापेर बसेछि चारो हाल्ने नि आउँछन्; चारो खाने नि !"

"त्यसो भए बा, आज हाम्ले चारो हाल्दै नहाली चारो खाने उद्घाटन गरेका हौं त ?" उसले बातिर हेर्दै नहेरी मन्दमन्द हाँस्तै भन्यो ।

"यो डाँडामाथिको बूढोलाई के जिस्क्याउँछौ ए ठेट्ना हो ! तिमेरू लाउकेहर्को टाउके बुद्धिले गरिखान्छ कि खान्न; डाँडामाथि बसेर हेर्ने त हो मैले !" उल्टै बाले उसैलाई खिस्याउनुभयो ।

वास्तवमा त्यो प्रेस मेरो बाको छोराप्रतिको स्नेह र सद्भावको प्रतीक थियो । छोरोले गरिखाएको हेर्ने रहर । आफ्नो खातिर त जे-जे गर्नु थियो, जमानामै गरिसक्नुभएकै थियो नि उहाँले ।

भैरव खाना खाएरै आएको रहेछ; तथापि आमाले नखाई हिँड्नै दिनुभएन । ऊ हिँड्यो; आफ्नै अड्डातिर सायद ।

दिउँसोतिरै ऊ टुप्लुक्क आइपुग्यो– यौटा पाण्डुलिपि काखी च्यापेर । गोपालप्रसाद रिमालको 'मसान' नाटक रहेछ । यहाँबाट गोरखापत्रतिर गयो होला भनेको त ऊ पुगेछ पुल्चोक । त्यति वेला साझाको अध्यक्ष थिए क्षेत्रप्रताप अधिकारी । उनैको पुच्छर बटारेर व्यास प्रेसका लागि यौटा पाण्डुलिपि बलजफ्तीजस्तै फुत्काएर ल्याएछ ।

"अफिस गएनौ कि क्या हो ?" मैले सोधेँ ।

"गइनँ ! आजलाई हाप्दैँ !" उसले रहस्यमय आँखाले मतिर हेऱ्यो अनि हात जोड्दै भन्यो, "बाबूसाहेबलाई आज आइतवार, भैरूको छुट्टी हुन्छ भन्ने कुरा चाइने पुनः स्मरण गराउन चाहन्छु !"

हाम्रा लागि बिल्कुलै नयाँ व्यवसायको सुरुवात न थियो; के-के मिलेन; के-के जानिएन कोनि, हाम्रो प्रेसको पहिलो उत्पादन त्यो पुस्तक तयार हुँदा ज्यादै विरूप भएर निस्कियो । किताब बुझाउन साझामा गएकाहरू अँध्यारो अनुहार लाएर फर्किए । साझाले 'भएन' भनेर फर्काइदिएछ ।

हामीसँग अर्को विकल्प केही थिएन । कि अर्को छापेर दिनुपऱ्यो कि करजोरी बिन्ती गर्नुपऱ्यो ।

अरूलाई पठाएर झनै कुरा बिग्रिने देखेर भोलिपल्ट भैरव र म नै त्यहाँ पुग्यौं । क्षेत्रप्रताप हेर्दामात्रै सोझा ! भलादमी पाराले हामीलाई भित्तो लाग्नेगरी भन्न के छोड्थे ! गल्ती हाम्रै थियो । तथापि, हामी

गल्तीको ढाकछोप गर्न भने बिल्कुलै गएका थिएनौं । गल्तीलाई अलिकति सहजीकरण गरिदिन्छन् कि भन्ने आशा थियो ।

'पहिलो पटक भएकाले यस्तो हुन गएको; अब आइन्दा यस्तो नहुने' वाचाबन्धन गरेपछि बल्लतल्ल उनले अररो भएर स्वीकृतिसूचक मुन्टो हल्लाए र किताब लिइदिने भए ।

त्यहाँबाट बाहिर निस्कँदै गर्दा भैरवले भन्यो, "रोचक, आज मरेजस्तो लाग्यो मलाई त ! बिचरा अधिकारीले के गरून् ! उनले पनि आफ्नो टाउको जोगाउनै पऱ्यो ! नत्र उनीमाथिको घनटाउकेले थिचिहाल्छ ! कस्तो उत्साहले लिएको काम; नमज्जा भो ! हामीले पनि के काम गरेर खाऔँला र ख्वै !"

साझाले दया गरेर किताब लिइदिए पनि त्यस्तो किताब बुझाउनुपरेकामा हामीलाई असाध्यै पीडा भइरहेको थियो । त्यसमाथि गल्ती हाम्रो थियो, व्यास प्रेसको; बदनामी भने भैरवले पाइराखेको थियो । किताब बिग्रनुमा बिचरोको के हात ? उसले त राम्रै होस्; भलै होस् भनेर त ल्याएको थियो नि त्यो काम !

मेरो अँध्यारो अनुहार देखेरै होला; उसले हाँस्तै भन्यो, "हामी पनि उस्तै ! पहिलो साइत नै 'मसान' बाट गरेपछि भलो कहाँबाट होस् त !"

क्षेत्रप्रतापसँग उसको सम्बन्ध त्यति झिनामसिना कुराले चिढिने खालको थिएन । त्यसको केही पछाडि नै तिनले भैरवलाई 'साझा निबन्ध' र 'साझा कथा' सम्पादन गर्न आग्रह गरे ।

क्षेत्रप्रतापले वेला-वेलामा भैरवको वचन राख्दै आएका थिए । सायद त्यसैले होला; सम्पादनको शर्त र पारिश्रमिकसमेत नसोधी, विनासम्झौता उसले काम सुरु गऱ्यो । अरू वेलाको दीर्घसूत्री ऊ; यो कार्य भने यथासम्भव चाँडो सिध्याउन लागिपऱ्यो । दुइटै किताबको पाण्डुलिपि तयार गरेपछि मात्रै उसले लामो सास फेऱ्यो ।

निकै दिन त्यत्तिकै बिते, साझातिर उसले फर्केर हेर्न पनि भ्याएन । दुवै किताब छापिएको जानकारी पाएपछि भने ऊ दौडिएर साझामा

पुग्यो । 'साझा कथा' ०२५ को अन्तिमतिर तयार भयो, 'साझा निबन्ध'ले भने ०२६ भेट्यो ।

ती दुवै किताबबाट उसले छानेका केही रचना फालिएछन्; उसले रचना नै नमानेका केही हालिएछन् । उसले लेखेको सम्पादकीय काँटछाँट गरिएछ । अनि, दुइटै किताबबाट 'सम्पादकः भैरव अर्याल'समेत उडाइएछ ।

यो भैरवको सोझोपनमाथिको चानचुने घात थिएन ।

किताब काखी च्यापेर केही नभनी ऊ लुरुलुरु फर्कियो । बिल्कुलै केही नभनी... !

उनन्चास

“यी भैरव बडो लोसे छन् । सुची गर्न पाँच मिनेट लगाए भने इँजार बान्न एक घण्टा लाउँछन् । यी दीर्घसूत्रीलाई पनि कहीं पर्खेर साध्य लाग्छ !” विकलले यत्ति भनिभ्याएका थिएनन्, भैरव टुप्लुक्कै आइपुग्यो ।

उसले सायद सुन्यो होला भन्ठानेर विकलले उसैलाई भने, “तिम्रै कुरा गरेको ! तिम्रो दीर्घसूत्रताको हामी तारिफ गर्दै थियौं, तिमी टुप्लुक्किइहाल्यौ !”

“म नभएको मौकामै त हो नि चाइने तिमर्ले कुरा काट्ने ! भेट्दा त ‘तँजस्तो क्वै छैन’ चाइने भन्यो; फुर्क्यायो; काम लियो ! सप्पैले त्यसै गर्ने हो !” उसले नैराश्यका साथ भन्यो ।

“हैन यिनलाई एकाबिहानै केको भूत चढ्यो हँ ? तिमीले हाम्लाई बाह्र-सत्ताईस भन्दा हुने; हामी नरिसाउने ! तिमीचैं कहाँको महाराज हौ र तिम्रो बारेमा कुरै गर्न नहुने !!” म पड्किएँ ।

“हेर रोचक ! तिमी व्यर्थको हिरो नबन ! यो मेरो र विकलको बीचको कुरा हो ! बालुवामा हलुवा बन्न किन खोज्छौ हँ ?” उसले टिप्पा लियो ।

विकल “हलुवामा बालुवा पो होला कि...” भन्दै थिए; उसले थपिहाल्यो, “यिन्लाई किन बालुवा बनाइराख्नु ! बालुवा हामी नै सही; यी हलुवै बनेको ठीक छ । हलुवा बन्दा त यिन्ले वेला-कुवेला चाइने आँखा झिमिक्क पार्न दिंदैनन् ! बालुवा बने भने झन् हाम्रो आँखाको हालत के होला ! ...अझ मेरो हालत त बाइसकलको चाइने पन्चर भएको टायर बनाइदेलान् ! हा..हा..हा..हा.. !!”

ऊ मस्तसँग हाँस्यो । विकल हाँस्यो । म हाँसें । नवराज थिएनन्; भएका भए सबैभन्दा बढी उनी हाँस्दा हुन् !

खैर जे होस् ! कामबाट फुर्सद भयो कि ऊ कलम घोट्नैमा व्यस्त भइहाल्थ्यो । उसलाई लेखन-साधनाबाट अलग्याएर कुनै मनोरञ्जनात्मक कार्यमा लगाउनु हाम्रा लागि हाडे ओखर दाँतले फोर्नुजत्तिकै हुन्थ्यो । 'कत्ति काम, काम, सिर्फ काम भनेर दौडिनु ! यसो कहिलेकाहीं कतै घुम्न जाऊँ; सिनेमा हेरौं अथवा त्यस्तै कुनै कार्यक्रम बनाऔं न त' भन्यो; ऊ मरेकाट्टे तयार हुने होइन !

त्यस दिन अशोक सिनेमा हलमा 'दिल देके देखो' फिल्म हेर्न जान तम्सिएका थियौं हामी । नवराजले 'सीधै उतै आउँछु' भनेका थिए । पुरु 'म तयार भइहाल्छु है' भनेर घरतिर लहसिएका थिए । विकल र म त अघिदेखिन् यिनीहरूकै प्रतीक्षामा थियौं । धन्न ऊ पनि आइपुग्यो !

"अब जाऊँ न त," भनेको, ऊ त उठ्ने सूरै गर्दैन बा !

विकलले भन्यो, "अब केको अटेरमटेर हो ? लौ उठ त खुरुक्क ! ह्वाँ नवराज 'केटाहरू आइपुगेनन्' भनेर फटफटिइराखेको होला !"

"मलाई आज छाडिदेऊ ! आउँदो शनिवारका लागि यौटा लेख तयार नगरी भा'को छैन । भोलिदेखिन् झन् व्यस्त हुनु छ; चान्सै छैन ! आज त्यत्ति गरेन भने.....!" भैरवले विस्मयतापूर्वक भन्यो ।

विकलले भैरवको हात तान्दै भन्यो, "छाड्देऊ न ! आफ्नै काम हो; भरे गरौंला; भोलि गरौंला !"

विकलको हात छुटाउँदै उसले गम्भीर भएर भन्यो, "भरेलाई, भोलिलाई भरे-भोलिकै काम आइहाल्छ नि ! तिमी कुरो बुझ्दैनौ !"

"कुरो मैले बुझ्या छु ! लु हिंडिहाल त !" मैले उसलाई झड्कारेरै तानें र अगाडि घँचेटें । मलाई थाहा थियो, ऊ यस्तोमा हिंड्न उत्ति मन गर्दैन; सकभर नजाऊँ नै भन्छ ।

ऊ निकै गह्रौं पाइला बनाएरै भए पनि हाम्रो साथ लाग्यो ।

उसलाई एउटा स्थितिबाट अर्कोमा ल्याउन हामीलाई धेरै नै गाह्रो पर्थ्यो । करकर गर्दागर्दा "लौ, जाऊँ न त जाऊँ" भनेर उठिहाल्यो भने

पनि त्यसपछि तयार भएर निस्कन बेहुलो अन्माउनुभन्दा बढी टाइम लगाउँथ्यो ।

यस्तो वेला उसलाई घोच्न विकलले ठट्टा बनाएको थियो– दीर्घसूत्री ! तथापि, जीवनका अरू प्रक्रियामा यत्ति लोसो स्वभावको भैरव लेखन र रोजीरोटीको कार्यमा भने कहिल्यै सुस्त देखिएन । आजको काम भोलिका लागि उसले कहिल्यै राख्न रुचाएन ।

पचास

न मोटो; न पातलो, अग्लो ज्यान, गहुँगोरो अनुहार बोकेर ऊ असिनपसिन हुँदै लखरकलखरक गोरखापत्रको कार्यालयभित्र छिऱ्यो । सम्पादकीय विभागमा छिर्दाछिर्दै दुई बुज्रुगलाई नमस्कार चढायो । पुरानो-पुरानो, घुर्मैलो रङको कोट सिँगौरोमा झुन्ड्यायो । अनि, एउटा थोत्रो कुर्चीभरि गजधम्म बस्यो । ऊ आउनुअघि नै कसैले टेबुलमा राखिदिएको चियाको गिलास तातै छ कि चिसो भइसक्यो भनेर छाम्यो । यसो लम्केर कोटको खल्तीबाट यौटा सिगरेट निकाल्यो । घरी चिया, घरी सिगरेट तान्न थाल्यो ।

त्यसपछि बल्ल देख्यो– यौटा १३-१४ वर्षजतिको किशोर कापीसमेत च्यापेर दुई हात जोडिरहेको छ ।

ढाकाटोपीको चेपबाट अलिकति निस्किएको घुँगुरिएको कपालसमेत हल्लने गरी टाउको हल्लाएर विना-आवाज, आँखाको शानले उसले सोध्यो, 'के थियो ?'

किशोरले कुरो बुझेन । ऊ उसैगरी हात जोडेको जोड्यै उभिइरह्यो । उसले हातको इशाराले त्यो कापी माग्यो । दुइटा कापी रहेछन् । उसले निकै गौड गरेर दुइटै पल्टाई-पल्टाई हेऱ्यो । अनि, कापीबाट आँखा नहटाई सोध्यो, "छाप्नुपऱ्यो हो ?"

किशोरले टाउको हल्लाएर हो भन्यो कि होइन; उसले हेरेन । हेर्दै नहेरी हातको इशाराले 'यता कुर्चीमा बस' भन्यो ।

पल्लो टेबुलबाट ऋषभ-वाणी गुञ्जियो, "के भयो भैरव ?"

"केही हैन गुरु ! पाण्डुलिपिको नमस्कार खाँदै छु ।" उसले कापीमा घोरिँदै जबाफ फर्कायो ।

उसको हातमा दुई वटा पाण्डुलिपि परेको थियो– एउटा कविताको; अर्को खण्डकाव्यको । यो नपत्याउँदो किशोरले दुई-दुई वटा किताबको पाण्डुलिपि तयार पारेको देख्दा उसलाई रमाइलो पनि लाग्यो; आश्चर्य पनि !

उसले सोध्यो, "नुवाकोट कुन गाउँ अरे ?"

किशोरले भन्यो, "चतुराले ।"

"उहींबाट आएका हौ कि यतै बस्छौ ?" फेरि पनि उसको आँखा कापीमै थियो ।

"उतैबाट आ'को, अब यतै बस्छु, दाइसँग पकनाजोलमा ।" कुर्चीको एक छेउमा खसिएला कि जसरी बसेको किशोरले अगाडितिर हात बाँध्दै भन्यो ।

उसले पुलुक्क हेर्दै भन्यो, "सजिलो गरी बस ।" अनि, थप्यो, "पढ्छौ पनि कि ?"

"पढ्न सुरु गरेको छु, जुद्धोदयमा ।" किशोर कुर्चीमा अलिक पछाडि सऱ्यो ।

"कतैबाट सारेर ल्या'को हो कि आफैंले लेखेको ?"

यसो सोध्दै गर्दा उसको एउटा हात कुर्चीको हातमा, अर्को हातको कुहिनो टेबलमा, हत्केलो चिउँडोमा पुगेको थियो । टेबलमा यौटा कापी थिचिएको, त्यसमाथि अर्को कापी आधा पल्टिएकै थियो ।

"आफैंले लेखेको ।" किशोरले उस्तै मुद्रामा भन्यो ।

"कसरी लेख्यौ हँ आफैंले ?" उसले दुवै हातले कापी उठाएर टेबुलमा पछार्दै सोध्यो ।

किशोर डरायो । डराई-डराई भन्यो, "अरूअरूले लेखेको पढें अनि यस्तरी लेख्नुपर्ने रहेछ भनेर लेखें... । ...तपैंको नि पढ्या छु ।"

"ए... ! ल, ल !" ऊ केही हच्किँयो । अनि, भन्यो, "उः योचाहिँ कविता सारेर देऊ ।"

उसले केही पाना उसलाई दियो । किशोरले कलम ननिकाल्ने छाँट देखाएपछि घर्राबाट कलम झिकेर उसलाई दियो । किशोरले क्षणभरमै उसले औंल्याएको कविता सारेर टेबुलमा राखिदियो ।

त्यसपछि भैरव आफ्नो काममा घोटिन थाल्यो ।

किशोर दिनभर त्यहीं बस्यो । भैरवले खाजा खान सँगै लिएर गयो । साँझ गोरखापत्रको सामुन्नेको आफ्नु डेरामा पनि उसलाई लिएर गयो ।

लगत्तैको गोरखापत्र शनिवारीयमा त्यो कविता छापियो– तिनै किशोर शङ्कर थपलियाको नाउँमा; उनको जिन्दगीकै पहिलो प्रकाशित कविता !

भैरवसँग 'आत्मीय सम्बन्ध' रहेको दावा गर्नेहरूको लामो नामावली छ । त्यस दिन त्यसैमध्येका एक बन्न पुगेका थिए शङ्कर । त्यसपछि गोरखापत्र र उसको डेरामा तिनको आउने-जाने क्रम बिस्तारै बढ्यो । भैरव तिनका कविताहरू काँटछाँट गरी प्रकाशनयोग्य बनाइदिन्थ्यो; छापिदिन्थ्यो ।

त्यही छेक उसले हाम्रोमै अर्थात् गहनापोखरीमै डेरा सा-यो । शङ्कर यता पनि आइरहे ।

गाउँबाट आएको केटो; बाले खटाएर पठाएको खर्च अपर्याप्त हुँदो हो । कहिलेकाहीं त स्टोभ बाल्न मट्टितेल किन्ने पैसा पनि शङ्करका दाजुभाइसँग हुन्थेन । यस्तो वेलामा कैयौं पटक भैरवले उनीहरूलाई मद्दत गरिरह्यो । एक दिन शङ्करलाई लाग्यो, 'यस्तो भद्र मान्छेलाई सधैं कसरी दुःख दिइराख्नु !'

यही सोचेर उनले भैरवसँग गुनासो गरे, "दाइलाई यसरी घरीघरी दुःख दिनुपरेकोमा मलाई असाध्यै असजिलो लाग्यो । यसो बिहान-बेलुकी कतै केही काम गर्न पाए नि हुन्थ्यो !"

भैरवले भन्यो, "तिम्रो विचार त राम्रै हो । तर, भन्नेबित्तिकै अनुकूलको काम पाउन गाह्रो छ । बरू बिहान-बेलुका दुई घण्टाजति गोरखापत्र बेच्ने काम सुरु गर । म त्यसको व्यवस्था मिलाइदिन्छु ।"

तिनी हच्किए । कहाँ अफिसमा खुट्टा हल्लाएर, पियनलाई 'चिया ले' भनेर खाने खालको जागिर खोजेको; कहाँ यिनी त घाँटी सुक्ने गरी कराउँदै पत्रिका बेच्ने पो सल्लाह दिन्छन् !

भैरवको सल्लाहले उनलाई निरुत्साहित गऱ्यो । 'त्यस्तो गरेर खानुभन्दा बरु भोकै बस्छु' भनेजस्तो पनि विचार आयो । उनको मनोदशा बुझेर नै होला; भैरवले भन्यो, "काम भनेको काम हुन्छ, चाइने त्यो सानु-ठूलो हुँदैन । अगाडि जे पर्छ, त्यो गर्नुपर्छ । पछि चाइने त्यो भन्दा राम्रो काम जब पाइन्छ, गर्ने नि ! हेर बाबू, काम गरेर खान चाइने लाज मान्नुहुँदैन । लाज त काम नगरेर खान पो चाइने मान्नुपर्ने हो; होइन र ?

"स्वप्नशील, कर्मवीर मानिसको आत्मा
उँभो लाग्छ सिर्जनाको अनौ लिई हातमा
कहिल्यै कतै नटुङ्गिने साझा मूल बाटो
भोलि जोत्न जानु छ रे चन्द्रमाको पाटो !

– यो कविता चाइने पढेथैँ भन्या होइन, खोइ बुझेको !"

भैरवले निकै बेर लगाएर भए पनि उनको मनोबल बढाएरै छाड्यो । तिनी भोलिपल्टदेखि बेलुका दुई घण्टाजति गोरखापत्र बेच्न थाले । कराउनचाहिँ उनलाई अझै लाज लागिरह्यो ।

गोरखापत्र बिक्री भएपछिमात्र पैसा बुझाउने र बिक्री नभएका प्रतिहरू फिर्तासमेत लिइदिने व्यवस्था भैरवले मिलाइदिएको थियो । छुट्टीको दिनचाहिँ उनी बिहान-बेलुकै गोरखापत्र बेच्थे । यसरी केही महिना उनलाई यो कामले मज्जाले पाल्यो ।

एक दिनको कुरा हो; उनी गोरखापत्र बेच्दैबेच्दै रानी-पोखरीतिर पुगे । दरबार स्कूलको छेउमा एउटा मान्छेले उनीसँग गोरखापत्र किन्यो । उनी जमलतिर बेचेर फर्किँदै थिए; त्यो मान्छे त्यही अङ्कमा छापिएको उनकै कविता सस्वर पढेर आफ्नो साथीलाई सुनाउँदै रहेछ । उनी त फुरुङ्ङै परे ।

आफ्नो कविता कोही सडकमा बसेर ठूल्ठूलो स्वरले पढेर अरूलाई सुनाइरहेको छ; उसै हिंड्नु भो त ? पढिनसकुन्जेल उनी भावुक भएर आफ्नै कविता सुनिरहे ।

सिध्याएपछि भने, "तपैंले पढ्नुभा'को यो कविता त मैले लेखेको हो नि हजुर !"

त्यो मान्छेले बडो अपत्यारिलो ढङ्गले, लगभग घृणामिश्रित आँखाले उनीतिर हेऱ्यो । उसको त्यस किसिमको हेराइ र हेयभावले उनी अनायास मर्माहत हुन पुगे । त्यहाँबाट उनी दौडिँदै भैरवको डेरा गहनापोखरी पुगे । गोरखापत्रको बेच्न बाँकी बिटो भुईंमा पछार्दै रन्किए, "अबदेखिन् म गोरखापत्र बेच्दिनँ !"

भैरवले केही भनेन । फगत् छक्क परेर उनको अनुहारमा हेरिरह्यो । शङ्कर राँक्किँदै उसैगरी हिँडिहाले । केही दिनपछि उसलाई थाहा भयो– शङ्करले किन त्यसरी अकस्मात् शङ्कररूप धारण गरेका रहेछन् ?

त्यसपछि शङ्करले गोरखापत्र बेच्ने काम साँच्चै छाडिदिए ।

कसैको हेय र अपमानको चोट कस्तो हुन्छ ? त्यो भैरवलाई जत्तिको कसलाई थाहा थियो होला र !

गोरखापत्र बेच्न छाडे पनि भैरवसँगको शङ्करको सम्बन्ध भने उस्तै रह्यो । भैरव उनलाई उसैगरी सकेको सहयोग गर्दै रह्यो । आई.ए.मा पढ्दा पनि भैरवले उनलाई घरमा गएर ट्युसन पढाउनुपर्ने काम खोजिदियो । सुखदुःख गरी बि.ए. उत्तीर्ण गरेपछि शङ्कर साझा प्रकाशनको जागिरे भएर सुदूरपश्चिम पुगे ।

त्यसपछि भने भैरवसँगको उनको सामीप्यको नियमितता टुट्यो ।

एकाउन्न

जर्मनीको बर्लिन शहरको एक विशाल अस्पताल । त्यसको एउटा ठूलो कक्षको बेडमा अप्रेसन सकिएलगत्तै ऊ एक्लै बेहोस-प्रायः लडिरहेको थियो ।

टाढाबाट यौटा छायाँ क्रमशः ऊतिरै आइरहेको देखियो । त्यो छायाँ जतिजति नजिक आउँदै जान्थ्यो, त्यति-त्यति नै डरलाग्दो हुँदै जान्थ्यो । नजिक-नजिक, झन्झन् नजिक हुँदै त्यो भयङ्कर राक्षसी रूपले उसमाथि झम्टन खोज्यो; लामालामा नङ्ग्राहरूले उसलाई चिथोर्न खोज्यो । असहाय ऊ के गर्ने ! कसो गर्ने ! घनघोर अन्योलमा पऱ्यो । दौडेर भाग्न पनि सकेन; भाग्ने ठाउँ नै भेटेन । सहायताका लागि बोलाऊँ त कसलाई बोलाऊँ ? विवश, लाचार, निरीह ऊ आवेशमा बेतोडले चिच्याउन थाल्यो ।

अनि, ऊ क्रमशः ब्युँझियो । उसको आँखाको धमिलो बिस्तारै फाट्दै गयो । दिमागको धमिलो हटाउन त्यसले मद्दत गर्न थाल्यो ।

ओहो ! ऊ त यहाँ; आफ्नो देशभन्दा धेरै टाढा जर्मनी आइपुगेको थियो । कलेज अफ सोलिडारिटीबाट पत्रकारिता विषयमा ६ महिने डिप्लोमाको पढाइ सिध्याएर घाँटीको दीर्घरोगको उपचारका लागि ऊ यस अस्पतालमा भर्ना भएको थियो । अघि भख्खरसम्म ऊ होसमा थियो । उसलाई यस कक्षमा ल्याएको उसले आफ्नै आँखाले देखेको हो । त्यति वेला त यहाँ अर्कैअर्कै थियो ! यी भित्तामा ऱ्यागहरू थिए । दायाँबायाँ मेसिनहरू थिए । उसको बिछ्यौना माथितिर पनि मेसिन नै थियो । नर्सहरू थिए; डाक्टरहरू थिए ।

कनीकुथी अङ्ग्रेजीमा यौटी नर्स उसलाई सोधिरहेकी थिई, “दुख्यो ? दुख्यो कि ?”

कहाँ गए ती सब ? ती सामान, औजारहरू कता लगे ? किन ऊमात्र छ यत्ति ठूलो कोठामा ?

ऊ सिर्फ एक पटक लोलाएको त हो; त्यो राक्षसको सपना देखुन्जेल ! आँखा झिमिक्क पारेकै वेलामा मिलिक्कै; यत्ति छिट्टै कसरी फेरबदल हुन सक्छ यत्रो कोठाको भूगोल ? कि सपना हो यो ? ऊ यहाँ भर्ना हुन आएको कुरा सपना थियो कि अहिलेको यो सपना हो ?

उसको दिमाग भटभटेजस्तो भट्याक-भट्याक गर्न थाल्यो । सबै तयार थिए उसको घाँटीको अपरेशन गर्न । अकस्मात् उसलाई छाडेर किन हिंडे ? कि दिल्लीमा जस्तै केही गर्न नसकिने ठानेर भागे यिनीहरू पनि ?

उसले पुनः आँखा चिम्म गऱ्यो ।

यस्तैमा एउटी चुसेचुसे डाक्टर फुत्त आइपुगिन् र उसको अनुहारतिर झरेको केश मिलाइदिन थालिन् । कसैको स्पर्शानुभूतिको आभाषसँगै उसले आँखा खोल्यो । चुसेचुसे मुसुक्क मुस्कुराइन् र उही टुटेफुटेकै अङ्ग्रेजीमा फुस्फुसाइन्, “बधाई छ है तपाईंलाई !”

उसको पछिपछि आएकी अर्की अलि गोरी तर हिस्सी नपरेकी पनि मुस्कुराइन्, “मिस्टर अरियाल, तपाईं होसमा आउनुभयो ? हिजो बेलुकी चार घण्टा लगाएर हामीले तपाईंको समस्या समाधान गरिदियौं । तपाईंको घाँटीको अपरेशन सफल भएको छ; अब तपाईं मुस्कुराउन सक्नुहुन्छ !”

मुस्कुराउन ? ऊ झस्कियो । ऊ त बोल्न चाहन्थ्यो ! चिच्याउन चाहन्थ्यो ! ऊ उसको आफ्नै स्वरमा आँसु निक्लनेगरी हाँस्न चाहन्थ्यो ! मुखाग्र कविता सुनाउन चाहन्थ्यो ! मन्त्रमुग्ध गर्ने गरी भाषण गर्न चाहन्थ्यो !

ऊ मुस्कुराउन यहाँ आएको होइन !

चुसेचुसेले गोरीलाई इशारायुक्त छड्के आँखाले हेरी । गोरीले हत्त न पत्त सुधारी, “माफ गर्नुहोला ! अब तपाईं बोल्न सक्नुहुनेछ !”

उसले ‘धन्यवाद’ भन्न खोज्यो तर घाँटीको स्वर घाँटीमै अड्कियो । चुसेचुसेको अनुहार उज्यालो थियो । गोरीको अनुहार प्रसन्न थियो । आफ्नो अनुहार यति वेला कस्तो होला ? उसले अन्दाज गर्न सकेन ।

“मिस्टर अरियाल, तपाईं नआत्तिनुहोस् ! अब बिस्तारै तपाईंको स्वर आउनेछ ।” चुसेचुसेको यो स्वर उसलाई जाडोले कठ्याङ्ग्रिएको वेलाको न्यानो घामजस्तो लाग्यो । ‘मान्छे अनुहारले होइन; मनले राम्रो हुने रहेछ’ चुसेचुसेको पतेरोले चुसेजस्तो अनुहारमा उसले अकस्मात् न्यानो सौन्दर्य पायो ।

***

आज दुई दिनको थप विश्रामपश्चात् उसले अस्पतालबाट छुटकारा पाएको थियो । कस्तोकस्तो; अर्कैअर्कै स्वरमा उसले फाटफुट कुरा त गरेकै हो; ऊ एक पटक आफ्नै स्वरमा चिच्याउन चाहन्थ्यो । कहाँ गएर चिच्याऊँ ??

ऊ बाहिर निस्कियो । मान्छेहरू आआफ्नै यात्रामा थिए; आआफ्नै सूरमा थिए । ऊतिर हेरेर बस्न कसलाई फुर्सद र !

तर, चिच्यायो भने यी सबै अडिनेछन् र प्रश्नसूचक दृष्टिले उसलाई घेर्नेछन् । अनि, ऊ स्वयम् प्रश्नसूचक हुनेछ ।

ऊ एकान्त ठाउँको खोजीमा लाग्यो । उसका पाइला रोकिएनन्; निरन्तर बढिरहे । बाटोछेउमा एउटा पार्कजस्तो ससानो ठाउँ रहेछ, त्यहीं छिऱ्यो । एउटा बेन्चीमा टुक्रुक्क बस्यो र पट्टीबाहिरबाटै घाँटी सुमसुम्यायो । घाँटी अझै लाट्लाटै रहेछ । अनि, बिस्तारै बोल्ने प्रयत्न गऱ्यो– “आमा... !”

यौटा भद्दा स्वर उसको कानैनेर गुञ्जियो– ‘....आमाऽऽ ...!!’

आफ्नै स्वर सुनेर ऊ आफैं झस्कियो– कस्तो स्वर हो यो ? कसको स्वर हो ?

उसले चारैतिर नजर घुमायो; कोही त छैनन् यहाँ ! सडकमा दौडिरहनेहरूलाई दौडिनुकै हतारो छ । उसले पुनः घाँटी सुमसुम्यायो र ठीकैठीकै दबाबसहित पुनः बोल्यो– "म आउँदै छु आमा !"

उस्तै धोद्रो स्वर फेरि उसको वरिपरि गुञ्जायमान हुन थाल्यो ।

ऊ पुनः बोल्यो; पुनः बोल्यो; पुनःपुनः बोल्यो ! बोल्न मन लागेका-नलागेका सारा कुरा बोल्यो । लाज, घीन नसोची बोल्यो; कसैको पर्वाह नगरी बोल्यो ।

तर, प्रत्येक पटक उस्तै धोद्रा स्वरहरूले ऊमाथि आक्रमण गरिरहे ।

ऊभित्रको मान्छेको स्वर खै ? जबसम्म ऊ मान्छे बनिसकेको थिएन; उससँग मान्छेको स्वर थियो । जब मान्छे बन्दै गयो, उसको लोग्नेमान्छेको स्वरसमेत स्वास्नीमान्छेको स्वरमा बदलिँदै गयो ।

ऊभित्र अर्कै मान्छे छ; साँच्चैको मान्छे !

अरूजस्तो बनावटी होइन, कृत्रिम होइन, असली मान्छे ! त्यो असली मान्छेको स्वर खोई ? के यो मान्छेको स्वर हो ?

उसले चित्त बुझाउनुपर्थ्यो– कमसेकम उसको घाँटीबाट स्त्री स्वर त हट्यो ! आफ्नो शारीरिक दोष हटेपछि ऊ खुशी हुनुपर्ने ! तर, यसको उल्टो उसलाई आफूले जीवनमा कुनै ठूलै सम्पत्ति कतै छाडेर आएझैं अनुभव भइरहेको थियो– उसको व्यक्तित्वले कुनै खास अपनत्व गुमाएझैं !

ऊ त्यहीं भुईंमा थचक्क बस्यो अनि गधाको जस्तो आवाज निकाल्यो– "क्वाँ !"

बल्ल उसलाई दिव्यज्ञान पाएझैं भयो– ओहो ! यी जर्मनीहरूले उसको घाँटीमा गधाको स्वर हालिदिएछन् !

मान्छेहरूसँग उडाइमाग्न के केटीकै स्वर काफी थिएन र ?

अब यहाँ बस्नुको केही अर्थ छैन । एक पटक फर्केर जाऊँ र तिनीहरूसँग तिनीहरूले नै हालिदिएको स्वरमा बाझूँ !

के हुन्छ र बाझेर ? के गर्न सक्लान् र अब तिनले ? सक्ने भए गरिहाल्थे नि !

के उसभित्रको मान्छे अब सधैंका लागि पराजित भयो ? उसलाई अब कहिल्यै मान्छेहरूले 'मान्छे' भनेर चिन्न नसक्ने भए ?

यहाँबाट फर्किएपछि त मान्छेकै स्वरमा... !

के-के पो सोचेको थियो उसले ! ऊ साँच्चै निराश भयो ।

भोलि दिल्लीहुँदै काठमाडौं फर्कनु छ । साँझतिरको टिकट छ । आज भर्खर मध्यदिन हुँदै छ । चौबीस घण्टाभन्दा बढी झेल्नु छ यो ठाउँलाई अझै । एक छिन पनि यहाँ बस्न मन छैन । फर्केर गइहाल्नु छ आफ्नै देश; आफ्नै घर !

घर सम्झिएपछि उसलाई लालाबालाको याद आयो । गधै बनेर किन नहोस्; विदेशबाट फर्किएको हुनेछ उनीहरूको बाउ । हात फैल्याउलान् ! बच्चाहरूको आशे हात भर्दिन नसके के बाउ !!

सकभर इशारामै उसले किनमेल गऱ्यो । केही बच्चालाई, केही बच्चाकी माउलाई, केही आफन्तलाई, केही साथीभाइलाई, केही आफूलाई..... अँ, आफूलाई केही किन चाहियो ?

आफूलाई त भर्खर हालेको नयाँ स्वर नै नचाहिने भइसक्यो ! आफूलाई आफैं नचाहिने भइसक्यो !!

उसले सुटकेशमा सबै सामान मिलाएर राख्दै गयो । काकाको लागि घडी, साथीहरू कसैलाई कलम, कसैलाई की-रिङ, केही क्याटबरी चक्लेट, केटाकेटीहरूका निम्ति लुगाफाटा, पत्नीका लागि घुर्मैलो रङमाथि हातले बुट्टा कुँदेको कुर्ताको कपडा अनि खिच्रिमिच्री सामानहरू... ओभरकोट... !

सुटकेशभित्र राखिएको ओभरकोटको भित्री पकेटमा उसले बडो जतनका साथ मनिब्याग हाल्यो र भित्री टाँकसमेत लगायो ।

मनिब्यागमा पाएको भत्ताबाट खाई-नखाई साँचेका केही पैसा थिए, उपचारपछि पनि बचेका । यहाँका लागि त ती केही नहोलान्; जब नेपाल पुग्नेछन्, साटिएपछि ती यौटा सानुतिनो गर्जो टार्ने हतियार हुनेछन् ।

घाँटीमा वरिपरि पट्टी लागेको थियो । हिजोसम्म बाहिरबाट छाम्दा लाट्लाटो लाग्थ्यो; आज चस्कन थालेको थियो । घाउ निकै बाठो भइसकेको हुनुपर्छ ।

अप्रेसनको घाउ पुरिँदै गए पनि उसको मनमा अर्कै डर, त्रास र आशङ्काले डेरा जमाइरहेको थियो । न खाने इच्छा जाग्थ्यो, न हिँड्ने, डुल्ने रहर नै ! आँखामा निद्रा फिटिक्कै आउन सकेको थिएन । सारै ठूलो छटपटी र अतीव बेचैनीले उसलाई घरीघरी सताइरहेको थियो ।

डाक्टरले दिएको निद्रा लाग्ने औषधिको पावर सक्किएको हो कि उसको चिन्ताको पावर बढेर हो; चक्कीहरूको डोज थप्दै जाँदा पनि निद्रा आए मार्दिनू ! अनिद्राको ओभरडोजले हो कि; उसको स्मरणशक्ति समेत क्षयीकरण हुँदै-हुँदै गइरहेको थियो । सबै सम्झेजस्तो लाग्थ्यो, तर केही सम्झे, केही बिर्सेझैं भइरहेथ्यो ।

बल्लतल्ल अलिअलि कृत्रिम निद्राले छोप्दै ल्यायो ।

बाउन्न

बर्लिनबाट उडेर दिल्ली अन्तर्राष्ट्रिय एयरपोर्टमा झरेपछि उसका लागि केही घण्टा फुर्सद निस्कियो । मध्याह्न १२ बजेतिर ऊ त्यहाँ झरेको हुँदो हो, काठमाडौं ट्रान्जिटको फ्लाइट ४ बजेमात्रै रहेछ ।

ऊ एक छिन यताउता गर्न थाल्यो । अनि, नजिकैको कुर्चीमा थचक्क बस्यो । उसलाई एयरपोर्टभित्रको वातावरण नै उकुसमुकुस भएझैं लागिरहेको थियो । माथि लेकतिर जाँदा अक्सिजनको कमी भएजस्तो !

उसले आफूलाई छाम्यो; ठीकै त छु जस्तो लाग्यो । तर, गहिरो निद्राबाट झट्ट ब्युँझेजस्तो अनुभव भइरहेको थियो । ऊ एक्लो थियो । त्यही एक्लोपनको फाइदा उठाउँदै मनमा कहाँकहाँका अनेकौं तर्कवितर्कहरू आउने-जाने गरिरहे । तर्कनाहरूले घाँटी निचोरुँला झैं गरे । एक्लोपनमा फसेर ऊ हतास भयो; छटपटायो । त्यसैले आफूलाई सकेसम्म एक्लो नराख्न खोज्यो । मान्छेहरूको भीडमा; हल्लीखल्लीमा; कोलाहलमा उभ्याउने चेष्टा गरिरह्यो ।

निकै बेर बाँकी थियो अझै त्यहाँबाट उड्न । ऊ एयरपोर्टबाट बाहिरियो ।

“एक-डेढ घण्टा त प्रायः डिले हुन्छ तर आउनचैं टाइममै आइपुग्नुहोला; साँझको प्लेनको भर हुँदैन ।” एयरपोर्टबाट निस्कने वेला काउन्टरवाली कर्मचारीले यसै भनेकी थिई ।

ऊ धेरै टाढा गएको त होइन । त्यो दिल्ली कुनचैं नघुमेको शहर हो र त्यहाँ पुगिबस्नु ! इच्छाका कोनि के-के जाती ‘तानाबाना’ निम्ट्याउँदै जाँदा साँझ पो पर्न थालेछ !

उसले घडी हेऱ्यो; समय ठीकै छ । अब एयरपोर्ट फर्किए ठीकै होला !

सोचेकै समयमा ऊ तोकिएको लाउन्जभित्र घुस्यो । अब प्लेन डिले हुनु र नहुनुको पनि केही अर्थ रहेन । टिकट हातमा बोकेर ऊ साबिकको काउन्टरमा पुग्यो । काउन्टरमा बस्नेले आश्चर्यभावले उसलाई शिरदेखि पाउसम्म नियाली ।

ऊ त प्लेन उडेको सवा घण्टापछि पो एयरपोर्ट पुगेछ !

के हेरेछ उसले टिकटमा ?

अथवा, घडीमा के हेर्‍यो ?

भित्ताको घडी र नाडीघडीको समय जाँच गर्‍यो– पन्ध्र मिनेटमात्रै तलमाथि छ ।

ऊ जिल्लाराम परेर नजिकैको सिटमा थच्चारियो ।

अब के गर्ने ? रात परिसकेको छ, जाऊँ त कहाँ जाऊँ ? अघि भौँतारिएकै तिर जाऊँ कि ? वा, रेल्वे स्टेशनतिर जाऊँ अनि रक्सौलतिर जाने रेल समातौं ?

त्यसै त भाँडिएको मन; झन् भाँडियो ।

अघिकी काउन्टरवाली ऊ बसेकै ठाउँमा आइपुगी अनि हिन्दीमै भनी, "हाम्रो सर आइपुग्नुभएको छ । टिकट लिएर ऊऽऽ त्यहाँ जानुस् अनि सरलाई रिक्वेस्ट गर्नुस् । उहाँले चाहनुभयो भने तपाईंलाई अवश्य केही मद्दत मिल्न सक्छ ।"

हाइन्ड ब्याग लतार्दै ऊ तिनले देखाएकैतिर दौडियो ।

कसैसँग बोल्नसमेत मन थिएन; तथापि उसले ती सरलाई "गुड इभिनिङ" भनिदियो । समस्या परिरहन्छन्; आज पनि परेको छ । आफ्नो समस्या सितिमिति अरूलाई भन्ने खालको मान्छे ऊ होइन । तर, आज नभनी धरै छैन ।

"म जर्मनीबाट काठमाडौं जान आएको हुँ, । म नेपालको गिनेचुनेको पत्रकार; लेखक हुँ । ट्रान्जिटको ४-५ घण्टा यसो तपाईंहरूको शहर हेरौं भनेर निस्किएको थिएँ; प्लेन छुटिहाल्यो । यस्तोमा सरले केही गर्न सक्नुहुन्छ कि भनेर यहाँ उभिएको हुँ ।" उसले धोद्रो स्वर सकभर मुलायम बनाएरै भन्यो ।

“तपाईं लेखक हो ?” भैरवको हातबाट टिकट लिएर त्यसमा गहिरिंदै उसले भन्यो ।

“हजुर !” भैरवले मुन्टो हल्लायो ।

“यस्तोमा मैले पनि गर्न सक्ने खासै केही हुँदैन । तपाईं लेखक हुनुहुँदो रहेछ । म यौटा लेखकलाई सकभर निराश बनाउन चाहन्नँ । तपाईं यहाँ बस्दै गर्नुस्, म कोशिश गरिहेर्छु ।”

यत्ति भनेर ऊ त्यहाँबाट निस्कियो । फर्किंदा उसको हातमा नयाँ टिकट थियो– भोलिपल्ट बिहानको ।

ती भारतीय सज्जनले भैरवको ठूलै समस्या समाधान गरिदिए । बल्ल उसले लामो सास तान्यो ।

अब आजको नियति भोलि दोहोऱ्याउनुहुँदैन ! ऊ सचेत हुनै पर्छ ! मनका गुम्फनले जतिसुकै बिथोल्न खोजे पनि त्यसबाट ऊ भोलि बिहान प्लेनमा नचढुन्जेल विचलित हुनुहुँदैन !

सकभर धेरै यताउता नगरी नजिकै ओहोरदोहोर गरिरह्यो ऊ । आज सिङ्गो रात यहीं काट्नु छ; कुर्चीमा । ओछ्यान नै भए पनि निद्रा लाग्ने होइन क्यार ! के नै फरक पऱ्यो र ! उसले आफैं आफ्नो चित्त बुझायो ।

बिहान भयो; ऊ तोकिएकै समयमा प्लेनमा चढ्यो । एकाध घण्टापश्चात् प्लेन काठमाडौंको ठूलो गौचरणमा ओर्लियो ।

अर्थात्, ऊ महिनौंपछि आफ्नो जन्मभूमिमा आइपुगेको थियो । मातृभूमिको स्पर्श पाएपछि दिक्दारी, आत्मग्लानि अलिअलि भए पनि कम भएझैं लाग्दो रहेछ !

हाइन्ड ब्याग घिसार्दै ऊ त्रिभुवन एयरपोर्टबाट बाहिरियो । बाहिर कोही न कोही त पक्कै आइपुगेको हुनुपर्छ !

यताउता हेऱ्यो; कोही नदेखेपछि सम्झियो– ऊ आज आउँदै छ भनेर कसलाई खबर छ र ? ऊ लुरुलुरु ओरालो लाग्यो ।

तीलगङ्गामा पुगेपछि झसङ्ग भयो–

ओभरकोटवाला सुटकेश त उसले दिल्लीकै ‘तानाबाना’को क्रममा भुलेछ ! लौ जा !!

त्रिपन्न

गोरखापत्रको सम्पादकीय विभागको दैलो राम्रोगरी खुल्न पाएको समेत थिएन; फोन आइहाल्यो, "भैरवजी फर्किनुभयो कि छैन हँ ?"

भैरवले नै जबाफ फर्कायो, "उहाँ त फर्किसक्नुभयो ।"

उनले सोधे, "कहिलेदेखि अफिस आउनुहुन्छ त ?"

उसैले फेरि भन्यो, "म आजैदेखि अफिस आएको छु खनालजी !"

फोनकर्ता श्रीधर खनाल रिसले चूर भए, "ठट्टा नगर्नुस् ! भैरवजी आइसक्नुभएको भए खुरुक्क फोन उहाँलाई दिनुस् !!"

ऊ फोनमै मस्तसँग हाँस्यो । अनि, सम्हालिएर भन्यो, "यहाँ मबाहेक अर्को भैरव नै छैन । म कसलाई टेलिफोन दिऊँ ? कि माफ गर्नुहोला, रङ नम्बर परेछ भनेर राख्दिऊँ ?"

खनाल अलमलिए । उनलाई शङ्का लाग्यो, 'कतै भैरव नै स्वर बिगारेर कुरा गरिराखेको त छैन ?'

उनी यस्तै सोच्दै थिए; भैरवले भन्यो, "अप्रेशन गरेपछि मेरो स्वर बदलिएको छ खनालजी ! त्यसैले तपाईं झुक्किनुभो । तपाईंमात्रै होइन, अब यहाँ सबैसबै झुक्किनेछन् ।"

तैपनि उनलाई पत्यार लागेन । स्वर बिगारेर भैरवलाई त धेरैले उल्याउँथे । विकल त अर्कै स्वर बनाएर घरीघरी झपार्थे पनि । तर, भैरवले यस्तो खालको ठट्टा गरेको उनलाई थाहा थिएन । कमसेकम उनीसित भैरवले यस्तरी नबोल्नुपर्ने !

उनी भैरवको मसिनो नारीतुल्य स्वरकै अपेक्षामा थिए । यो धोद्रो स्वर भैरवले नै पारेको भए पनि यत्तिका कुरा गरिसकेपछि त पक्कै आफ्नो स्वरमा बोल्नुपर्ने !

होइन भनूँ, हो जस्तो नि लाग्छ । बोलीको स्टाइल उस्तै छ । हो भनूँ, उनीसित यत्तिन्जेलसम्म ठट्टा गरिराख्ने मान्छे होइन ऊ ।

'आइमाईको स्वर' भनेर उनी पनि भैरवलाई घरीघरी गिज्याइराख्थे । पक्कै त्यसैको साटो फेर्न आँट्यो कि क्या हो भन्ठानेर सोधे, "तपाईं भैरवजी नै हो भनेर म कसरी पत्याऊँ ? केही प्रमाण दिन सक्नुहुन्छ ?"

"सक्तिनँ खनालजी ! म भैरव बन्नै सकेको छैन । जब बनूँला; तबमात्र प्रमाण दिन सकूँला कि !" उसले उसैगरी भन्यो ।

बल्ल तिनलाई फोनमा बोल्ने भैरव नै हो कि; हो कि जस्तो लाग्यो । तै एक छिन अरू कुरा गरेपछि निर्क्योल हुन सक्छ भनेर तिनले कुराको प्रसङ्ग तन्क्याए, "तपाईंको स्वरमा मात्र परिवर्तन भएको हो कि अरू कुरा पनि भएको छ ?"

उसले हाँसेर जबाफ दियो, "स्वरमा परिवर्तन भए पनि मेरो लिङ्ग परिवर्तनचाहिँ भएको छैन ! तपाईं विश्वस्त हुनुभए हुन्छ ।"

यो जबाफ सुनेपछि बल्ल उनले त्यो बोल्ने भैरव नै हो भनेर ठम्याए । दुवै फोनमै मस्तसित हाँसे ।

श्रीधर खनाललाई भैरवको एउटा बानी फिटिक्कै मन पर्दैनथ्यो– कसैको चित्त दुखाउन नचाहने ।

"यसरी कसरी साध्य हुन्छ ?" तिनी कुर्लिन्थे, "आजकालको जमानामा यसरी सबैको प्यारो बनूँला भनेर नसोचे नि हुन्छ ! यल्लाई नि हस् भन्या छ; उल्लाई नि हुन्छ भन्या छ ! यो बानी फेरिहाल्नुस् है ! बिरालोले त्यो मुसो समात्दिनू भन्ला; हस् भन्नुहोला, मुसोले त्यो बिरालोबाट बचाइदिनू भन्ला, हस् भन्नुहोला ! अनि, गर्नुहुन्छ चैं के ? रिसाउँदैनन् दुवै ?"

भैरव उनको कुरालाई मुसुक्क हाँसेरै टारिदिन्थ्यो । उनी भने चरोले मुखको चारो छाड्ला; यो कुरा छाड्दै छाड्दैनथे । साथीभाइसँग पनि भन्थे, "यही यौटा दुर्गुण हो तिनको ! मैले भन्या कुराले कानमा बतास लाग्दैन ! यसैले खान्छ कुनै दिन !"

यही कुरालाई लिएर भैरवसँग वेलावेलामा उनको बहसै हुन्थ्यो, "होइन भैरवजी, तपाईं कसैसँग व्यक्तिगत रिसराग, इवी छैन; राख्तिनँ

भन्नुहुन्छ । कसैको चित्त दुखाउन नचाहने कुरा पनि गर्नुहुन्छ तर कलमले व्यङ्ग्य कसेर र हाँसो उडाएर कैयन् व्यक्ति छाडौं; वर्गको समेत छारो उडाइदिनुहुन्छ ! तिनले तपाईंसँग चित्त दुखाउँदैनन् वा रिसराग राख्दैनन् भनेर कसरी ठोकुवा गर्न सक्नुहुन्छ ?"

भैरव हाँसेर भन्थ्यो, "मैले कुनै व्यक्ति वा वर्गलाई नताकीकन कुनै सत्यको उद्घाटन गर्ने उद्देश्यले झटारो हान्दा कसैलाई दुख्छ भने म उससँग क्षमा माग्नसिवाय अरू के गर्न सक्छु र !"

तिनलाई भैरवको यो जबाफ झनै मन पर्दैनथ्यो । तिनी भुत्भुताउन थाल्थे, "म त आफ्नो विराम नै नभई माफी माग्दिनँ भैरवजी ! मलाई तपाईंको यस्तो अनावश्यक विनम्रता पटक्कै मन पर्दैन । नाम भने भैरव, बात-व्यवहारचाहिँ... !"

भैरव हाँसेर भन्थ्यो, "मेरो नामअनुसारको व्यवहार नभएबाट पनि के कुरा पुष्टि हुन्छ भने मानिस उसको नाम, पद वा शारीरिक बनोटदेखि भिन्न व्यवहार गर्ने हुन सक्छ ।"

भैरवको जबाफसँग चित्त नबुझाए पनि त्यस दिनको त्यो बहस त्यत्तिकैमा, अधुरै टुङ्गिन्थ्यो ।

पछिपछि खनालजी पनि हार खाए क्यार ! भनेर लाग्ने होइन ! आफ्नो बानी जे छ; छाड्ने होइन ! फेरि मान्छेले सबैलाई आफूजस्तै बनाउन खोजेर नि कहाँ हुन्छ र ! श्रीधर श्रीधरजस्तो, भैरव भैरवजस्तो ! यस्तै केही सम्झे क्यार; अर्को पटकदेखि तिनले त्यस विषयका कुरै कोट्याएनन् । बरु नयाँ कुरा सोधे, "भैरवजी, तपाईं शब्दहरूसँग प्रशस्तै खेल्नुहुन्छ, किन ?"

उसले उस्तै कोमलताका साथ जबाफ दियो, "तपाईंले भनेको ठीकै हो । म कुनै कङ्काललाई टङ्कालतिर डुलाउँछु त कसैलाई पारसमा लगेर सारसको सुरुवा पनि घिचाउँछु । तर, भावलाई म प्राथमिकता दिन्छु । शब्दहरू त मेरा खेलबहाड गर्ने साथीमात्रै हुन् ।"

भैरवको यो कुरा भने खनालजीलाई चित्त बुझ्यो ।

चौवन्न

अकस्मात् भरतराजका छोराले आत्महत्या गरेको खबर आइपुग्यो ।

छोरोको लास पोस्टमार्टम सकेर बाहिर निकाल्दै गर्दा असह्य पीडा र वेदनाले थुरथुर काँपिरहेको बूढो बाउलाई दुईतिर समातेर छिमेकीहरूले हिंडाउँदै गरेको दृश्यको प्रत्यक्ष साक्षी बन्न पुगेको थियो भैरव । आँखाभरि आँसु पारेर चुपचाप-चुपचाप हेरिरहेको थियो ऊ ।

निकै दिनसम्म पनि भैरवको आँखामा तिनै आत्मदाहीका पिता भरतराज पन्तको निरीह अनुहार झलझली आइरह्यो । हिंड्दा, बस्दा, सुत्दा, काम गर्दा, जति वेला पनि त्यही दारुण्यले उसको पिछा छाड्दै छाडेन; दिमागमा हिर्काएको हिर्कायै गरिरह्यो । यो ०३१ सालतिरको कुरा हो ।

त्यसको केही दिनपछि गोरखापत्रका कर्मचारीहरू श्रमदान गर्न बलम्बू थानकोट पुगे । त्यहाँ भैरवको त्यही दारुण अनुहारसँग पुनः जम्काभेट भयो । भरतराजको अनुहारमा अलिअलि भए पनि चमक फर्किएछ !

भरतराजले भारी मनले आफ्नो पारिवारिक विसङ्गतिका कुरा भैरवलाई सुनाए । ऊ स्वयम् नैराश्यको चरम बिन्दुमा छ भन्ने उनले सुइँको पाएका रहेनछन् । त्यो थाहा पाएका भए जवान छोरोको दागबत्ती दिन बाध्य बाउको हृदयविदारक पीडा उसलाई अवश्य सुनाउँदा हुन् !

उनले नभने पनि त्यत्ति कुरासमेत नबुझ्ने त भैरव पनि थिएन । भरतराजका सारा पीडा सुनिसकेपछि उसले खुइय गर्दै भन्यो, **"यो जिन्दगी गाईजात्रा हो । हुलमा जान हुँदैन, सिस्नाको झाङमा परिन्छ; पर्खाल चढेर हेर्नुपर्छ ।"**

भैरवसँगको पहिलो परिचयबाटै भरतराज निकै प्रभावित भएका थिए । त्यस भेटको लगत्तै 'हालखबर' दैनिकमा छापिएको भैरवको लेख 'तरकारी सम्मेलन' उनलाई असाध्यै घत परेको थियो । त्यस बखत उनी ठमेलको सरस्वती कलेजमा पढाउँथे । भैरवका 'कारिन्दाको दिनचर्या', 'बेचबिखन', 'मेरो पसल'जस्ता चखिला चुट्किले कविता उनी विद्यार्थीहरूलाई लय हालीहँली सुनाउँथे । त्यसबीचमा भैरवले भरतराजका केही रचना गोरखापत्रमा छापिदिएको थियो ।

एक दिन सरस्वती कलेजमा लुसुक्क छिर्दै गरेको भैरवलाई भरतराजले पक्डिहाले । साँच्चै चोर पक्डाउ परेझैं झसङ्ग भएर उसले भन्यो, "गुरुले पक्डिहाल्नुभो ! म पनि यहाँ पढ्छु भन्ने कुरा गुरुसित मात्रै सीमित रहोस्, हल्ला नहोस् है !"

ऊ त्यहाँबाट बि.ए.को परीक्षा दिने तयारीमा रहेछ । त्यस वेला भरतराजलाई लाग्यो, 'यो मान्छे महत्त्वाकाङ्क्षीमात्रै होइन, क्षमतावान्समेत रहेछ ।'

नलागोस् पनि कसरी ! अरू विद्यार्थीलाई एक वर्षसम्म घोटिँदाघोटिँदा पनि कटाउन हम्मे पर्ने कोर्स ऊ जाँचको वेला केही दिन पढेकै भरमा उत्तीर्ण गर्ने योजनामा रहेछ ।

पछिल्ला भेटहरूमा उनी मुक्त कण्ठले भैरवको प्रशंसा गर्थे, "तिमी चानचुने मान्छे हुँदै हैनौ ! प्रज्ञाको पहिलो कविताउत्सवमा पहिलो हुने भैरव ! हास्यव्यङ्ग्यमा आफूभन्दा पूर्ववर्तीलाई पनि उछिन्ने भैरव ! तिमी नेपाली साहित्यको सर्वोज्ज्वल रत्न नै हौ !"

तर, ऊ विनयशीलता देखाउँथ्यो, "अझै मैले केही गर्न सकेकै छैन । गर्व गर्नाले उन्नति र प्रगतिमा तगारो लाग्छ । कसैले फुर्क्याउँदैमा म मख्खिन चाहन्नँ । मेरा पूर्वप्रकाशित रचनाहरू पढ्दा मलाई नै घृणा उत्पन्न हुन थालिसकेको छ । उच्चकोटीको साहित्य-सिर्जना मबाट हुन सकेकै छैन ।"

भैरव निकै गम्भीर थियो । आफू जस्तोसुकै विसङ्गतिपूर्ण अभिशापको शिकार बन्नुपरे पनि अरूलाई आश्वासन दिन भैरव खप्पिस थियो ।

पछिल्ला दिनहरूमा यी दुईबीचमा दुःख-सुख र पारिवारिक मामिलाका कुरा पनि साटासाट हुन्थे ।

उसले जतिसुकै 'गुरु' मानेर आदरभाव देखाए पनि; आफूलाई सानो पारेर विनयशीलता प्रदर्शित गरे पनि भरतराजलाई भने भैरवको अघिल्तिर आफ्नो योग्यता सदैव फिका अनुभव भइरह्यो । मानौं, भैरव सूर्य हो र आफू सूर्यको अगाडिको विवश जूनकीरी !!

पचपन्न

“अरूलाई हँसाउँदा-हँसाउँदा आफूचाहिँ ‘भैरव अर्याल’ नै हुन्छु कि भन्ने डर भैसक्यो ! मनको पीडा सुनाउँदा नि जोक ठानेर हाँस्दिन्छन् !” बालमुकुन्ददेव पाण्डेले भैरवलाई देख्या नदेख्यै गरेर भने । भैरव पनि सुन्या नसुन्यै गर्दै मुस्कुरायो ।

“चिया ख्वाउनी भन्या हैन ? ख्वै सुरसारै छैन त !” बालमुकुन्दले भैरवको टेबलमै आएर सम्बोधन गरे ।

“एक छिन नकराऊ न बालू ! यो सकौँ अनि जाउँला, हुन्न ?” उसले काममै निहुँरिँदै जबाफ फर्कायो ।

“अझै सक्या छैनौ ? ह्वैन महाभारतै भो कि क्या हो यौटा नाथे लेख नि ! म दुइटा अनुवाद सिध्याएर आएको !” बालमुकुन्दले टिप्पा लिए ।

“अङ्ग्रेजीबाट नेपालीमा आर्टिकल तन्दुरुस्त पार्नु कुनै गाह्रो कुरा होइन । मेरा लागि त नेपालीको नेपालीमै भाषानुवाद, वाक्यानुवाद गर्नु मामुली कुरा भैसकेको छ । पूरै लेखको भाषानुवाद गर्ने संकष्ट आइपर्दा पो कञ्चटमा घुम्रेर रहेका कपालका रौँ झन्झन् घुम्रन थाल्छन् त !” भैरवले गम्भीर भएर भन्यो ।

“ए माड्साप ! जौँ तत्तिर ! यिन्ले आज नि क्यै लछारपाटो लाउन्नन् !” उनी दातारामलाई सम्बोधन गर्दै भन्याङ ओर्लिए ।

“पन्नित पीडामा छन् अचेल । न्युजिल्यान्डमा डेढ वर्ष पत्रकारिता पढ्न जान छानिएका थिए । फारमसमेत भरे । तर, पछि नेपालीमा एम्.ए. गरेका;. अङ्ग्रेजी तगडा छैन जस्ता अनेकौँ बात लगाई अन्तिम बखतमा

एक नम्बरको यिनको नामलाई दुई नम्बरमा पुऱ्याइदिएछन् । 'यति रन्का छुटेको छ कि देशै चपाएर थुकिदिऊँ जस्तो लागेको छ' भन्दै थिए । २ नम्बर क्यान्डिडेटको हैसियतले फर्म भर्न भनेका थिए अरे, 'घण्टा पनि भर्दिनँ' भनेर हिँड्दिएछन् ।" भऱ्याङमा झर्दै गर्दा दातारामले सुनाए ।

"यिनी मान्छे त अजीबकै छन् हगि गुरु ! यस्तो हुँदा नि चुइँक्क केही नभएझैं गरेर बस्छन् । अरू भैदिएका भए आकाश-पाताल रन्काइसक्थे ! अस्ति 'पाइयो भने अर्को एम.ए. गर्नुपऱ्यो अङ्ग्रेजीमा, नपाइने रहेछ भने पोलिटिकल साइन्स या हिन्दीमा ठोक्छु' भन्दै थे ! यही चोटमा रै'छ ! मैले पो कुरो बुझेको रहेनछु त !"

"मलाई नि कहाँ थाहा हुनु र ! हिजो रोचकले फोन गरेका थिए । उनैले सोधीखोजी गरेर पो थाहा भो नि ! यो सब कुरा चिठीमा लेखेका रहेछन् भैरवले रोचकलाई ।"

"चिठीमा पो ? दिनहुँजसो भेट भइराख्ने मान्छेलाई पनि सोझै नभनेर चिठीमा लेखेर सुनाउने यो कस्तो व्यङ्ग्य हो कोनि ! मलाई नि त्यै गर्छन्, वेलावेलामा ।"

"बुझ्न गाह्रै छ भैरवलाई । यी यो युगले नै बुझ्न नसक्ने मान्छे हुन्; हामी नाथुले के बुझ्नु !"

उनीहरू झरेको एकै छिनमा भैरव पनि तलतिर ओर्लियो । बाहिर नपुग्दै उसको भेट भयो गोरखापत्रका डाइरेक्टर र प्रेसको म्यानेजरसमेत रहेका भवानीराज मास्केसँग । मास्के यौटा बालकलाई डोहोऱ्याउँदै छापाखानातिर छिर्दै रहेछन् । बालकलाई देखेर भैरवले सोध्यो, "तपाईंको छोरो हो ?"

मास्केले गम्भीरतापूर्वक उत्तर दिए, "म यसको बाबु हुँ, तर यो मेरो छोरो होइन ।"

भैरवले कुरो बुझेन । उसले फेरि सोध्यो, "तपाईंको छोरो हो कि भनेर सोधेको !"

मास्केले फेरि भने, “भनेको बुझ्नुभएन ? यो मेरो छोरो होइन तर म यसको बाउ हुँ !”

उसले फेरि प्रष्ट हुन चाह्यो; फेरि पनि उस्तै उत्तर आयो। ‘हैन, यिनको दिमाग खुस्केको हो कि मेरो ?’ हार खाएर भैरव पिपलबोटतिर लाग्यो।

ऊ फर्किंदासम्म त्यो घटनाले गोरखापत्रमा हाँसोको फोहोरा नै फुटाइसकेछ ! सधैं भैरवले उडाउने ! आज भैरवलाई नै उडाउन पाइने मौकामा कोही किन चुक्थे र !

वास्तवमा मास्केले दिएको उत्तर ठीकै रहेछ- उनले त्यस दिन छोरीलाई छोराको लुगा लगाइदिएर ल्याएका रहेछन्।

छपन्न

'तिमी मलाई खोज्दै छौ भन्ने सुनें तर म पनि यता केही दिनदेखि आफूलाई खोज्दै हिंडेको छु । कहिले कतै टोलाइरहेको हुन्छु, कहिले कसैलाई बोलाइरहेको हुन्छु । तर, तिम्रो र मेरो खोजाइमा अन्तर के छ भने तिमी उही गोकर्णको च्याँसेच्याँसे अनुहारको गोरखापत्रको परिश्रमी सहायक सम्पादकलाई खोज्दा हौ– धूवाँकुटी र त्यस्तै यताउतिका सडकतिर । तर, म खोज्दै छु त्यो भैरवलाई, जो मेरै सहस्रपत्र मुटुभित्र लुकेर हराइरहेछ ! जे होस्, हामी खोज्दै छौं दुवै; दुवैमात्र होइन सबै; सबैमात्र होइन संसारै । हाम्रो खोजी पूरा भएको दिन हामीले विजय पाउनेछौं । त्यहाँसम्म न म तिमीलाई पाउँछु, न तिमी मलाई पाउन सक्नेछौ !!'

मन्थलीको हर्हराउँदो गर्मीलाई छिचोल्दै अनौठोखाले चिसोपन मभित्र पस्यो । अस्तिसम्म म त्यहीं थिएँ, उसकै आसपासमा । कति नै दिन पो भयो र यता झरेको ! मेरो पछिपछि पो आइपुगेछ भैरवको चिठी त ! म हिंड्नासाथ पठाएको थियो कि ? वा, यता जाँदै छ भन्ने थाहा पाउनासाथ पठाएको हो कोनि !

जे होस्, मन्थली पुग्दानपुग्दै भैरवको चिठी मेरो हातमा पऱ्यो । उसको चिठी हात लाग्नु उस्तो अनौठो कुरा होइन । केही दिन भेट भएन भने पनि ऊ चिठी लेखिसक्थ्यो र दिन्थ्यो । साँच्ची भन्ने हो भने उसको व्यवहार सामान्य मित्रहरूले गर्नेभन्दा अलिक फरकै हुन्थ्यो । भेटघाटमा भन्दा यस्तै चिठीपत्रमार्फत भित्री कुरा सुनाउँथ्यो । प्रत्यक्ष भन्न सङ्कोच लागेर पो हो कि; वा बोल्नभन्दा लेख्नै अभ्यस्त भएर हो,

उसभित्रको पीडा अक्सर चिठीबाटै पत्तो हुन्थ्यो । ऊ यस्तै थियो; म यस्तैमा बानी परेको थिएँ ।

तर, यो चिठीले बोलेको कुरा अन्य समयको झैं सामान्य पीडाबोधकमात्र थिएन । हामी जुन भैरवलाई भैरव ठानिरहेका थियौं, त्यो भैरव यसमा थिएन । जुन भैरवलाई हामी चिन्थ्यौं, त्यो भैरव खासमा यो होइन रहेछ भन्ने अनुभूतिले म सिरिङ्ङ भएको थिएँ ।

वास्तवमा, ऊ फरक बन्न चाहन्थ्यो; फरक थियो पनि ।

उसलाई फरक रहिरहन नदिन फरक-फरक मान्छेहरूबाट फरक-फरक दुस्प्रयासहरू भइरहेका थिए ।

परिवारबाट प्रहार भइरहन्थ्यो, "सँगैका साथीभाइले के-के गरिसके ! ठूल्ठूला घर बनाइसके, गाडी किनिसके, तराईमा जग्गा जोडिसके ! तैंले त त्यै भ'को बाइसकल नि बेचेर खाइस् !"

आफन्तहरूबाट टोकसो आइराख्थ्यो, "नचिनेको क्वै छैन ! ठूल्ठूला मान्छेसँग सङ्गत छ ! ख्वै, यसो भनसुन गर्देऊ न भन्यो, कानमा हावा लाग्नी ह्वैन !"

ऊ सानासाना खुशीहरूसँग प्रशस्तै खुशी भइदिन्थ्यो । मसिना दुःखहरूसँग मनग्गे दुःखी पनि भइदिन्थ्यो । तथापि, आफन्त तथा आममान्छेले चाहेजस्तो फिटिक्कै हुन सक्दैनथ्यो ।

यस्तो अवस्थालाई ऊ यसरी चित्रण गरिदिन्थ्यो–

"साहित्य, सङ्गीत र कला साह्रै स्वार्थी र स्वाभिमानी प्रकृतिका हुन्छन् । तिनका लगामले खिँचिएका सबैजसो मानिस केवल आत्मसन्तुष्टिबाहेक अरू केही सोच्नसम्म पनि समर्थ हुँदैनन् । त्यसैले म म नै छु र मेरा परिवार, इष्टमित्र, छरछिमेक र समाज आआफ्नै ढङ्गरङ्गमा छन् ।"

एकचोटि गोरखापत्रको कार्यालयमा एक सरकारी मान्छे भैरवको नाम सोध्दै आइपुगे । भैरवलाई भेटेपछि ६ सय रुपियाँ दिएर एउटा कागतमा सही गराएर उनी फर्किए । ती मान्छे गएपछि बल्ल थाहा भयो– भैरवको राष्ट्रभाषाप्रतिको सेवाको कदर गर्दै पुरस्कारस्वरूप शिक्षा मन्त्रालयबाट त्यो रकम पठाइएको रहेछ ।

चिताउँदै नचिताएको रकम अकस्मात् आउँदा उसको गर्ज त टर्ने भैहाल्यो, त्यसले भैरवलाई दिएको खुशी त्यो रकमभन्दा कैयौं गुना धेरै थियो । उसले पैसा होइन; सम्मानसहितको पैसा पाएको अनुभूति गरेको थियो ।

उसले कति जनाको उपकार गऱ्यो ? कतिलाई लेखक बनाइदियो ? त्यो गनेर साध्यै छैन । गुन सम्झिनेहरूले उसले बनाइदिएका लेखले आफू सप्रिएको कुरा मुखले नभने पनि सम्झिएकै होलान् । कसै-कसैको लेख, कथा, कविता ऊ आफैंले लेखेर पनि छापिदिएको थियो । त्यस्तोमा सिर्फ विषयमात्र नामवाला लेखकको बाँकी रहन्थ्यो ।

उसले हाकिमसँग बिन्तीभाउ गरेर केहीलाई गोरखापत्रमा जागिर लगाइदिएको पनि थियो । त्यसरी अल्झाएका मध्ये एउटाले उसकै खोइरो खन्न लागेको छ भनेर उसैले भन्दै हिंड्नुपर्ने दिन पनि देखियो ।

एक समकक्षी, जो भैरवभन्दा अघिदेखि नै गोरखापत्रमा थिए तर केही गर्न सक्ने हुतिका थिएनन्; उनलाई भैरवले बाटो देखाइदियो, कुशलतापूर्वक काम कसरी गर्ने भन्ने सिकाइदियो ।

पछि तिनै मान्छे उसको बदनामी गराउँदै हिंड्ने भए ।

ऊ सारा कुरा सहन्थ्यो । उसमा 'दुर्बलता' भन्न चाहेमा दुर्बलता नै हुने; 'महत्ता' भन्न चाहेमा महत्ता नै मान्न सकिने अनौठो सहिष्णुता थियो । जस्तोसुकै पीडा भए पनि त्यसलाई भित्रभित्रै दबाएर ऊ आफूलाई सकभर हँसमुख र रौसे देखाउने कोशिश गरिरहेको हुन्थ्यो । उसलाई एकदमै नजिकबाट चिन्नेहरूसमेत सितिमिति उसभित्रको आन्तरिक द्वन्द्व सुइँको पाउँदैनथे ।

'आशावादी कवि, लेखकभन्दा निराशावादी विचारक ठूलो हुन्छ र उसले जीवनलाई यथार्थ रूपबाट चिनेको हुन्छ' भन्ने विचार भैरवमा साहित्यिक चेत छिरेदेखि नै थियो । आफूले पनि लेख्तै जान थालेपछि र इलाचन्द्र जोशीलाई पढ्न थालेपछि त ऊ कृष्णचन्दरलाई 'जीवनलाई सतहबाट हेर्ने कवि' ठान्न थालेको थियो । बिस्तारै ऊ 'गहिराइमा गएर

जीवनलाई व्यङ्ग्य गर्ने कवि ड्राइटन र इलियट नै हुन्' भनेर ठोकुवा गर्न सक्ने भयो । नेपाली हास्यव्यङ्ग्य खोजीखोजी पढ्न थालेपछि नै त हो उसले कलम चलाउन सुरु गरेको ! पछि, हास्यव्यङ्ग्य निकै लेखिसकेपछि र अरूले लेखेको पनि प्रशस्तै पढिसकेपछि ऊ निराश हुन्थ्यो र भन्थ्यो,

"नेपाली साहित्यमा हास्यव्यङ्ग्य लेख्नै सकिएको रहेनछ । जे-जति लेखिए, तिनमा कृत्रिमता र अहम्‌मात्रै रहेछ । हाम्रोजस्तो समाजमा गौण सम्प्रेषण दिन सक्ने र क्षणिक प्रभाव पार्न सक्ने हास्यव्यङ्ग्यहरू उत्कृष्ट ठहराइँदा रहेछन् । यसबाट हामी लेखकको स्वार्थमात्र पूरा हुन्छ, साहित्यको स्तरमा झन् फस्कोपन आउँदो रहेछ ।"

उसको पहिलो हास्यव्यङ्ग्य किताब 'काउकुती'को चर्चा चुलिँदै गर्दाको कुरा प्रसङ्गवश यहाँ सम्झन मन लाग्यो । त्यस बखत उसका नयाँनयाँ हास्यव्यङ्ग्य पनि भटाभट प्रकाशनमा आइरहेका थिए । यस्तैमा उसले एक दिन हामीहरूसँग भन्यो,

"*काउकुती*भित्र जिस्क्याउन छाडेपछि विद्रोह छ र यसलाई पाठकले के-कति बुझेका छन्; त्यो मैले बुझेको छु । त्यसैले मलाई यो समाजदेखि रिस उठेर आउँछ । त्यसदेखि बाहेकका मेरा अरू हास्यहरूमा भने केही त छन् कि जस्तो मलाई लाग्छ र यसैबाट मिथ्या तुष्टि लिने गरेको छु ।"

शिष्ट व्यवहारले सबैलाई मुग्ध पार्दै आए पनि आफूभित्र उर्लिरहेका मानसिक पीडा र सामाजिक असन्तुष्टिका भेललाई रोक्ने सङ्घर्षमै हुन्थ्यो ऊचाहिँ । अनि, हैरान भएर भन्थ्यो,

"सामाजिक शिष्टतादेखि मलाई वाक्क लाग्छ । मन परी, नपरी शिष्टता, सन्तुष्टिले मैले सबैलाई अघाइदिनुपर्छ । मैले आफूले थाहा पाएको प्राकृत चालचलनबाट कतै धेरै हात माथि उचालिनुपर्छ त कतै कैयौँ हात मुनि पछारिनुपर्छ ।"

यत्ति हुँदाहुँदै पनि ऊ केही न केही अन्वेषणकै धुनमा हुन्थ्यो । ऊ आफ्नो लेखनीलाई हास्यशैलीको देखाउन रुचाउँथ्यो तर उसको अन्वेषणमा गाम्भीर्य प्रचुर हुन्थ्यो ।

गोरखापत्रको सम्पादकीय विभागमा भैरवका दाहिनेपट्टि ऋषभदेव र देब्रेपट्टि दातारामको कुर्सी थियो । ऊ थियो दुईटा बूढाको बीचमा । एक दिन कसैले ठट्टा गर्‍यो, "दुइटा बूढाहरूको बीचमा बसेर तपाईं नि बूढो देखिनुभो !"

उसले ठट्टाकर्तातिर हेर्दै नहेरीकन जबाफ दियो, "म पनि बूढै हुँ । उहाँहरू वरिष्ठ बूढो; म कनिष्ठ बूढो !"

गोरखापत्र ७५ वर्ष प्रवेश गरेको उपलक्ष्यमा विशेषाङ्क निकाल्ने तयारी हुँदै थियो । त्यसका लागि सबै तयारीमा लागेका थिए । भैरव झन् दुई महिना अघिदेखि नै लागिपरेको थियो । कुरै कुरामा १०० वर्ष पुग्न धेरै बाँकी नभएको र त्यस वेला केके छापिन सक्ला ? भन्ने विषयमा छलफल हुन थाल्यो । कसैले यस विषयमा भैरवको राय जान्न चाहे ।

उसले ढुक्कले भन्यो, "खै, आफू त बाँचिँदैन क्यार !"

"तपाईं बाँच्नेमात्रै हैन, गोरखापत्रमै हुनुहुनेछ !" दाताराम कड्किए ।

"त्यस्तै कुरा हो भने हामी पनि बाँच्दैनौं नि ! कसरी भन्ने बाँचेकै हुन सक्छौं ? के अहिल्यैदेखि खुट्टा तन्काउन सुरु गरौं त ?" ऋषभदेवले थपे ।

उसले पुलुक्क दुवै अग्रजलाई पालैपालो हेर्‍यो अनि सुरुसुरु आफ्नो काम गरिरह्यो ।

तर, समयले भैरवलाई सुरुसुरु काम गरिराख्न दिएन । सबैले उसबाट अलिक बढी नै अपेक्षा गरे कि वा जति गर्नुपर्ने थियो, त्यो गरेनन् कि ?

उसको फरकपनमाथि चारैतिरबाट आक्रमण भइरहे ।

... ...

भैरवको चिठी पढेपछि चारैतिर भैरव नै भैरवमात्रै पो दृष्टिगोचर हुन थालेछ !

उसैको बारेमा सोच्दै थिएँ, हिंड्दैहिंड्दै तामाकोशी-किनारमा पुगेछु !

खुट्टा पानीमा डुब्ने गरी किनारको ढुङ्गोमा बसेँ र पुनः उसैको चिठी पढ्न थालेँ । क्रमशः झन्झन् गहिरिँदै, बग्दै; बग्दै, गहिरिँदै गइरहेको तामाकोशीको एक छेउलाई छप्ल्याङ-छप्ल्याङ पार्दै पारिको टारीखेततिर दयनीय दृष्टि फ्याँकिरहेँ ।

कस्तो अभागी खेत रहेछ यो ! तामाकोशी उर्लँदा उसैलाई चोइट्याएर बग्छ । तर, दुई-चार बुटो बाली रोप्नुपरे आकाशे खेतीको भर पर्नुपर्छ, कोशीको एक छिटा पानी चढ्दैन ।

कस्तो भैरवजस्तो खेत ‼

सन्ताउन्न

“तँलाई अचेल के भा'को हँ ? खालि मर्ने र मार्नेमात्रै सोच्छस् ! कस्ले मार्छ तँलाई ? तँ नाथुलाई मारेर कसले के नम्बरी पाउँछ ?”

आफैं थर्केको हो कि थर्काको हो कोनि; बूढो स्वरग्रन्थि निकैबेरसम्म थर्थराइरह्यो । धाराप्रवाह थर्थराहट गुञ्जिरहेपछि उसका इन्द्रियहरू जागरूक हुन थाले । पहिले कान ठाड्ठाडो भयो । त्यसपछि छाला सिरिङ्ङ गऱ्यो । त्यसपछि आँखा रातोरातो भयो । त्यसपछि नाक फूँ-फूँ फर्फरायो । त्यसपछि जिब्रो फड्कारियो । त्यसपछि पाँचै इन्द्रियसहितको सिङ्गो शरीरलाई उसले हुर्दुराउँदै ढोकाबाट निकाल्यो । त्यसपछि... ...

ढोकामा फुर्लुङ थापेर बसिरहेको मछुवारेले झैं कान्छो इन्द्रियले च्याप्पै उसको पाँचै इन्द्रियलाई अँठ्याए, “दाइ, मध्यरातमा यो के अपहत्ते गर्न लाग्नुभा'को !”

उसका इन्द्रिय ब्रेकफेल भइसकेका थिए । उसले बेजोडले भाइ इन्द्रियलाई धक्का दियो । पत्नी इन्द्रिय पनि ढोकामै छेक्न आइपुगिन्; ब्रेक फेल भएको गाडीको पाङ्ग्रामा कसैले ढुङ्गा राखिदिएझैं । त्यसपछि उसको इन्द्रिय घरभित्रै उत्तानाटाङ पऱ्यो ।

घरको मूल ढोका ड्याम्म लगाएर उसले भित्रबाटै सम्पूर्ण इन्द्रियलाई आग्लो ठोक्यो । बूढो इन्द्रिय फलैंचामा पुनः थर्थराउन सुरु गरे, कराउँदा-कराउँदा बेटरी सिध्दिएझैं– “जा ! जा ! मर् !! तैंले हाम्लाई र यी लालाबालालाई भोकभोकै मार्न खोजेको त होस् नि ! पैले हाम्लाई ज्यूँदै गाड्दे ! अनि, जाँ ग'र डुबुल्की लाउनु छ, लगा !!”

भित्र चुपचाप; बाहिर चुपचाप ! सबै इन्द्रियहरू चुपचाप भए । रातको सन्नाटाले पुनः शासन गर्न थाल्यो ।

"बन्ध्र्याङ्ङ !!"

मध्यरात्रिको सन्नाटा एक छिनका लागि फेरि चकनाचुर भयो ।

रातको बाह्र नाघिसकेको थियो ।

उसले बुइँगलको झ्यालबाट आफ्ना पाँचै इन्द्रियलाई फालिदिएछ !!

इन्द्रियहरू आवाज आएतिर दौडिए । बूढो इन्द्रिय, भाइ इन्द्रिय, स्वास्नी इन्द्रिय, आमा इन्द्रिय, सुतेका तर झस्केर उठेका केटाकेटी इन्द्रिय; सबैसबै घरपछाडिको करेसामा एकत्रित भए ।

बुइँगलबाट फाल हाल्दा पनि आफ्ना इन्द्रियहरूलाई जस्ताको तस्तै पाएर ऊ भने जोडजोडले ईँटाको टुक्रा थाप्लोमा बजार्दै रहेछ !

उठाएर; ठेलठाल पारेर भाइ इन्द्रियले उसको इन्द्रियलाई पुनः घरमा भित्र्याए ।

रुवाबासी, काकोहोलो, आतङ्क !!

रातको साढे बाह्र बज्यो । घरका इन्द्रियबाहेक गाउँ पूरै उस्तै सुनसान देखिन्थ्यो ।

भाइ इन्द्रिय दौडिए छिमेकतिर । फर्कंदा उनले अघिअघि लगाएर काका इन्द्रियलाई ल्याएछन् ।

ऊ भित्रको खाटमा आफ्ना इन्द्रियलाई लमतन्न सुताइरहेको थियो । काका इन्द्रिय आएपछि रुवाबासी र कोकोहोलो अझ बढ्यो । उसको टाउकोबाट रगत बगिरहेकै थियो । इन्द्रिय छोप्ने लुगाहरू पूरै रक्तरञ्जित भइसकेका थिए ।

उसले जिब्रोन्द्रिय खोल्यो, "म सारै अभागी रहेछु ! बाँच्ने कष्ट सहन नसकेर मर्न खोजेको; मैले त्यो पनि पाउन सकिनँ !"

मध्यरातको असहजतालाई चिर्दै बल्लतल्ल यौटा ट्याक्सी खोजेर घाइते इन्द्रियलाई त्यसैमा कोच्याइयो । अनि, दौडाइयो वीर अस्पतालको इमर्जेन्सीतिर ।

अस्पतालमा यौटी नर्सले घाउ सफा गरिदिइन् र मल्हमपट्टी लगाइदिइन् ।

ऊ बिल्कुलै असाधारण मनःस्थितिमा थियो । तर, दुर्भाग्य, अस्पतालमा साधारण डाक्टरसमेत रहेनछन् । ऊ रिसायो; झर्कियो; फुत्किएर भाग्न खोज्यो– "मलाई यो अधकल्चो अवस्थामा रहन नदिनोस् ! म मर्न चाहन्छु !!"

जसोतसो बिहान भयो । राति नै भाग्न खोजे पनि उसकै खुट्टाहरूले उसलाई साथ दिएनन् । भाग्ने त के; टेक्नसमेत नमिल्ने भएछन् ती त !

सखारै डाक्टर आइपुगे । उसको अनुहारलाई गजबले चिन्ने खालकै रहेछन्, "ओहो भैरवजी ! के भो तपाईंलाई ? यो हालत कसरी ?"

उनी नर्सहरूतिर फर्केर ङर्ङराए, "मलाई राति नै किन खबर नगरेको हँ ?"

निहुरमुन्टी 'न' बाहेक अर्को जबाफ आएन ।

"माथिबाट खसेर खुट्टाका नसाहरू खुज्मुजिएका रहेछन्, एकाध दिनमा ठीक हुन्छ । आत्तिनुपर्ने केही छैन ।" यत्ति भन्दिएर तिनी हिंडे । जाँदाजाँदै डाक्टर उसको मानसिक स्थितिमाथि भने ठूलै प्रश्नचिह्न लगाएर गए ।

भैरवको मानसिक अवस्थामाथि खतरनाक प्रश्नचिह्न !!

अन्ठाउन्न

म कहाँ छु, मन कहाँ छ !

"मलाई चिन्नुभएन ?" फरकफरक स्वरमा यही प्रश्न ममाथि वर्षिरहेका छन् । म नाथु चिनेर पनि "चिनेको छु" भन्नसमेत सकिराखेको छैन । सम्झँदा तत्‌तत्‌लाई सम्झनुपर्छ । सप्पैलाई एकसाथ सम्झेपछि उनीहरूले भैरवमाथि गर्ने व्यवहार सम्झनुपर्छ । ठीक गरिरहेछन् कि बेठीक ? म कस्सैको व्यवहारको मूल्याङ्कन गर्न जान्दिनँ ।

मन त भैरवमाथि छ । भैरवले हाम फालेको बुइँगलमाथि छ । जसको ठीक मुनिको कुनामा बसेर मैले भैरवका जिन्दगीका कैयन् दस्ताबेजहरू सुने-देखे-भोगे-महसूस गरेको छु ।

मन त भैरवको भाँच्चिएको मनमाथि छ ।

ऊ हुँदै नभए नि संसार चल्दो हो ! म नभए नि चल्दो हो । मैले मनलाई यसरी भड्काउनुहुँदैन !! मैले आफूलाई सम्हाल्नुपर्छ, बुझिस् !!!

बेडमा सुतिरहेको भैरवलाई धेरैबेर नियाल्न नसकी म वीर अस्पतालको बेड नं. ७ बाट बाहिरिएँ । बाहिर कुरिरहेका रहेछन् उसकै गाउँका एक हुल दौँतरी ।

मलाई चिन्नुभएन ? भनेर मसित सोध्ने बद्री नै रहेछन् तर बद्रीनाथ अर्याल भने होइनन् । अर्याल बद्रीसँग त मेरो चिनापर्ची राम्रै थियो । यी बद्रीसँगै मैले हल्काफुल्का चिनेजानेकै तर खासै सङ्गत नगरेका भैरवका छरछिमेकी टन्नै रहेछन् ।

मलाई देख्नासाथ बद्रीले भक्कानिंदो स्वरमा भने, "...सांसारिक मायामोहमा उनलाई अल्मल्याउन अब नसकिने भइयो । सकेदेखिन्

अझै कति भण्डारहरू थपिन्थे होलान् ! कति कुराहरू लेखिन्थे; देखिन्थे होलान् । विडम्बना, भैरवलाई टिकाउनै नसकिने भो ! ...जसलाई हामीले आफ्नो भन्छौं, जसबाट हामीले केही पाएथ्यौं, पाउँदै छौं, त्यो हाम्रो चिज, त्यो हाम्रो वस्तुलाई अब इतिहासमा खोज्नुपर्ने दिन आउने भो रोचकजी ! ...उनको निम्ति हामी कस्तो बन्धन बनेछौं हेर्नू न... ! त्यसैले त खालि फुत्कैरै जान खोज्छन् ! ...अनेकौं रीतिरिवाजलाई व्यङ्ग्यवाण हानेर तर्साउन खोज्ने व्यक्ति स्वयम् तर्सिन पुगेका छन् । ...यिनको आत्महत्या गर्ने रहर... व्यङ्ग्यमाथिको पनि व्यङ्ग्य बन्न पुगिसक्यो... ! तर... !!"

बद्री साँच्चै भक्कानिन थाले । यस्तोमा अब उनलाई सम्झाउन थाल्नु कि आफूलाई ? म घोसेमुन्टो लगाएर आँसु नचुहाउने व्यर्थको यत्न गर्दै रहें ।

भैरवसितकै चिनजानको प्रतिफल त्यहाँको सम्पूर्ण उपचार निश्शुल्क हुने व्यवस्था मिलाइदिएर ती डाक्टरले भैरवलाई मनोचिकित्सक विष्णुप्रसाद शर्माकहाँ रिफर गरिदिए । शर्माले पनि भैरवको मानसिक रोगको निश्शुल्क नै उपचार सुरु गरे ।

ऊ ठीक हुनेछ; ऊ अब बिस्तारै ठीक हुनेछ !

नभन्दै, केही दिनको विश्रामपछि भैरव अड्डा जान सक्ने भयो । कार्यालय जाने र कलम घोट्ने उसको उद्यम पुनः सुरु भयो । अर्थात्, ऊ जिन्दगीको लयमा फर्कियो ।

केही दिनमै दिनचर्या सामान्यीकरणमा बदलियो ।

यो कम्ता हर्षातिरेकको कुरा हो र !

उनसट्ठी

'यो गोरखापत्रको कार्यालय हो ।

यो गोरखापत्रको कार्यालय होइन !'

"यीमध्ये कुनचाहिँ सही; कुनचाहिँ गलत ? ठीक-बेठीक लाइदिनुपऱ्यो सरले !" उसले दुई वाक्य लेखेर प्रधान-सम्पादक गोपाल भट्टराईलाई देखायो र उत्तरको प्रतीक्षा गरेर उनकै कोठाको कुर्चीमा खुट्टामाथि खुट्टा खप्ट्याएर बस्यो ।

कागज हेरेर तिनी मुसुक्क हाँसे । दुवैमा कट्टी लगाइदिएर उनले मुनि अर्को वाक्य लेखिदिए–

'यो गोरखापत्रको कार्यालय हो पनि; होइन पनि !'

उनको जबाफ हेरेर भैरव कुकुर बङ्गारोमुनि खप्टिएको दाँतसमेत देखिने गरी हाँस्यो । उसको हाँसोको सञ्चार हुँदै के थियो; ऋषभदेव कक्षमा भित्रिए । हाँसोको फोहरा सुनेर उनी उत्सुक आँखालाई चराउन त्यता आएका थिए ।

सम्पादकले सोधे, "गुरुको पनि कुनै वाक्यलाई वाक्यमा प्रयोग गर्नुपर्ने थियो कि ?"

"केही छैन ! भैरव हाँसेको सुनेर के पो भएछ भनेर छिरेको !" प्रश्नको आशय नबुझे पनि उनले आफ्नै पाराले स्पष्टीकरण दिए ।

केही दिनअघि भैरव 'भाषण मन्त्रालय'मा पुगेर आएको थियो । मन्त्रालयको नाम त के पो थियो कोनि; उसले यस्तै भनेथ्यो । गाँठी कुरोचैं उसले कुनै मन्त्रीको लागि भाषण लेखिदिएर आएको रहेछ । सम्पादकले "मन्त्रीज्यूलाई भेटेर उहाँले के भन्नुहुन्छ, गरेर आउनू" भनी

अह्राएर त्यता पठाएका रहेछन् । गोरखापत्रवाला त्यो दुई वाक्य उसले सम्पादकज्यूलाई त्यही कार्यको 'प्रगति विवरण' पेश गरेको रहेछ ।

सम्पादकको कक्षबाट कुरो नबुझी जिल्ल परेर फर्किएका ऋषभदेव आफूलाई जिल्याउने उपरोक्त तत्त्वबारे यथाशीघ्र पत्तो लाउन आतुर थिए । भैरव हाँस्तै बाहिर निस्कनासाथ उनले जिज्ञासाको पोको खोलिहाले, "कुरो के हो साँच्ची ?"

भैरवले हाँसेरै भन्यो, "रमाइलो गुरु ! रमाइलो !! अरूलाई भैरवले हँसाउने; भैरवलाई चाइने सम्पादकले हँसाउने !"

'मलाई पो उडाएर हाँसिरहेका थिए कि ?' यो सोचले ऋषभदेवको दिमागको तार हान्यो । झननन भएर उनको मुहारका अन्योलका रेखा कालानीला भए ।

तर, भैरवको ध्यान त्यतातिर बिल्कुलै थिएन । रमाइलोको संसारबाट निस्किन बाँकी नै छ; कता ती बूढाको अनुहारमा छरिएका विषादका रेखाको विषद् अध्ययन थाल्नु !

यसो रमाइलो गरौं न भनेरै होला, सम्पादकले मन्त्रीज्यूको भाषण-कार्यक्रमको रिपोर्टिङ गर्न पनि भैरवलाई नै पार्लियामेन्ट पठाइदिएका थिए । अर्को दिनको गोरखापत्रमा भैरवले बनाएको सोही विषयक समाचार दोस्रो मुख्य समाचार बनेर छापिएको थियो ।

आफैंले लेखेर मन्त्रीज्यूलाई टक्र्याएको भाषण; त्यही भाषणबारे समाचार लेख्न त उसले भ्याइसकेकै थियो । हाकिमभन्दा माथिको 'आदेशमुताविक' उपरोक्त समाचारमाथि नै सम्पादकीय लेख्न उद्यत हुने सौभाग्यसमेत उसैलाई प्राप्त भयो ।

तयार पारेर सम्पादकको टेबुलमा 'सम्पादकीय' पेश गर्दासम्म उसको अनुहारको मुस्कान सदाबहार नै थियो । सम्पादकीयमाथि नजर घुमाइसकेपछि सम्पादकले आफ्नो अनुहारमा फेरि हाँसोको बीजारोपण गरे, "यो हो नि काइदा ! भाषण गर्नेले के बोल्छ ? रिपोर्टिङ गर्नेले के पर्गेलेर टिप्छ ? उसको रिपोर्ट समाचार सम्पादकले के-कति बुझ्छ ? अनि, त्यसैमाथि सम्पादकीय लेख्नुपरे के लेखिन्छ ? यत्ति

बुद्धि पुऱ्याइदिँदा ती सब कुराको टेन्सनै नहुने रैछ ! यौटाले भाषण लेखिदियो, उसैले रिपोर्टिङ गऱ्यो, उसैले समाचार बनायो अनि उसैले त्यसमाथि सम्पादकीय लेख्यो ! यभन्दा खँदिलो गरी कुनै विषयमाथि न्याय कसले गर्न सक्ने ? हैन त ?"

सम्पादक फेरि जोडजोडले हाँस्न थाले । भैरवको दाँत खप्टिएको मुद्रा अघिदेखि नै कायम छँदै थियो; अझ विस्तारित भयो ।

यस्तो 'रमाइलो' गोरखापत्रमा वेला-कुवेला भइरहन्थ्यो । भैरवका लागि त्यो कुनै नौलो-नवीन विषय थिएन । तर, त्यही भैपरी आइरहने कार्यभारसँगै भैरवले 'अतिरिक्त दृश्य'माथि पनि दृष्टिगोचर गर्न भ्याएछ ।

खासमा, त्यस दिन मन्त्रालयको ल्याट्रिनभित्रको 'विशेष रमाइलो'माथि उसले विहङ्गम दृष्टि दिन भ्याएको रहेछ !

दीर्घसूत्री भैरवले 'भाषण मन्त्रालयको ल्याट्रिनभित्र' हास्यव्यङ्ग्य ह्रस्वसूत्री पाराले नै एकै बसाइमा लेखिसिध्याएको त्यत्तिकै होला र ! त्यसका खातिर पक्कै 'अतिरिक्त ऊर्जा'ले ऊर्जा दिएको हुनुपर्छ !

***

केही दिनपश्चात्को कुरो हो; गोरखापत्रमा छापिएको मन्त्रालयसम्बन्धी एउटा समाचारको कुनै बुँदामाथि अकस्मात् गलफत्ती सुरु हुन पुग्यो । लेख्नेले ठीकै लेखेको थियो होला, मुद्राराक्षसले अर्थको अनर्थ बनाइदिएछ ।

वास्तवमा सामान्य मानवीय त्रुटि थियो त्यो । तर, त्यसले 'सामान्य' बन्नै पाएन । नियतको कुरो उठ्यो । राष्ट्रिय पञ्चायतमा सोही विषयमा चर्काचर्की सुरु भयो । सञ्चार राज्यमन्त्रीको राजीनामा माग हुन थाल्यो ।

'सामान्य' त्रुटिले 'असामान्य' स्वरूप लिन पुग्यो ।

मन्त्रीको पद जोखिममा; सम्पादकको जागिर धरापमा ।

लेख-रचना सम्पादकको रोजगारी भड्खालोमा ।

प्रूफ-रिडर अनि कम्पोजिटरको रोजीरोटी सन्त्रासमा ।

कसकसको के-के पो हुने हो ! मन्त्रीले सम्पादकलाई छोड्दैनन्; सम्पादकले लेख-रचना सम्पादकलाई; लेखरचना सम्पादकले लेखकलाई; लेखकले प्रूफ रिडरलाई, तिनले कम्पोजिटरलाई नछोड्लान् । बिचरा कम्पोजिटर ‼

केही त छैन उनको त्यो बाहेक अर्को इलम ! अब उनका स्वास्नी-छोराछोरीको मुखमा माड नलाग्ने निश्चित भयो । भैरव छटपटायो– "गल्ती मेरै हो । सम्पादक त ममाथि उत्पातै विश्वास गर्थे; गरे ! मेरै लापरवाहीले सबको जागिर जानेभो !"

उसको दिमागको मिटर पुनः घटबढ, घटबढ हुन थाल्यो । ओखतीको डोज थपियो । त्यसले उसको इन्द्रियलाई त लठ्ठ पाऱ्यो होला तर मन भने उस्तै सन्त्रासमय नै रहिरह्यो ।

त्रासैत्रासमा केही दिन गुज्रिए ।

अकस्मात् दृश्य परिवर्तित भयो ।

"के छाप्ने, के नछाप्ने ? त्यो अधिकार सम्पादकको हातमा हुन्छ । म त्यो लेख नछाप भन्न सक्थेँ, भनिनँ । हेर्न सक्थेँ, हेरिनँ । त्यो सिर्फ मेरो कमजोरी हो । म आफ्नो गल्तीको पश्चात्ताप गर्छु ।"

अकस्मात् प्रधानसम्पादक गोपालप्रसाद भट्टराई पो बलिको बोको बन्न तयार भइदिए ! आकस्मिक रूपमा आइपरेको गोरखापत्रभित्रैका त्यस्तो 'औसरका अभिलाषीहरू' चनाखा भए । अब, सम्पादकमाथि दह्रो लात हानिनेछ । त्यसउपर उनीहरूले थप योगदान दिन पाउनेछन् ।

ऊ गिड्गिडायो, "सर, गल्ती त मेरो थियो ! लेख-रचना सम्पादकको नाताले मैले राम्रोसँग हेर्नुपर्थ्यो; जाँचबुझ गर्नुपर्थ्यो ! सधैँ गरिरहने आफ्नै स्टाफको कामलाई केलाउनुपर्ने आवश्यकतै देखिनँ । सरले पनि मैले हेरेको भनेर ढुक्कले विश्वास गर्नुभो । यो एकदमै अन्याय भयो सर ! धान खाने मुसो, चोट पाउने भ्यागुतो !"

मन्त्रिपरिषद्का हृषिकेश शाह र विश्वबन्धु थापाबीच त्यस बखत ठूलै टकराब थियो । एकले अर्कोलाई कसरी सिध्याउने भन्ने होडमै थिए दुवै । प्रधानसम्पादक भट्टराईमाथि थापाकाजीको पहिलेदेखि नै

वक्रदृष्टि थियो– शाह समर्थक हुन् भनेर । केही दिनअघि शाहको भाषणमाथि समाचार लेखिएको थियो । समाचारमा हुन गएको त्रुटिमाथि व्यापक बहस, पैरवी चुलिँदै थियो; कसरी हो, सोही समाचार तीन दिनपछि फेरि गोरखापत्रमा जस्ताको तस्तै छापिन पुगेछ ! अनि त काण्डै पुगिहाल्यो नि !

"भैरवजी, तपाईंलाई थाहा छँदै छ– यहाँ मान्छेहरू खुट्टा उज्याएर बसेका छन् । अहिले नभए पछि; यस केसमा नभए अर्कोमा; कुनै न कुनैमा ममाथि लात बज्रनु त छँदै थियो ! एउटा सामान्य भूलले गर्दा यत्तिकाको बालबच्चालाई भोकभोकै पार्नुभन्दा म स्वयम् उभिनु बुद्धिमानी थियो; त्यहीँ गरेँ मैले ।"

उनको आँखामा आँसु त थिएन । तर, उनी भित्रभित्रै भक्कानिएको भैरवको आँखाबाट छेकिएन; अहँ छेकिँदै छेकिएन । भैरवलाई भित्रैदेखि चिन्ने, माया गर्ने सम्पादक उसकै आँखासामुन्ने षड्यन्त्रकारीहरूको शिकार बन्दै गइरहेका थिए; टुलुटुलु हेरिरहनु शिवाय ऊ केही गर्नै सकिरहेको थिएन ।

नभन्दै धेरै जनाको भित्री आत्मा रुवाउँदै भट्टराई गोरखापत्रबाट गलहत्याइए । अर्थात्, भैरवको श्रमको असली कदर गर्ने विवेकशील सम्पादक गोरखापत्रबाट निकालिए । त्यसको ग्र्याान्ड डिजाइनर भैरवको आसपासमै मुस्काउँदै रहे- कुटिल मुस्कानसहित ।

यस्तो असहनीय र मर्मान्तक चोट भैरवमाथि अकस्मात् थपियो । उसका इन्द्रियहरू पुनः अस्थिर हुन थाले ।

साठी

दशकपहिलेका गिनेचुनेकै तर एक दशकजति कतै पलायन भएर फर्किएका एक हास्यव्यङ्ग्यकार अकस्मात् गोरखापत्रमा जागिर खान आइपुगेका थिए । 'माथि' को ठाडो आदेशबाट तिनी भैरवले काम गर्ने सम्पादकीय शाखामै वरिष्ठ सम्पादक हुन आए ।

आफ्ना प्रिय सम्पादकको असामयिक र दुराशयपूर्ण तत्त्वको कुप्रभावयुक्त बहिर्गमनबाट विचलित मनस्थितिमा थियो भैरव । जो-जसरी भित्रिए पनि उसलाई खासै वास्ता थिएन । तर, तिनको नाम सुनेपछि भने ऊ अलिअलि आशावादी बनेको थियो । कारण थियो– उसको आफ्नै हास्यव्यङ्ग्य क्षेत्रका मान्छे उसको शिरमाथिको हाकिम बनेर आउँदै थिए । आफूले मानेकै व्यक्तित्व; अग्रज थिए ती । अनि, ऊ किन निराश हुनु ?!

तर, त्यो भैरवको दिवास्वप्नशिवाय केही हुन सक्दैन भन्ने बबुरो भैरवलाई के पत्तो !

नेपाली साहित्यको हास्यव्यङ्ग्य विधामा आफूलाई प्रणेताझैं ठान्ने तिनी एक दशक देशैबाट हराउँदा आफ्नो मर्यादा र प्रतिष्ठामा आएको ह्रासको कारक भैरवलाई नै ठान्दा रहेछन् ।

खासमा तिनी ०१७ सालको परिवर्तनपश्चात् तत्कालीन राजनीतिक दबाब झेल्न नसकेर प्रजातान्त्रिक नेताहरूसँगै प्रवासिएका रहेछन् । यता हुन्जेल नेपाली हास्यव्यङ्ग्यमा उनको जल्दोबल्दो उपस्थिति रहेछ । 'हास्यव्यङ्ग्य पनि' लेख्ने त अरू पनि थिए होलान्; मूल विधा नै 'हास्यव्यङ्ग्य' लेख्ने उनी करिब-करिब एक्ला रहेछन् त्यस बखत । निकै चल्तापुर्जा रहेछन् भनूँ न !

एक दशकभन्दा बढी प्रवासी जीवन बिताएपछि उनको राजनीतिक आस्थाको धरातल धर्मराउँदै जानु अनि यता राजाको राजनीतिले फलाम काट्न फलामै चाहिने महसूस गर्नु सिर्फ संयोगमात्र अवश्य नहोला । पञ्चायत-इतरलाई तह लगाउन पश्चायत-इतरकै मान्छेलाई हात लिने राजाको रणनीतिको फेरो समात्दै उनी प्रवासी जीवन र पुरानो आस्था, दुवै एकसाथ परित्याग गरेर नेपाल फर्किएका थिए ।

यसबखत राजनीतिक आस्थाबाट विचलित भए पनि उनी थिए एक जमानाका चर्चित व्यक्तित्व ! हास्यव्यङ्ग्य भनेपछि सबैभन्दा पहिले लिइने नाम ! हास्यव्यङ्ग्य क्षेत्रमा हालीमुहाली जे थियो; उनकै थियो । नवोदित पञ्चायतले नलखेटेको भए उनको त्यो विरासत कायमै रहिरहने थियो सायद ।

उनी देशमा फर्किंदासम्म भने समय र परिस्थिति अर्कैअर्कै भइसकेछ । प्रवासिने वेलामा उनले नामै नसुनेका भैरव अर्याल सर्वश्रेष्ठ र सर्वप्रिय भइसकेछ । लेखक, कवि एवम् साहित्यकारहरू भैरवकै अगाडि झुम्मिने भएछन् । उनी त नयाँ; नौला; नचिनिने पो भइसकेछन् गाँठे !

सर्वप्रथम उनलाई त्यो फिटिक्कै मन परेन ।

भैरवलाई प्रतिद्वन्द्वीको रूपमा देख्ने अति ईर्ष्यालु बानी-व्यहोरा उनीभित्र जागृत भइहाल्यो । राजनीतिक आत्मसमर्पणपश्चात् प्राप्त हुने सम्भाव्य राम्रा-राम्रा, उच्च स्थान र अवसरलाई पन्छाउँदै उनी आइपुगे– भैरव अर्यालकै टाउकोमा गीर खेल्न; उसको ठीक माथिको हाकिम बनेर ।

यस्तोमा उनले भैरवका बारे नानाथरी कुरा 'माथि' लगाउने नै भए । 'गोरखापत्रभित्रका पञ्चायती व्यवस्थाका विरोधीहरूलाई तह लगाउन' हुलिएका ती 'वरिष्ठ' लेखकले भैरवप्रति अनादर एवम् अपमानजन्य व्यवहार गर्ने सानोभन्दा सानो मौका पनि किन छाड्थे र !

दिउँसो आफूलाई 'पञ्चायत-भक्त' भनाएर मन्त्रीहरूबाट लाभ उठाउन हाम फाल्थे एकथरी सहकर्मी । साँझ कुनै राजनीतिक घोषणा वा समाचार प्रकाशनार्थ आइपुगेको छ भने तिनै 'पञ्चायत-भक्त'हरू विद्रोही नेताहरूकहाँ पुऱ्याउन दौडिन्थे ।

कुनै मन्त्रीको भाषणमाथि सम्पादकीय लेखिँदा 'मैले लेखेको' भनेर मन्त्रीजीको कानमा पुऱ्याउन सके लाभ र पदक लिन पाइने परिपाटी चल्तीमा थियो त्यस बखत । त्यो बुझेकाहरूले भैरवले लेखेकोलाई समेत आफूले लेखेको भनेर प्रस्तुत गरिदिन्थे । त्यस्ताको अगाडि भैरव भने उल्टो र गजबकै स्वभावको प्राणी थियो । ऊ मैले लेखेको भन्न जानु त के, गोरखापत्रमै समेत त्यसको जिकिर गर्दैनथ्यो । आफ्नो ड्युटी गर्नु थियो, गरियो, सकियो !

सम्पादकीयको त कुरै छाडौं; पत्रिकाको स्तर उठाउन सिन्को भाँच्न पनि नसक्ने तर 'सम्पादक' बनिटोपल्ने त्यस्ताहरूका लागि भैरव अनौठो व्यक्ति त हुने नै भयो नि !

यस्ता अतिनिकृष्ट द्वैध चरित्रका व्यक्तिहरूको अभाव गोरखापत्रमा थिएन । नयाँ हाकिम आएपछि तत्तत् कुवृत्तिको गुणस्तर ह्वात्तै बढ्यो । आफ्नै 'जात'को नेता पाए तिनीहरूले ।

***

श्रीधर खनालले गोरखापत्रमा छाप्न दिएका थिए एउटा लेख । त्यत्ति कुरा पनि साथीलाई के भनिराख्नु भनेर चुपचाप बसेका थिए उनी । यो हप्ता आउला; छैन ! अर्को हप्ता त अवश्य आउला; छैन । यसरी धेरै दिन भइसकेको थियो उनले आफ्नो लेख छापिने प्रतीक्षा गरेको । अब त अति नै भयो ! नभनी भएन भनेर उनले भैरवसँग गुनासो पोखे, "हाम्रो लेख त अचेल गोरखापत्रलाई खाँचै पर्न छाड्यो क्यार ! विशिष्टहरूको आउन थाल्यो होला; हामी नाथुको के छापिन्थ्यो र !"

भैरवले घर्रा तानेर उनको पाण्डुलिपि निकाल्यो र बडो उदासीका साथ भन्यो, "ल हेर्नुस्– तपाईंको पाण्डुलिपि मसँग सुरक्षित छ । तर, यो मैले अँठ्याएर राखेको होइन । जसले गर्दा यो लेख छापिनबाट वञ्चित भइराखेको छ; उसबाट त म स्वयम् पीडित छु !"

श्रीधर पाण्डुलिपि फिर्ता च्यापेर फर्किए ।

त्यस दिन भैरवले थपिएको पीडाबारे उनीसित निकै लामो कुरा गरेको थियो । भैरवको कुरा सुनेर उनी स्वयम् दुखित बनेका थिए । त्यस वेला भैरवले भनेका सारा कुरा उनको मनमस्तिष्कमा अहिले पनि उत्तिकै ताजा छन् । तर, त्यसलाई ओकलेर उनी आफ्नै मुख तीतो पार्न चाहन्नन् । यत्तिचाहिँ बडो भावुक भएर सुनाउँछन्, "त्यस दिन गुनासो गर्दै गर्दा भैरवको अनुहारमा भर्खर काँचो पिँडालु चपाएर कोक्याएको भाव झल्किरहेको थियो !"

गोरखापत्रका लागि लेख होस् कि सम्पादकीय; सामाजिक चर्चा होस् कि चिठीपत्र; सम्पादन अनि लेखनका सबै कुरामा भैरव पोख्त थियो । उससरह वा उसभन्दा कम-बढी शैक्षिक योग्यता भएका अरू पनि साथीहरू थिए कार्यालय र त्यहाँभन्दा बाहिर पनि । उसभन्दा कता हो कता कम; बुद्धू दिमागका ती साथीहरूले समेत उसकै अगाडि जग्गा-जमिन, विशाल महल, कार इत्यादि जोडिसकेका थिए । उनीहरूको अहम्को आगोको ज्वालाले वेला-कुवेला भैरवलाई पोलिरहन्थ्यो; घोचिरहन्थ्यो ।

कार्यालयमै पनि आफूभन्दा बढी शैक्षिक योग्यता भएका वा पहुँचको भरमा भैरवलाई मिचेर उसमाथि जथाभावी गर्न समर्थहरू उसका लागि सधैँ दर्प र आतङ्कका तीखा काँडा बनेर बिझाइरहन्थे ।

बाहिर भने भैरवको हास्यव्यङ्ग्यको क्रेज बढ्दो थियो। 'हास्यव्यङ्ग्यको पण्डित म हुँ, यो त बच्चो हो' भन्ठान्नेहरूलाई उसले शीघ्र गतिमा धेरै पछाडि पारिसकेको थियो । लेखनमा उसलाई टक्कर दिन नसकेको झ्वाँक बाहिरतिर पनि भैरवको टाउकोमाथि यदाकदा पोखिन्थ्यो नै; यता त झन् हाकिमी रवाफ बनेर लगातार खनिन थाल्यो !

तथापि, चाकडी-चुक्लीको भैरव प्रतिध्रुवीय यात्री नै थियो । मन, वचन र कर्मले निमेकको सोझो गर्नबाहेक यस विषयमा उसले जानेकै केही थिएन । त्यसैले 'आफैँले डिच्च गरेर यत्ति गर्दिनुपऱ्यो भन्न आएछ भने गर्दिऊँला' भन्ने खालका कैयौँ अवसरहरू उसले उम्काइरहेकै थियो; फुत्काइरहेकै थियो ।

भनूँ, त्यसै गर्नमा उसलाई सन्तुष्टि मिल्थ्यो ।

त्यसैले सायद उसबाट लक्ष्मी झन्झन् पर भाग्दै थिइन् ।

त्यसैले सायद उसले गृहलक्ष्मीलाई समेत राम्रोगरी रिझाउन सकेको थिएन ।

घरघडेरी, भौतिक सुखसुविधा, यथेष्ठ पैसा, तराईतिर धानखेत, परिवार-सन्तानका मौलाउँदा आकाङ्क्षा, शहरमा आधुनिक भवन, सवारीसाधन..... राहु, केतुको हंस त के-केमा हो छिरेर उसको वरिपरि रिंगिरहेकै थिए; झन् साढे सातको शनि दशा पनि हाकिम्याइँ गर्न भैरवकै टाउकोमाथि थोपरियो !

अरूको तालुमा आलु फल्थ्यो; भैरवको तालुमा भने भैरवकै शब्दमा 'तातो पिँडालु' फल्न पुग्यो ।

एक सट्ठी

विश्वनाथ एकाबिहानै घरमै आइपुगेछन् । भेटघाट, औपचारिक कुरा टुङ्गिएपछि कुरा चल्यो– पाठ्यपुस्तक-लेखनको । भैरवले पाठ्यपुस्तक लेख्न गरिएको आह्वानअनुरूप निवेदन दिएको रहेछ । ०२७ सालतिर उसले 'प्रवेशिका निबन्ध' तयार पारेको र त्यो गतिलो कार्य मानिएको स्वाद त उसको जिब्रोमा छँदै थियो । विश्वले भने, "गोरखापत्र कर्पोरेशनको जागिर, गोरखापत्र अनि मधुपर्कको सम्पादन, रचना छनोटको काम, सम्पादकीय, स्तम्भ इत्यादि लेख्दैमा तपाईंलाई फुर्सद हुन्न । त्यसमाथि आफ्नै मौलिक लेखन पनि छ; भ्याउनुहोला र ! कसैलाई साथी लिने पो हो कि ?"

"सबलाई देख्या छु । मौकामात्र पाउनुपर्छ, सीप लाउन सबै आउँछन् । फेरि कुन चाइनेले पो के लछारपाटो लाएको छ र ! पाठ्यपुस्तक लेख्ने लाइसेन्स पाएका नम्बरी लेखक तिनै होइनन् ?" भैरवको स्वरमा आक्रोश मिसिएको थियो ।

भैरवलाई आवेशमा देखेर विश्वले सकेसम्म नरम स्वरले भने, "हुन त हो । तर, एक जना यसो साथी भैदिए सजिलो हुन्थ्यो कि भन्या नि !"

"छोड्देऊ ! साथी कोही चाहिँदैन ! मेरो त साथी नै म ! म आफूबाहेक अरू कसैलाई पत्याउनै सक्तिनँ । पत्याउन सक्ने मानिस भए मेरो रवाफै अर्को भैसक्थ्यो । अरूलाई पत्याउने त कुरै छाडौं, कहिलेकाहीं त आफैंलाई पनि पत्याउन छोड्छु, बुझ्यौ !" भैरवको आवेशमा नैराश्यसमेत थियो ।

"किन दाइ, तपाईंजस्तो मान्छेमा पनि यो नैराश्य ? कस्तो दार्शनिकको जस्तो भाषा पो बोल्नुभो त तपाईंले !" विश्वले सकेसम्म मधुरो आवाज बनाउँदै भने ।

"दार्शनिक पनि यही धरतीका मान्छे त हुन् ! मानवताभन्दा बाहिर उनीहरू पनि त रहन सक्तैनन् । हो, यही मानवता भन्ने कुराले सबैतिर लथालिङ्ग पारेको छ, बुझ्यौ ! नत्र के छ, एउटा सिङ्गो शरीर, शरीरभित्रको सूक्ष्म मन ! बस, यत्ति नै त हो ! दार्शनिकहरू यत्ति भित्र त रङ्मगिएका छन् नि ! मलाई यस्तो दर्शनसँग खेल्ने फुर्सदै कहाँ छ र ! मेरो दर्शन त 'मेरो परिवार र म'; 'म र मेरो परिवार' यही सीमित घेराभित्रै घुमिरहने गर्छ । यसबाट अलिकता बाहिर निस्कन खोज्यो कि नाना किसिमका व्यथाले चस्सचस्स घोच्न थाल्छन् । अनि, यसले भूकम्प ल्याइदिन्छ । त्यसैले त मैले आजकल चाहिँदोभन्दा बढी बोल्न, कतिपय साथीहरूसँग सम्पर्क राख्न पनि छाडिसकें ।"

त्यस दिन त्यत्तिमै कुरो टुङ्गियो ।

त्यसपछिका केही दिनमा भैरवसँग विश्वको भेटघाट त भइरह्यो; तर उल्लेख्य संवाद भने खासै भएन ।

केही पछाडिको कुरा हो । भैरव र विश्व दुवै नेपाली भाषा पाठ्यक्रम उपसमितिमा थिए । सोही प्रसङ्गमा विश्व उसलाई भेट्न आइपुगे । उनले भने, "भोलि मिटिङ छ, अस्तिको मिटिङमा पनि तपाईं आउनुभएन । भोलिचैं आउनै पर्छ है दाइ !"

"ख्वै, के भनूँ ! अड्डाको कामले फुर्सदै पाइन्न । आऊँ भन्यो, मिल्दै मिल्दैन । तै कोशिश गरूँला ।"

"चार बजेको मिटिङ, एकै घण्टाको कुरा त हो ! अड्डामा मिलाउनुपर्‍यो !"

"छापाखानामा काम गर्नेलाई कहिल्यै फुर्सद हुँदैन । फेरि आजकल गोरखापत्रमा भूत पसेको छ । यो भूतले कतिलाई खाने हो कोनि ! म आफैंलाई पनि खान के बेर !"

"होइन, के कुरा गर्नुभएको ? गोरखापत्रमा भूत ?"

“हो; गोरखापत्रमा भूत ! एउटा जिउँदो भूत ! एउटा सशक्त भूत ! एउटा अभूतपूर्व भूत ! गोरखापत्रकै भविष्यलाई छताछुल्ल पार्ने भूत !”

“ए, त्यस्तो भूत पो ! त्यस्ताको ओखती पनि त होला नि !”

“हुन सक्छ । सक्नेले पहेँला अक्षता कति फाले कति ! तर, मन्छेर मन्छिसक्नुको छ र यो भूत ! कतिलाई यसले समातिसकेको छ । उम्कें भन्नेहरू पनि यसको शिकार बन्ने बलियो लक्षण देखा पर्दै छ । त्यसैले आजकल झन् फुर्सद छैन, बुझ्यौ अब त !”

नबुझे पनि उनले ‘बुझिनँ’ भनेनन् । यस्तो नबुझिने बोली त ऊ सधैंजसो बोल्थ्यो; के प्रष्टीकरण मागिराख्नु ! भोलिपल्ट साविकको समयभन्दा निकै ढिलो गरी भैरव मिटिङमा पुग्यो । मिटिङ लगभग सिद्धिसकेको रहेछ ।

भैरवले गम्भीर बोलीमा भन्यो, “अबदेखि मलाई यो मिटिङ-सिटिङमा नबोलाए पनि हुन्छ । ‘भ्याउन्नँ’ भन्दा पनि केको कर यो ? एकै छिन यत्ति भनूँ भनेरमात्र आएको !”

“आजको कुरा भइगयो । अब दशैंपछि अर्को मिटिङ हुन्छ । म दिन निश्चित गरी दाइलाई भनूँला ।”

“भो नभन ! अबदेखि म यो मात्र होइन; कुनै पनि मिटिङमा आउन नसक्ने भएको छु । जे-जति काम गरें; गरें । अब त साह्रै थाकिसकेको छु । आराम गर्न देऊ बा ! जनी गर !”

भैरव हात जोड्दै त्यहाँबाट निस्कियो ।

बैसट्ठी

ऊ अकस्मात् गोरखापत्रको टेबुलमा निदायो ।

लौ ! ऊ त कुर्चीमा पो थियो । हिजो साँझ अवेलासम्म काम गरिरहेकै थियो; कलम घोटिरहेकै थियो । कसरी टेबुलमा आइपुग्यो हँ ?

उसले दायाँबायाँ नियाल्यो– छेउका दुई कुर्चीका बूढाहरू पनि छैनन् ! रिटायर्ड भइसके कि क्या हो ? सानु स्वरले पिउनलाई बोलायो, "गोविन्द !"

उसको स्वर यति मसिनो भएछ कि आफैंलाई सुन्नसमेत धौ पऱ्यो । अलिक ठूलो स्वर पारेर फेरि बोलायो, "गोविन्द दाइ !"

आफ्नो स्वर सुनेर ऊ आफैं चित् खायो । लौ ! अस्ति भख्खर जर्मनीका डाक्टरले गधाको स्वर हालिपठाएका थिए; कसरी बिरालोको जस्तो भयो हँ ?

गोविन्दले उसको आवाज सुने क्यार, ढोकामा उसको भन्दा झनै मसिनो स्वर सुनियो, "हजुर माड्सा'प !"

हैन, स्वर त ढोकातिरबाटै आएको थियो, मान्छे खोइ त ?

ऊ फेरि बिरालोकै स्वरमा करायो, "काँ छौ ?"

उसको कुर्चीमुनितिरबाट आवाज आयो, "यता छु त !"

उसले नियालेर हेऱ्यो– यौटा बिरालो पुच्छर हल्लाइरहेको रहेछ । फेरि साविककै स्वरमा ऊ चिच्यायो, "गोविन्द !"

त्यो बिरालो बुर्लुक्क उफ्रेर उसको टेबुलमै चढ्यो र भन्यो, "हजुर माड्सा'प ! बोल्दै छु त !"

यो गोविन्दकै अनुहारको बिरालो कताबाट आयो ? मान्छेको अनुहार बाँदरसँग त तै मिल्थ्यो; यो बिरालोसँग ?

उसले आफूलाई हे-यो, आफू पनि बिरालोजस्तै पो भइएछ गाँठे ! सिर्फ गोविन्दभन्दा थोरै खाइलाग्दो बिरालो !

उसले पूरा आश्चर्यचकित हुनै बाँकी थियो, भित्रतिरको ढोकामा नयाँ हाकिम-अनुहारको ढाडे बिरालो देखा प-यो । ढोका ढ्याकढ्याक पार्दै उनी के-के भन्दै थिए, उसले चाल पाएन । बुझिने गरी नै ती हकारिराखेका थिए तर उसको ध्यान तिनको भख्खर मुसा मारेर आएजस्तो ढाडे आँखामा अल्झिरहेको थियो; बोलीतिर ध्यानै गएन ।

ढाडे हाकिम खुट्टा बजार्दै गए ।

ऊ ट्वाँ परिराखेको देखेर गोविन्दले भने, "माड्सा'पले कुरो बुझ्नुभएन जस्तो छ ! हाकिमले सरापेर गए त !"

उसले उनैलाई सोध्यो, "ए, ज्या भुसुक्कै भइएछ ! के-के पो भने अरे ?"

गोविन्दले बेलिबिस्तार लगाए, "माड्सा'पले त्यो 'भारवि' उपनामले लेख्ने 'कुरा र कुरा' स्तम्भ छ नि; कि गतिलो लेख्नुप-यो कि छाड्नुप-यो अरे ! त्यसरी बूढो गोरुले गाई ओगटेजस्तो ओगट्नु भएन रे !"

"मैले के गर्नु त ! जस्तो लेखे नि उनलाई पच्दैन । जत्ति वेला नि एउटै रट लाइराख्छन्– पहिले-पहिले लेख्नेजस्तो हृदय छोइने; रमाइलो; चट्टचट्ट परेको चाहियो अरे ! दियो; राम्रोगरी हेर्दै नहेरी यो नि भएन भन्छन्, त्यो नि हुँदैन-बाहेक क्यै बोल्दैनन् । अनि, स्तम्भ खाली पठाउनुभएन । जे हालेर भए नि भर्दिनै प-यो क्यार !" उसले खुइय गर्दै भन्यो ।

"माड्सा'पले अस्ति हाकिमकाँ बाट निस्कँदै गर्दा ध्वारध्वार चार टुक्रा पारेर फाल्देको कागत थ्यो नि ! मैले टिपेर राख्द्या छु है माड्सा'प ! शीर्षक देख्नासाथ हेर्दै नहेरी 'आगो बाल्दिनुस्, किन देखाइराख्या ! वाहियात !!' भनेर हकारेर पठाए भन्दै हुनुहुन्थ्यो नि ! हो, त्यही !" दुब्लो बिरालोजस्तो गोविन्दले मुसाले पनि सुन्ला कि जस्तो

गरी भने । अनि, खल्तीबाट पट्याइराखेको कागत झिकेर उसलाई दिए । उनले बडो जतनले टाँसटुस पारेका रहेछन् त्यसलाई ।

गोविन्दले कति वेला हो; टेबुलमा चिया राख्दिसकेछन् । उसले बुर्लुक्क उफ्रेर कोटको खल्तीबाट एक खिल्ली सिगरेट झिकेर सल्कायो । दुई सर्को सिगरेट र एक सर्को चिया तानिसकेर भन्यो, "के गर्नु गोविन्द ! आफू यी यस्तो भिजेको बिरालो भैयो ! उनी ढाडेका ढाडे नै छन् ! तिमीले देखिहाल्यौ । 'तिम्रो लेखनी अब सुकिसक्यो ! सृजनशीलता मरिसक्यो ! म आठ-दश वर्ष यसो बाहिरतिर तर मार्न गा'को मौकामा साँढे पल्टिन खोजेर हुन्छ !' भनेर मलाई हुत्त समाचार विभागतिर हुत्याइदिए । 'हुन्छ, यो हप्तादेखि नियमित लेख्छु प्रभु !' भनेर हातजोरी बिन्ती गरेपछि र यहाँकाले नि सारै करकर गरेपछि करबलले फिर्ता बोलाए । लेख्न बस्यो; उनकै अनुहार झल्झली आउँछ । अनि, एक छिन नलेख्यो; फेरि सुरु गऱ्यो, फेरि उनकै अनुहार आउँछ । त्यसरी खालि ढाडे बिरालोकै मात्र अनुहार आउन थालेपछि आफैँलाई चित्त बुझ्दैन अनि धरधर्ती नच्यातेर के गर्नु !"

ढाडे हाकिमको अनुहार फेरि दैलोमा देखा पऱ्यो । उनको हातमा यौटा केरकार गरिएको पाना थियो । उनी त्यही पाना हल्लाउँदै कराए, "यो भद्रकुमारीको कवितामाथि के अभद्र्याइँ गरेको ?"

उसले निन्याउरो स्वरमा भन्यो, "मेरै छाप्पिइसकेको कवितालाई जोडजाड पारेर पठाइछिन्; के गर्नु त !"

"ए ! अब यिनी यत्तिको लब्धप्रतिष्ठित मान्छेलाई तपैंजस्ताको कविता चोर्ने दिन आएछ है ! के भन्न खोजेको ? को हुन् यिनी; थाहा छ ? यिनको कत्ति माथिसम्म पहुँच छ; थाहा छ ? गोपाल भट्टराई बन्ने मन छ कि क्या हो ? यै टेबुलैसुद्ध खुर्मुऱ्याएर लान्छन् र खाँद्छन् तुर्लुङमा ! अनि, बन्नू चल्तापुर्जा लेखक !!" तिनी जङ्गिनुसम्म जङ्गिए ।

अनि, फत्फताउँदै हिंडे, "जेमा पनि शङ्का, उपशङ्का निकाल्या छ ! घरी 'यो त ताना शर्माको लेख लटरपटर पारेर ल्याएछ' भन्या छ, घरी फेरि 'यो त ताना शर्माले लेखेकै हैन, उनले भए यस्तो किन लेख्थे,

उनको अक्षरै होइन' भन्या छ ! यौटै लेखलाई घण्टौं लगा'को छ ! तलब पचाउन कत्ति गारो भा'को हैं यिन्लाई !"

ऊ जोडजोडले थाप्लो ढोक्दै बर्बराउन थाल्यो, "म के गरूँ ? यसरी विनापत्तामा छोप्छन् ! अब सम्हालिन्छु भन्यो, फेरि छोप्न आइहाल्छन् ! मनलाई कत्ति दरो पार्न खोज्छु, सक्दै सक्दिनँ ! कार्यालय नआऊँ, स्वास्नी-छोराछोरीको मुख कसरी टाल्नु ! आऊँ, यस्तोमा काम कसरी गर्नु !"

... ...

ऊ अकस्मात् गोरखापत्रको टेबुलमा बिउँझियो ।

"सपनामा समेत आफूलाई न्याम्ते बिरालो, हाकिमलाई ढाडे देखिएछ गाँठे ! अघि सपनामै टाउको ठोकेजस्तो लागेको थियो; साँच्चिकै तात्तातो टुट्टुल्को पो उठेछ, आलुभन्दा अलिक ठूलो, लाम्चोलाम्चो खालको !" ऊ एक्लै बर्बरायो ।

ओहो ! ऊ हिजो घरै गएनछ, यहीं; टेबुलमै पो निदाएछ !

बिहानी सिफ्टमा काम गर्नेहरू आउन थालिसकेछन् ।

नयाँ हाकिम उसलाई ढाडेआँखा पल्टाउँदै भित्र पसे ।

उसले सिगरेटको लागि खल्ती छाम्यो । सिगरेट होइन, सपनामा गोविन्दले दिएको च्यातिएर टाँसिएको त्यही हास्यव्यङ्ग्य रहेछ–

'कागतमा आगो लाग्दा' !

त्रिसट्टी

"भैरव दाइ ! ए भैरव दाइ !" एकाबिहानै कोही सडकबाटै करायो । जबाफ केही नपाएपछि तिनी छिरे घरभित्र । भैरव लेखनमै मग्न रहेछ ।

उनी कोठाको एक छेउमा बसे । आफू आएको जानकारी दिन यसो खाकखाक, खुकखुक पनि गरे । तर, भैरवले ध्यानै दिएन; हेर्दै हेरेन । जे लेखिरहेको थियो; बस लेखिरह्यो !

आफ्नो आगमनले कुनै असर नपारे पनि उनी चुपचाप त्यहीं बसिरहे । एक छिनपछि ऊ गुनगुनाउन थाल्यो । गुनगुनाइसकेपछि बल्ल टाउको उठाएर उनीतिर हेर्दै भन्यो, "ए विश्वनाथ तिमी ? कति वेला आयौ ? मैले त केही चालै पाइनछु !"

उनले भने, "दाइ केही लेख्दै हुनुहुन्थ्यो... त्यै भएर ध्यान दिनुभएन होला । निकै बेर पो भैसक्यो त !"

"अँ, हेर न ! यौटा कविता लेख्न लाग्या, त्यतै पो हराएछु !" कविता लेखिसकेको पाना च्यात्दै उसले थप्यो, "तिम्रो अक्षर कस्तो छ ?"

"राम्रै होला । तपैंको जत्तिको चैं छैन कि !" विश्वले जबाफ फर्काए ।

भैरवले कापी र कलम उनीतिर तेर्स्याउँदै भन्यो, "लु जस्तो भए नि चाइने यसको साफी उतारिदेऊ त !"

विश्वनाथ सकभर राम्रा अक्षरमा कविता सार्न थाले । सारिसकेपछि भैरवतिर हेरे, केही नबुझेको भावमा ।

भैरवले सोध्यो, "के भो ? सकियो ? कि अक्षर बुझिएन ?"

विश्वले भने, "सकें । अक्षर पनि बुझें । कविताचाहिँ पूरै त बुझिनँ तर पनि साह्रै राम्रो लाग्यो ।"

भैरवले खेस्रा च्यात्दै भन्यो, "कविता सबै बुझ्नुपर्छ भन्ने छैन । कविता पढेर त आनन्द पो लिने हो नि !"

विश्वले अप्ठ्यारो मान्दै भने, "अर्को एक प्रति उतार गरेर म नि लान्छु है ?"

भैरवले सहज भावमा भन्यो, "त्यै लैजाऊ ! चाइने केलाई सारिराख्नु !"

विश्वले आश्चर्य माने, "खेस्रा पनि तपैंले च्यातिदिनुभो ! उतार पनि मैले लगेर हुन्छ र ! अनि, तपैंसँग के बाँकी बस्छ त ?"

भैरवले मुसुमुसु हाँस्तै भन्यो, "तिम्ले खानी हैनौ ! पढ्‌लाऊ, साथीभाइलाई सुनाउलाऊ, चाइने के नै गर्छौ र ! मैले नि चाइने गर्ने त्यही हो । म आजकल खासै कविता लेख्तिनँ । यस्सो रहरले मात्रै चाइने लेख्ने हो । लेख्ने रहर पूरा भइगो क्यार !"

विश्वनाथले तीन श्लोकको उक्त कविता खल्तीमा हाले । कुनै कविले भर्खरै लेखेको कविताको मूल प्रति नै विश्वनाथ अर्यालले पाएका थिए । यस्तो सौभाग्य जोकसैले कहाँ पाउँछन् र ! यो हरायो भने ? यस्तै सोचेर होला; उनले दोहोऱ्याइ-तेहऱ्याइ पढे त्यो कविता । राम्रो गरी पढे पनि उनले त्यो कविताको भावभूमि त पूरै बुझेनन्; तर कविता भने उनलाई क्षणभरमै कण्ठ भयो ।

'अन्धो छू दुइ नेत्रकै विवरमा चक्षू प्रभाशून्य छु
रित्तो पद्म छु, नेत्रमाथि धमिलो आलोकले हीन छु
यो निस्सार निशामयी समयको निस्सासिँदो छू म ता
बर्खे बाढ तरङ्गमा हुँडलिँदै औतासिँदो छू यता । ...'

'कविता पूरै बुझ्नै पर्ने पनि त रहेनछ ! बुझेपछि त्यसले झन् बढी आनन्द दिँदो हो कि पाएको आनन्द पनि कम हुँदो हो ?' उनीभित्र यस्तै जिज्ञासा खेल्दै थियो, भैरव आसनबाट उठ्यो । उसले भन्यो, "आज चाइने मलाई अड्डा जानु छ । चार-पाँच दिन भो चाइने नगा'को । हुन त छुट्टी लेखेरै आ'को थेँ । गोर्खापत्र अचेल गोर्खापत्रजस्तो छैन; जागिरमै चाइने रेजा लाइदिन सक्छन् । के ठेगान !"

विश्वले अन्कनाउँदै सोधे, "मलाई नि उतै, महाबौद्धतिर जानु थ्यो। लान मिल्छ दाइ ?"

भैरवले भन्यो, "मैले बोक्नुपर्ने ह्वैन क्यार ! मिनीबसले चाइने लगिहाल्छ !"

विश्वले प्रष्ट गरे, "ह्वैन क्या। तपैंको अपिसमै जान मन लाग्या छ।"

भैरवले भन्यो, "हेर्नलायक के छ र त्याँ ! उही थोत्रो घर, थोत्रा मेच-टेबुल, केही थान थोत्रा बूढाखाडा अनि कैले भैरव गुल्टेला र उत्सव मनाउँला भनेर चाइने कुरिराखेका थोत्रा आँखा ! मैले त्याँ देखिनेभन्दा चाइने राम्रोसँग वर्णन गर्दिएँ, अब के हेर्न बाँकी रह्यो र ?"

"कार्यालयमा त म अस्ति नि गा'थें। गोपालप्रसाद रिमालको छोरो मदनसित मुकेश कि के जाती नामको केटो कविता बुझाउन आ'थे। तपैंले 'यो राम्रो भएन, राम्रो लेखेर ल्याऊ' भन्दा कस्तो कालो मुख लाएर हिंड्या थे। त्यसबखत म तीं कार्यालयमै त थिएँ नि ! बिर्सिनुभो ?"

"सम्झनु, बिर्सनु भन्नु यस्तै त हो ! बरु भन त– मैले नराम्रो भनेथें र ?"

"मलाई त घत परेथ्यो। 'कविता भनेको पेन्सिल तिखारेजस्तो हुनुपर्छ। पेन्सिललाई तिखारेर जति मिहिन बनाइन्छ, त्यसले त्यति नै राम्रो र गहकिलो रेखा कोर्छ। मोटो र चौडा भयो भने राम्रो हुँदैन। राम्रो लेखेर ल्याऊ, छाप्दिउँला' भन्नुभा त हो !"

"मैले अरूलाई मात्रै होइन, आफैंलाई पनि भन्छु त्यो कुरा ! लेख्छु भन्नेसित त्यति विवेक त हुनै पऱ्यो नि होइन ? तिम्लाई घरीघरी गोर्खापत्रमा जान चाइने किन मन लाग्या रे ?"

विश्वले सकभर नरम स्वर निकाले, "मलाई गोर्खापत्र छाप्ने मिसिन हेर्न मन थ्यो.....! अनि, त्यो भूत नि हेर्न पाइन्थ्यो कि !"

भैरवले मुसुक्क हाँसेर अनुमति दियो, "हिंड उसो भए।"

दुवै त्यहाँबाट हिंडे। रत्नपार्क जान ठिक्क परिराखेको मिनीबस उनीहरूलाई कोच्नासाथ हिंड्यो; सायद अघायो होला। रत्नपार्कबाट

उनीहरू सीधै गोरखापत्रको भवनमा पुगे; प्रेसमा एक चक्कर लगाएर कार्यकक्षतिर उक्लिए । विश्वनाथलाई पछि लगाएर भैरव सोझै आफ्नो कुर्सीतिर नगई नारायणबहादुर सिंहकहाँ पुग्यो । उसले सिंहलाई सोध्यो, "माड्साब ! मेरो जागिर त खुस्क्या छैन ?"

अपर्झटको र अनौठो प्रश्नका कारण सिंह एक छिन विचलित भए । अलिक सम्हालिँदै उनले भने, "... ऊऽ त्यो पेपरबक्समा घाँस-परालको डङ्गुर छ । यसो छान्नुहोस् र आउँदो शनिवार पठाउन सकिने केही भेटिन्छ कि हेर्नुहोस् ।"

भैरव बक्स उठाएर आफ्नो कुर्चीतिर लहसियो । विश्व उसकै पछिपछि लागे ।

चौसट्ठी

उज्यालोन्मुख पुतलीसडकको अँध्यारो गल्ली । गल्लीको दुई घरजति भित्रको झनै अँध्यारो घरको चिसो न चिसो भुईंतलामा उनीहरू छिरे ।

भित्र मस्तै भीडभाड रहेछ । दुई-तीन वटा टेबुल-बेन्ची भरिभराउ थिए । बाँकी दुई अर्ध-खाली थिए; पूरै खाली कुनै देखिएनन् । एक्लै सिङ्गै टेबुल कब्जा गरिबसेको महोदय गिलासैसहित अर्कोमा कोच्चिन गयो र उनीहरूका लागि टेबुल रित्याइदियो ।

बाहिर निस्किने बाटो नपाएर धूवाँ स्वयम् उकुसमुकुसिएको थियो । उनीहरूले त्यो महोदयको परोपकार कब्जा गरे । अनि, मुसुक्क हाँसेर महोदयको कृपाको ऋण तिरिदिए ।

धूवाँले आँखै खोल्न नमिल्लाजस्तो भइरहेको थियो; बसिसकेपछि केही हलुका भयो ।

“यो मेरो अड्डा हो है ! बाहिर चले नि नचले नि यहाँ भने मेरो इमान-जमानको ल्याप्चे चल्छ !” उनले मुसुमुसु हाँस्तै यौटा सिगरेट आफूले सल्काए र अर्को भैरवतिर बढाए ।

उसले सिगरेट सल्कायो र बडो स्वादले तान्न थाल्यो । तान्दै गर्दा राम्रोगरी वरिपरि नियाल्यो । छेउछाउका टेबुल झुम्म रहेछन् । बेन्चीहरू झुम्म रहेछन् । प्लेटहरू, गिलासहरू झुम्म रहेछन् ।

मान्छेहरू ??

आएका थिए होलान्- उनीहरू जसरी नै टाउको ठोक्किएला कि भनेर निहुँरिँदै; अहिले कोही रहेनछन् !

सबैसबै महोदय भइसकेछन् !

"तपाईं पहिलो पल्ट पस्नुभएको होला; म त यहाँको रैथाने भैसकें । यहाँ म जिन्दगी खोज्न आउँछु । यो नाथे कवि; भट्टीमा पनि कविपारा देखाउँछ भन्नुहोला । म यहाँ जिन्दगी खोज्दै हुन्छु भन्ने यिनीहरू कस्सैलाई थाहा हुँदैन ! यतै कतै बस्छु । नियालेर हेर्छु आफूलाई । अनि, भित्रभित्रै आफैंलाई खोज्न थाल्छु ....।"

उनी अरू के-के भन्दै गए; ऊ 'अँ-अँ' को भावमा सुनिरह्यो । उनको सामुन्ने बसिसकेपछि बल्ल उसलाई महसूस भयो– उनी अलिअलि महोदय पहिल्यै भइसकेका रहेछन् ।

"भैरवजी, तपाईं हराउनुभयो जस्तो छ !" उनैले कोट्याए । ऊ झसङ्ग झस्किनुपर्ने हो, झस्किएन; सिर्फ मुस्कुरायो । दुवै मुस्कुराउने मूडमा थिए । उनले सोधे, "मेरो कुरा सुन्नु त भयो नि ?"

"सुनें, किन नसुन्नु ! म पहिले पनि चाइने पसेको थिएँ यहाँ; तपाईंसँगै । तर, त्यति वेला यो यत्ति अँध्यारो थिएन; यस्तो विधि धूवाँ नि थिएन । तपाईंले बिर्सनुभयो सायद । आज यहाँ; तपाईंको अड्डामा छिरेपछि चाइने मलाई आफ्नै धूवाँकुटीको झलझली याद आइरहेछ हरिभक्तजी !" उसको मुस्कानमा अलिकति उदासी मिसियो ।

"अरे भैरवजी ! धूवाँ हुन कुन बेर लाग्छ र ! यहाँका मान्छेहरू ख्वाङख्वाङ, खुङखुङ, हाच्छिउँ गरिर'न्छन् नि; त्यो हाम्रै धूवाँले हो बुझ्नुभो ! अझै यसरी धूवाँ उडाको उडायै गर्दिने हो भने ती दम लागेरै मर्छन् ! मैले बिर्स्यो भन्नुभा'को ? यो हरिभक्त केही बिर्सन्नँ भैरवजी ! एकेडेमीले भतुवा भनाएर लात हानेको त बिर्सेको छैन यल्ले ! तपाईं, त्यो पनि आफ्नु अड्डामै आएको कसरी बिर्सनु ! म त तपाईंले बिर्सनुभो होला भनिरा'थें । भट्टीमा छिरेर कोकाकोला खा'को नि कोही किन सम्झिराख्छ हँ !"

भैरव फेरि मुस्कुरायो ।

"आशाराम दाइ ! ह्वाँलाई एक बोतल ओर्जिनल कोकाकोला ! राजखानी भए नि, टाउको भए नि फ्राई ! अनि, अघिको बाँकी अंश

क्रमशः है !" कालो न कालो भान्सातिर नियाल्दै हरिभक्तले अलिक ठूलो स्वर गरे ।

भैरवले सोध्यो, "कविजी, तपाईं कोकाकोला नै खाने हो ?"

"खान त खाइदिन्छु, मलाई के ! खास कोकाकोलामा मेरो लत छैन ! भन्नुहुन्छ भने आज साथीको लागि खाइदिन्छु !"

"म त कोकाकोला खान्नँ बा ! यो चिसोमा घाँटी अँठ्याउँछ । तपैंले खाने के हो; चाइने त्यै मगाउनुस् न !"

हरिभक्त जिल्ल परे ।

यो भैरव अर्याल नै बोलिरहेको हो कि पछाडिको टेबुलबाट कोही अर्कै बोलिराखेको छ हँ ? उनी अचम्मका साथ दायाँबायाँ हेर्न थाले । कोकाकोला आइपुग्यो; अर्को खाले बोतल र गिलास पनि सँगै अन्मरियो ।

"ए भाइ, यो गाई फिर्ता ! अर्को पनि भैंसी नै ले'र आऊ त, यस्तै लैनोवाला !" भर्खरै आउने केटोलाई सम्बोधन गर्दै बोले उनी । अनि, भैरवतिर फर्केर कुराको सिलसिला जोडे, "यहाँ आउँदा म यस्तो महोदय कहाँ थिएँ र ! महोदय बने भनेर काकालाई बाँधेर लडाउने मान्छे थियो हरिभक्त ! हरिभक्तलाई यहाँको यस्तो नशा लाग्यो... यस्तो नशा लाग्यो कि त्यो नशा काट्न हरिभक्त यो अँध्यारोमा धाउन बाध्य भयो । यो बाध्यताको अड्डा हो बुझ्नुभो भैरवजी ! तपाईंको गोर्खापत्रजस्तो होइन !"

"गोर्खापत्र ? त्यो पनि आजकल मेरो बाध्यताकै अड्डा हो कविजी ! तपाईंलाई चाइने बुझाउन नसकूँला; तपाईंलाई त्यत्ति थाहा नि नहोला । तर, चाइने तपाईंको यो अड्डाजस्तै हो त्यो मेरा लागि !"

हरिभक्तको अड्डामा दुई बज्दा-नबज्दै साँझ पर्न सुरु हुँदो रहेछ । बाहिरको साँझ र यहाँको साँझको टाइम नै मिल्दैन रहेछ । त्यति वेला साँझको चार बजिसकेको थियो । उनीहरू क्रमशः महोदय बन्दै गइरहेका थिए ।

"बुझ्नुभो कट्टुवालजी ! म आज, भोलि वा पर्सि; जुनसुकै दिन र जुनसुकै वेला आफूलाई सकिदिनेछु । आवेश पर्खंदै बसेको सात महिनाजति भयो; तर आउँदैन ।" भैरवको उदासी कायम-मुकायम भएर टेबुलमा ठोक्कियो र भुईंभरि पोखियो । अड्डाको केटो आएर थोत्रो थाङ्नुले टेबुलको उदासी पुछिदियो । भुईंको उदासी बग्न नसकी जमिरह्यो उसैगरी । सुक्छ होला केही बेरपछि !

हरिभक्त ट्वाल्ल परेर उसको अनुहार हेरिरहे । यी दुईबीचमा निकै बेर शून्यता छायो; मौनता आइलाग्यो ।

उसको अनुहारबाट विस्मयको धूवाँ पुनः मडारिन थाल्यो, "मलाई लाग्थ्यो– जिन्दगी यति तुच्छ वस्तु होइन, जसलाई सितिमितिको विरक्तिमै फ्याल्न सकियोस् ! संसार यति निस्तो छैन, जुनसुकै हालतमा पनि यहाँबाट भाग्न सकियोस् ! हातखुट्टा झरेको महारोगीलाई जिन्दगीको माया छ, संसारप्रति मोह छ भने मलाई नहुने कुनै कारण थिएन । ... ...म बाँच्न चाहन्थें !"

हरिभक्त सुनसान अनुहार बोकेरै उसको अनुहार नियालिरहे ।

सबै मदमस्त थिए !

सबै महोदय थिए !

सबै सुनसान थिए !

"मेरो जीवनचक्र उल्टो घुमाउन प्रशस्त लिखित, मौखिक र अन्य सबूतहरू सबैतिरबाट बनाइन थालेको बुझ्दाबुझ्दै पनि नबुझेझैं गरी प्रमाणै बनाउन मैले प्रशस्त मौका दिएछु । बुद्धि उल्टैमात्र आइदिन्छ । मेरो आत्महत्या, पलायन वा मेरो कूलको संहार नेपालको ठूलो कालो अक्षरको इतिहास र विश्वको बडो रोचक हास्यकथा बन्ने भइसकेको छ; तर मलाई आवेश अझै आएको छैन । छ-सात महिनाअघि मात्र मर्न वा भाग्न सकेको भए म जेजस्तो भए पनि मान्छेकै मृत्यु मर्न पाउँथें र मैले कसैलाई आफूसँग घिसार्नुपर्दैनथ्यो । तर, अब म मान्छे थिएँ भनिदिने पनि यहाँ कोही छैन !"

ऊ उदासीको लामो न लामो भऱ्याङ चढ्न थाल्यो, ...चढिरह्यो । टेबल रित्तियो, प्लेट रित्तियो, गिलासहरू रित्तिए । साँझको सात बज्यो ।

भित्रको साँझ बाहिरको साँझसँग घुलमेल हुन थाल्यो ।

मान्छेहरू आउने र महोदयहरू जाने क्रममै थिए । सायद आज कसैलाई उनीहरू बसेको टेबलमा आएर महोदय हुनु रहेनछ ।

दुई महोदयहरू उठे– आफूले कब्जा गरेको संसारबाट ।

उठ्दै गर्दा हरिभक्त सुस्तरी गुञ्जिए, "भैरवजी ! गल्ती हाम्रै थियो । ...यहाँ हाम्ले यतिबिघ्न धूवाँ उडाउनुहुन्थेन !"

धूवाँ गुञ्जिइरह्यो ।

उनीहरू गुञ्जिइरहन सकेनन् । बिस्तारै आ-आफ्नो गुँडतिर गुम्फित भए ।

पैंसट्ठी

"गोतामेले आलु खायो नि ! था पाउनुभो गुरुले ?"

"को गोतामे ? श्याम गोतामे ? के आश्चर्यको कुरो गरेको ! कहिले नि ?"

"हिजो गुरुऽऽ, हिजोऽऽ.... !"

दातारामले खुइय गरे "हरेऽऽ ! एकाबिहानै के सुनायौ पन्नित ! च्च च्च ! कठैऽऽ ! के भा'थ्यो हैँ ? केही चाल पाइएन त !"

"के हुनु थ्यो गुरु ! आ-आफ्नो भाग्यको कुरा हो ! उसको भाग्यमा त्यै लेख्या रै'छ ! भाग्यमा नभा'को भए उसिनेर खानै लाग्या वेलामा कसरी टुप्लुकिन्थे र मेरो घरमा !"

"के भन्छन् यिनी ? के अन्ठासन्ठा कुरा गरेको !"

"हिजो गोतामे मकहाँ आएका थिए, आलु खाएर गए भन्या नि ! किन र गुरु ? मैले भनेकोमा वाक्यगठन मिलेन कि ? खान त नून-खुर्सानी चोबेरै खाएथे क्यार... !"

दाताराम एक छिन अक्क न बक्क परे ।

एक छिनपछि आफू उल्लिएको थाहा पाएर उनी मूर्च्छा परेर हाँस्न थाले । सकी-नसकी हाँसो रोक्तै भने, "तिम्रो भनाइको वाक्यगठन त के नमिल्दो हो र ! मेरो बुझाइको बीजगणितमा पो गाँठागुँठी परेछ !... यी पन्नित नि मान्छेलाई उडाउन पायो भने गजबले उडाउँछन् बा ! यस्तो उडाउन सिपालु मान्छे त पाइलोट हुनु नि ! के विनाबित्थामा लेखक बनिराख्या भन्या !" उनले हाँसोलाई निकै बेर सञ्चालन गरिरहे ।

संयोगले भोलिपल्टै श्याम गोतामे पनि गोरखापत्रमा आइपुगे । दातारामलाई के चाहियो र ! हिजोको हाँसोलाई 'टु बी कन्टिन्यु' गर्ने रिमोट थिचि त हाले, "अस्ति त भैरवले तिमीलाई आलु ख्वाइदिए रे नि, हैन ?"

जिल्लाराम पर्ने पालो अब गोतामेको थियो । तिनी पनि व्यङ्ग्यकार; कुरो बुझ्न साढे दुई मिनेट के लाग्थ्यो र !

उनको घैंटोमा घाम झलमल्ल लागिहाल्यो– हिजो गोतामेको यहाँ धज्जी उडाइएछ !

त्यस दिन उनी त्यतै कतै गएका थिए, भैरवको घरमा पसूँपसूँ लाग्यो । 'छन् कि छैनन् ?' भन्दै पुगे । भैरव रहेछ । खाजा खाने वेला भएको रहेछ सायद । उसले भन्यो, "ल गोतामे ! ठीक समयमा आइपुग्यौ ! जोरपाटीको मेरो पाटीमा अरू के छ र ! तात्तातो आलु खाएर जाऊ !"

यो कुरालाई उनले सुरुमा त ख्यालठट्टा ठानेका थिए । तर, एक छिनमा एक थाल उसिनेको तात्तातो आलु पिसेको नुन-खुर्सानीसहित आइपुग्यो ।

कुरो त्यत्ति हो ।

उनलाई कताकता रिस पनि उठ्यो– हास्यव्यङ्ग्यकार भएँ भन्दैमा नाथे दुई-चार वटा आलु खानेमाथि हास्यव्यङ्ग्य निबन्धै लेख्दिने त !!

गोतामेले गुत्थिँदै दातारामलाई जबाफ फर्काए, "आलुमा विश्व-प्रतिविम्ब नियाल्दै, चिन्तन गर्दागर्दै आलुमाथि नै निबन्ध लेखेर बडेबडे निबन्धकारलाई आलु ख्वाउन सक्नेले मलाई आलु ख्वाइदिए त के भयो र !"

भैरव मुसुक्क हाँस्यो, एउटा गम्भीर हाँसो !

'कुरो र कुलो जता लग्यो, त्यतै जान्छ' भन्ने सम्झे क्यार; गोतामेले प्रसङ्ग बदले, "हिँड्न त हाम्रो सल्लाह-अनुसार म वासुदेव माड्सा'पकैमा हिँडेको ! अस्ति तपैंलाई एकेडेमीले खुसुक्क भिडाको 'प्रेमपत्र'को थोपडा

कस्तो रै'छ; त्यो नि हेरूँ, तपैंलाई नि लिएरै जाऊँ भनेर आ'को थें ! याँ त मेरै थोपडामाथि पो उखान भैरा'को रै'छ !"

गम्भीर मुस्कानका साथ भैरवले घर्राबाट पत्र झिकेर उनलाई दिए ।

केही दिनअघि प्रज्ञा-प्रतिष्ठानले 'गाईजात्रा महोत्सव' आयोजना गरेको थियो । त्यसका लागि भैरवले यौटा हास्यव्यङ्ग्य कविता तयार पारेको थियो, 'कुकुर स्वर्ग हुँदा'–

'......भीमसेन स्तम्भमुनि गुँडुल्किएर
स्वामीभक्तिको साधना गर्ने यो कुत्तो
भीम मल्लको चिहान खोस्रेर
बफादारीको बिगुल लगाउन खोज्ने यो खिच्चो
साँच्चै कुकुरैजस्तो निरीह थियो, दयनीय थियो
त्यसैले त पुण्यात्माहरूको शिकार भयो
उद्धार-समितिको कारले किचेर
मेरो कुकुर स्वर्ग भयो !'

'गाईजात्रे सेन्सर बोर्ड' का महाशयहरूले त्यो कविता बुझ्न सकेनन् कि ! वा, बढ्ता बुझे कोनि ! उक्त महोत्सवमा पाठ गर्न दिएनन् । 'सीमित समयमा कार्यक्रम पूरा गर्नुपरेकामा यहाँको कविता समावेश गर्न नसकिने भएकाले क्षमायाचना गर्दछौं' व्यहोराको एक पत्र भैरवलाई सुटुक्क थमाएछन् ।

मुखैले भनेर टार्थे होलान्, 'भैरवलाई कविता भन्न दिइएन रे' भन्ने कुरा त्यहीं सनसनी भैहाल्यो । कार्यक्रमस्थलमै विरोध हुन थालेपछि अन्य पनि बिथोलिने गन्ध पाएर आदरणीय गन्नेमान्नेहरूले त्यहीं तात्तातै पत्र लेखेर थमाएछन् ।

"यो एकेडेमी नि दुई-चार पिछलग्गुहरूको खेलौना हुने भो ! तपाईंका लागि क्यै काम लाग्ने भएन !" गोतामेले तात्तातो रिस अर्को विषयमाथि ओकले ।

"किन काम नलाग्नु ! पख न ! भैरवको जीवनमा काम नलागे नि उसको शोकसभा गर्न काम लागिहाल्छ नि ! आउनचैं आउनू नि फेरि ! ऐलेदेखिन् निम्तो भो ! के गर्नु ! आफ्नो कार्यक्रममा आफैंले नबोलाई क्वै आउने हैनन् !" कलम घोट्तै थियो ऊ, अझ घोट्तै भन्यो ।

भैरवले काम सिध्याउन्जेल गोतामे कुरेरै बसे । त्यसपछि ती दुई गोरखापत्र कर्पोरेशनबाट बाहिरिए ।

भैरवले भन्यो, "आज खूब हाँसियो । त्यै भएर होला, भोक पनि निक्कै लागेछ । यसो मम खाऊँ न भनूँ भने खल्तीमा जम्मा गोडा तिनेक रुपियाँमात्रै रैंछ । बरु सीधै वासुदेव माङ्सा'पकहाँ जाऊँ, यत्तिले त्याँसम्म पुग्न ट्याम्पुभाडा पुगिहाल्छ । त्यहाँ काम पनि हुन्छ, खान पनि पाइन्छ !"

माङ्सा'पकहाँ पुगेर चियापान कार्यक्रम सुरु हुँदै गर्दा रामकुमार पाँडे पनि आइपुगे ।

उनीहरू खाजै खान त्यहाँ आएका भने थिएनन् । कुरो थियो– लेख्तै आएका सबैलाई समेटेर यौटा हास्यव्यङ्ग्यको गतिलो किताब निकाल्ने ! पहिले उनीहरूले नै निकालेको 'छ्याकन' जस्तो तर त्यो भन्दा अझ स्तरीय । काम थियो– दिमाग, बुद्धि लगाउनुपर्ने, दुःख गर्नुपर्ने, प्रशस्तै समय दिनुपर्ने ! जसभन्दा अपजस बढी पाइने अनि राम्रै पैसा खर्च गर्नुपर्ने खालको ! यी जो-जो थिए, अरू सबथोक गर्ने, अन्तिम 'खर्चवाला बुँदा'भन्दा अगाडि नै पूर्णविराम लगाउन खोज्ने; फुट्टीटाँटहरू !

आँटेको काम, गर्नु त छँदै थियो । चार-चार मास्टर-माइन्डले दिमागलाई चाल्नु बनाएर चालेपछि चौका दाउ आउन कतिबेर !

कामको भागबन्डा सुरु भयो । रचना सम्पादनको मूल जिम्मेवारी भैरवलाई दिने कुरा भयो । वासुदेव माङ्सा'पले भने, "यिनले के गर्लान् र ख्वै ! अन्यको स्तुतिगान नै पाए भने पनि गोरखापत्रको सिङ्गै पानाभरि छाप्न नि डराउँदैनन्, अरूले उनको बारेमा लेखेर छाप्न

दियो भने 'यो लाइनचाहिँ काटिदिऊँ है' भनी लेख्नेले 'हुन्छ' भनोस् कि नभनोस्, च्वाट्टै पार्दिन्छन्, यसमा नि त्यत्ति गर्ने त होला !"

भैरव यहाँ पनि मुसुमुसु हाँसिरह्यो, गम्भीर मुस्कान !

पाँडेले भने, "यस्तै पाँडे पाराले कसरी निक्लेला त गुरु ! पहिले पैसोको जोहो हुनुपऱ्यो नि !"

"बाह्रमासेलाई पैसोले अड्किँदैन भनेझैं कौवा प्रकाशनलाई पनि हास्यव्यङ्ग्यका किताब छाप्न पैसोले कहिले पो अड्किएको थियो र !" वासुदेवले मन्द मुस्कानसहित जबाफ फर्काए ।

आठ वर्षअघि निकालिएको 'छ्याकन'जस्तै अर्को पुस्तक तयार पार्ने टुङ्गो गरेर उनीहरू वासुदेव माड्सा'पको घरबाट निस्किए ।

त्यहाँबाट गफ गर्दैगर्दै निस्किएका उनीहरू गफकै सुरुमा पाटनढोकाबाट रत्नपार्क जाने बसमा चढे । बसमा चढिसकेपछि भैरव र गोतामे मुखामुख गरे–

लौ ! भाडा तिर्ने पैसा त छैन नि !

भाडा उठाउन आउने पनि धन्न अन्तरयामी नै परेछ ! यी दुई टाँट पल्टिएको चाल पाएझैं गरी अगाडि बसेका पाँडेकै मुख ताकेर हातको पैसा छ्याङछ्याङ बजायो ।

पाँडेको प्रतिक्रिया के हुन्छ ? दुवै सास रोकेर बसेका थिए ! पाँडेले पछिल्तिर फर्केर हेरिदिएका भए यिनको सात्तो जान्थ्यो !

धन्न ! तिनले आफ्नै पकेटतिर हात घुसारे; मुन्टो घुमाएनन् !

छैसट्ठी

०३३ भदौको अन्तिम सातातिर घटराज भट्टराई गोरखापत्रमा पुगे । केही अघि उनले लेखेको एउटा पुस्तक समीक्षा छापिएको थियो, त्यसैको पारिश्रमिक लिनु थियो । लेखा शाखामा पुगेर हेर्दा त उनको पारिश्रमिक भैरवको नाममा पो भुक्तानी भइसकेको रहेछ ।

लेखापाल हतारिँदै भैरवको कक्षमा पुग्यो, "के गर्ने ? खाता गड्बडिएछ; उहाँको पारिश्रमिक यता तपाईंको खातामा पो चढेछ !"

कार्यालयका साथीहरूले उपाय बताए, "अर्को पुस्तकको समीक्षा भैरवजीले गरिदिनू, त्यसको पारिश्रमिक भट्टराईजीको खातामा चढाइदिनू; भैहाल्यो नि ! जानीजानी भएको होइन, भूलले त हो नि !"

तर, भैरव किन मान्थ्यो ! खल्तीबाट सयको नोट झिकेर साट्न पठाइहाल्यो अनि त्यसैबाट उनलाई दिनुपर्ने दियो । यो सब हेरिरहेका घटराज पैसा लिन अन्कनाउँदै थिए, भैरवले भन्यो, "भट्टराईजी, भैरव त केही होइन, गोरखापत्र चाइने केही हो नि ! भैरवको बदनाम भए पनि संस्थाको चाइने बदनामी हुनुहुँदैन । खुरुक्क लिनुस् अनि यस्तो भएछ भनेर चाइने हल्ला नगरिदिनुहोला ।"

त्यसको बाह्र-पन्ध्र दिनपछि घटराज फेरि गोरखापत्रमा आइपुगे । असोजको आधाउधी हुन लागिसकेको थियो । नौरथा सुरु भइसकेकाले दशैंको चहलपहल बढ्दै थियो । दिन पनि निकै छोट्टिँदै गइरहेकाले होला; सात नबज्दै साँझको रमझमले छोपिसकेको थियो ।

बौद्ध जाने बस चढ्ने मान्छेहरूको उत्पातै घुइँचो रहेछ ।

गोरखापत्रबाट सँगसँगै निस्किएका भैरव र घटराजले पालैपालो निकै कोशिश गरे तर बस चढ्न सकेनन् । त्यस दिनको अन्तिम बस पनि उनीहरूलाई डिजेलको बाक्लो धूवाँ र धुलो सुँघाउँदै ढल्किँदै हिँडिहाल्यो ।

बस चढ्न असफल दुई प्राणी सुखदुःखका गफ गर्दै डिल्लीबजार, बानेश्वर, गौशालाहुँदै चाबेलसम्म पैदलै पुगे । खै किन हो, भैरव सदाको भन्दा निकै गम्भीर थियो त्यस दिन । कम बोल्थ्यो, कुरैकुरामा यसो ठट्टा-मजाक गरिराख्थ्यो; अहँ त्यस दिन गर्दै गरेन ! खालि मार्मिक कुरामात्र गरिरह्यो ।

चाबेल पुगेपछि भन्यो, "भट्टराईजी, एकएक कप चियामात्रै भए पनि खाऊँ है ! अस्तिनैको चिया पैंचो बाँकी नै छ ।"

उनले स्वीकृतिसूचक मुन्टो हल्लाए ।

तर, दुर्भाग्य ! कतै दूध सकिएर त कतै पसल बन्द हुन लागेर होला, चिया मिलेन; मिल्दै मिलेन ।

चुच्चेपाटी पुगेपछि घटराजले आफू महाँकालहुँदै जान भैरवसँग छुट्टिन चाहे । उनलाई बिदा गर्दै भैरवले भन्यो, "मैले त यो बाटो हिंड्दा-हिंड्दा चाइने डर अनि मृत्युलाई करिब-करिब जितिसकेको छु । तपाईंलाई चाइने रात-विरात हिंड्दा डर लाग्ला; केही डर मान्नुपर्दैन है !"

उनी रात-विरात हिँडिराख्ने गरेकै बाटो त थियो त्यो । छामछुम गर्नुपर्ने अँध्यारोमा पनि कैयन् पटक उनी निर्धक्क हिंडेका थिए ।

तर, आज उनलाई साँच्चिकै डर लाग्यो !

भैरवले नडराउनू भनेकैले पो हो कि ! उनलाई झन् धेरै डर पो लाग्यो !!

सतसट्ठी

कार्यालय समयपछि भैरवलाई लिएर म कहिले नवराजकहाँ पुग्थें त कहिले उनी हामीकहाँ आउँथे । यस बीचमा नवराज चालिसे राष्ट्रिय वाणिज्य बैङ्कको महाप्रबन्धक बनिसकेका थिए ।

आफ्नो साथी त्यत्रो संस्थाको सबैभन्दा ठूलो मान्छे बन्नु हाम्रा लागि अति नै गौरवको कुरा थियो । तर, उनको पदलाई दुरुपयोग गर्नु कहिल्यै हाम्रो रुचिको विषय बनेन । नवराज हिजो जस्ता साथी थिए; हाम्रा लागि त्यस्तैमा सीमित रहे । हामी उनका लागि जस्ता साथी थियौं; त्यसमै आधारित रह्यौं ।

मैले र भैरव दुवैले उनलाई पदीय हिसाबले दबाब भने पनि; अनुरोध-आग्रह भने पनि; सदुपयोग-दुरुपयोग भने पनि किचकिच गर्ने एउटैमात्र कुरा थियो– भैरवकी पत्नीका लागि जागिर ! भैरव र म त्यसका खातिर नवराजलाई वेलाबखत जिस्क्याइरहन्थ्यौं ।

हामीले जतिसुकै अनुनय-विनय गरे पनि भैरव-पत्नीको शैक्षिक-शून्यताले नवराजले केही गर्न सकिरहेका थिएनन् । उनले "म कोशिश गर्छु तर गाह्रै छ" भन्दै हाम्रो आग्रहलाई टार्दै आएका थिए ।

दशैं आउन चार-पाँच दिनमात्रै बाँकी थियो । एक दिन बिहानै भैरव रामहरि अर्यालका साथ नवराजकहाँ पुग्यो । उससँग त्यस दिन अर्को कुनै एजेन्डा थिएन । थियो त उही पुरानै आग्रह । ऊ पत्नीलाई जागिर लगाइदिन फेरि अनुरोध गर्न थाल्यो ।

उसको हाउभाउ र आग्रह भने पहिले-पहिलेको भन्दा बिल्कुलै भिन्न थियो । नवराजसँग ऊ जे मागिरहेको थियो; मानौं, त्यो उसको अन्तिम इच्छा हो ।

भैरवले सदाको भन्दा मलिन स्वरमा भन्यो, “मैले तिमीसँग अरू ठूलो कुरो चाइने के मागेको छु र ? गतिलो खोजेको पनि होइन । सबैभन्दा माथिल्लो पोस्टमा चाइने पुगेका छौ, तिमीमुनि यत्तिका कर्मचारी छन् । तिमीले चाहृयौ भने उसलाई यसो अल्झिने बाटो कहीं न कहीं मिलाइदिन पक्कै सक्छौ !”

नवराजले खुइय गर्दै भने, “मलाई लाजै लागिसक्यो भैरव ! तिमी जति भन्छौ; त्यत्ति नै मलाई घोच्छ । तिमी त घोचपेच गरिराख्ने मान्छे; यो छेडपेच तिमी समाजसँग गर, दुनियाँसँग गर; मलाई छाड्देऊ न यार !”

भैरवले रुन्चे स्वरमा भन्यो, “मेरो समस्या बुझिदेऊ न अलिअलि !”

नवराजले भने, “मैले बुझेको छैन होला त ? अलिकति पढे-लेखेको मान्छे भइदिया भए केही समस्या हुन्थेन । तिम्ले दोहोऱ्याएर मुख खोल्नै पर्दैनथ्यो, उहिल्यै चाँजो मिलाइदिन्थें ! भनूँ– बहाना बना'को झैं हुने; नभनूँ, नपढेको मान्छेलाई कता राख्नु ! यस्तो, उस्तो, यहाँ, त्यहाँचैं भन्न पाउँदैनौ; दशैंलगत्तै म भाउजूलाई कतै न कतै घुसाइदिन्छु, ढुक्क भएर जाऊ ।”

साथीबाट यत्तिको गम्भीर र भरोसायुक्त आश्वासन पाएपछि भैरवको अनुहार उज्यालो भयो । प्रसन्न चित्त बनाएर ऊ त्यहाँबाट फर्कियो ।

लगत्तै दशैंले छोपिहाल्यो । फूलपातीको दिन नवराजले फोन गरे, “तिमी भाउजूलाई जागिर लगाइदे भन्ने अनि भाउजूलाई चाहिं न जागिर खानै मन छैन कि ? अरू कुरामा जत्ति भरोसा गरे नि यो कुरामा भने मैले तिम्रो भर नगर्ने भएँ है ! एकादशीको दिन म तिम्रो घरमै आउँछु । अनि, भाउजूलाई आफैं सोध्छु !”

भैरवले सिर्फ “हुन्छ” भनेर फोन राख्यो ।

तर, एकादशीको दिन नवराज भैरवकहाँ जान पाएनन् । दशैंको टीकाको चपेटा; मावली, ससुराली भ्याउँदा-भ्याउँदै त्यस दिन निकै अवेला भयो ।

“भैरवलाई फोन गरीगरी आउँछु भनेको छु; राति नै भए पनि एक पल्ट पुग्नै पऱ्यो”, भनेर ड्राइभरलाई जोरपाटी लगिदेऊ भने । तर, ड्राइभरले “मलाई बनेपा जानु छ; आज नजाऊँ कि सर”, भनिदिए । चाडबाड, छुट्टीको कर्मचारी, उनले जबरजस्ती गर्न सकेनन् । आउँछु भनेको दिन भैरवको घरमा जाने कुरा त्यत्तिकै सेलायो ।

‘अफिस खुल्नासाथ बोलाएर नियुक्ति दिने तयारी भएकै छ क्यार ! अब त्यतिबेलै भेटौँला ।’ नवराजले आफ्नो चित्त आफैँले बुझाए ।

अड्सट्ठी

साँझ पर्नै लागिसकेको थियो । आज साँझ चाँडै नपरिदेओस् भन्ने कुनै आग्रह थिएन उसको । अचेलका हरेक साँझ उसका बाँच्ने अवसरहरू खोस्न आइपुग्ने न हुन् !

अवसरवादी साँझहरू !!

जति वेला ऊ कमजोर थिएन, साँझ नआइदिए हुन्थ्यो झैं लाग्थ्यो । साँझ नपरुन्जेल उज्यालो उससँगै हुन्थ्यो । उज्यालोमा सबैले उसलाई देख्थे, उसले सबैलाई देख्थ्यो ।

यो अचेलको निर्दयी साँझ ! आइ त हाल्यो !!

नजिकै बसेको हुनाले अहिलेसम्म उसले विकललाई देखिरहेको थियो, विकलले पनि उसलाई देखेकै हुनुपर्छ । अझ गाढा अँध्यारो हुन्जेलसम्म सायद एकले अर्कोलाई देख्लान् । तर, सबैसबै मान्छे यी दुईलाई नदेखेझैं हतारहतार हिँडिरहेका थिए । आ-आफ्नै नजिकको मान्छेलाई भेट्ने हतारोमा होलान् ।

बौद्धको यो चिया-पसल; यसलाई पनि यस्तै हतारो होला । यी दुईले कहिले चिया बुत्याउलान् अनि बन्द गरेर बुर्कुसी मारुँला पो सोचिरहेको छ कि ?

उसले पसलेलाई हेर्‍यो; पसलभित्र हेर्‍यो । चियासिया खाने अरू पनि रहेछन् । हैन-हैन, चिया खाने अरू कोही रहेनछन्, सिया खानेमात्रै रहेछन् भित्रको अँध्यारोमा ।

उसले आफ्नो ठीक अगाडिको अँध्यारोमा विकललाई नियाल्यो, “रमेश ! तिमीलाई के लाग्छ– चाइने म बहुलाएकै हो त ?”

"हैन, मलाई त त्यस्तो लाग्दैन । मैले कहिल्यै त्यस्तो भनें र ?" जे लागे पनि उनले यस्तैयस्तै भन्ने न हुन् !

त्यस बखत भैरवको मूड विचित्रको थियो । शून्य; शून्य; कहीं हराएजस्तो; आफूमा आफैं नभएजस्तो ! यस्तो हुनु जिस्किने मूड नहुनु हो । आज उससँग जिस्किनुहुँदैन, हँसीमजाक, ठट्टा गर्नुहुँदैन !

"कि तिमीले मलाई चिन्न सकेनौ कि यस वेला बुझ पचाइरहेका छौ ! बहुलाउन त म बहुलाएकै हुँ रे लौ ! तर, कति बहुलाएँ ? कसका लागि बहुलाएँ ? तिमी भन त– बौलाहा भनेको के हो ? कसले कसलाई बौलाहा भन्छन् ? हुन सक्छ म चाइने कसैको विचारमा बौलाहा भएँ । तर, म के हुँ ? त्यो मलाई थाहा छ । अनि, मैले यो पनि चाइने महसूस गरेको छु कि म कमजोर छु । कमजोरमात्र होइन, मलाई लाछी नै भनिदिए पनि हुन्छ । तर, म सिद्धिइसकें । अब मभित्र म नै चाइने बाँकी छैन । यो हाडछालाको जिउँदो सालिकमात्रै हो बुझ्यौ ! यसभित्रको भैरव सिद्धिसक्यो, बहुलाइसक्यो ! मान्छे सिद्धिएपछि चाइने बहुलामात्रै बाँकी हुँदो रहेछ, मजस्तो !" भैरव बर्बराउन थाल्यो ।

"होइन, तिमी आफूलाई यसरी सब सकिएझैं, सबै निखिएझैं किन अनुभव गर्छौ ? ...तिम्रो के भएको छ र ? ...म त केही भएको देख्दिनँ ! नवराजले भाउजूलाई जागिर लगाइदिने भइहाले । पक्का नभई बोल्ने मान्छे हैनन् तिनी । बरू गर्छु, सक्छु भन्दैनन्, भनेपछि गर्छन् नै ! अनि ?" भैरवलाई सम्झाउनु त्यति वेलाको विकलको जागिर, डिउटी !

"तिमी जेसुकै भन, मलाई थाहा छ– म आजभोलि कस्तो भयानक स्थितिबाट गुज्रँदै छु ! मेरो चारैतिर सिआईडी छाडिएका छन् । मेरो जागिर खुस्काउने प्रयत्न भैरहेको छ । मलाई हत्कडी लाएर जेलमा बन्द गर्न सबै जमजमाएका छन् ।" ऊ खरर त्यसरी बोल्यो; टेप रिकर्डर किन पो त्यसरी बोल्दो हो !

"यो तिम्रो आफ्नै भ्रममात्र हो । को हुन्छन् तिम्रा-हाम्रा त्यस्ता शत्रु ? ...हाम्ले कसको के बिगारेका छौं र ?" विकल डिउटीबाट विमुख हुन किन पो चाहन्थे र !

"तिमीलाई के थाहा छ र ! म प्रत्येक पल यो खतराको पीडा भोगिरहेछु । ...दिन लागेको वेला कसको के बिगार्नुपर्छ र ! ...त्यसै पनि शत्रु हुन्छन् सबै । बाबु शत्रु हुन्छन् ! आमा शत्रु हुन्छिन् ! स्वास्नी शत्रु हुन्छे ! साथीभाइ, हाकिम सबै शत्रु हुन्छन् ! आज सबै मलाई गाड्न खोजिरहेका छन् ।" उसले साँझजत्तिकै अँध्यारो अनुहार बनाइरह्यो ।

"यो सिर्फ कल्पना हो । तिमीले आफ्नो दैनिक समस्यादेखि हरेस खाएका छौ... अरू केही होइन । तर भैरव, समस्या सबैको हुन्छ । समस्यादेखि हार्ने होइन, त्यससँग जुध्नुपर्छ । नत्र बाँच्न मुश्किल पर्छ । तिमी अलि दरिलो बन– केही भएको छैन तिमीलाई ! सब समाधान हुन्छ !"

विकललाई अझै उसको विकलताबाट अँध्यारो निकाल्नु थियो ।

ऊ भने साँझजस्तै झोक्राइरह्यो निकै बेरसम्म ।

"यौटा कविता सुन्छौ, भर्खरै लेखेको !" उसले केही बेरको मौनता तोड्दै भन्यो । विकलले निःशब्द मुन्टो हल्लाए ।

"टाढाटाढा एउटा गाउँमा
बाजे-बराजु मरेकै ठाउँमा
म पनि अचानक अस्ति खसेको छु
त्यसैले आफू आफ्नै किरिया बसेको छु ।

ए ! नआओ कोही बोलाउन मलाई
मभित्र आफ्नै कोलाहल छ
निषेधै निषेधको कोरा बारी बसेको छु
आफ्नै वियोग-वेदनाको हलाहल छ ।"

कविता सुनाएर भैरवले लामो श्वास तान्यो । अनि, जान्छुसमेत नभनी फुत्त उठेर हिँडिहाल्यो ।

विकल हेरेको हेर्‍यै भइरहे । उसको छायाँ देखिएसम्म हेरि नै रहे । क्षणभरमै भैरवको छायाँ अँध्यारोको गर्तमा हरायो !

उनहत्तर

"पूज्य पिताजी,

बहुमान्य पण्डित हुनुभएकाले एक न एक दिन तपाईं मोहनिद्राबाट ब्युँझनुहोला, बुझ्नुहोला र आफ्नो अन्त्य सपार्नुहोला भनी मैले आफू धरापमा परिसकेपछि निकै पर्खें ।

तपाईंलाई चित्त दुख्ने स्थिति नपार्ने हरसम्भव प्रयास गर्दागर्दै पनि तपाईंको चित्त रमाउने पुरुषार्थ मैले गर्न सकिनँ, पितृहत्यादेखि बच्न मैले आफ्ना सम्पूर्ण सम्भावनाहरूको हत्या गरें, आत्महत्याका धेरै प्रयासहरू गरें तर महाभारतमा मुसल घोटेको कथाजस्तै भयो ।

पहिले तपाईंले भनेको... ..."

कोनि कहिले पो हो; लेख्दालेख्दै ऊ अनायास रोकिएको थियो यहाँ आइपुगेर । त्यहींबाट अधुरो पूरा गर्नुपर्‍यो भन्ठानेर ऊ कलम खोज्न थाल्यो ।

जोरपाटी चोकबाट चामुण्डा मन्दिरतिर छिर्ने बाटोको अलिकति भित्रपट्टिको एउटा साधारण खालको घर । घरको उत्तरपूर्वी कोठाको खाटमा ऊ घुँडा धसेर बसेको थियो । निकै बेरदेखिन् कोही लगातार ढोका ढकढक्याइरहेको थियो तर उसले सुन्दै सुनेको थिएन । मन कहाँ पो थियो कोनि !

"को आयो यत्ति राति ?" ढोकाको ढक्ढक्याइ उसले बल्ल थाहा पायो । घुँडा निकै बेरदेखिन् खुम्च्याएछ क्यार, दुवै गोडा निदाएछन् । उसले खुट्टा लतार्दै, धर्मराउँदै ढोका खोल्यो । शोभा रहिछिन् । लोग्नेको

कोठामा शोभा त आउने नै भइन् नि ! उनी आउन बाँकी नै रहेछ, उसले चुकुल लगाइसकेछ ! हेत्तेरिका !

"ढोकै थुनेर के गर्न लाग्नुभा' हँ ?" शोभाको अनुहार डर र आक्रोशले रातोपिरो थियो ।

"चिन्ता नगर । यहाँ मर्न लागेको थिइनँ । तिमी आइसक्यौ होला भन्ठानेर....."

उसले बोली सक्न पाएकै थिएन; तिनले टिप्पा लिइन्, "भन्ठानेर ? यो यत्रो सानु कोठामा स्वास्नी छे कि छैन, त्यो समेत होस हुन छाड्यो है तपैंलाई ?"

"नरिसाऊ न ! कहिलेकाहीं के हुन्छ के ! छौ जस्तो लाग्यो ! कति वेला चुकुल हालेछु, त्यो नि भेउ पाइनँ । तिम्लाई बाहिर राख्न खोजेको होवैन क्यार !" उसले उदासीका साथ भन्यो ।

"तपैंलाई आजकल के भा'को छ हँ ? किन यस्तो हुनुभा'को ? जति वेला हेऱ्यो– झोक्राउने, टोलाउनेमात्रै गर्नुहुन्छ । कैले एक्लै कुरा गरिराख्नुहुन्छ । कैले आकाशतिर टोलाएर 'मेरा छोराछोरी कहाँ पुग्लान्....' भन्नुहुन्छ । बाहिरतिर मान्छेहरू के-के भन्न थालिसके ! म त हैरानै भैसकें– कस-कसलाई के-केमात्रै जबाफ दिनू !" उनले रुँलाझैं गरेर भनिन् ।

"एक छिन सँगै बस न शोभा ! आज मलाई तिमीसँग कत्ति कुरा गर्न मन लागेको छ । तिम्रो गाली खान मन लागेको छ । तिमी-सामुन्ने रुन मन लागेको छ...... ।" ऊ साँच्चै कमजोर भएको थियो ।

"के सुन्नु तपैंका कुरा ! लोग्नेमान्छेको जातले यस्तै नामर्द कुरा गर्छन् !" शोभा भक्कानिएर रुन थालिन् ।

माइलो छोरो प्रकाश लुसुक्क कोठामा छिऱ्यो अनि बाउको ओछ्यानको कुनातिर घुस्रियो ।

भैरव भित्रभित्रै पग्लिरहेको थियो । सायद आज उसलाई जम्नु थिएन; दह्रो हुनु थिएन; मर्द बन्नु थिएन । उसले लामो सुस्केरा हाल्यो,

"मैले बच्चाहरूका लागि केही गर्न सकिनँ । मलाई यिनीहरूको पाप लाग्छ । भोलि तिमी नरहौली; म नरहूँला । म कहाँबाट कहाँ पुगूँला, बच्चाहरू कहाँ पुग्लान् ! ठूला भएपछि यिनीहरूलाई बुझाइदिनू– म कस्ताकस्ता जालमा परेर मरें भनेर । मैले जानीजानी कुनै अपराध गरेको थिइनँ तर बेहोस-बेहोसमा दुनियाँभरिका पाप मैले आफ्नो थाप्लोमा थाप्नुपऱ्यो । अरूको लहैलहैमा लागेर मलाई मेरा बच्चाहरूले पशु नसम्झून् ! म मान्छे नै थिएँ । पढेलेखेको थिएँ । तर, मनले सारै काँतर भएकोले मेरो यो अवस्था भयो । कुनै अपराध गरिनँ, तर धेरै अपराध लाग्यो... !"

आफू सम्हालिन नसके पनि शोभा उसलाई सम्हाल्ने प्रयासमा थिइन्, "के बहुलट्ठी कुरा गर्नुभा'को ! तपैंले चित्त दुख्ने कुरो गर्न जान्नु नै कहिले भएको थियो र ! अठ्ठाईस वर्ष तपैंसँग बिताइसकें, अहिलेसम्म चित्त नदुखाउनै खोज्नुभो । मैले जत्ति वचन लाए पनि, भनिबिभ्काए पनि सकभर सहनुभयो । मैले जे दिएँ, त्यसैमा चित्त बुझाउनुभो, कैल्यै यस्तोउस्तो भन्नुभएन । मीठो-नमीठो, ढिँडो-फाँडो जे भए नि रुचिकर मान्नुभो । यी बच्चा तपैं भनेपछि हुरुक्कै हुन्छन् । आमाको भन्दा नि बढी बाको स्नेह धेरै छ यिनर्को शिरमाथि ! तपैं पढेलेखेको-म अनपढ, तपैं विद्वान्-म बुद्धू ! मैलेचैं बरु चित्त दुखाएँ कि !"

"हैन शोभा ! तिमीले त मलाई ठूलो विश्वासका साथ स्वतन्त्र छोडिदिएकी थियौ । घरको झोजझमेलामा मलाई सकेसम्म अल्झाइनौ; आफैं अल्झियौ बरु । घरायसी कामका बारेमा मलाई कहिल्यै केही पत्तो भएन । पैसा नभएर छटपटाउँदा उल्टै हौसला दियौ । तिमी यस घरकी साँच्चिकै शोभा हौ । तिमीसँग मेरो केही गुनासो छैन । मलाई त मसँगै पनि गुनासो छैन । त्यत्ति हो, मान्छे बन्न खोजेको थिएँ, त्यही बन्न सकिनँ । बन्नै दिएनन् मलाई मान्छे... !" ऊ साँच्चै भक्कानियो ।

"नरुनू न यसरी ! यसरी भक्कानिएर पनि रुन्छ क्वै लोग्नेमान्छे ! सुत्नू अब ! बच्चाहरूले सुन्लान्, भाइहरूले सुन्लान्; बा-आमाले सुन्नुहोला !"

उनी स्वयम् विह्वल भइन्; तैपनि उसलाई सम्हाल्न खोजिरहिन् ।

"सुन्दैनन् शोभा, कसैले सुन्दैनन् । सबै मलाई नसुन्ने भैसके ! म नसुनिने भैसकें .....!"

उनीहरूबीचमा एक छिन गाढा मौनता व्याप्त भयो ।

"म एउटा गोठालोमात्र हुनुपर्थ्यो । मलाई धेरै जान्न मन लाग्यो । आफूलाई केही बनाउन मन लाग्यो । भनौं, पुरुषार्थी बन्ने धोकोले मरिमेटें । साहित्यकार हुने इच्छाले घचघच्यायो । हास्यव्यङ्ग्यतिर कलम चलाउनु मेरो निम्ति दुर्भाग्य रहेछ । स्तुतिगानतर्फ मात्रै लागेको भए पनि त केही दुःख टर्न सक्थ्यो होला । सोझो जागिरमात्र धानेर बसेको भए पनि हुन्थ्यो । मैले बुझ्नै नपर्ने कुराहरू बुझेर नै होला सायद, अनेकौं असन्तुष्टि बढ्न लागेका छन्... ।"

ऊ पुनः केही छिन अडियो ।

रातको निस्तब्धतालाई चिर्दै आँखाभरि आँसु पारेर भन्यो, "शोभा, तिमीलाई म..." बोल्दाबोल्दै उसको गला अवरुद्ध भयो । त्यसभन्दा पछाडि उसले केही बोल्न सकेन । दुवै मौनमौन रहे । दुवै चुपचाप रहे ।

आफूभन्दा अघि दुवैलाई दुवै निदाएजस्तो लाग्यो; तर कसको पहिला आँखा लागे कोनि; पत्तो भएन ।

बिहान ब्युँझँदा भैरव ओछ्यानमा थिएन ।

... ऊ कोठामा थिएन... !

... ऊ घरमा थिएन... !

... ... ऊ... ...कतै थिएन !!

सत्तरी

"गोकर्णको सारा वन चहारिसक्यौं, कतै केही सुराक पाइएन !"

मान्छेहरू उसको जीवन खोजिरहेका थिएनन् ।

मान्छेहरू उसको लास खोजिरहेका थिए ।

ऊ कतै साथीसँग छ्याङ्ङ उज्यालो हुन्जेलसम्म बात मारिरहेको हुँदो हो । दुःख देखे हेप्ने, सुख देखे झुम्मिने कुनै आफन्तकहाँ अल्याङटल्याङ गरिरहेको हुँदो हो । गोरखापत्रको टेबुलमा अवेलासम्म काम गर्दागर्दै हातलाई तकिया बनाएर भुस्कुट निदाइराखेको हुँदो हो । कुनै मन्दिरमा जोगीहरूसँग धुनी ताप्दै झोक्राइराखेको हुँदो हो । कतै मसानघाटको हड्डी नियाल्दै कविता सोचिराखेको हुँदो हो ।

भन्न त उसले भनेकै थियो,

"करिब दुई बीसको अनुभवले संसारको भोग, उपभोगबाट अब त वाक्क आइसक्यो । यस भौतिक संसारमा बाँच्ने अर्थको सार खिच्ने हो भने के पो निक्लन्छ र ! आखिर उही मीठो खानु, राम्रो लाउनु अनि अवयव र इन्द्रियहरूलाई क्षणिक सन्तुष्टि दिनु ! त्यसैले, हतार-हतारसँग एक दिन भरपेट मिठाई वा खान इच्छा लागेका कुरा खाइदिऊँ, अर्को दिनभरि जहाजदेखि टाँगासम्म चढिदिऊँ, तेस्रो दिन भ्याएसम्मको नाचगान हेरिदिऊँ र रातभरि कुनै स्वास्नीलाई भोगिदिऊँ र आवश्यकै परे अरू दुई दिन मनका बाँकी रहरेका खहरे झटाझट पुऱ्याइदिऊँ, बस ! अनि, यी लीला दोहोरिनै नपाउने गरी आफैंलाई समाप्त गरिदिऊँ ! त्यसपछि न सास धान्न अर्काको चाकरी गर्न परोस्, न त पराईको हेरी मुटु मिच्नु नै परोस् !"

ऊ उसले भनेजसरी नै हरायो ! सायद ऊ हराएकै हो !

भैरवको जिन्दगी खोज्ने चासो कसैलाई भएन । ऊ घरमा रहेन । यसको मतलब ऊ हरायो । ऊ हराएको चाल पाएदेखिन् सबै उसको लास खोज्न थाले ।

मानौं, ऊ हराएकै मर्नका लागि हो !

खोज्दाखोज्दा एक दिन सुइत्तै गयो, तर उसको पत्तोफाँट भएन । दोस्रो दिन पनि उसको सास वा लास कतै नभेटेपछि कसैले वासुदेव लुइँटेलको घरमा फोन घुमायो । उनले फ्याट्टै भनिदिए, "वारिपट्टि जानै पर्दैन, पारिपट्टि काठको पुलनजिकतिर खोज न !"

कुनै दिन उनले भैरवको व्यवहारबाट आजित भएर भन्दिएका थिए, "मर्नलाई के दुनियाँ तमासा गरिराख्छौ ! मर्नै मन लागे त्यै घरछेउको ककारोबाट हाम्फाले भइहाल्यो नि !"

मृत्युसँगको संवाद उसले धेरै चोटि, धेरै जनासँग गरेको थियो । अरू बाँच्नका लागि सङ्घर्ष गर्थे, ऊ मर्नका लागि आँट बटुलिरहेको हुन्थ्यो ।

मर्नका लागि उसले के-केमात्र गरेन ! दिल्लीको जमुनामै डुबुल्की लगाउने सूर कसेन कि ! गङ्गामा फाल हाल्ने विचारले वनारस पुगेन कि ! बाटैमा पल्टियोस् भनेर थोत्रो ट्रक खोजेर चढेन कि ! देउघाट जाने त्रिशूलीमाथिको अग्लो पुलमा हल्लिएन कि ! पाँचखाल ओर्लने भिरालोमा हाम फालेन कि ! मर्नलाई इन्द्रावतीसम्म पुगेन कि ! फेवातालमा डुब्ने योजना बुनेन कि ! खाटमुनि बिखको सिसी लुकाएन कि ! बुइँगलबाट फाल हालेन कि !!

अरू मृत्युसँग जुझेर बाँच्ने उद्यममा हुन्थे, ऊ भने बितेका पाँच सालदेखि जीवनसँग जुझ्दै हरपल मृत्युको अभ्यर्थना गरिरहेको हुन्थ्यो । मृत्युचिन्तन गरिरहेको हुन्थ्यो ।

तथापि, उसले सारा दुस्साहस कसैसँग लुकाएन ।

मर्ने यत्न गरिरह्यो; सुनाइरह्यो । सुनाइरह्यो; जीवन आफल्ने प्रयास गरिरह्यो ।

उसका यावत् यत्नहरू मर्नका लागि बिल्कुलै थिएनन् । खासमा ऊ बाँच्न चाहन्थ्यो ।

'म बाँच्न पाइरहेको थिइनँ, त्यसैले मर्न चाहिरहेको थिएँ' भन्न खोजिरहेको थियो ऊ । हामीले उसका बचेखुचेका बाँच्नुपर्ने कारणहरू उल्टै खोस्तैखोस्तै गयौं । उसलाई बाँच्न पाउने वातावरण बनाइदिने प्रयासै गरेनौं ।

हामीले उसलाई बुझ्दै बुझेनौं ।

जति बुझ्यौं, उल्टो बुझ्यौं । श्रीखण्डको हाँगालाई खुर्पाको बिंड बनायौं र त्यसले श्रीखण्डकै बोट काट्तै-काट्तै रह्यौं । उसको व्यवहारबाट उल्टोउल्टो निष्कर्ष निकाल्दै रह्यौं– ऊ मर्न आतुर छ । जब समाजको आँखाबाट ओझेल पर्छ, ऊ मर्छ !

हामी निष्कर्ष निकाल्न माहिर भइसकेछौं !

त्यसैले, ऊ हराएको सुन्नासाथ उसको लासको खोजी सुरु भयो ।

तर, ऊ हराएकै थिएन । हराउने खाले मान्छे ऊ हुँदै होइन । ऊ भेटिएकै थियो ।

हराएका त हामी थियौं– उसका लागि ।

ऊ त उससँगै थियो, हामी थिएनौ उससँग !

हामी उससँग भइदिएका भए ऊ हराउने थिएन ।

लुइँटेलसँगको उपरोक्त संवादपछि टोली धुइरियो बाग्मतीको ककारोतिर । ककारो, ककारोमुनिको डरलाग्दो भीर, तऽऽलको अँध्यारो दह, दहमुनिको बाँध... चारैतिर छरपस्ट भए विविध आँखाहरू– जोरपाटीका आँखाहरू, अर्जेल गाउँका आँखाहरू, देशेगाउँ, गोकर्णका आँखाहरू, राजनिकुञ्जभित्रका आँखाहरू, गोकर्णेश्वर मन्दिरका आँखाहरू, उसका पाठक-आँखाहरू, साथी-आफन्ती आँखाहरू, जोगी-आँखाहरू... !

मन्दिरको यौटा जोगीआँखाले भन्यो, "अस्ति राति १२ बजेपछि बिजोडी चप्पल लगाएर यौटा मान्छे मन्दिरमा आएको थियो । केही बेर हामीसँगै बस्यो । धुनी ताप्यो । लगातार तीन-चार वटा सिगरेट

खायो । चिलिमसित सिगरेट साट्यो अनि हिंड्यो । त्यसको केही बेरपछि बाग्मतीमा छप्ल्याङ्ङ आवाज सुनिएथ्यो !"

"कस्तो थियो ? कस्तो ??" आँखाहरू सबै एकत्रित भए। जोगीआँखाले भन्यो, "लाटोलाटो अनुहारको, लम्बुलम्बु, गहुँगोरो, पचास-पच्पन्नको !"

"चालीसको होला, चालीसको !!!" भीडमध्येको यौटा आँखा चम्कियो ।

"ख्वै ! हेर्दा त पचास-पच्पन्नकै लाग्थ्यो !" अर्को जोगीआँखाले साक्षी बक्यो ।

ऊ थियो ! अस्ति रातिसम्म ऊ थियो ! हिजो सम्भवतः प्रथम प्रहरसम्म ऊ थियो !!

जे थियो, जस्तो थियो, ऊ थियो–
व्यतीतको कहालीलाग्दो महासागरमा
मानव-मानवको युगौंदेखिको महासमरमा
को, कहाँनेर, कतिखेर, के गर्दै थियो–
सम्झिरहने कसको तागत !
खोजीनीति गर्ने कसको फुर्सद !

... ...

खुशी होइन, खुस हुने एउटा रहर थियो
बचाइ होइन, बाँच्ने एउटा तरखर थियो ।

... ...

एउटा रसविहीन कविताजस्तो
एउटा प्लट नमिलेको कथाजस्तो ।

... ...

जो थियो, जस्तो थियो, एउटा कोही थियो
ऊ थियो !

झुलेका धानयुक्त पहेँलपुर फाँटैफाँटको बीचबाट बाङ्गो-टिङ्गो हुँदै बग्दैबग्दै गोकर्णेश्वर मन्दिरछेउको छोटो तर अँध्यारो, डरलाग्दो ककारोभित्र फुत्त छिरेकी नदी । ककारोमुनि बगेकै छैन कि जसरी जमेको नीलो दह । दहको पुछारमा माकलबारी-आतरखेलतिर नदीका हाँगा उकाल्न थुनिएको बाँध । बाँधबाट उम्किएर खस्नासाथ दुईतिरका ठूल्ठूला लमतन्न फाँटलाई दुई किनार बनाएर हिउँद लाग्दै गरेको झोकमा सुक्तैसुक्तै गए पनि कलकल बगिरहेकी बाग्मती !

त्यही बाग्मतीको किनारमा छेउ लागेर घोप्टो परिरहेको यौटा मानवाकृति !

उसको जिन्दगीको अन्तिम पानो यसरी फर्लक्क पल्टियो–

उही जर्मनी पैन्ट-बुसर्ट लछप्पै टाँसिएको सुडौल शरीर !

उज्यालो चेहरा !

बायाँ पुर्पुरोमा रगत बगेर रोकिएको गहिरो चोट !

पाखुरामा भाँचिएको बायाँ हात !!

आधा मान्छे

एक दिन उसले लेखेथ्यो, 'तिमीले बिर्सिदियौ । सायद सम्झनुनपर्ने भैसकेछु कि ?...'

मैले प्रत्युत्तर पठाएथें, 'तिमीलाई बिर्सनु ? बिर्सन सकेको भए त यो पीडा किन पाइरहन्थें !...'

केही दिन हराउँदा तड्पिन्थ्यौं; छटपटाउँथ्यौं !

यत्तिका दिन भइसक्यो !

दिन के; वर्षौंवर्ष भइसक्यो– बयालीस वर्ष !

ऊ हुँदा हाँसो फुटेर आँसु-आँसु बन्थ्यो । आँसु-आँसु जोडेर हाँसो बन्थ्यो !

यत्तिविधि मान्छेहरूले उसका बारेमा यत्तिका कुरा गरिसके; सम्झाउनी, बिर्साउनी सबैसबै भ्याइसके । म भने जहाँको त्यहीं छु । मानौं पोखरा जाने त्यही स्विस बसलाई अझै हकारिरहेकै छु– पर्ख ! एक छिन त पर्ख ! मेरो साथी आउँदै छ !

ऊ आउँछु भनेर ढाँट्ने मान्छे होइन ! ऊ हेर त ! मेरो सँगैको सिट अझै खालीखाली छ.... !!

...म खालीखाली छु !

...शून्यशून्य छु !!

...एक्लोएक्लो छु !!!

तर... एक्लिनै सकिराखेको छैन उसको सामीप्यबाट !

तर... मुक्त हुनै सकिराखेको छैन उसको आत्मीयताबाट !

ऊ निठुरी रहेछ; उड्यो ।

पिंजडामा थियो तर, पिंजडामा हालेर राख्नुपर्ने बिल्कुलै थिएन ।

ऊ उड्न चाहन्थ्यो !

'उड् ए ! जूनकीरी उड् !

बन्धनमा नै कति अल्झिन्छस् !

स्वतन्त्रतामा जीवन मुछ्

नबिला अब त्यो शून्य कुनामा

होस सह्माल्दै जोशले उठ् !

उड् ए ! जूनकीरी उड् !'

कुनै दिन ऊ थियो ।

ऊ साँच्चिकै थियो ।

कुनै दिन ऊ भएरै म आज यस्तरी खालीखाली भएको हुँ ।
कुनै दिन ऊ भएरै म आज यतिबिघ्न शून्यशून्य भएको हुँ ।
कुनै दिन ऊ भएरै म यतिसारो एक्लोएक्लो भएको हुँ ।
कुनै दिन ऊ नभएको भए ....
यो उमेरसम्म मैले यस्तरी रित्तोरित्तो हुनुपर्ने थिएन ।
... ... !

मिस्टर सिन्धुलीय !

के सुन्छौ मेरो आँसुको कथा !

मसँग पहिलो चोटि भेट्दा 'रुखो; टर्रो; खस्रो मिजासको; गजक्क पर्ने खालको' लागेथ्यो भन्या होइन ?

उसलाई भेटेपछि नै म 'रोचक' भएको थिएँ । म जत्ति 'रोचक' हुनुथ्यो; ऊ हुन्जेल भइसकें ! ऊविनाको म अब सिर्फ 'घनानाथ घिमिरे' मात्रै हुँ– ... ...घनले छाती थिचेर बाँचिरहेको अधुरो युगको साक्षी !!

...एउटा आधा मान्छे !!

***

(बीचबीचका **बोल्ड अक्षर** *भैरव अर्यालकै सृजनांश हुन् । अर्यालसँगका कतिपय संवाद, पत्र, टिपोट, हास्यव्यङ्ग्य, अडियो इत्यादिका अंश, प्रसङ्ग पनि प्रयोग गरिएका छन् ।)*

कथोपकथन

अस्ताउन लागेको जून चुर्लुम्म डुबेको छ– गहनापोखरीको पानीभित्र । आज मेरो मन पनि कतै डुबेको छ । नीलो रङमा बादलका सेता बुट्टा लतपत्याएर आकाश अझ धुम्मिने सुरसारमा छ । आज मेरो मन पनि गुजुल्टिएको छ कताकता ! अलिकति मिर्मिरे चुच्चोले च्यापेर उड्दै आएको कोइली सोधिरहेछ–

'को हो ? को हो ?'

ऊ भैदिएको भए यौटा न यौटा बिङ्गा लाउँथ्यो– 'यौटा बबुरो चरोले समेत चिन्दो रहेनछ हाम्लाई ! कस्तो नामी भइएछ गाँठे !'

उसको घर भएतिरैबाट टुप्लुक्क रातो घाम देखा पऱ्यो । मेरो आँगनमा भँगेरा चिर्बिराउन थाले । तिनको अतिरिक्त चिरबिरले लाग्यो– यिनीहरू चारो होइन; देशभित्रै देश खोजिरहेका हुन् ! पूर्वतिरै एउटा इन्द्रेणी क्यानभास तिर्मिराउँदा तिर्मिराउँदै विलय भयो । र, त्यहाँ उसको अनुहारको आभास दिने खालको बादल देखा पऱ्यो ।

आज बिहानीका प्रत्येक पत्रहरू मलाई केही कुरा सम्झाउन उत्तालिएझैं लागिरहेछन् । उठ्नासाथ मुख धुन्थें, धोएको छैन । नधोइएकै आँखा मिचेर हेर्छु– रिसाहा बाउले अल्लारे छोरोलाई घरीघरी घुच्च्याएजस्तरी यो आफ्नै घर मानौं, मलाई एकाबिहानै घुच्च्याइरहेछ– तँ जा ! तँ यहाँबाट गइहाल् !!

यो बैठकको भित्तामा मरेकाट्टे नहाँस्लाजस्तो तस्वीर छ उसको । नहाँसे पनि 'ओईऽऽ रोचक !' भनेर बोलाइहाल्ला कि जस्तो ! सुतेको कोठाबाट यहाँसम्म त आँखा खोलेरै आएको थिएँ । तर, लागिरहेछ–

मैले आज आँखा खोल्नासाथ यही तस्वीरलाई देखेको हुँ । एकासी लागिसकेँ, तर स्मरणशक्ति त्यत्ति कमजोर भइसकेको छैन कि भख्खरैको कुरा पनि भुलूँ ! आँखा खुलेदेखिन् उसको यही तस्वीरबाहेक अरू केही देखेँजस्तो लागेकै छैन ।

मानौं, यो तस्वीर यहाँ बैठकमा नभएर सुत्ने कोठाको, त्यो पनि माथि सिलिङमा टाँसिएको छ, जसलाई आँखा खुल्नासाथ मैले देखेको हुँ !

मलाई अनौठो अलमलमा देखेर सायद, पत्नी आश्चर्य मानेर नियाल्दै थिइन्, त्यतै चिया राखेर हिँडिसकिछन् । आफूलाई अर्कै-अर्कै......, कोनि केले हो तानिराखेको छ; कता यो चिया तानेर बस्नु ! छटपटी बढ्दै गएको महसूस भएर आफ्नै शरीर छामछुम गरिहेरेँ– कतै सञ्चो बिग्रेको त होइन ?

अहँ, मुटुको ढुकढुकी साविककै रफ्तारमा चलिरहेको छ । निधारले पनि थप तातोपनको आभास दिएको छैन ।

'कस्तोकस्तो भो; एक छिन यसो बाहिर टहलिएर आउँछु है' भन्न भान्सातिर टाउको घुसारिसकेको थिएँ, बोली नै अड्केजस्तो भयो ।

'आऽऽ यीँ तल जान नि के सोधिराख्नु !'

गहनापोखरी पार्कमा 'मौसमी योगी'हरूको राइँदाइँ रहेछ । कोही स्याँ-स्याँ गर्दै हिँडिरहेका; कोही हा-हु गर्दै हातखुट्टा दायाँ-बायाँ फाल्ने असफल प्रयत्न गरिरहेका; कोही थुप्रै पसिना पो खर्च गरिसकेँ भनेझैं गरी बेन्चीमा थचारिएका ! महिला, पुरुष, बाहुन, क्षत्री, दलित, मतवाली... समावेशी यहाँ पो रहेछ ! सबैभन्दा समावेशीचाहिँ यी सबको भुँडी रहेछ ।

यसरी लथ्र्याक-लथ्र्याक हिँडेर कहाँ घट्छ यस्तो छिप्पिएको भुँडी !

बरू घिस्रिएर हिँडे तै अलिअलि ताछिन्थ्यो कि !

आफ्नै तर्क सम्झेर आफैंलाई हाँसो उठ्यो ।

आज म मौसमी योगी बन्न यहाँ आएको होइन । घरले 'जा, जा' भन्यो, हिँड्दिएँ । घरले 'यहाँ जा' भनेन ।

यौटा चिने-चिनेझैं लाग्ने महाशय भर्खर फिस्स हाँसेर गयो । सायद मेरो उल्झनमाथि हाँसेको हुनुपर्छ । अथवा, 'चिन्न सकेन, बूढो भएछ' भन्ठानेर पो हाँसेको थियो कि !

जून पूरै डुबिसकेछ । घाम अलिकति माथि आइसकेछ । मनको छटपटी मनमा जस्ताको तस्तै छ । न जून डुबेर बिलायो, न घाम उदाएर हरायो । घरले अझै 'नआइज, नआइज' नै भनिराखेको छ । जाऊँ कहाँ ?

घाम उदाएतिर जाऊँ कि जून अस्ताएतिर ?

घाम उदाएको सम्झँदा फेरि उसको याद आयो । उतै पूर्वतिर त हो उसको गाउँ । ह्याऽऽ, घरीघरी किन आज उसकै मात्र याद आइरहेछ ? भुसुक्कै बिर्सेर झल्याँस्स भएजस्तो ! कस्तोकस्तो !

त्यो अघि फिस्स हाँसेर जाने सम्झेर झनक्क रिस उठ्यो । कत्ति नै टाढा पुग्यो होला र ! दौडिएर जाऊँ । पछाडिबाट घुच्चुकमा हानेर थचक्क पारौँ अनि सोधौँ– 'तेरो बाउजस्तो मान्छेलाई उडाएर किन हाँसिस् ए बज्या !!'

हैन... ! उसलाई हानेर मलाई के शान्ति होला र ! यो छटपटी, यो बेचैनी, यो झझल्को... !!

ओहो !

आज असोज उन्नाईस गते !!

ऊ सशरीरबाट अशरीर भएको दिन !!

त्यही भएर पोऽऽ घरीघरी उसकै झल्को आइराखेको रहेछ ! त्यही भएर पोऽऽ जतातत्तै उसैलाई मात्रै देखिराखेको रहेछु ! त्यही भएर पोऽऽ यो मन एकाबिहानै यस्तरी घाइते भएको रहेछ !

त्यही भएर पोऽऽ... !!

पत्नीलाई केही नभनी हिँडेको थिएँ । भान्साबाट ननिस्किएकी भए उनलाई लाग्दो हो– लोग्ने बैठकमा चिया सुर्क्याइरहेको छ । छोराहरू उठे कि कोठामै गनगन गर्दै छन् कोनि ! बाउ हिँडेको थाहा पाए यौटा छोरो साथी हिँडिदिन्थ्यो । आज ऊ पनि चाहिएन ।

अघिसम्म पार्कभित्रै आधुनिक भुँडीहरूको नौटङ्की हेर्दै थिएँ; कसोकसो यो गणेशथानको उकालोमा पो आइपुगिसकेछु ! बीचमा हाँडीगाउँ पर्थ्यो; धोबीखोला पुल थियो; चिनेजानेका पनि भेटिएथे होलान् ! क्यै होस भएनछ !

कस्तो टोल्हो पो भएछु !!

मलाई आज बिहानैदेखि घरले लखेटेको होइन रहेछ, उसको यादले तानेको रहेछ ।

आज उसको छयालिसौं स्मृतिदिवस !!

"कता हिंडेको बाजे ?" बसमा चढेको के थिएँ; सँगैको सिटको उपबुज्रुकले कुरोको मेसो बढायो ।

"म ? ...म जता हिंडे नि तपाईंलाई के !" म रुढी भइदिएँ । उसको अनुहारमा हेरिनँ– उसले आश्चर्य मान्यो कि खेद ? उडाएर फिस्स हाँस्यो कि ? तर, फेरि केही सोध्ने हिम्मत भने गरेन ।

आज म आफ्नै जिन्दगीको हराएको यौटा निस्सा खोज्न हिंडेको ! एउटा विशाल रूखमा पुगेर मेरो जिन्दगीको त्यो पाटो अकस्मात् अल्झियो । फेद निकै समृद्ध रहेछ; जराहरू मजबुत पक्कै थिए होलान् । तर, अरू अङ्गहरू ?

छिमलिसकेछन् मान्छेहरूले । पहिले हाँगाबिंगा छिमले कि वा ग्वाल्र्याम्मै ढालिदिए कोनि ? ग्वाल्र्याम्मै ढालेका भए डोरी लगाएर यता भित्तोतिरै पल्टाए कि ड्याङ्ङै तलऽऽ बाग्मतीको खोँचमै पछारिदिए ?

यो रूखलाई अनायासै ढाल्ने योजना कसको थियो ? सरकारी मान्छेको; हाकिमको; छरछिमेकी; आफन्त कि समाजको ?

मेरो मनमा पसिना आयो । निधारमा पसिना आयो ।

निधारको पसिना भने त्यो सोचेर आएको होइन । सायद त्यो मौन गाली थियो त्यो खलासीलाई, जसलाई अघि चाबेलमा गाडी चढ्दै गर्दा खिरिल्याएर सोधेको थिएँ, "गोकर्णेश्वर मन्दिरसम्मै जान्छ नि ? तल्तिरै छोड्ने त होइन ?"

उसले मज्जैले टाउको हल्लाएर "जान्छ, जान्छ" भनेको थियो । फटाहाले त्यतै तल्तिरै छाडिदियो, "लौ अन्तिम स्टेशन यही हो" भन्दै !

मलाई थाहा छ– अन्तिम स्टेशन त्यो होइन । त्यहाँबाट अलिकति ठाडो उकालो चढेर गोकर्णेश्वर मन्दिर नपुग्दै दायाँतिर, काठेपुल थियो यहाँ, अहिले पनि पुलै छ । यसैको छेउबाट छेडो परेर तऽऽल आफैँमा अँध्यारो; झन् झिसमिसेको अँध्यारोमा अझ अँध्यारिएकी बाग्मतीलाई ज्यान ढुङ्गैमा बज्रिने एकिन गरेर उसले जिन्दगीको अन्तिम स्टेशन बनाएको थियो ।

मास्तिर सुन्दरीजलतिर पानी परेर हो कि बाग्मती निकै धमिली रहिछिन् आज । समय र ठाउँ चाहिने न हो नदीलाई सङ्लिन । मेरो मान्छे सङ्लिन सकेन ! मान्छेहरूको पारा त्यही हो– यो नदीलाई पनि बगेकै भरमा के सङ्लिन देलान् र !

सात चोटि वारि, पारि, दायाँ, बायाँ, तल, माथि गरिसकेँ, अहँ बाटो पहिल्याउन सकिनँ । के उसले पनि तलसम्म जाने अर्को बाटो नदेखेरै 'छोटो बाटो' रोजेको थियो त ?

म निकै छटपटाएको देखेर होला, यौटाले कोट्याएरै सोध्यो, "के खोज्नुभा'को बाजे ?"

"ऊऽऽ त्यो ढुङ्गो छ नि ! त्यहाँ जाने बाटो !"

"त्यहाँ ? किन जाने नि ? के छ त्यहाँ ? केही खस्यो र ?"

"हो, खस्यो !!" सजिलै उत्तर दिएँ, सामान्य प्रश्नझैँ गरी । मेरो आशा, भरोसा, सहारा, साथ... केके मात्रै पो खसेको थियो खस्न त !!

पहिले त उसले "त्यहाँ जाने बाटै छैन" भन्यो । बाटै छैन, त्यो त मलाई नि थाहा छ । उसले 'बाटै नदेखेर' त हो हाम फालेको ! देखेको भए त्यसरी किन ज्यान फाल्थ्यो ! 'माथिमाथि' गइराखेको मान्छे; स्वाट्टै त्यतिविघ्न तल किन झर्थ्यो !

अघिको मान्छेसँगैको अर्कोले कोनि के सोच्यो, भन्यो, "धमिलो भए नि त्यत्ति गहिरो छैन, खोलैखोला जान मिल्छ ।"

छयालीस वर्षअघि कसैले उसलाई किन त्यसो भनेनन् ? 'धमिलो भए नि त्यत्ति गहिरो छैन' भनिदिएको भए कतै ऊ खोलैखोला जान्थ्यो कि ! अलिक लामो बाटो पो चुन्थ्यो कि !

उस्सै; हावाको भरमा 'त्यत्ति गहिरो छैन' भन्दिएको रैछ, गहिरै रहेछ । आधीसरो डुबें म । डुबे पनि उत्रिएँ किनारमा । अनि, उक्लिएँ ढुङ्गोमा ।

आज विक्रम संवत् दुई हजार उनासी साल असोज उन्नाईस गते बुधवार; तदनुसार अक्टोबर पाँच, ईश्वी संवत् दुई हजार बाईस, बिहानको ठीक सात बजे !

बाग्मती-किनारको अनकन्टार खोंचको यो ढुङ्गोमाथि एक्लै-एक्लै उभिएको छु !

यसबखत म सडकछेउ उभिएर हरेक धमिलो आकृति नियालिरहेको छैन । आँखा बिछ्याएर बाटोमा; कसैको आगमनको अधीर प्रतीक्षित छैन । मलाई नै छाडेर जाउँलाझैं गरिरहेको टुरिस्ट बसलाई 'रोक, रोक, एक छिन रोक' भन्दै चिच्च्याइरहेको बिल्कुलै छैन !!

विक्रम संवत् दुई हजार तेत्तीस साल असोज उन्नाईस गते मङ्गलवार; तदनुसार अक्टोबर पाँच, ईश्वी संवत् उन्नाईस सय छयहत्तर, बिहानको ठीक सात बजे; खिचापोखरी चोकमा सँगैको सिट खाली राखेर म जसलाई अधीरताका साथ कुरिरहेको थिएँ, ठीक त्यसै वेला मेरो मान्छे; मेरो प्रिय मान्छे बाग्मती-किनारको अनकन्टार खोंचको यही ढुङ्गोमाथि, जहाँ आज म ठीक छयालीस वर्षपछि उभिएको छु— रक्तमुछेल; निष्प्राण; निर्जीव लडिरहेको थियो... !!

शून्य छु ! स्तब्ध छु !!

आँसुका फूलहरू अनवरत खसिरहेछन् यो निर्जीव ढुङ्गोमाथि !!

अघि मलाई यो खोंचसम्म आइपुग्न बाटो देखाइदिने दुई र अन्य दुई-चार जना माथि पुलबाट अनौठो गरी मलाई नै हेरिरहेका रहेछन् ।

सन्दर्भवश

निम्नानुसार पुस्तक, पत्रिका, वेभसाइट, सामाजिक सञ्जाल आदिबाट मैले भैरव अर्यालसम्बन्धी विविध सन्दर्भहरू प्राप्त गरें; सबै-सबैप्रति थप आभारी छु–

पुस्तकहरू

ज्योति पाण्डे, भैरव अर्याल जीवनी, व्यक्तित्व र अध्ययन, काठमाडौं : ज्योति पाण्डे, २०३६

प्रोल्लास सिन्धुलीय, भग्न दैनिकी, काठमाडौं : बुक्सेलर, २०७५ चैत्र

भैरव अर्याल, काउकुती, ललितपुर : वासुदेव शर्मा, २०१९

भैरव अर्याल, जयभुँडी, काठमाडौं : रत्न पुस्तक भण्डार, २०२२

भैरव अर्याल, साझा निबन्ध (सम्पा.), ललितपुर : साझा प्रकाशन, २०२५

भैरव अर्याल, साझा कथा (सम्पा.), ललितपुर : साझा प्रकाशन, २०२६

भैरव अर्याल, गलबन्दी, ललितपुर : कौवा प्रकाशन, २०२६ असार

भैरव अर्याल, प्रवेशिका निबन्ध (सम्पा.), ललितपुर : साझा प्रकाशन, २०२७

भैरव अर्याल, इतिश्री, ललितपुर : कौवा प्रकाशन, २०२८ भदौ

भैरव अर्याल, नेपाली काव्यमा प्रकृति, काठमाडौं : नेपाल राजकीय प्रज्ञाप्रतिष्ठान, २०३०

भैरव अर्याल, दश औतार, ललितपुर : कौवा प्रकाशन, २०३३

भैरव अर्याल, टेढो ऐना (सम्पा. शिव रेग्मी), काठमाडौं : भैरव पुरस्कार गुठी, २०६३ असोज

भैरव अर्याल, कारिन्दाको दिनचर्या (सम्पा. विष्णु प्रभात), काठमाडौं : भैरव पुरस्कार गुठी, २०६८

भैरव अर्याल, राजीनामा (सम्पा. शिव रेग्मी), मकवानपुर : साहित्य सङ्गम, २०७१ असोज

भैरव अर्याल, भैरव अर्यालका हास्यव्यङ्ग्य, काठमाडौं : भैरव पुरस्कार गुठी, २०७५

भैरव अर्यालका १३ वटा चिठी संलग्न 'लोग्ने, स्वास्नी र केही मित्रहरूका चिठी' (पत्र सङ्कलन)

भैरव अर्याल र वासुदेव शर्मा लुइँटेल, छ्याकन (सम्पा.) ललितपुर : कौवा प्रकाशन, २०२५

रमेश विकल, मेरो अविरल जीवनगीत (आत्मकथा), ललितपुर : साझा प्रकाशन, २०६०

रोचक घिमिरे, अनुहार र अनुभूति, काठमाडौं : बुक आर्ट नेपाल, २०७४

रोचक घिमिरे, शाश्वत व्यङ्ग्यशिल्पी (सम्पा.), काठमाडौं : रचना प्रकाशन, २०७५

होम सुवेदी, भैरव भन्छन् : दाताराम, वासुदेव र विद्यादेव सुन्छन् (सम्पा.), ललितपुर : जगदम्बा प्रेस, २०३४

पत्रपत्रिका तथा अन्य

अक्षर काका, 'भैरव अर्यालः आफू रोएर अरूलाई हँसाए', नयाँ समय डट कम, २ जेठ, २०७३

खगेन्द्रप्रसाद लुइँटेल, 'भैरव अर्याल : निबन्धयात्रा र प्रवृत्ति', कुञ्जिनी, वर्ष ५, अङ्क ३, २०५४

खगेन्द्रप्रसाद लुइँटेल, 'भैरव अर्यालबारे भ्रम र सच्चाइ', नेपाली जनता डट कम, ६ जेठ, २०७५

खगेन्द्रप्रसाद लुइँटेल, 'भैरव अर्यालको हास्यव्यङ्ग्य निबन्धकारिता', भैरव स्मारिका २०६९, पृ. ६५-८२

खोलापारिको पुरेत बा, 'सरकारले दुलो खोज्नुपर्लो', हालखबर दैनिक, २०१४ वैशाख २५

गोरखापत्र दैनिकमा प्रकाशित भैरव अर्यालको स्मृतिमा प्रकाशित ९ वटा लेख, २०३३ कार्तिक

निर्मल अर्याल, 'पत्रकारितामा पनि अब्बल भैरव अर्याल', नयाँ पत्रिका दैनिक, २० मङ्सिर २०७७

निर्मल अर्याल, 'व्यङ्ग्यशिल्पी भैरव अर्याल', गोरखापत्र दैनिक, १ फागुन २०७७

प्रतीक घिमिरे, 'भैरवको आत्महत्या पनि व्यङ्ग्य साहित्य', नयाँ पत्रिका दैनिक, २० पुष २०७७

बद्रीनाथ अर्याल र विजय चालिसे, सम्झना (सम्पा.), भैरव स्मृति अङ्क २०३७

भैरव पुरस्कार गुठी, स्मारिका, २०५३ देखि २०७५ सम्ममा जति निस्केका छन्, सबै ।

भैरव रिसाल, 'भैरव रिसाल र भैरव अर्यालको एउटै चुल्हो', हिमालखबर, २० पुष २०७७

भैरव अर्यालसँग दाताराम शर्मा र विद्यादेव शर्माको उपस्थितिमा वासुदेव शर्मा लुइँटेलद्वारा गरिएको वार्ता (अडियो), २०३२

मञ्जुल, 'जब विकल दाइले रोक्नुभयो', नेपाल साप्ताहिक, १२ आषाढ, २०६६

मधुवन पौडेल, 'डेरा लेखन', नेपाल साप्ताहिक, २०७३ चैत्र १०

माधव ढुङ्गेल, 'सपनामा भैरव अर्याल', जनउभार डट कम, १३ फागुन, २०७१

राजकुमार बानियाँ, 'भैरव दुखान्त', नेपाल साप्ताहिक, १० माघ २०७३

रोचक घिमिरे, रचना (सम्पा.), भैरव कृति खण्ड, वर्ष १६, अङ्क १, २०३८ वैशाख-जेठ

रोचक घिमिरे, रचना (सम्पा.), भैरव स्मृति खण्ड, वर्ष १६, अङ्क २, २०३८ पुस-माघ

वासुदेव शर्मा लुइँटेल, 'बहुलाउनुभन्दा मर्नु जाती', रचना, वर्ष १६, अङ्क २, पुस-माघ, २०३८, पृ. ६०-६१ ।

हरि अधिकारी, '३५ वर्षपछि भैरव सम्झँदा', कान्तिपुर दैनिक, १९ कार्तिक, २०६८

हरि अधिकारी, 'भैरव अर्यालको दुःखदायी मृत्यु', खुलामञ्च डट कम, १० असोज, २०७७

हरिवंश आचार्य, 'हरायो हाँसो', कान्तिपुर दैनिक, १२ कार्तिक, २०६७ ।

सादर आभार

'भग्न भैरव'मा पूरै कथावाचन भैरव अर्यालका निकटका साथी रोचक घिमिरेलाई 'म पात्र' बनाएर गरिएको छ ।

घिमिरेसँग अर्यालको सामीप्य सत्र वर्षको हो। बाँकी तेईस वर्षको कथामा समेत 'म' पात्रकै उपस्थिति हुनुको पनि कारण छ ।

अर्यालको जिन्दगीका यी र यस्ता अधिकांश कथाहरू लिखित दस्तावेजकै रूपमा छन् । सबैभन्दा धेरै यस्ता कथा त स्वयम् अर्यालले घिमिरेलाई विभिन्न समयमा लेख्नुभएका चिठीपत्रले नै बोल्छन् । यस अर्थमा भैरव अर्यालको पूरै जिन्दगीको कथासँग रोचक घिमिरेको सामीप्य छ ।

आफूलाई यस आख्यानको 'म पात्र' बनाउन अनुमति दिनुहुने अनि पटकपटक पाण्डुलिपिको अध्ययन गरी मार्गदर्शन गर्नुहुने आदरणीय रोचक घिमिरेज्यूप्रति श्रद्धानत छु ।

३५ दिने गुप्तबासको तयारीदेखि नै यस कार्यका लागि यथोचित हौसला दिँदै महत्त्वयुक्त सामग्री उपलब्ध गराउनुका साथै सम्बन्धित व्यक्तित्वहरूसँग भेटघाटको अवसरसमेत जुटाइदिनुहुने श्रद्धेय वसन्त रिजालज्यूप्रति आभारी छु ।

अमर न्यौपाने, डा. ऋषिराज बराल, दीपक अर्याल (भैरवका सुपुत्र), नयनराज पाण्डे, नारायण ढकाल, प्रा.डा. निर्मोही व्यास, बाबु त्रिपाठी, भूपेन्द्र खड्का, माधव काफ्ले र डा. विप्लव लामिछाने; पाण्डुलिपिकै अवस्थामा जसको सुझाउ र शुभाशिष्ले यो पुस्तकलाई पृथ्वीवासीसमक्ष उभ्याउने हिम्मत गराउन सम्भव भयो। रञ्जु दाहाल, डा. रवीन्द्र समीर र लक्ष्मी भट्टराई 'परिधि'; जसले दोहोऱ्याइ-तेहऱ्याइ पढेर त्यसउपर विमर्श-बहस गरी यसका प्रशस्त कमी-

कमजोरी घटाइदिनुभयो। यी श्रद्धेय अग्रज एवम् आत्मीय मित्रजनको निर्देशन, परिश्रम तथा मप्रतिको आत्मीयतालाई सकभर न्याय गर्ने यत्न गरेको छु।

गुप्तबासको व्यवस्था मिलाइदिने मित्रद्वय गोविन्द नेपाल, प्रकाश बस्नेत 'गफाडी' अनि देशेगाउँका श्रीकृष्ण-पार्वती श्रेष्ठ दम्पती यहाँ स्मरणयोग्य छन्। भैरव अर्यालबारे आफूसँग रहे-भएका सामग्री, संस्मरण एवम् स्मृतिहरू दिनु-बताउनुहुने अनि खोज्दै जाँदा मैले जसजसका तत्तत् सामग्री भेट्टाएँ, सम्पूर्ण मान्यजनप्रति म नतमस्तक छु।

यसै पुस्तकका कारण मबिना संवत् ०७५ को दशैं-तिहार-छठ मनाउन बाध्य प्राञ्जु, गल्भा, गन्ना र लच्छुप्रति कृतज्ञ छु।

प्रोल्लास सिन्धुलीय (२०३२, गैयाँटार, सिन्धुली) का आख्यानका दुई पुस्तक– *शून्य डिग्री* (उपन्यास), *टाउको नभएको तस्वीर* (छोटा कथा) का साथै *चुइँके जुत्ता र भुक्के चप्पल*-सहित ५ बालकथाकृति; *जन्मजात बाहुनको विज्ञप्ति* र *झण्डालाई डिभी पऱ्यो भने के हुन्छ ?* सहित ५ कविताकृति; यात्रानिबन्ध, गजल, गीत, जीवनी र दैनिकीका १-१ गरी १७ पुस्तक प्रकाशित छन् ।

कथालिका (आख्यान पत्रिका) का सम्पादक सिन्धुलीय *बागबजार बोल्दैन* (कथासङ्ग्रह) को तयारीमा छन् ।

www.ingramcontent.com/pod-product-compliance
Lightning Source LLC
La Vergne TN
LVHW060211051026
849517LV00005B/1377
* 9 7 8 9 9 3 7 7 5 3 4 2 5 *